PATRICK GRAINVILLE
de l'Académie française

TRIO DES ARDENTS

roman

ÉDITIONS DU SEUIL
57, rue Gaston-Tessier, Paris XIXe

Couverture :

Alberto Giacometti © photo Michel Sima/Bridgeman Images.
Avec l'aimable autorisation de la Fondation Giacometti.
Isabel Rawsthorne © photo Hulton Archives/Keystone/Getty Images.
With courtesy of the Rawsthorne Estate.
Francis Bacon © photo TopFoto/Roger-Viollet.
With courtesy of the Bacon Estate.

ISBN 978-2-02-152350-8

www.seuil.com

Patrick Grainville

DE L'ACADÉMIE FRANÇAISE

Trio des Ardents

ROMAN

R. LAPOUJADE

Seuil

TRIO DES ARDENTS

Elle apparaît dans l'air électrique. Avant que la horde déferle. Dernières années de paix amoureuse. Paris ignore que sa tête est déjà sous la hache. Montparnasse bruit de télescopages créatifs. La haute vie. Endiablée d'idées, de rencontres, de coups de foudre. Dans l'éclat de la faux. Avant l'invasion nazie, la perte, le déchaînement de la mort en masse… Elle resplendit au bord du gouffre.

Isabel se sent observée par un personnage au visage sensuel et tourmenté. C'est un homme qui brûle. Calciné d'obsessions. Les lèvres charnues, la chevelure bouclée. Son aspect de gitan cabossé, convulsif. Le brasier noir de son regard. C'est le maigre ascète de la sculpture existentielle. Un montagnard des Grisons. Alberto Giacometti. Elle, la plus belle des femmes de son temps, car l'hyperbole lui va. Tous les témoins de l'époque subjugués. Par l'ampleur souple de son pas, sa baudelairienne manière. Sa crinière, son flux. Elle est solaire, élancée, avec des fonds de mélancolie mouvante. Mariée à un reporter de guerre, Sefton Delmer, mais nomade, artiste, radicalement libre, rebelle. Un charme violent jaillit de ses grands yeux en amande, de ses pommettes de cavalière des steppes… Elle est sauvage, exubérante, dotée d'une génialité vitale… Quelques années plus tôt, le sculpteur Epstein a fait d'elle des visages et des bustes d'un érotisme frontal, quasi barbare. Elle fut son amante… Dans son atelier, acceptée par l'épouse de l'artiste. Partageant leur intimité sulfureuse. Svelte et pulpeuse. Dévorée d'étrangeté, d'exotisme sans cliché. Quelle figure caraïbe ou d'Orient. Primitive, puissante. Gorgée de sa plénitude dense, magnétique. Le Cantique des Cantiques incarné. Les mains sur les hanches, les mamelons forts, droits devant. On la dirait sur le point de bondir dans une lutte d'amour. L'aplomb superbe. Sans provocation. C'est moi, face au destin. Je suis la Vie.

Derain vient de la peindre, brune, vive, ravissante, ruisselante de gaieté. Picasso rôde autour d'elle et la désire. Elle a probablement été le modèle de Balthus pour *La Toilette de Cathy*, peignoir ouvert, sinueuse ménade au mince regard effilé. Moue animale, chevelure d'or peignée par une gouvernante. Elle accompagnera bientôt le peintre et son épouse Antoinette en voyage de noces à Venise. Trio amoureux. Elle sera la maîtresse de Bataille... Égérie éclectique ? Non, elle peint, elle va accomplir une œuvre bizarre et profonde, un bestiaire de hantises. Décoratrice de ballets aussi. Elle se liera de la façon la plus tendre, la plus complice, la plus alcoolique, et cela jusqu'à la mort, avec le créateur londonien homosexuel le plus provocant de son temps et du nôtre, féru de chair béante, écarlate, au pilori de la mort et du sexe brut... Il révélera qu'elle a été la seule femme avec laquelle il a fait l'amour. Francis Bacon, le dandy apocalyptique. Tableau de chasse improbable ? C'est le mouvement de la vie ouverte. Grande aventure spontanée, à cor et à cri. Isabel Nicholas, Isabel Delmer, demain : Lambert, Rawsthorne... Ces avatars, loin de la diviser, la répandent et l'incarnent à la proue d'une destinée océanique.

Alberto effaré. Elle se lève de sa table, il se dresse, l'aborde : « Est-ce qu'on peut parler ? » C'est plus sobre que Picasso accostant Marie-Thérèse Walter devant les Galeries Lafayette : « Nous allons faire de grandes choses ensemble. » Isabel fréquente la Grande Chaumière, ruche d'effervescence créatrice.

Giacometti harponné, enfiévré par tant de nonchalance allègre, de volonté vorace, d'intelligence vivifiante. Il ne songe pas à la faire poser. Il n'ose pas encore. Ils font la tournée des bars. Ils errent dans les rues de Paris encore libre. Il adore sa royauté. Il l'emmène au Louvre. Ils vont voir les Égyptiens, qui le fascinent. Hiératiques et familiers. Le pays des sphinx, son buste de Néfertiti. Il l'inonde de son verbe pantelant. Elle est secouée d'une hilarité enthousiaste et sonore. Sa voix d'or éclatant. Il s'arrête pour la contempler, dans la stupeur de l'aimer déjà. Ils échangent des cigarettes et des verres de vin, à la terrasse des coins de rue, des cafés de quartier. Il regarde sa bouche ourlée, fardée de rouge, halluciné par tant de pulpe rayonnante. C'est ainsi que Bacon entendait peindre les bouches. Il l'a toujours répété : comme un coucher de soleil de Monet. Les bouches d'Henrietta Moraes et d'Isabel Rawsthorne quand elles l'auront rencontré, charcutées de morsures, épaissies de surcharges. D'accidents de peinture. Chantiers de bouches, opéras de bouches. Giacometti éperdu.

Il réalise une tête d'Isabel intouchable, calme, harmonieuse. Isis d'Égypte. Antique. Le contraire du dionysiaque Epstein, l'inverse des portraits de Derain, gais, charmants, colorés, spontanés : Isabel semble à portée de baisers, de caresses, de paroles familières. Giacometti, lui, la retire au fond d'un quant-à-soi beau et froid. Linéaire. Parfaite. Statue à tout point de vue. Cependant, belle bouche ourlée, pommettes hautes, yeux en amande. Le désir est là, n'était la distance, l'autonomie quasi insulaire de la déesse.

Isabel ne se sent ni Vénus ni déesse, mais ardente, concrètement passionnée de vie, d'art. Radicalement aventureuse. Elle aura toujours de nouveaux amants par surprise, par élan, aimantée par la rencontre inédite et pour fuir la dépendance ou la mythologie où elle pourrait se sentir enfermée. Elle parle assez librement de cela à son mari Sefton Delmer. Le reporter protéiforme, le manipulateur virtuose, l'espion…

Giacometti fait cette *Toute petite figurine*. Sur un gros socle. Isabel minuscule, simplifiée en Vénus préhistorique au ventre élargi.

Car la scène archétypale a lieu, un soir, sur le boulevard Saint-Michel, vers 1937. Il a vu Isabel de loin au fond du boulevard, la silhouette d'Isabel. La distance. La bonne, la vraie. Son illumination. Sur ce boulevard mythologique, estudiantin, touristique. À quelle distance ? Comment ? Pourquoi ? Il la voit.

C'est ainsi qu'on voit dans ce lointain qui est assez proche pour donner la vision juste. La mystérieuse optique de Giacometti. Son charabia magnifique et ressassé.

Il lui sculpte des têtes tourmentées à la Rodin. Isabel, moins égyptienne.

Giacometti n'ose embrasser Isabel. Il attend, errant de la chair, va au bordel, au Sphinx. Dans un décor d'Égypte et d'Italie romaine foudroyée : Louxor, Naples, ruines, Pompéi. Grandiose. Obélisque ou rien. Cléopâtre n'est pas loin. Fastes, miroirs Art déco, clientèle huppée. On entre par une porte et on ressort en catimini par une autre. Coulisses. Passage du quotidien au leurre mythologique. C'est moins compliqué, moins psychologique qu'une idylle avec une amante réelle. Le Sphinx : île cachée, perdue, coupée du monde. L'alignement fantastique des déesses qui sont des proies possibles. En choisir une, se comporter comme on peut. À la sortie, l'affaire est classée, chassée de la mémoire. Personne n'en répond, nul roman, nulle tragédie. Ou bien Giacometti reste au bar et regarde, rêve les femmes immenses et perdues, surnaturelles. Le thème freudien de la Mère expliquerait Giacometti, un peu comme Bacon le Père. Mère inaccessible bien sûr, désir et castration, houp ! La Mère. Madame Majeure. Matriarche de la montagne suisse, minérale et cosmique. Comme d'ailleurs il la dessinera, peindra : bloc rustique. L'impuissance supposée : la Mère. La femme-la Mère. Point de sœur, et pourtant : elle se nomme Ottilia. C'est beaucoup pour rêver, et la cousine Bianca. On a envie d'écrire tout de suite un poème, une idylle. Bianca modèle. On la dit capricieuse, 15 ans. Alberto 19, en adoration. Bianca ne l'aime pas. Alberto éperdu s'escrime déjà sur le rendu de la Tête qui devient comme un nuage et se dissout. Un biographe raconte cet épisode marquant où Alberto accompagne la jolie cousine vers la Suisse où elle entre au pensionnat. Un soir, il frappe à sa porte. C'est le moment. Elle lui ouvre. Il la supplie de le laisser peindre seulement son pied. Est-ce attesté ?

Le Pied ! Œdipe, me revoilà. Ses pieds percés. Il n'est jamais interdit d'y penser.

Et c'est donc justement une histoire de pied, attestée celle-là, qui va éclater.

Titre : L'Accident de la place des Pyramides.

Une nouvelle illumination. Scènes fondatrices. Ainsi, Bacon admirant la beauté des carcasses de viande du magasin Harrods. La boucherie primordiale. Ou initié par un palefrenier. Mieux, surpris par son père, déguisé dans les habits de sa mère. Beau comme du Rousseau exhibant ses fesses devant des lavandières, montrant : « l'objet ridicule ». Voilà le déclic. Giacometti victime d'un accident de voiture. Très freudien, l'accident de voiture : castration et tout. En plein dans le mille. On ne pourra pas y couper. Surtout que la blessure est très significative...

Alberto et Isabel dînent d'abord à Saint-Germain-des-Prés. Central et mythique, comme Saint-Michel. C'est la grande époque des Deux Magots, du Flore, de Sartre, de Simone, des discours monstres. Puis Alberto raccompagne Isabel et la quitte, sans tenter d'entrer avec elle dans l'hôtel et la chambre. Une voiture conduite par une Américaine ivre le percute place des Pyramides. Sphinx, Égypte, Œdipe : pied gonflé ! Il a, en effet, les métatarses du pied droit lésés. Ô joie, pleurs de joie ! Ce pied meurtri lui sied ; le délivre, l'exalte. L'accident a rompu un engrenage sans issue. Isabel vient le voir à l'hôpital. Complicité totale. Grand charme. Il va porter des béquilles enchanteresses. Il enjambe, il bondit, il voltige. Acrobate de rue, d'atelier. Castré-ailé. D'accord, il prend son pied.

Isabel lui donne la main dans la lumière.

Boiter lui confère une dignité royale, le hausse sur un piédestal. Sceptre d'une canne. Un amputé s'agrandit à raison de sa perte. Le membre enlevé vous rallonge sur le plan spirituel. On sait que les borgnes ont des pouvoirs mythiques, maléfiques ou prodigues. Aveugle, Homère dame le pion à la compagnie. Le castrat lance sa voix inouïe.

Piquant est le récit que fera de cet épisode, des années plus tard, Sartre, dans son autobiographie *Les Mots*. Au détour de ses considérations brillantes – car *Les Mots* brillent et séduisent enfin la bourgeoisie, qui reconnaît l'un des siens – le voilà qui débusque le cas de Giacometti et son accident des Pyramides. Sartre commence par confondre le lieu avec la place d'Italie. Moins mythologique ! L'accident, à ses yeux, souligne « la stupide violence du hasard ». Admettons. Puis Sartre imagine que Giacometti en aurait conclu : « Je n'étais pas fait pour sculpter, pas même pour vivre, je n'étais fait pour rien. » Sartre sonne son fameux tocsin existentiel d'alors. L'Absurde ! Il prend Giacometti pour le Roquentin de *La Nausée*, pâteux quidam en rade, dans l'existence sans queue ni tête. Hypnotisé par la visqueuse racine aperçue dans un jardin, immonde. Mais Giacometti n'a rien à voir avec une illustration des thèses sartriennes. Les pieds de ses personnages sont des souches fortes, sans maléfices, certes, des espèces de racines, mais qui ont peu de rapport avec la boursouflure organique et verruqueuse qui donne la nausée au héros sartrien. Giacometti déclarera : « mal écrit, mal pensé ! ». Et toc ! Sartre et son attirail de classes terminales peuvent aller se rhabiller.

Giacometti s'indigne, au comble de la colère : « pas fait pour sculpter » ! « Fait pour rien » ! De quoi se mêle le Penseur patenté ? Qu'il remballe sa philosophie ! Alberto, surréaliste en son temps, a gardé ses distances avec les oukases de Breton et s'est fait virer. Plus intéressé par le communisme d'Aragon, sans jamais s'y enfermer. Alors Sartre sera, à son tour, dédaigné.

L'ami Michel Leiris, authentique écrivain, fait preuve de plus de nuances, d'écoute, de finesse. Leiris tout aussi familier de

Bacon. Le peintre adorait épier les veines gonflées, si typiques, de la tempe de son ami. Il avouait qu'il avait soudain envie de les percer d'un coup de fourchette. Et de rire ! Leiris est un steak sanglant. Comme tous les hommes. Pourtant, Bacon fera de lui des portraits sans distorsion monstrueuse, mais avec un grand coup de brosse curviligne effaçant une partie de la tête oblongue. Préciosité. Paraphe. Il y a du Bacon édulcoré pour touristes aimables des vernissages et du carnassier pour amateurs pâmés.

L'idylle reste pour ainsi dire vierge avec Isabel. Elle est charnelle, elle désire Giacometti, elle aime les hommes, leur transe intime, les poètes, les artistes, les médecins, les compositeurs, le photographe élégant Peter Rose Pulham qui deviendra, dès cette époque, un ami pour toujours. Elle adore les obsédés, les fous, les femmes, les danseuses, les oiseaux, les poissons… Tous les carambolages de la vie. Elle aime Alberto en artiste et libertine lucide. Il a peur. Il écarte le moment lyrique. Pied bandé, comme Bacon – tard dans son œuvre – peindra Œdipe, en maillot de corps blanc, pied saignant.

Pendant ces années d'amour chaste avec Alberto, Isabel se rend avec son mari, le journaliste britannique Sefton Delmer, en Espagne, où a éclaté la guerre civile. Isabel, c'est la vie multiple. Ils débarquent dans le camp franquiste et assistent à des exécutions. Isabel revient à Paris, auprès de Giacometti. Changement d'ambiance. Séances de pose. Désir ardent. Montparnasse, ses bars, la vie de primesaut. Delmer et son épouse forment un couple ouvert. Les maris d'Isabel auront volontiers les idées larges, elle n'irait pas choisir un jaloux paranoïaque. En 1937, Delmer lui donne rendez-vous à la frontière espagnole, à Saint-Jean-Pied-de

Port. Elle va l'y attendre. Le village est plein de ruelles, de ruisseaux et de chalets. La montagne basque est hilarante. Elle se balade à vélo dans le paysage sauvage. Dommage que Giacometti ne puisse la contempler ainsi pédalant par les collines vertes et les crêtes enneigées, cheveux au vent. Jubilation de liberté farouche. Sa Vénus n'est plus l'Égyptienne hiératique, inaccessible, de son fantasme mais juvénile et joyeuse dévalant les pentes en vrilles de lumière. Elle dévore des truites et des écrevisses, boit de l'absinthe forte. La vie fougueuse. L'aventureux Delmer vient. Ils s'aiment. Guernica est tombée. Delmer ne se fait pas d'illusions sur le naufrage de l'Europe. Il va rejoindre le camp républicain dans sa voiture en compagnie d'Hemingway.

Sefton Delmer a connu Hitler de très près ! Il a été correspondant du bureau berlinois du *Daily Express* et le premier journaliste britannique à interviewer le Führer. En 1932, il a voyagé dans son avion privé. Il aurait pu alors essayer de l'assassiner. C'est ainsi qu'on rate sa vie… Ensuite le *Daily Express* a envoyé Delmer à Paris où il a rencontré Isabel. C'est ainsi qu'on réussit sa vie.

La même année, Isabel accompagne Balthus et sa compagne Antoinette de Watteville lors de leur voyage de noces en Italie. La belle Antoinette blonde et sportive invite en préalable la brune Isabel au restaurant. Seule à seule à loisir ; elles finissent la nuit à l'hôtel d'Isabel. Balthus, ravi, flanqué des deux initiées, peut plonger au cœur des délices de Venise.

Toujours en 1937, un autre couple de reporters est à l'œuvre au cœur de la guerre civile espagnole. Gerda Taro et son amant Robert Capa. Hardis. Épris de la cause républicaine. Pendant le siège de Madrid, non loin de la ville de Brunete, au mois de juillet, Gerda est victime d'un tank républicain qui recule et l'écrase par accident. Elle meurt le lendemain, à 26 ans. C'est Alberto Giacometti, à la demande d'Aragon, qui va concevoir son tombeau au Père-Lachaise. Il installe sur la dalle une sculpture du dieu Horus qu'il vient de créer. Horus au regard de lune et de soleil. Son œil blessé par son oncle Seth a guéri, il évoque les phases de la lune et de la renaissance. Horus accompagne les morts auprès de son père Osiris. Isabel, à la fin de sa vie, sera fascinée par les faucons et les éperviers, qu'elle représentera dans plusieurs tableaux.

Ce même mois de juillet, Picasso et Dora Maar, Eluard et Nusch, Lee Miller, Man Ray, la belle Antillaise, Ady Fidelin, lézardent sur la plage de la Garoupe, à Antibes. On les voit se baigner, s'embrasser, jouer. Nusch et Ady, nues, étroitement se caressent. Éros et Thanatos prodigués au hasard. Leurs semailles d'enfer et de paradis. Leurs bariolures de Venise, de Brunete, de Paris, d'Antibes…

L'ubiquité volage d'Isabel ivre de vie.

Après une nouvelle cure d'Alberto panique – l'épisode du pied – elle retrouve son reporter à Barcelone, où elle débarque à l'hôtel Majestic. Elle est vêtue d'une veste de cuir Hermès bleue avec des parements écarlates. Son mari lui demande de changer de tenue, car elle arbore les couleurs de l'uniforme fasciste.

Avant de se coucher, il lui raconte un épisode de sa vie passée en Allemagne :

– Tu sais, j'ai connu Hitler comme correspondant du *Daily Express*. J'avais noué une sorte d'amitié tactique avec Röhm, le chef des SA, qui me l'a présenté… Je l'ai interviewé en 1931. Costume bleu croisé, chaussures noires, bien astiquées, cravate noire. Chemise immaculée. Soigneusement coiffé. Raide. Teint de papier mâché. Il ressemblait à un ancien combattant devenu représentant de commerce. Rien d'impressionnant ! Sinon une tirade interminable sur une alliance rêvée entre l'Allemagne et l'Angleterre et notre sang nordique commun ! En 1933, lors de l'incendie du Reichstag, je me précipite sur les lieux. Hitler arrive, terrible cette fois ! Il avait les yeux qui semblaient lui sortir de la tête. Pour de bon ! Protubérants, de façon extraordinaire.

Il se tourne vers moi et me dit : « C'est le travail des communistes. Vous êtes le témoin d'une grande époque de l'histoire de l'Allemagne. L'incendie est le commencement. » Une fureur flamboyait dans ses yeux bleu pâle.

– Tu vas m'empêcher de dormir.

On cite volontiers les illustres vedettes qui ont séjourné à l'hôtel Majestic : des reines, des princesses, les stars Carla Bruni et Deneuve… Mais nulle mention d'Isabel Rawsthorne, en veste éclatante, qui fut la complice des révolutionnaires de l'art, leur amante, leur égale en création. Dans la cité cernée de 1938. Aujourd'hui, on célèbre, au Majestic, le bar de la terrasse : la *dolce vita*, avec vue imprenable sur la ville. Barcelone fut prise. Bombardements mortels, ruines. Un millier de victimes. La vie est trop douce.

Bacon peint, à la veille de la guerre, un tableau effrayant. On n'en connaît que la photographie prise plus tard par Peter Rose Pulham, l'ami d'Isabel. *Personnage descendant d'une automobile.* Au centre, la grosse bagnole, la Mercedes décapotable d'Hitler à Nuremberg. On reconnaît la carrosserie massive, on voit une figure nazifiée à l'arrière. Mais ce qui accapare l'attention et nous remplit d'effroi est la bête qui se gonfle au-dessus de la voiture et descend. Gros ventre et long cou de diplodocus coiffé d'une gueule dentue. Sordide amalgame de bête reptilienne et de mécanique emphatique. Le nuptial et mortifère Führer enclenche son meeting triomphal. Bacon cerne le monstre dégoulinant du véhicule officiel. C'est déjà la goule fameuse, le serpent difforme qu'on verra de façon plus claire dans *Trois Études pour figures à la base d'une Crucifixion* en 1944. Le classique de Bacon, l'icône de la Tate Gallery. Avec son aspect de Picasso fantastique. Fond orange archétypal. Le long cou bandé, castration, érection, la gueule dévorante. L'obsession de la manducation est là. Le carnage primordial peut recommencer à jamais.

La représentation antérieure de la voiture du dictateur et de la bête est sans doute plus mystérieuse, car plus confuse, plus ténébreuse, moins bande dessinée, que *Trois Études*. Plus sournoise, plus secrète, plus apocalyptique. Sombre Léviathan de l'horreur chevauchant la carlingue du crime. Bacon remania ensuite son tableau.

L'Histoire hante Bacon, dès 1936. Autre totem nazi de la dévoration : une forme rousse, un animal, chien ou renard, aux oreilles couchées tend sa patte vers une figure monstrueuse, géométrique, un bloc transparent où l'on discerne, greffés à une arborescence, une silhouette anthropomorphe, un bras levé, des doigts, un crâne, un cri, une denture. *Le Renard et les Raisins*, ou *Goering et son lionceau*. Bacon enregistre très tôt les photographies de l'actualité, les signes de la violence. Plusieurs clichés existent de Goering et du félin fétiche. Vers 1934-1936. Gros bonhomme dans son uniforme blanc ou noir de la Luftwaffe. Héros de l'aviation, goguenard et pervers. Patelin, câlinant le fauve en herbe, si on peut dire. Debout, ou assis dans un fauteuil avec le lion plus fort déjà, déployé jusqu'au visage du chef humé, léché. Mamours. Ou Goering entouré d'officiers de sa bande, avec une femme qui baise la joue du lionceau. Le gros Goering en short et le lion. Néron et son Colisée de fauves. L'Aigle du Reich et le Lion de Goering. Bestiaire emblématique. Le bal des prédateurs a commencé, la chasse. On sonne la course vers le crime, les chiens se déchaînent. Est-ce un renard ? Un dogue ? Un lionceau ? Les marchands se sont débrouillés avec différents titres. La bête rousse, oreilles soumises, caressant de sa patte le gros totem crânien et manducatoire. C'est la noce de Goering, énorme fêtard et viandard. Cabotin cataclysmique. L'Histoire a pris sa direction. La meute s'élance, la « voie » est forte.

Bacon peindra des chiens. D'après les photos de Muybridge, ses études sur le mouvement. C'est la source officielle, l'archive des chercheurs. Une copie, comme si le savoir suffisait. Mais le chien ! Celui de l'enfance, des équipages et des échauffourées, les chiens et les chevaux des écuries, des palefreniers de l'amour.

Les chiens de Bacon sont bruts, en piste. Oui, déjà l'espace circonscrit de l'arène : *Chien*. Ou le très bel *Homme avec chien*, spectral, chien braqué devant un caniveau et coiffé d'une ombre large d'homme. Menace. Totem ténébreux, dans le bleu de la nuit, la pâleur de la lune. Chiens d'attaque, chiens de lutte, chiens de carnage.

Isabel Rawsthorne, qui peindra tant de bêtes, adore, pour son compte, le chien de Giacometti. L'inverse du canidé cruel. Isabel promènerait volontiers le chien d'Alberto. Il est de l'époque des chiens de Bacon. Long, flasque, interminable, dodelinant de l'échine, museau au ras du sol, la queue balayant l'air. Pattes hautes, maigres, de sauterelle. Il marche, il se balance, il étire sa silhouette dégingandée, élastique, de vagabond de la sculpture. Il est drôle, il est famélique, il est incongru. Non, il n'est pas sartrien, solitaire, existentiel. Il n'est pas métaphysique. Il ignore le Néant. Il est à peine beckettien. Pas Francis Ponge, non plus. Giacometti sourit. La balade de sa guenille, de son guignol de chien, est follement sympathique. Bacon met en scène les chiens de meute, le chien qui guette, hérissé, babines retroussées. Mufle d'assaut. Giacometti : long museau qui flaire la poussière. C'est un chien qui ne dévore pas, ne mord pas. Isabel sait qu'il lui a été inspiré par le Kazbek de Picasso, son lévrier afghan.

Comment c'est venu ? Bien des années avant la nuit avec Bacon. Elle est très belle, très jeune, elle rayonne de force et de joie sensuelle.

La guerre est déclarée. Une bonne chose, si on peut dire… Voilà de quoi dérégler les comportements, chavirer les mauvaises habitudes.

C'est d'abord la « drôle de guerre » et l'époque où Picasso et Dora Maar rencontrent souvent Giacometti. À la terrasse du Dôme, chez Lipp ou ailleurs. Picasso envoûté par le charme d'Isabel, sa volonté de vivre éclatante. La lionne rayonne sur le boulevard. L'Andalou rive sur elle ses yeux noirs, rutilants de convoitise. Derain et Balthus peignent des portraits d'Isabel et de Sonia Mossé, qui ignore l'horreur qui l'attend… Picasso tourne de plus en plus autour de la fille magnétique, vient à l'atelier d'Alberto. Satellisé ! Aimanté par le cas Giacometti, ses affres. Son modèle prodigieux. Chez Lipp, il déclare à Alberto, devant Isabel : « moi, je sais comment le faire… ». Alberto supporte mal les manigances du Malaguène obscène. Sartre et Picasso… Il faut se les faire ! La corrida de Picasso en rut. Les cogitations péremptoires du philosophe.

Picasso, en avril 1940, fait de mémoire plusieurs portraits d'Isabel, tarabiscotés, chatoyants. Dissymétriques à l'envi. Elle porte un de ces chapeaux biscornus dont il a déjà affublé Nusch Eluard et Lee Miller. Il désire Isabel. Comme toujours, une urgence folle, soutenue de drôlerie, de malice, d'intelligence aiguë. C'est trop évident. Elle refuse de coucher avec le soleil.

À Saint-Germain, Alberto et Isabel ont dit adieu à Tristan Tzara, menacé parce qu'il est juif. Ils vont au jardin des Tuileries. La nuit, les étoiles mêlées aux feuillages. Alberto prend la main d'Isabel et la tient au long des heures contemplatives. Il la respire. Il l'écoute, il baigne dans son aura. Elle aime cet escogriffe mal ficelé, au visage magnifique, anguleux et tarabusté, à la tignasse épaisse, à la voix de rocaille. Il lui parle de ses blocages en peinture, de l'impossibilité de peindre juste ce qu'il voit. Il radote. Elle adore cet abîme d'homme perplexe, ses soubresauts de vitalité, ses harangue soudaines. Cette voix.

Ils se taisent. Assis sur un banc, sous les arbres, devant une plate-bande, pas loin du vaste bassin du jardin. Ils ignorent qu'en 2000, là, devant eux, se dressera *Grande Femme II*. De Giacometti. Près de trois mètres de haut. Droite, frontale, verticale, jambes jointes, pieds énormes, piédestal, petite tête aiguë, anonyme. Le mystérieux désir du sculpteur.

La nuit merveilleusement claire les enveloppe dans le jardin des Tuileries, des feuillages frais et noirs. Main dans la main. Muets, ils ont – comme le révélera plus tard Isabel – le sentiment poignant que c'est la fin de leur jeunesse. Les statues qui les entourent se dressent telles des déités oniriques. Le roulement de la ville alentour s'est évanoui. Soudain cette forme leste. Ferronnerie vivace, aux aguets.

– Un renard ! souffle Giacometti.

– Une renarde, murmure Isabel, enchantée.

Giacometti la regarde et corrige :

– Oui, une belle renarde.

Ils la voient se diriger vers le bassin. Ils se redressent et la suivent en coulisse.

– Comme des Indiens, chuchote Isabel.

– Des Sioux.

La renarde s'arrête et guette. Repart, file, zigzague, rejoint la grande vasque. Elle se fige devant l'eau et, soudain, son corps glisse en avant. Elle boit. Ils sont ravis. Pur bonheur de contempler la bête qui se gorge.

– Une renarde sauvage dans Paris, c'est impossible, c'est un rêve…

Elle fait volte-face et s'élance tout à coup. Elle se dirige vers le Carrousel. Ils la perdent de vue. Ils attendent, surveillant tous les accès.

– C'est préférable pour elle de disparaître.

Giacometti caresse le visage d'Isabel, il lui frôle les reins. Il sent leur secrète vibration. Un fleuve de forces qui crépitent. Il devrait peindre, sculpter des reins. Il se dit qu'il ne saurait pas, qu'il ne pourrait pas, comme toujours. C'est beau, c'est impossible. Rodin, lui, sait. Bacon, les reins des lutteurs…

Elle marche, elle danse, ses hanches se balancent. Il est émerveillé. Elle remue sa chevelure. Comme font les femmes belles, libres, altières. Sous la pluie lumineuse d'étoiles. Elles se donnent ainsi un élan de la pointe du pied, en relevant la nuque, en épanchant leur crinière. On dirait qu'Isabel se trempe dans la beauté nocturne.

Ils découvrent un parterre où l'herbe n'a pas été complètement tondue. Assez haute, souple et drue. Ils se disent que la renarde est peut-être venue se cacher là. Ils s'approchent doucement, juste à la lisière de l'herbe noire. Pour la toucher, trop belle. Elle sent bon. Isabel en saisit une touffe et la ploie, la presse dans ses mains. L'odeur de sève afflue. Sa chevelure rejoint la pointe de la pelisse huilée de nuit. C'est presque continu, sensuel, infini, avec la renarde qui du fond du réseau des tiges les devine, les regarde. Son échine frémit d'étincelles de vie.

Bacon va peindre l'herbe merveilleuse. On n'en parle presque jamais. *Étude de paysage*. Mieux : *Deux Figures dans l'herbe*. Lutteurs encore d'amour, l'un grimpé sur l'autre, les fesses claires, rondes, parfaitement cernées, galbées, émergeant d'un foisonnement d'herbes fluides, mêlées de fleurs, de nuances laiteuses. *Van Gogh dans un paysage*, tout un enclos, un sanctuaire d'herbe folles, bigarrées, une joie de peindre le mouvement, les flèches des tiges, l'cffusion végétale. Il n'aurait peint que l'herbe qu'il se serait imposé comme peintre de la nature qu'il détestait pourtant, en asthmatique phobique. Mais peindre est une autre chose que la vie. Isabel peindra, en 1970, ses *Migrations*, de grands pans de paysages jaune et bleu, quasi cosmiques. On ne la considère que comme un modèle transcendant, elle sera une créatrice ardente, inventive, à l'égal des deux rois, Bacon et Giacometti. Trio de la reine et des rois. Trois Figures.

Giacometti désire Isabel. Il la voudrait renarde nue, tressaillant dans son étreinte. Tous deux dans l'herbe luttant, fesses pâles, reins sombres, feu roux dans la tanière de l'atelier.

Elle, d'abord, droite et nue, immobile, bras le long du corps. Presque au loin. Énigme. Égypte. Indéfinie. Question ? Puis il s'approcherait d'elle qui viendrait vers lui. Précise, parfumée. Au fond de l'impasse de son atelier, rue Hippolyte-Maindron, où un arbre, descendu de l'étage supérieur, a projeté son feuillage, égayant les murailles de ses cheveux. Herbe vive.

L'un contre l'autre, ils traversent le jardin du Carrousel…

Il faut fuir la peste nazie. Delmer, le mari d'Isabel, la presse de rejoindre Bordeaux. Elle passe d'ultimes moments avec Alberto.

Après avoir sculpté son visage au long des années d'avant-guerre, il lui demande de poser nue. Elle se déshabille avec une facilité naturelle. Proche. Immense. Inouïe. Plus que déesse. Ineffable. Sa chair blanche, généreuse, ses formes déliées, splendides. D'athlète, de danseuse. À sculpter jusqu'à la fin de la vie. Le ravissement de Giacometti. Il finit par se déshabiller.

Seins, sexe, courbes épanouies, reins… La chair est un grand brasier blanc. Isabel irradie. Offerte. Souriante. Exubérante. Prodiguée en avalanche de neige ensoleillée. Et de forêt profonde. Parfumée renarde. Nappée de soie, d'or, diamantine. L'appelle tendrement du fond de sa voix métallique et charnelle. Il vient vers elle comme un fou, vers la louve épanouie. Bégayant, rauque, délirant d'amour. Agité, bras trop longs, mains trop grosses, corps dégingandé, tout en côtes, en os. Son accent formidable. Rocaille des Grisons, en chute de consonnes et voyelles hétéroclites. Elle le caresse, lui murmure des gentillesses et lui adresse des petites stimulations agiles. Sa tête en gros plan dépareillé, à tout-va, mâchoires crispées, yeux effarés. Touffe des cheveux hirsutes. Quasimodo tout fout le camp, grelotte, épars, disloqué. Tel un violoneux fellinien. Comment faire avec ce mec en transe ?

Bizarrement, ce sera plus inopiné, plus facile avec l'autre, le dandy de Londres, le pédé nietzschéen, comme il dirait.

On aime Alberto et Isabel. On adore la grande bouche toute en dents jaunes de tabac du bougre des Grisons quand il mange les lèvres d'Isabel. Nul bain de sang à la Bacon, nulle trogne de fille-sanglier disloquée. Belle Isabel harmonieuse et bachique. Les deux. Sœur d'Apollon et de Dionysos. Ordre et anarchie sacrée. Amante humaine quand vient la mort du monde.

Elle part en emportant deux dessins de Giacometti et un de ses portraits peints par Derain qu'elle conservera jusqu'à sa mort.

Elle envoie à Alberto un message ultime où elle le supplie de fuir, de sauver sa vie. Elle lui déclare son amour le plus vrai, le plus fort. Elle sait désormais ce qu'ils sont l'un pour l'autre. Ils ne se reverront pas pendant les cinq années de guerre, de démence meurtrière. Ils se seront aimés au bord de l'abîme. Giacometti rejoint la Suisse.

L'effroi. Les piqués de l'aviation allemande. Le Blitz. La furie d'Hitler. Londres en charpie. Bacon a été réformé pour son asthme. Il a intégré l'Air Raid Precautions. Défense de la ville, Bacon secouriste. Dans les décombres. La fumée noire, les masques à gaz qu'il distribue. Épiphanies de cadavres. Est-ce là qu'il perce le secret de la chair crue, cramée ? Crucifiée. Celui qui deviendra l'as des Crucifixions croise des mecs éperdus.

Tout enfant déjà, il a connu la tuerie de la guerre civile irlandaise. Catholiques et protestants en embuscade autour de la maison. Cavalerie, escarmouches, fuites, complots dans la forêt, serments de sang, tortures, exécutions : la vie, l'hallali.

Dans un abri souterrain, un jeune homme est couché auprès de lui. Bacon scrute la poitrine baraquée, battante. À son goût. La peur enveloppe les réfugiés. Sous les secousses, les ébranlements de la tornade de bombes, la valse des bâtiments sapés. Le jeune homme a un regard fiévreux. Il grelotte. Bacon lui tapote les épaules, le console. Une irrépressible envie de baiser dans le chaos.

Il connaît, lui aussi, l'angoisse ou l'exaltation. Quand la nuit explose, il est saisi par les visages portant des masques à gaz et précédés par des torches. Nombre de ses personnages auront le visage distendu, défiguré. La terreur est parfois un créneau de lumière où on entreverrait son œuvre future. Les Érinyes, les Furies poursuivent tous les Oreste de la ville. Un grand oiseau, un vautour gigantesque tournoie au-dessus de la Tamise. Une vrille de ténèbres dans les éclairs des bombes. Carnage à volonté. Têtes écrabouillées, cadavres incendiés. Il va exceller dans ces sujets paroxystiques, jusque dans l'insupportable. Et quand on le lui reprochera, étonné, il observera qu'ainsi va la vie humaine, entre deux désastres, au fil de son feuilleton d'hécatombes. Il baise avec des inconnus dans l'imminence de l'anéantissement. Il navigue à vue dans le dédale d'instants, comme des brèches de sexe et de sang.

Churchill apparaît dans les ruines. Il fait le tour des reliques. Chapeau rond, canne, cigare. Impassible, ironique. Personne ne doute de la victoire finale. C'est un peuple sur un roc insubmersible. Des Anglais de granit.

Cependant, il y a les privilégiés qui fuient le feu dans leur maison de campagne. La merveilleuse unanimité de la patrie héroïque a des failles. Ceux qui possèdent un jardin peuvent y installer des abris Morrison ou Anderson. Les voilà, ces cages de fer très baconiennes. Les papes hurleront dans des prisons de verre et de grillage plus esthétiques. Mais l'idée est appliquée pour de vrai en 1940. On se fourre dans le clapier métallique en attendant que ça tombe. Le peuple qui n'a ni maison de campagne ni jardin se débrouillera dans des trous, des abris de rue.

Un autre jour. Autour de midi. Soleil franc sur Londres. Et un nouveau bombardement fulgure et tonne. Bacon porte secours avec son équipe. Course. Brancards. Murs en dents de scie. Carie noirâtre d'immeuble. Nuages de poussière ardente. À la fin, on se terre de nouveau dans le tunnel du métro. Gisants peureux. Mais tenaces. Ils sont glorieux, ces Londoniens qui ne fléchiront pas. Elle apparaît ! Il est frappé par les hautes pommettes d'Isis, les lèvres gonflées de chair, les yeux d'Orient. Elle croise son regard bleu de dandy de guerre. Elle s'assoit non loin de lui. Puis se dresse d'un coup, marche avec énergie de long en large pendant quelques minutes, dans l'éclairage blafard. Il admire la dégaine athlétique. La chevelure, la cambrure. Ils échangent encore un regard. Deux violences, deux tensions pathétiques. Elle n'ira pas vers lui qui reste adossé au mur, vigilant et passif. Elle se rassoit. C'est ainsi que, pour la première fois, sans que personne puisse le raconter plus tard, sans qu'ils le sachent eux-mêmes, Isabel Delmer a rencontré Francis Bacon. Sous la terre, au fond des Enfers. Dans la Goule. Avec la ville en feu. Au royaume de Bosch. Churchill debout dans les ruines. Face au Führer. Nous, on sait, n'est-ce pas ? On les voit.

Isabel, comme Bacon, n'est pas à un bombardement près. À Londres, auprès de Sefton Delmer, elle connaît une activité intense. Dans le petit appartement de Delmer de Lincoln's Inn, elle donne un dîner qui réunit le prince Bernhard et la princesse Juliana de Hollande, la future reine. Delmer, le journaliste entreprenant, a le bras long, il est employé par les services secrets. Ian Fleming, le futur père de James Bond, est de la partie, hautes fonctions à l'Amirauté. Uniforme d'officier de marine.

D'autres amis, un banquier…

Le prince Bernhard chauffe l'ambiance en racontant que la veille, au moment du couvre-feu, au Claridge, il a tenté d'éteindre, de plusieurs rafales de son pistolet-mitrailleur, une lampe restée allumée dans un appartement à deux cents mètres de là ! Sans y parvenir. Voilà donc les cow-boys ! Le prince Bernhard enfile déjà son manteau après avoir bu un dernier cognac… Tout à coup, le souffle, le tonnerre, le choc. Tout le monde se précipite vers l'escalier qui a valsé. Isabel a son Derain sous le bras. Ian Fleming et Sefton Delmer réussissent à franchir le trou. Les secours arrivent et la soirée s'achève au Savoy. Quarante ans plus tôt, en 1901, Monet occupait une chambre dans cet hôtel luxueux. Il peignait les ponts, le Parlement sur la Tamise. Féerie éblouissante, fusion d'or, incendie de couleurs mystiques. Crépuscules oniriques. Bacon admire les couchants de Monet, mais le Beau va changer de camp ! Bacon en est le ravisseur brutal. Ses nymphéas suintent le sang.

Les jours qui suivent, les bombardements s'intensifient.

Un vrombissement, un grondement lourd, continu, enveloppe et submerge la ville. Une nappe de vacarme d'apocalypse. Les habitants fuient de nouveau ou se réfugient dans les caves, les abris. Tous les Stukas se dévoilent par tribus, légions équidistantes, soudain ils piquent avec leurs cris de moteurs longs et stridents. Mouchetant d'abord les lointains de l'azur, grains de ténèbres. Bientôt le cockpit et les ailes sont visibles. Le bruit, le rugissement, la puissance des gaz. Ils se succèdent, se resserrent, se séparent, se déploient au-dessus de la Tamise. Vols noirs et clairs, la queue de l'appareil arborant la croix du svastika. Les chapelets de projectiles fuselés s'échelonnent dans le ciel avant d'exploser. C'est chorégraphique et précis. Une effroyable fécondité d'œufs lâchés par les soutes béantes. Des centaines de bombardiers appuyés par des centaines de chasseurs ne cessent de pilonner les immeubles trépidants, les crevasses des rues, des places éventrées. La ville martelée, dépecée par quartiers stratégiques. Les incendies. Des entrailles dorées, noires, confuses, empanachées, où l'ossature carbonisée des bâtiments se tord, éclate, s'écroule. Tempête de flammes emportant le monde des vivants. La ville hurle, fume, siffle, dans son spasme interminable. Grosse muqueuse de pierres et poutres qui chuintent, suent, craquent, crépitent. Les tonnerres, les emphases, les aigus des sirènes, les canonnades se répercutent en une chaîne de paroxysmes crevant le tympan, broyant le crâne. On ne voit rien des hommes qui meurent. Des milliers.

Vue des Stukas, une grande maquette de structures, tel un squelette, grille, se disloque, hérissée de chicots noircis, de vertèbres brisées, de lambeaux de décombres, lacérée de grandes lanières de fournaises, percée de cratères et de bouillons. Quand l'avion reprend de la hauteur, en son essor virtuose, le pilote admire son travail de couture, la fine dentelle des ruines, ces linéaments lacunaires de reliques, ce vaste Pompéi méticuleux, pulvérisé, liséré de brasiers délicats. Certains quartiers de Londres et de sa banlieue paraissent une miniature, un mandala de miettes, un rébus vaporeux. Ils sont loin, les hommes massacrés. Tout le détail des suppliciés. C'est la victoire d'un Vésuve plus dévastateur que le vrai.

L'allégresse dans les cockpits. De nouvelles vagues d'assaut affluent. Embusqués dans les créneaux de cette galette de murailles détruites, les batteries antiaériennes, les mortiers ripostent encore à feu roulant. Les avions dansent la ronde de l'enfer. C'est mieux que le Jugement dernier grotesque des grands maîtres de la peinture. Nul diable à fourche écarquillé de fureur, nulle chute des damnés nus. C'est une tapisserie entière d'agonies sans pittoresque. Les cockpits extralucides visent les restes. La rage de tuer, de détruire les estropiés, les mourants, de retourner, de trancher les cadavres sanglants sous le soc des éclats. Les pilotes opèrent dans une sphère transcendante, irréelle. Ils ignorent la mort en masse, en charnier, en charpie, en convulsions, cris. L'horreur dans tous les trous de férocité ardente. Le futur Bacon paraîtrait drôle et savoureux avec ses Crucifixions de boucherie fraîche. Ses « abominations macabres », diront ses ennemis. Isabel entendra Bacon les renvoyer aimablement au réel et à l'Histoire, bien plus monstrueux que sa peinture. Même le cri du pape, ce trou d'obus dans le mur de la peinture traditionnelle, ne saurait approcher l'immense abattoir de la ville mâchée, pilée, cramée, triturée d'ergots, de dentures de gravats, de récifs brisés, de vagues de fumées charbonneuses qui montent dans le ciel, graduées, moutonnent et se dissolvent lentement. En anneaux de cendres diaphanes. Plus tard, Dresde, Hambourg seront des compositions encore plus ciselées par l'anéantissement.

Toutefois, le cri du pape dans sa cage de verre, personne ne l'a oublié, alors que tout le monde confond désormais les bombardements de toutes les guerres.

Sefton Delmer (appelé familièrement Tom) officie au Service des opérations secrètes. Il est chargé de la propagande noire destinée à démoraliser l'ennemi, censé prendre les infos propagées pour de pures vérités allemandes. La Radio Noire de Delmer diffuse dans un parfait allemand, à destination des armées d'occupation et de la population, de charmants bobards comme cette rumeur selon laquelle les femmes allemandes couchent avec les travailleurs étrangers envoyés en Allemagne. Isabel et l'agent secret habitent dans différentes maisons de campagne, d'où ils effectuent leur boulot de sape. À Larchfield ou Aspley Guise, Isabel s'occupe de réfugiés secrets, transfuges, prisonniers allemands retournés, officiers antinazis zélés, techniciens de la radio, experts de tous ordres, imprimeurs de génie imitant les caractères gothiques allemands, falsificateurs de haute volée, aventuriers doués, triés au peigne fin. Une faune affutée, bigarrée, qui ne peut que l'attirer. Elle doit cacher, déplacer, bichonner beaucoup de visiteurs mystérieux. Des couples ainsi se créent : secrétaires anglaises, bulgares, roumaines et prisonniers de la Luftwaffe. Delmer insistera dans ses Mémoires sur les fiançailles fracassantes d'une Juive et d'un soldat hitlérien repenti, « von quelque chose », de l'Afrikakorps. On ne manque pas de faire des farces, de chahuter et de bronzer torse nu sur le toit du centre de propagande.

Isabel n'est pas sans éprouver de nouvelles inclinations amoureuses. Tandis qu'elle nourrit sa basse-cour, cueille des champignons, invente des recettes et soigne son potager pour agrémenter la nourriture des pensionnaires. Delmer, dit le Corsaire des ondes, virtuose de la désinformation, poète du faux document, apparaît, disparaît, revient avec des huiles du renseignement. L'imagination est au pouvoir. Il faut mitonner de nouvelles rumeurs, entretenir le contact avec la Résistance en France. Glisser dans une série de nouvelles véridiques et totalement vérifiables des soupçons contre le régime, sa corruption, ses incompétences. Insinuer le doute lent et graduel dans le crâne des dévots et des aliénés du Reich. Agnes Bernelle, née à Berlin, aura sa famille décimée dans les chambres à gaz – elle-même a pu partir en 1938. À son poste, elle envoie des cartes de joyeux anniversaire aux équipages des U-Boot, les redoutables sous-marins allemands. Elle obtient en retour des renseignements précieux. Le staff infiltré de Delmer manœuvre tous azimuts. Par la mer et dans les cieux. Delmer délègue sur les ondes un collaborateur surnommé Der Chef. Les Allemands vont écouter et apprécier l'imposteur, persuadés d'avoir affaire à des infos secrètes de vrais patriotes. Isabel contribue à la fabrication d'alibis médicaux, simulacres de maladies diverses pour les soldats ennemis – l'exhibition de leur mal les mettra hors service et leur sauvera la vie. Des prospectus sont ainsi glissés dans différents manuels pratiques, des paquets de cigarettes ou tous autres produits destinés aux soldats allemands. Qu'ils soient démobilisés, qu'ils désertent ! Comment, par exemple, simuler une paralysie temporaire de la jambe. Le mode d'emploi est détaillé. Isabel confectionne des dessins suggestifs de plantes à utiliser pour enflammer des plaies irréfutables. Delmer fait imprimer pour les Allemands de faux tickets de rationnement. Un de ses meilleurs coups consiste à faire croire qu'un as de la Luftwaffe, mort dans un accident de son avion, a été, en fait, assassiné : bon chrétien, il avait critiqué le paganisme hitlérien.

On va charger Isabel d'un travail original, la fabrication de cartes de vœux pornographiques, toujours à l'intention des occupants. Elle a de quoi s'inspirer depuis ses relations intimes avec

Epstein, Bataille ou Balthus. Elle connaît leurs œuvres les plus hardies, la belle Sunita Devi d'Epstein, une cascadeuse médiumnique, ondulante, opulente et brune, photographiée, peinte ou dessinée de fort près. Isabel réalise une amante très blonde, très charnelle, ravissante comme Antoinette, la blonde épouse de Balthus, qui tourne le dos à son amant pour le chevaucher avec fougue en lui dédiant le spectacle de ses fesses rondes. C'est une supposée Allemande qui couche avec un travailleur étranger. Pendant que son fiancé ou mari opère en pays occupé. Officiers allemands prenant du plaisir avec des prostituées françaises ou images de belles Anglaises dans les bras d'Allemands dès que la paix enfin désirée adviendra. Faire vite pour que tout cela finisse. On fabrique aussi des images d'Hitler en pleine masturbation ou d'officiers nazis séniles se branlant désespérément tout en se livrant au marché noir. L'invention de scénarios érotiques est une spécialité de Delmer. Le but est d'accréditer l'idée d'une élite nazie pourrie. Delmer est capable de cynisme et de manœuvres cruelles. Annoncer la mort prétendue d'un soldat à ses parents et diffuser plus tard que l'erreur vient de l'incurie du gouvernement nazi. Ou plus sadique encore : contredire la nouvelle de la mort d'un soldat en prétendant qu'il est à l'abri.

Tout cela est très contrasté, mais fatigant, et déprimant à la longue. Isabel, dans les bras de son grand manipulateur, oscille entre l'excès de vie et l'excès de mort. Certes, elle n'aime pas les amants fades mais les artistes extrêmes, chacun dans son genre. Cependant, elle éprouve une lassitude de ces instincts de l'homme, de sa peur de mourir, ses pulsions scopiques, ses fantasmes stéréotypés. Éros et Thanatos qui fascinent aussi bien Giacometti que Bacon. Ce dernier collectionnera des photos de maladies de la gorge. Happé par la purulence écarlate. Il aurait pu participer à la campagne de « *malingering* ».

Le jeune adolescent est réveillé par la fanfare, ce vacarme animal, le son des trompes, les appels virils. Sa nounou l'habille rapidement. Car le Père a décidé que Francis participerait à l'équipée matinale. Il regarde par la fenêtre, les yeux soudain submergés par le flot ondulant dont pointent les queues battantes. Les cavaliers en tenue rouge et blanc. Toque noire, culottes. Bottes et guêtres de cuir fauve. Le tonnerre d'aboiements monté de la mer des chiens, des gueules, des mufles, goules baveuses. En nappe envahissant l'espace, pressée, pantelante. Horde hurlante qui le saisit à la gorge, l'excite et l'étrangle. Entre fascination et nausée. Tout son être hypnotisé par le magma de remous. La vie violente, vertigineuse. Les statures vigoureuses des valets de chiens valsent au-dessus de la mêlée canalisée. Chevaux hennissants, flancs moirés, bruns, blonds, peaux. Cliquetis, chuintements. Poitrails. Francis s'abreuve du foisonnement brut. Les valets lèvent leur fouet qui claque. L'adolescent frémit sous la mèche vivante, comme si, dos nu, pantalon baissé, il recevait la punition, la fessée, de son palefrenier préféré.

La nounou l'amène à la calèche qui suivra la chasse. Des flaques de brouillard glissent encore dans les trouées de feuillage et de soleil. L'asthme de Bacon pourrait à tout moment éclater, la crise, le souffle coupé, par les effluves de poils, de toisons. Cette muraille écroulée de bêtes qui pullulent, roulent à feu d'enfer. Les piqueurs superbes embouchent le cor. C'est soudain une ronde fastueuse, tout un carnaval chorégraphique de pelisses, d'uniformes éclatants, de sangles et de tendons, de brides, de mors, où les robes des chevaux rutilent, exhalent tout leur parfum musqué, envoûtant, n'était la phobie respiratoire qui menace, bloque en partie, le déchaînement de volupté. La gouvernante, l'amante du valet de chiens sauvage, monte dans la calèche à côté de Francis et de Jessie, la nounou qui lui sera fidèle pendant tant d'années.

La veille, ils ont bouché le terrier du renard, le condamnant à errer à leur merci. Les chiens sont guidés vers sa « voie de nuit », l'odeur, le sillage âcre et orgiaque qui persiste jusqu'au matin. La joie de sentir, de savoir. Une flambée qui éclate dans leurs crânes de prédateurs. Les piqueurs mènent la troupe sous les arbres, les valets encadrent le flot de la meute. Le maître d'équipage, c'est le Père, c'est le dieu de la colère. Francis l'admire, le désire et le hait à mort. On a dit que c'était lui le pape de Vélasquez en cage, damné, hurlant sa mort éternelle.

La cavalcade est belle quand la horde se divise, entre les arbres, en flux de toisons tricolores. Les rapprocheurs, qui sont les chiens de tête et surdoués, débusquent l'animal. Sonnent l'attaque et le lancer. Le renard détale. Soudain, le garçon voit le Père jubilant, dressé sur son cheval, cravacher l'azur par défi.

Francis observe de l'arrière le tumulte de l'assaut, la poursuite effrénée. Croupes de chevaux, culs de chiens, culs d'hommes gainés dans leurs frocs de curée. Musculeux, comme des Rubens, bousculés sur les reins de leurs montures. Les cris le passionnent tout en l'effrayant. Des cris qui ne ressemblent pas à ceux qu'on entend habituellement. Toute une volée de variations, d'appels de bestialité où la tonalité humaine change, s'exaspère, jappe, aboie, siffle, tandis que certaines vocalises de chiens révélées par la voie chantent. Quelle sérénade ? Quel aria de rage ? Est-ce une illusion ? Un délire d'adolescent stupéfié, brinquebalé, arraché au sommeil ? Écarquillant yeux, oreilles, narines dans le branle d'échines, la ruée sur le renard.

Francis aimanté par les marques curvilignes des sabots mordant les mottes de terre comme de la chair. Des fragments de boue sont expulsés dans la mousse. Le renard fuit dans les touffes émeraude.

Qui est-il ? Bacon pourrait aimer le renard toujours fautif, un « puant », un scélérat maudit, nuisible, vermine, traqué, tueur de volaille, de lapins. Comme il a raison ! songe Francis. Gagnant soudain le camp de la proie harcelée. La déviante pelisse rousse qui zigzague, accélère, échappe sous les ramures, dans les taillis. Le panache de sa queue noire s'éclipse. Il est tapi, le cœur pulsant sa panique, aux aguets, petite bête poignante dans l'étau des hommes terribles et des fauves lâchés. C'est l'univers tout entier conjuré qui l'écrase.

Les chiens percent, comme on dit dans ce langage de la vénerie, ce vieux vocabulaire coloré, belliqueux. Une palette de mouvements, de lutteurs, de prédateurs innombrables qui s'exaltent au jeu de la course carnassière.

Francis ne voit jamais le renard. Il est frustré par ce manque de cible, de rousseur, de feu. Sa nounou dodeline de la tête. Mais la gouvernante glousse, émet des gémissements, pousse de petits cris nerveux. Une onde qui va du valet de chiens à elle la fait tressaillir au rythme de la chevauchée. Elle s'abîme dans l'odeur de la course qui stimule sueurs, remugles, jus de chasseurs et de meute.

La meute, c'est le mot suprême qui désigne la bande de voyous musclés, dévorante, cravachée, prête à la tuerie.

Ils longent un étang vert sous une feuillée qui rougeoie. Le renard peut profiter de l'eau pour laver son parfum, dissoudre la voie, égarer la traîne des échines et des croupes ondulantes, furieuses. On lui prête toutes les ruses, toutes les intelligences, toutes les mémoires. C'est dans les contes médiévaux. Il y a du diable en lui. La beauté de la fournaise. Le museau et la moustache de la subtilité. Son terrier a été, oui, bloqué. La forêt est devenue une impasse. C'est inégal, ce n'est même plus du jeu. C'est la volonté de l'homme qui veut gagner à tout prix. C'est bête, voilà du meurtre programmé. C'est ça leur bonheur.

Ils galopent, sur les bosses, dans les trous, le long des fossés, des bruyères, des tronçons d'étangs, de bois, de bosquets. À vive allure. Ils sont libres au vent. Dans la chasse ils oublient toutes les questions humaines, les tourments de couple et d'argent, de foutre et de pouvoir. Nulle place à conquérir mais courir au vent battu de ramées. À la cadence d'une liberté épique et sanglante. Une grande pierre pointe au milieu des arbres, dorée de lumière.

On dirait – c'est inouï – qu'ils ont perdu le renard, qui les a dépistés. La horde dévoyée, à bout de voie, ralentit, piétine, recule, bouge de côté, en vagues de bêtes obliques aux cris nouveaux, des gémissements, des jappements étranglés, caillouteux. Ce désordre fait mieux voir la vie organique du chien, son aspect, son poil orange et blanc, mantelé de noir, les dessous de ses flancs plus duveteux, plus suaves, le rythme de son halètement. Langue rose, pendante, il pisse, puis se renverse, exhibe ses couilles roses, comme dans *L'Hallali du cerf* de Courbet... Les fox un instant s'avachissent et fument. Flasques baudruches. Chiennerie lasse.

Voilà que le valet de chiens, cravache en main, revient vers la calèche. À grandes enjambées, il marche le long de la voiture, sa trompe en bandoulière brille. Il scrute la gouvernante brûlante. Il est tout enflammé de chasse et de désir. Il pue le renard et pire. Il voudrait la tirer de la carriole, la presser contre l'écorce d'un arbre, la dépoitrailler, la pétrir. Elle lui sortirait le membre de sa culotte blanche. Francis les verrait, agrippés, cramponnés. Les reins, les fesses en houles précipitées, les guêtres qui se tordent. Le ventre très blanc avale l'homme avide. Criant, gémissant, chien. Jurant. Francis les a déjà vus faire, c'est pourquoi l'image jaillit. Il est jaloux de la gouvernante rose, poudrée, sous une résille de sueur. Il voudrait être la fille dans la calèche.

Puis ça repart, on ne sait pourquoi. Toute la brigade rappelée à l'ordre, rassemblée, cors, cris, abois, voltige des queues, des robes et des pelages souillés de boue, d'herbes. Ce n'est plus l'allure fringante et briquée du matin. Les culottes blanches sont tachées de crachats de fougères et de terre. Les respirations sont moins nettes, moins régulières. Ils ont l'air féroce. Bacon plonge dans cette violence courroucée. La gouvernante se mord les lèvres.

De gros fourrés moutonnent, le renard file dans des coulées, se fait tout mince comme une statuette de Giacometti. Il revient sur ses pas pour donner le change. On passe devant une grande propriété calme, pelouse déployée, femmes en robes claires de Monet.

La calèche est en panne sous un chêne puissant, immense dais vert immobile. C'est à cause du renard aux oreilles noires. Et s'il en réchappait ! pense Francis. En même temps, il désire qu'il soit pris, que les fox l'atteignent. On entendrait l'hallali et les chiens aboieraient vraiment. Cette perspective de tuerie lui fait peur, l'attire. Tuer le renard ou le maître d'équipage. Car ce sont bien l'image et le rêve du Père formidable, dardant son regard de jais, qui s'érigent. Les chiens le cernent de leurs gueules braquées. Dans une cage de mufles. Pris au piège, le tyran est traqué, refait, mordu. Pape peureux, soudain, il hurle, se débat, dents découvertes, babines. Rend gorge. Les molosses l'assaillent, attaquent sa chair dure, l'entaillent. Toutes ses blessures giclent et saignent. Crucifié, cravaché, cerf aux abois. Le valet de chiens est entré dans la calèche et, au lieu de sauver le Père, il soulève la robe de la gouvernante évanouie. Il la taraude de ses coups de piolet, comme, dans certaines chasses au renard, on coince l'animal dans son terrier. Le voici acculé par les chiens sous la terre. Des hommes tranchent le sol, l'atteignent et lui perforent le crâne.

Le jeune Bacon suffoque, étouffé par ses visions, son asthme.

Bientôt, le Père va le surprendre devant un miroir paré des sous-vêtements de la mère. Toute sa vie il aimera se farder, se poudrer, lèvres carminées. Jessie Lightfoot, oui, la nounou de la calèche, ira lui acheter les produits, des crèmes, des fonds de teint Max Factor, onctueux. Le Père respiration bloquée, ahuri. Transcendant de colère, de honte. Et terrassé dans sa crise, son paroxysme de tyran trahi, décomposé. « Un connard ! » dira Bacon de lui. Entendez sa voix railleuse, nasillarde. « Connard ! Connard ! » Isabel rit quand, désormais, provocant, il raconte la scène biblique, si on veut. Le connard braille l'hallali du patriarche offensé. Fils damné, mais chassé de l'enfer.

Francis est placé sous la garde d'un proche du père, chargé de l'éduquer, de le soumettre à des désirs plus orthodoxes. Le gardien l'emmène à Berlin. 1927, inflation, crise, prostitution. Le duo descend dans un hôtel mythique, luxe, marbre, grooms, chasseurs. L'Adlon, sur Unter den Linden. Sous les tilleuls. C'est beau dans les deux langues, ça chante dans l'allemande et parfume dans la française. Synesthésies proustiennes. Un gros bloc d'étages géométriques, classiques, qui sera ravagé par les Russes, puis reconstruit pour le bonheur de toujours ! Juste en face des chevaux verts et piaffants de la porte de Brandebourg. Et de l'Aigle. On est au cœur de l'Histoire. Où est le renard ? Argenterie, stars, tout le gratin fastueux défile et se trémousse sous le nez de Bacon, de ses 18 ans friands. Jouvenceau ébloui reflété dans les miroirs majuscules et ornés. On le voit. Sa frimousse séductrice. Son rire déjà. Sa danse de Bacchus captivé, caravagesque. Il voudra ses œuvres sous verre, encadrées d'or. Berlin, bain de sperme initiatique. Toujours – hors du futur atelier de Reece Mews (*mews* veut dire « écuries ») exigu et modeste, sa taupinière sacrée – il aimera la somptuosité des palaces. Le Ritz dont le nom irradie… Ils font la tournée des ruelles de l'amour, des lupanars pour beaux mecs. Des bars patentés, des cabarets prodigues. La drague à mort. Les mélopées des mâles. Entre deux guerres mondiales, deux folies, deux hécatombes immondes. Le temps est la muraille des crimes, hachée de meurtrières sexuelles qui sont les parenthèses de paix. La punition paternelle est un enchantement. L'Allemagne, un havre de confusion, de parades, de travestissements, de paroxysmes et de lubricité. Coulées, tunnels excitants creusés dans la charogne précieuse de la République asphyxiée de Weimar. Opium du riche : l'art doit exaspérer les nerfs, irriter la racine. C'est le seul diktat ressassé de Bacon. Le sexuel et la mort en chambre rose découpée au cordeau autour d'un trophée de boucherie. La chasse dans Berlin, Venise vénérienne et nordique qui fermente, tape très fort sur la couenne. Bacon couche avec Cerbère. C'est un Styx lubrique. L'enfer promis est fluide. Paradis toutes les nuits. Gibier garanti. Bacon révélé à lui-même, épanoui. Berlin roi des étés. Une vraie jeunesse de Bacon. Francis roucoule. Hitler se prépare à monter dans la Mercedes noire du massacre de masse. Toutes les avenues du carnaval convergent vers le Colisée de l'horreur.

Isabel a toujours aimé le Zoo de Londres. Avant la guerre et après. Les tigres de Sumatra ondulant comme des brasiers obsédants, la maison des éléphants entourée de badauds, le spectacle des chimpanzés, leur dînette comique, les pythons somptueux, les oiseaux tropicaux. Tout excite sa curiosité, ses instincts de peintre. Surtout la colline des singes, ses rochers en forme de pyramide, de ziggourat. Les babouins, leurs manies hiérarchiques. Elle étudie les poses, les attitudes, les acrobaties sur les perchoirs, les échelles et les gradins… Ce qu'elle préfère c'est quand le singe pense, de profil, à la manière de la statue de Rodin, en plus humain, plus habité. Une mère et son petit la bouleversent. Le bras protecteur, la main enveloppante de la mère.

Pendant le Blitz, à l'automne 40, les bombardiers allemands touchent le zoo de Regent's Park. Isabel tourmentée par le sort des animaux. Une bombe explose sur la colline des singes. Certains, profitant des brèches, se carapatent. Une trentaine vadrouillent en liberté. Surpris, peureux, fuient dans les allées. Écarquillés de stupeur, ils écoutent les bruits formidables. Tremblent, se serrent les uns contre les autres ou foncent en file indienne. Ils errent dans cette forêt des ruines escarpées de Londres qui leur dessine une nouvelle colline, un nouveau zoo plus vaste. Un girafon meurt de terreur. La maison des zèbres prend un gros coup. Ils se sauvent à toute allure. Les incendies cernent le zoo de zébrures de fumées, de flammes, de poussière, de grilles envolées… On déplace les pythons chamarrés. Les lourds boas. Des fardeaux d'enroulements d'or fantastique charriés dans la nuit de tonnerre. Les gardiens courent partout. Des oiseaux fusent au-dessus de leurs têtes. Des gerbes d'étincelles, des huppes. Certains serpents venimeux et araignées meurtrières ont cependant été détruits au commencement du bombardement. Il ne fallait pas prendre le risque d'une escapade occasionnant des morsures mortelles. Bientôt, Isabel lit dans le journal un bilan assez humoristique. Hitler a commis des dégâts, mais pas plus qu'il n'a entamé le moral des hommes il n'a atteint celui des animaux. Les singes ont repris leurs cabrioles dès le lendemain.

Plus tard, Isabel retournera au zoo, avec Bacon, à Londres, ou avec Giacometti, à Vincennes. Elle et Bacon vont peindre, dans des styles très différents, des singes extraordinaires.

Giacometti en Suisse, à Genève, réfugié dans une pauvre chambre à l'Hôtel de Rive. Pendant qu'Isabel vit ses aventures d'agent secret, il sculpte dans le plâtre mouillé l'enfant de la famille. Silvio, le fils de sa sœur décédée, Ottilia. Car Annetta, la mère, et son petit-fils sont venus rejoindre Alberto. Silvio tout petit, juché sur un double socle. Demi-Dionysos rescapé des accidents du temps, des crimes de l'Histoire. Il trône comme un Toutankhamon suisse, sans coiffe dorée, mais précieux. Un chérubin des sarcophages d'aujourd'hui. Annetta n'apprécie guère les facéties laborieuses de son artiste de fils. « Fais comme ton père ! » Car Alberto a eu un père peintre, connu, qui vendait ses œuvres. Un exemple ! Il n'écoute pas sa mère, même s'il se languit d'une confiance qu'elle ne peut pas lui donner. La matriarche des Grisons est mère de son époque. Alberto a peint des portraits d'elle, grise et massive aux cheveux blancs. Un bloc de mère rustique. Granit. La légende lui attribue un ascendant fantastique sur son fils, qui lui téléphonera chaque jour jusqu'à sa mort. N'empêche qu'il vivra sa vie à Paris, à son gré. Célèbre, il le sera, et riche, de son vivant, mais pas par le biais des vœux et des thèses de la mère. L'inverse lui a réussi.

Giacometti accomplit d'autres prouesses. Ses lilliputiennes figurines contenues dans les fameuses boîtes d'allumettes. Plus ça rapetisse, plus c'est vrai, comme Isabel, vue de loin, sur le boulevard Saint-Michel. Mais la vision de cet effacement lui inspire de la terreur. La guerre est vaste et puissante. La force se ramasse aux portes de l'invisible. Je taille dans le plâtre encore et encore et j'y arriverai ! « Et hop ! plus de statue ! » avouera-t-il plus tard. Le processus ressemblerait presque à ce jeu du « fort-da » auquel se livre le petit-fils de Freud déroulant-enroulant une bobine. « Là-pas-là ! » L'objet disparaît, réapparaît. Ainsi, le deuil est maîtrisé. Ce qui s'anéantit peut revenir. Rien ne serait à jamais absenté. Mère ou monde, ville rasée, amour… Et hop ! Fort-da ! Une poignée nouvelle de plâtre et la statuette peut repartir. La belle enfin.

Elle est originale, la chambre d'Alberto transformée en atelier ! Le photographe Lotar, promis à un grand avenir sculptural, photographie Alberto en train de manier la matière, de la triturer, de l'étirer, de retirer, de recommencer le « fort-da et hop ! ». Quand Giacometti travaille à une statue, on dirait un violoniste qui accorde son instrument. Clarinettiste aussi. Avec l'agilité circonspecte de ses doigts qui trottent.

Ce n'est pas un fantôme qui apparaît à Giacometti dans la Brasserie de l'Univers de Genève, mais une fine jeune fille de 20 ans aux beaux yeux vifs et noirs. Il ne pourra ni la grandir ni la rapetisser. Elle va tenir jusqu'au bout. Annette ! Elle vit dans une famille de Genève assez stricte, voire conventionnelle. Annette primesautière a envie de sauter la barrière. Dès le premier soir, semble-t-il, plutôt que de rentrer au bercail, elle préfère suivre Giacometti dans sa chambre d'hôtel. Quitte à inventer un alibi pour ses parents. Mentir, c'est la vie, mentir pour ses désirs plus forts que la vérité. Bacon approuverait !

On ne sait rien de cette première nuit dans la chambre-atelier peuplée de plâtres pas plus gros que le pouce. La jeune Suissesse a connu dans sa famille un décor trop bien rangé. L'antre d'Alberto n'est pas d'une propreté sidérale. Mais c'est un creuset d'alchimie qui enchante l'initiée. Nul biographe ou collectionneur indiscret pour raconter toujours la même défaite d'Alberto, son impuissance supposée devant la beauté. Certes, il va voir les prostituées suisses comme ailleurs. Annette est spontanée, heureuse. Ils font l'amour et la fameuse affirmation de Picasso, « moi, je sais comment le faire », adressée devant Isabel ne serait plus de mise. Alberto en sait autant que lui.

Il boite légèrement et s'appuie sur une canne d'Œdipe de composition. Rôle étrange. L'Homme qui marche boite et c'est encore mieux. Quel signe ? Annette n'aura que faire de cet imaginaire de boiterie. Alberto a plus de vingt ans de plus qu'elle, qu'importe ! Elle veut vivre la vie d'artiste, même si elle va comprendre qu'Alberto ne veut rien sacrifier de ses rites, de ses usages, de ses manies, de ce quotidien inconfortable, presque misérable, de l'atelier. Elle choisit ! L'ami Sartre y verrait une vérification de ses thèses sur l'existence. Nul déterminisme bourgeois suisse. Libre, Annette, de casser le carcan de l'hérédité. Elle n'aura de cesse de rejoindre l'atelier de la rue Hippolyte-Maindron.

L'année de cette rencontre, Sonia Mossé, qui fut l'amie des surréalistes, celle de Giacometti, de Balthus, de toute la bande, est arrêtée, emmenée à Drancy. Juive déportée. On suppose qu'elle est morte gazée à Sobibor. Voilà l'Histoire, prédatrice, goule. Balthus et Giacometti, qui se voient à Genève pendant l'Occupation, ont-ils parlé souvent d'elle ? Ont-ils évoqué la fameuse photo prise par Man Ray où l'avalanche de la chevelure blonde de Sonia couvre les cheveux de Nusch, dont le mince et joli visage regarde la bouche de Sonia. Man Ray avait le goût des femmes entre elles : Nusch et Ady Fidelin, ou Lee Miller. Cet excès de vie, de désir.

Giacometti n'en a pas pour autant rompu avec Isabel. La déesse reste intacte dans sa pensée. Il lui écrira une lettre en 1945, où il lui déclare son impatience de la retrouver. C'est soudain comme s'il la sentait auprès de lui. Toutes ces petites statues qu'il veut lui montrer viennent, dit-il, de la vision, de l'illumination produite par Isabel, lors de la fameuse nuit du boulevard Saint-Michel sous la coupole des ténèbres bleues. Statue de loin, sur un socle. Rapetissée par la distance, si vraie, si réelle !

Giacometti, qui n'a pas l'aisance amoureuse de Bacon, cavaleur à l'envi et au débotté, si l'on peut dire, est lui aussi un inconstant, un polygame. L'avenir le prouvera. Le grand solitaire noir, angoissé, perdu dans le cosmos, le Sisyphe écrasé, n'est qu'une part de sa légende. Il sait attirer, séduire. Envoûter par son verbe enroué. Bacon drague avec alacrité, rire, et défi. Alberto n'est pas en reste.

La bataille fait rage dans toute l'Europe, les camps sont remplis de pauvres proies traquées, assassinées par les nazis. Giacometti vit une idylle fraîche, vivifiante, dans les bars et les cafés de Genève où il rencontre pléthore d'intellectuels, de philosophes, de peintres… Annette, jolie, déliée, se repaît de ces palabres pleines de brio où Alberto, dialecticien fiévreux, mène la guerre des répliques.

Il faut les imaginer le soir, de retour dans la chambre des statuettes. Le joli corps d'Annette, ses élans, ses désirs libérés. Giacometti ne lui demande pas de le fouetter façon Bacon. Que veut-il en amour ? Sa préférence ? On connaît ses fantasmes de viol et de meurtres exprimés dans « Hier, sables mouvants ». Son goût pour l'alignement figé des femmes du bordel. Mais nulle confidence sur sa manière avec Annette, sur les inclinations de cette dernière. Un amour est un alphabet de poses, de codes, de cérémonies répétitives, de jeux insistants, d'angles favoris, de pile ou face, et ainsi de suite. De chevauchées, de chienneries complices. Avec Bacon, on en connaît un rayon. Il suffit de regarder ses tableaux, ses lutteurs, ses escogriffes amalgamés. Ses enculades à peine voilées dans les miroirs des carnages.

Nulle sculpture érotique de Giacometti. Pourtant, dans cette période vouée aux statuettes vertigineusement ténues, promptes à l'évanouissement, il sculpte la merveilleuse, la délicate *Femme au chariot*. Haut socle quadrangulaire. C'est du costaud en bloc. Là-haut, la femme sera exquise. Ni lointaine ni déesse inaccessible. Mais fine à courbes discrètes, ovale des hanches, fente du sexe marqué, petits seins. Lignes au pinceau de couleur pour incarner la joliesse. Visage non plus inexpressif ou égyptien mais quasi vivant, détaillé. Certes toujours très droite, jambes jointes, bras le long du corps. On ne peut pas trop demander. Mais elle va bouger, frémir, marcher. Le plâtre se fait chair, fleur délicate. Elle pose comme une femme, on sent que son corps vient de se rassembler et que c'est éphémère, qu'elle va rejoindre l'amant, l'étreinte.

Femme au chariot est réputé avoir été inspiré par le souvenir de la royale Isabel. Le chariot est un trône, un char d'Isis. Et s'il s'agissait d'Annette ? Reconnaissable et profane, sa silhouette féminine, sa sinuosité. Son charme juvénile, sa proximité tendre. *Femme au chariot* a été pétri, galbé dans le plâtre à Maloja, la maison d'été des Giacometti, entre 43 et 45. Un double a été peint à même la paroi de bois du chalet, rendant la vision plus complète, plus profonde, encore plus sensuelle. Le corps peint évase davantage cuisses et hanches autour du pubis, de son triangle noir.

On ne retrouvera guère cette présence de sexe, de pelage chaud, dans *Grande Femme* ou *Femme de Venise*, archétypales sentinelles scéniques, existentielles sans doute, universelles certes, mais souvenir de l'exhibition des bordels. La Femme au chariot n'est pas la pensionnaire du Sphinx du boulevard Edgar-Quinet. Elle est de Maloja, d'un chalet d'été ouvert sur la montagne et les denses forêts des tanières.

Quand Isabel revient à Paris, Alberto, en Suisse, s'escrime encore avec *Femme au chariot*.

Isabel a une aventure avec le philosophe Alfred Jules Ayer, l'auteur de *Langage, Vérité et Logique*. C'est un sacré pistolet. Il bannit les fumées de la métaphysique au nom de la raison. L'esprit acéré, il analyse le degré de vérité des énoncés. Empirique, matérialiste, il aime les faits, les fêtes, la physique, s'amuser, danser, discuter, manger, baiser… Elle aussi.

Elle va voir son cher Derain, qu'elle trouve bien vieilli. Il a eu des ennuis, à la Libération, pour avoir fait un voyage au début de la guerre en Allemagne. La fameuse visite des artistes de 1941, avec Vlaminck, Van Dongen, Dunoyer de Segonzac… Le piège. Maintenant, il faut payer les pots cassés. Les contresens monstrueux. Derain a traversé la guerre de 14-18 au front, comme Giono. Tous deux, comme d'autres, étaient devenus pacifistes pour exorciser l'horreur qu'ils avaient vécue. Mais on ne pouvait pas trouver d'accommodements avec Hitler. Aragon, lui aussi soldat de 14-18, est entré dans la Résistance. Vlaminck, qui s'entendait bien avec l'occupant, a profité du moment pour régler ses comptes avec Picasso, qui aurait tué la peinture, la précipitant dans la décadence et l'immoralité. La rage de Vlaminck contre Picasso, Matisse. Sa haine basse. Le grand fauve de feu est devenu fiel.

Isabel, qui fut son amante solaire, contemple les nouveaux tableaux de Derain. Le peintre des soleils de Collioure, des paysages paradisiaques, devenu un artiste sombre de natures mortes, pichets, poires sur fond noir. Le soleil est mort.

En compagnie de Balthus, elle rend visite à Picasso, rue des Grands-Augustins, où il est resté pendant l'Occupation. Fidèle à lui-même, il se balade à poil dans son appartement ensoleillé. Il annonce à Isabel qu'il va lui montrer quelque chose. Il revient avec trois tableaux, les trois portraits qu'il a faits d'elle en 1940.

Elle n'ose pas lui demander de lui en donner un. « Moi, je sais comment le faire. » S'agissait-il seulement du portrait d'Isabel ?

Elle retrouve enfin Giacometti un soir de septembre 1945 dans un bar sombre ; ils sont fatigués tous les deux. Elle le revoit dans son atelier. On ignore s'ils renouent leur relation charnelle – dans ses *Notes autobiographiques*, elle reste très discrète sur le sujet. En tout cas, leur complicité artistique n'a rien perdu de sa ferveur. Avec des amis, ils passent plusieurs nuits au Sphinx, le bordel mythique de Giacometti, la scène de son désir halluciné. C'est à la veille de la fermeture des maisons closes. On ne choisit pas ses nostalgies… Giacometti a l'éros un tantinet régressif. Isabel rencontre le compositeur d'avant-garde René Leibowitz et s'enfuit lors de la soirée du Noël 1945 qu'elle était venue passer avec Giacometti. Pfuit ! René et Isabel s'envolent pour Marseille.

Il faut défier l'existence ! Survivre à l'immense destruction qui a broyé tant de vies, tant d'amis. Comment ouvrir cette masse énorme de ténèbres ? La période est marquée par l'épuration, les dénonciations. Le manque d'argent, de sens. L'Absurde de Sartre et de Camus bat son plein.

Avec René Leibowitz, de retour, Isabel dîne en compagnie de Sartre et de Simone de Beauvoir chez Picasso. Le fidèle secrétaire Sabartés leur ouvre la porte et la jolie Inès Odorisi leur sert une volaille charnue, agrémentée d'une sauce provençale. Picasso l'a recrutée à l'hôtel Vaste Horizon, à Mougins, où il passa ses derniers étés ardents d'avant-guerre. Dora Maar n'est pas là, le peintre est en train de se séparer d'elle, et Françoise Gilot, la nouvelle compagne, svelte et blonde, ne séjourne chez lui, à Paris, qu'à petites doses encore. Picasso sert du vin rouge à Sartre et à Beauvoir, ainsi qu'à Isabel et Leibowitz. Il écoute avec une grande attention le couple d'agrégés philosophiques. Il glisse quelques remarques drôles. L'Absurde, certes, la liberté, bien sûr, l'homme sans Dieu, évidemment. Quoique les Espagnols comme lui soient très superstitieux ! Picasso jette un coup d'œil étincelant à Isabel. Autant profiter de la vie, de son génie jaillissant.

Beauvoir demande à Picasso s'il se souvient de son premier tableau.

– J'ai fait plusieurs premiers tableaux… Mais je me souviens du *Petit Picador jaune* que j'ai peint à 8 ans.

Il darde ses yeux noirs sur la tablée et lance :

– J'aurais aimé être picador !

– Mais c'est d'une grande cruauté ! s'exclame Beauvoir.

– C'est une image du destin.

– Il n'y a pas de destin, l'existence est notre libre invention, dit Sartre sans monter le ton.

Picasso répond en riant :

– Je suis un Espagnol fatal !

Isabel déclare :

– Après tout, *Guernica* est une corrida.

Silence de Sartre et de Beauvoir.

– Mes amis communistes m'ont reproché le manque de réalisme du tableau, qui ne restitue pas le bombardement. Mais la corrida est pour moi un vocabulaire, avec lequel je peux écrire des phrases très différentes.

Sartre, de sa voix sèche et véloce, reproche à la corrida son excès de mysticisme. Cette cérémonie sacrificielle. Une forme de messe archaïque.

– C'est dans mon sang, comme le soleil, conclut Picasso avec un sourire serein.

Isabel appuie le Malaguène en évoquant sa lecture de *L'Âge d'homme* de Leiris, qui compare l'écrivain à un torero en face de ses monstres, affrontant la mort. Artiste extrême. Pas de détour possible. Dans la foulée, elle constate que l'étranger de Camus qui vient de frapper les esprits est le contraire du torero.

– Mais j'avoue que je le trouve plus séduisant que Manolete.

Simone de Beauvoir est d'accord. Mais Meursault est un peu statique, quand même.

Sartre explique que sa philosophie consiste à fuir le mysticisme, l'aliénation, l'idolâtrie, la chosification… La vie ne saurait être une arène close et grandiose, régie par des codes, une tradition emphatique. L'existence précède l'essence, comme chacun sait. Désormais l'existence vole de ses propres ailes.

Facile ! Mais angoissant. Isabel connaît bien les thèses de l'existentialisme. Nulle autorité transcendante ne peut dicter le chemin à suivre. (Heureusement qu'il y a le parti communiste, auquel Picasso vient d'adhérer !) Être libre et responsable, donc ! Le salaud, au sens sartrien, est celui qui renonce à sa liberté et se réclame du déterminisme qui l'exonère. L'alibi du « On ne peut pas faire autrement ! ». Celui qui se prend à son rôle, qui devient son rôle. Isabel lance :

– De Gaulle se prend-il pour un héros ?

Silence amusé autour de la table. Alors Isabel avoue la rencontre :

– Comme beaucoup, je l'ai croisé à Londres pendant la guerre.

Suspense. Tout le monde ne s'intéresse qu'au héros.

– Il marchait à pas rapides. Képi, haute taille, l'air résolu. Sans son aide de camp, miraculeusement seul. Grande allure ! J'étais avec un ami, un agent des services secrets, qui me le désigna. Il s'arrêta soudain pour allumer une cigarette et ne trouva pas son briquet. Je me précipitai et lui offris du feu. Il me jeta un regard curieux à travers la flamme… Il aspira une bouffée, se redressa et me dit merci avec un beau sourire. Je lui répondis un compliment en français. « Vous êtes française ! À la bonne heure ! – Non. Anglaise adorant la France. – Alors c'est le rêve. »

– Il était plus séduisant que Manolete ? demande Beauvoir en riant.

– Moins déguisé. Son uniforme ne comportait pas de bas roses, de culotte de soie galbée. Il n'avait pas l'air d'un héros mais d'un homme urbain, pressé.

– Il n'avait pas l'air d'un dictateur ? demande Sartre, ironique.

– Il n'avait pas l'air de se prendre pour un dictateur.

L'antihéros est à la mode depuis pas mal de temps déjà, ça tombe mal. Isabel aime assez le coup d'éperon de la vie héroïque. Picasso, quoique devenu communiste, se sait héros de la peinture. On est mal partis ! En se levant de table, railleur et tendre, il chuchote à Isabel :

– J'ai toujours su que j'étais un génie de la peinture, les autres l'ont toujours cru, depuis le début. Qu'y puis-je ? Je ne suis pas libre d'être un mauvais peintre !

Elle éclate de rire.

Annette reste en Suisse mais elle ne renonce pas à sa passion. Elle sait que Giacometti à Paris va retrouver Isabel.

Une renarde entre dans l'atelier parisien. Une renarde échappée de l'hallali. Elle aurait été confiée par un rescapé des camps allemands, à son retour… C'est Mademoiselle Rose. Elle habite au 46 rue Hippolyte-Maindron. On peut lui écrire des lettres d'amour à cette adresse. C'est un joyau de feu folâtre. Leste et gracieuse, séductrice. Langoureuse, elle somnole dans une flaque d'ombre annelée de feuillage. Parfois elle joue avec un chat tout plissé de frousse et de mauvaiseté. Ou, charmants, ils se pelotent pelage contre pelage, pas de deux frissonnant, passent et repassent le long de leurs corps veloutés. Au vu et au su se parfument. Il faut veiller à bien refermer la porte commune qui donne sur la rue. Diego travaille pour son frère, lui prépare le matériel. Fait des moulages, tresse des ferrailles. Répare, installe trépied, sellettes. Scénographe des épiphanies d'Alberto. Voué au sculpteur qui a l'air de trouver ça normal. Diego aplanit tous les tracas techniques. Il est ingénieux, zélé. La renarde vit entre les deux hommes, leurs vestes, leurs cigarettes, leurs journaux, leurs antres farcis de fétiches et d'ustensiles, les statues longilignes, les plâtres emmaillottés de chiffons. C'est une forêt de féerie. Elle zigzague librement partout. Elle a installé son terrier dans un monticule de plâtre comme de la neige. C'est là que Diego la nourrit de bouts de viande. Elle adore les ateliers, le quotidien bohème, la vie d'artiste.

Isabel, de passage, caresse la renarde. Complice de l'animal. Félinité, musc et beauté. La flamboyance de la chevelure se mêle à la toison rousse. Elles plongent toutes deux dans le même bain de câlins sauvages, yeux dans les yeux. La renarde scrute le regard profond de l'Égyptienne. Isis et Rose. Duo de frôlements, de petits feulements tendres. Diego est jaloux. Alberto aussi.

Une nuit d'été, Mademoiselle Rose trouve le moyen de s'enfuir. Elle s'éclipse, au désespoir de Diego. On alerte tout le voisinage. Isabel est à Paris, elle participe à la quête. C'est le contraire de la chasse au renard de l'enfance de Bacon ; il s'agit de sauver la bête chérie. On fait le tour des maisons, des bistrots voisins. On frappe à toutes les portes. On sollicite une demoiselle de cabaret bien renseignée, qui connaissait Rose et s'était attachée à elle. Ils errent dans les rues d'été : Isabel, Alberto, Diego, son amie Nelly, et la prostituée. On visite les coins sombres, les ruelles, les passages qui sentent la pisse. C'est un dédale infini qui s'étoile dans la nuit d'été. Le monde est tiède, tendre. La bande franchit par effraction le portillon du square du Chanoine-Viollet. On sonde la pelouse, les allées, les tonnelles, les taillis. C'est petit mais parfois touffu. Si on était une renarde, on se cacherait dans un talus. Diego l'appelle, siffle, chantonne. Isabel remue sa chevelure comme si elle détenait un principe magnétique apte à capter la pelisse rousse. On réveille un mendiant planqué. Il bafouille qu'il n'a rien vu, sinon un grand type marchant, tête concentrée, à grands pas. Un dingue probablement, un obsédé de quelque chose, mais de quoi ? De quelles traces ? Il marchait comme le pendule du chercheur d'eau.

On hume l'air, ses effluves, pour détecter d'infimes parcelles du parfum âcre de la renarde. On remonte la rue Léonidas, et celle des Thermopyles solitaire, envahie d'herbes entre ses pavés disjoints. Diego hèle les gens aux fenêtres qui savourent la nuit belle. Ils n'ont pas vu la jolie rousse.

Ils rentrent à l'atelier. Défaits. La renarde les a abandonnés, à moins qu'on ne l'ait attrapée, volée ! Car elle est fine, flamme vive. Un zoophile ! Une vengeance : Picasso peut-être pour offrir l'animal fauve à Dora Maar qu'il vient de quitter. Ou à la nouvelle, la longue androgyne souple : Françoise Gilot. On ne va pas quand même demander des comptes rue des Grands-Augustins. On soupçonne une bande d'enfants, de vauriens qui s'amuseraient à torturer la renarde. On frémit, on a peur. On interroge tous les morveux du quartier, qui nient, jurent éperdument.

Un après-midi, Isabel passe devant la boutique ouverte d'un coiffeur. Un parfum merveilleux l'assaille, de shampooings, de laque, d'huiles, de pommades… Une grande touffe de cheveux est amoncelée sur le sol. Deux femmes aux reins cambrés se font trancher court leur crinière d'or. Isabel demande au coiffeur s'il n'a pas vu… Il fait un clin d'œil indulgent et montre le tas duveteux, sa foison ardente. Et là, soudain, Isabel voit jaillir un paquet d'étincelles qui lui saute dessus en jappant. Ô comble d'allégresse ! Mademoiselle Rose la lèche, museau contre museau. Les deux muses font un tollé de louanges amoureuses.

Un soir la porte est restée ouverte. Mademoiselle disparaît définitivement. Rose évanouie. Qui a laissé la porte ouverte ? Alberto ?

Annette s'installe dans l'atelier parisien. Tout de suite, elle trouve ses pistes, ses îlots de félicité. Cendrillon heureuse dans l'âtre de cendres de cigarettes et de monticules de plâtre. Diego l'accueille avec plaisir. Elle passe de son laboratoire de ferrailles, de socles, de moulages, à l'athanor d'Alberto. Elle sautille le long du petit passage pavé. C'est un effluve de jouvence dans le décor de cabanons. Elle occupe bientôt une petite chambre louée contre l'atelier qui leur permet à tous les deux de se retrouver dans l'intimité. Le confort est spartiate. Un peu crasseux. Mais une crasse de déchets de chefs-d'œuvre qu'il faudrait thésauriser. Comme les crottes du nez de Picasso. Le fourneau, le robinet, l'ampoule, l'arbre qui traverse les planches, l'escalier de la cour, les gouttières, la coursive supérieure, la rue du Moulin-Vert, le monde des bars fréquentés le soir. On dîne dans des petits restaurants. On croise Sartre et Beauvoir, qui n'ont pas l'œil dans leur poche et adoptent volontiers la fiancée d'Alberto. Simone lui offre une robe ou un manteau, la couturière raccourcira les vêtements. Giacometti s'amuse d'Annette habillée en Beauvoir philosophique. Lui, il est fringué à la diable, veste de tweed large qui pendouille, pantalon de flanelle, mais toujours la cravate, même au travail. Ce rituel tranche avec son côté bohème, mal ficelé, à mégots mordillés. Ils sont pauvres comme dans les contes de fées. Picasso vient dire bonjour. Les manitous, les matous de Montparnasse. Giacometti rôde devant la porte des bordels, c'est plus fort que lui. Annette passe le balai dans l'atelier bourré de poussières et de scories. Cendrillon se glissant entre les selles, les trépieds, les piliers, les socles, les longilignes figures, les haridelles sublimes. Elle se garde de briser un fantôme, de culbuter un pot de peinture, une rangée de bouteilles. Elle gravit l'escalier intérieur qui conduit à la mezzanine d'où elle surplombe la crinière touffue d'Alberto, incliné sur une silhouette de terre qu'il tatoue de ses ongles, lacère de son canif, étrangle et libère en remontant vers le haut. On dirait un couturier qui prépare la robe d'un final de défilé.

Elle est heureuse, là, auprès du chat de Diego qui frôle son mollet nu, hérissé de frissons, tant le velouté félin l'enrobe et l'étreint. Giacometti, absorbé, ne relève pas la tête.

Bientôt elle va poser pour lui et ce sera le voyage de la grande patience qu'ils connaîtront tous. Diego le premier, Yanaihara, Genet… La traversée immobile sur un océan de doutes, de perplexités, de jurons, d'exclamations joyeuses, de boniments contradictoires, de jactances et de silences jusqu'à la mort.

Annette aux mille tableaux, sculptures, œuvres qui vaudront des millions, les plus chères de la terre, battant des records de Picasso. La foule adore l'ascension miraculeuse, l'assomption du Génie. Cet escalier parti de la boue vers la gloire. L'histoire de Cendrillon. De Cosette qui deviendrait reine d'Angleterre – tiens ! qu'en dirait Bacon ? Ou du pire vaurien de l'East End promu au rang d'étoile comme Ronnie Kray, ou de tel autre tueur ravi par la grâce. Ce n'est pas la rédemption qui bouleverse, c'est la métamorphose du pauvre en riche, du malfrat en prince. L'espoir du petit peuple des rêveurs. Bacon est un joueur invétéré, il n'ignore rien de ces mises sur des miracles impossibles.

Annette adore Alberto. On pourrait affirmer qu'ils vivent le bonheur terrestre malgré les affres de l'œuvre en perpétuelle lutte contre l'anéantissement. Annette console l'ébouriffé aux épuisements successifs. Elle le cajole, caresse sa carcasse thoracique, l'habille de ses paumes, de ses lèvres goulues, le sculpte et le pétrit tout entier. Maigre plâtre d'homme torturé, ferraille tarabiscotée qu'elle cimente de son ventre offert et nourrit de ses galbes. Fusionnant avec son squelette jusqu'à former une statue de chair qui s'ouvre et sort de son moule, gémit, précipitée sur le lit, en un remous ardent d'effusions et cris. Un Rodin du pauvre, une féerie vraie.

Diego est resté figé d'admiration devant la trame fine et tendue, tremblante dans les bouffées d'air, l'incroyable structure concentrique et rayonnante auprès du compteur du gaz. Un trait de lumière fait vibrer le chef-d'œuvre réticulé, diaphane. Annette n'a pas du tout l'intention de détruire la toile d'araignée, mais Diego donne des ordres. Alberto aurait commis le crime de laisser filer, un soir, la renarde. Mais l'araignée, rien ne doit lui arriver. Sacrée !

On ne la voit pas si souvent que cela. Planquée dans son trou, elle guette la proie qui viendra s'accrocher à sa dentelle magnétique. Diego attrape tant bien que mal des mouches qu'il dépose dans le piège. Alors elle surgit, bien grosse, bien velue, bien frémissante, dotée de ses huit pattes poilues, de sa gueule à crochets prompte à mordre et manger. Ils ressentent tous un frisson de peur et de fascination quand elle attaque. Son grouillement vivace sur la bestiole prise.

Annette, d'abord, a peur d'être piquée au cas où l'araignée entreprendrait un vagabondage dans la chambre jouxtant l'atelier. Sur l'oreiller, la nuit, la fleur noire, vénéneuse. Le contact horrible des poils et la morsure, le poison. Diego dénie, récuse. Elle restera dans son repaire !

Ils apprennent de mieux en mieux. Ils les ratent d'abord, trop courts par rapport à la vélocité de la mouche. Annette pige la première. Il suffit de plaquer la main en anticipant la vitesse de l'insecte. Ne pas taper dessus mais en avant, au moment où sa trajectoire va correspondre à l'impact de la paume. Annette, chasseuse de mouches virtuose. Diego et Alberto luttent dans une compétition qui bouscule les objets, menace les statuettes et, à chaque frappe, soulève un nuage de poussière. La mouche habile choisit des perchoirs fragiles, mous ou inaccessibles qui interdisent toute prise.

Le sortilège d'Annette, qu'elle déploie avec un art consommé du spectacle, consiste à épier la mouche, à choisir la tactique et le moment aigu. Et hop ! Où est passée la mouche ? Annette ferme le poing. Les deux frères se penchent, dubitatifs. Annette entrouvre la nasse. On entend le grésillement de la mouche qu'elle va précipiter dans la toile de Mademoiselle Noire.

Tous finissent par aimer l'idée que l'araignée vit sa vie parmi eux. C'est un élargissement des possibles. Certes, il y a aussi des souris. Et, parfois, l'effroi : un rat ! Et les chats postés, électrisés par ce fouillis de vie secrète, miaulent et s'enfuient, se glissent et soudain fixent le minerai de leurs yeux sur un moineau posé sur la gouttière.

Giacometti a écrit après-guerre *Le Rêve, le Sphinx et la Mort de T.* Où il est question de deux araignées sur lesquelles on a beaucoup glosé. Une grosse araignée noire le menace au-dessus de son lit. Il s'écrie : Qu'on la tue ! Dans le laps de temps d'un demi-réveil et d'une rechute dans le songe, cette araignée s'est transformée en une bête jaune, ivoirine, qui le terrorise, « bien plus monstrueuse que la première mais lisse et comme couverte d'écailles ». Elle sera tuée par une personne inconnue. Giacometti se sent coupable d'avoir fait tuer une araignée rare. Il essaie de l'enterrer, de cacher les écailles de son crime. Il s'aperçoit, sur ces entrefaites, qu'il a chopé une chaude-pisse au Sphinx, lors d'une ultime visite pathétique, juste avant la fermeture de son bordel idéal. Il enchaîne sur la mort de T., un voisin, son corps devenu un objet pitoyable et dérisoire, l'incroyable proximité de la vie et de la mort. Expérience qui l'a déjà frappé, à 20 ans, alors qu'il voyageait avec le Hollandais Van Meurs qui est mort auprès de lui. Il lui semble encore que les vivants sont des morts et la terreur l'étrangle devant ce transvasement, cette inversion de la vie et de la mort. Les têtes flottent dans le vide. Une chaise devient absurde. Les mots se sont décollés des choses. Il y a dans cette illumination noire quelque chose qui rappelle l'aventure du Roquentin de *La Nausée*. Sartre sévit.

Le récit déclenché par la métamorphose de l'araignée et sa teneur sexuelle surabonde de signes, de péripéties, de paniques, de poils, d'or et de pus. Il est propre à alimenter les exégèses les plus toniques. Le sexe, la peur et la mort. Qui peut en finir avec ces maillons radicaux ?

L'araignée de Diego, elle, vivra sa vie de fileuse et de prédatrice familière. Personne ne la tuera, elle ne se transformera pas en monstre ivoirin ou doré. Elle n'est pour rien dans la fermeture du Sphinx, vécue par Alberto comme une punition, une frustration. L'exil loin d'une île des femmes et des fables. *Quatre Figurines sur piédestal* illustre la vision, socle massif comme projeté et suspendu dans les airs, quatre silhouettes de filles verticales, filiformes, perdues dans le lointain. Évidemment Balthus est plus immédiatement érotique. Bacon plus brut de sexe. Giacometti, étrange, envoûte sans saisir violemment les sens, sans le récit d'un couple faisant l'amour. Les femmes sont les sentinelles effilées de quelle perte, de quel désir ?

Ponge a écrit un texte fameux sur Giacometti, qu'il compare entre autres à un rocher, ce qui pourrait paraître impropre. Récif, à la rigueur, écharpé par le harpon des tempêtes. Ponge a aussi sécrété le fil d'une de ses proses célèbres sur l'araignée. On ne peut imaginer plus d'éloignement entre le rêve de Giacometti et l'exercice de funambule de son ami Ponge. D'un côté : l'inconscient mobilisé, les effrois, la bizarrerie des couleurs et des sensations kafkaïennes, les actions furtives, les interdits, les catastrophes, les masques de la mort, le monde qui bascule dans une contingence affolante. Toutes les bases sapées, repères détruits. De l'autre : le petit père Ponge au poil ras, soignant son hochet, le ciselant à force de virtuosité verbale, syntaxique, telle une fable. Le poète, comme l'araignée, tire sa phrase de son ventre et la tisse en ses détours. Ponge, jongleur intellectuel et ludique évitant justement de plonger dans les ténèbres de l'inconscient, les méandres de la monstruosité, gardant le cap, bon pied bon œil, distillant ses effets, son perlimpinpin précieux.

L'araignée de Diego survivra aux cauchemars de l'un, aux entrechats de l'autre. Noire, velue, dévorante, thésaurisant dans un cocon des mouches mortes en vue des temps difficiles. Magnifique machine d'instincts experts, conformes à leur combat vital. Adaptée à la jungle. Voilà la thèse centrale de Bacon. Louise Bourgeois, elle, démontrera à quel point l'araignée est une géante protectrice et prodigue. Foin des frousses !

Ce qui intrigue est la manière dont Giacometti esquisse une tête, organise ses premiers traits. Le poète Jacques Dupin a suivi Alberto tandis qu'il exécutait son portrait et retranscrit l'opération dans ses moindres détails. Une verticale, une horizontale, des efflorescences qui rayonnent. Arachnéenne figure criblée de lignes dont la proie est l'artiste lui-même, sécrétant le fil et s'y emberlificotant à force de traquer l'avènement d'une ressemblance inouïe.

La vie reprend doucement. Alberto réveillé, déjà au travail, traque une tête dans un gribouillis d'entrelacs noirs. Annette contemple un moment l'araignée noire et touffue de la chevelure de son compagnon : une mygale ébouriffée. Diego répare une armature en sifflotant, peaufine la patine d'une statuette. Le chat file dans l'impasse. La secrète arborescence qui traverse les parois s'étoile tendrement dans la fissure du bois. Annette attend quelque chose, elle ne sait pas quoi, dans ce matin alchimique et léger où elle sent passer sur sa peau, dans sa conscience, quelque chose de l'essence du temps, de la vie. Elle voudrait chanter.

Giacometti a raconté plusieurs révélations. Ces moments où le rideau se lève sur la vérité. Où les apparences craquent. Les séismes qui entaillent nos vies, font trembler notre sol.

Cette révélation précoce du voyageur mort auprès de lui quand il avait 20 ans. Ce vieil Hollandais, Van Meurs, qu'il avait accepté d'accompagner en Italie. Van Meurs foudroyé au cœur de la vie. « Van Meurs était devenu un objet, rien. Mais alors la mort devenait possible à chaque instant pour moi et pour les autres… tout est devenu fragile pour moi. »

La révélation de la mort et du désir. Celle du Sphinx et de ses prostituées alignées, à distance. Celle d'Isabel, de l'autre côté du trottoir, boulevard Saint-Michel. Celle de l'accident et du pied blessé place des Pyramides, après avoir quitté Isabel.

Un jour, il va au cinéma et tout bascule. Il y a scission, comme il le souligne, entre les images de l'écran et celles de la salle, puis de l'extérieur. Rien ne va plus de soi. Ce qui se passe sur l'écran se met à poudroyer, il n'y voit plus rien. Autour de lui, en revanche, les gens existent avec une densité extraordinaire. Il sort sur le boulevard du Montparnasse, qui s'est métamorphosé. « Tout était autre… Et la profondeur et les objets et les couleurs et le silence. » L'espace règne, muet. Les têtes semblent flotter dans le vide. Le garçon de café, à la différence de celui de *L'Être et le Néant*, de Sartre, ne joue plus aucun rôle, mais se fige suspendu, bouche béante. Il n'est plus de différence entre les vivants et les morts. « Tous les vivants étaient morts. » Il les voit dans le métro, à la terrasse d'un bistrot… Alberto ressent la sueur froide de la terreur. Celle qu'il a éprouvée devant Van Meurs mué en chose et devant son voisin T. subissant le même sort, la mort : déchet, objet. L'expérience oscille entre l'émerveillement et l'effroi. Rien n'est jamais limpide dans un récit de Giacometti, plusieurs aspects contradictoires peuvent se télescoper. Ici, le réel lui est donné avec plus de profondeur, d'épaisseur, de vérité, qu'au cinéma. Et, dans le même moment, on sent une étrange déréalisation. Il y a toujours de l'inextricable dans les explications de Giacometti. Compliqué, par exemple, de faire la synthèse de ce qu'il exprime sur l'impossibilité lancinante de voir et de faire une tête. Un sommet d'imbroglios qui désarçonnent les critiques, les témoins et les biographes. Seul le modèle et philosophe japonais Yanaihara tentera, dans un petit récit rétrospectif, d'affronter une élucidation. Mais en décomposant la question par étapes il l'éclaire tout en perdant la difficulté de dire de Giacometti, son incroyable capacité d'impasse, de paradoxes et de perplexités. Ses toiles d'araignée embrouillées à l'envi qui médusent l'auditeur et le lecteur, perdus dans l'aporie. Giacometti continuant son argumentation labyrinthique avec ses accents d'Italie, ses aigus et son enrouement de fumeur. Toutefois, à la manière claire de Yanaihara, on peut tirer de la « séance de cinéma » le commentaire dominant qu'en tire, un instant, Giacometti lui-même : la réalité a cessé d'être photographique comme sur l'écran. Il voit en trois dimensions. Dans le vide, dans l'espace. Révélation bouleversante. Tout est autre, neuf, étrange. Réel.

En 1946 : le coup de ténèbres, la machine noire de Bacon. *Peinture.* Tout un théâtre emphatique à faire peur. Bacon maximaliste. Lever de rideau hideux. Grande barbaque déployée, écarquillée, crucifiée. Boucherie magistrale. Dessous : l'arrondi d'un grand parapluie à la luisance argentée mais dont l'intérieur est rempli de nuit. Le clou : le portrait qui s'inscrit dans le demi-cercle. La goule, la gueule, la denture. Tout est là. Originaire encore. La Chose-Ogre qui va revenir, en avatars multiples de museau béant de bestiole prise au piège, rat, taupe, babouin, chimpanzé… Pape. La tête d'Innocent X peinte par Vélasquez. On fera le tour des cris. La saga des Criants. Goebbels – dont Bacon a une photo hurlante – est à son affaire. Tout crie, tout lance le même signal de singe blessé, de chimpanzé écharpé, électrocuté, de pape en cage hurlant son angoisse. Bien sûr, Bacon, nonchalant, paradoxal, assure qu'il a simplement voulu peindre un cri, l'intérieur d'une bouche. C'est comme le néant de Giacometti que Sartre montait en épingle. Alberto répondant : non, ce n'est rien, c'est la banalité du vide.

Peinture 1946, dans sa partie inférieure, trace un modèle des structures de Bacon, mixte sophistiqué de ring, de piste et de quadrilatère, garnis de quelques bouts de viande, de squelette. C'est époustouflant, horrifique. Mieux qu'une corrida de Picasso. *Guernica* en viande noir et rouge. Mais en pastichant quelque peu l'arène, les cris, les gueules de mères picassiennes, de Poussin, d'Eisenstein. L'Angleterre a peur. Et a eu peur, non sans bravoure, sous le Blitz, les hordes des bombardiers d'Hitler. Bacon lui érige un Christ d'époque. Un dieu féroce. Une Fatalité. Aux bras de porc ou de bœuf écorché. Et il va ainsi procéder pendant des années. Certains y verront une mystique. Lui, de belles pièces de boucherie et de mecs en train de se clouer dans des spasmes de croupes et de sexe enfoncé. Plus ça va aller plus ce sera peaufiné, orchestré, géométrisé, triptyques concertés, précieux. Moins ce sera terrifiant. Plus ça plaira. Mais il y aura des sommets, une chaîne de carnages auréolés de coïts. Ils avaient cette fascination en commun, Alberto et Francis, le meurtre. Giacometti et son fameux rêve : « Hier, sables mouvants », qui finit par le viol d'une femme succédant à l'assassinat de deux rivaux masculins. Bacon envoûté par les criminels, les jumeaux Kray, les tueurs, et le fameux Neville Heath qui avait horriblement torturé une femme à mort. Expliquant son crime, il avait prononcé cette phrase : « J'étais excité et je suis allé trop loin. » Bacon foudroyé par le « trop loin ». Aller trop loin dans la peinture et jurer que la réalité est bien pire. Et dire vrai. Un jour, Giacometti est en compagnie de Yanaihara, son modèle japonais si courtois et sensible, et d'Annette, son épouse exquise. Il déclare tout de go l'hypnose qu'exercent sur lui le crime, les images du crime. Annette s'étonne à peine. Certes Giacometti a entendu Breton déconner sur l'acte surréaliste le plus flagrant, qui serait de descendre dans la rue et de tirer avec un revolver sur tout ce qui passe. Breton cérébral, dogmes et baratin pontifiant. On sait désormais ce que ça veut dire pour de bon. Non sans oublier les mythologies du crime gratuit, type Lafcadio des *Caves du Vatican*. Quand la bourgeoise s'ennuie, on mesure jusqu'où elle peut aller dans l'engagement lyrique. Beaucoup ont embarqué dans la Mercedes de la Goule nazie. Pour se payer le luxe de l'extrême. De bons écrivains assez classiques (toujours s'en méfier !) bien sûr, intimistes, sobres et distingués, doux, civilisés, un peu dépressifs, gendres idéaux qui plaisaient beaucoup, entre autres, à on ne sait plus quel président de la République très social, aux dents baconiennes, avant qu'il en fasse raser les aspérités de crocs.

Un éclair de joie, d'allégresse, de se reconnaître complices en liberté de pensée, d'érotisme, de défi. À Paris, au mois de novembre 46. Le grand ami d'Isabel, Peter Rose Pulham, provoque la rencontre de Bacon et de la jeune femme. Pulham est celui qui a photographié et sauvé du néant le tableau *Personnage descendant d'une automobile*. Isabel et Francis se boivent des yeux, ils se vampirisent aimablement, farouchement. Il lui explique qu'il faut dépasser l'art décoratif, dont il a vu l'effet dans l'exposition Balthus, alors en cours. Il développe sa grande idée d'une peinture qui vrille le système nerveux, le galvanise directement, comme un fer, une décharge électrique. Peinture tenaille qui vous arrache la peau. Nul concept, nul discours. La viande au vif. Elle écoute ce fou élégant qui ne craint pas d'être catégorique, en poussant des rires narquois, de raillerie. Il tournoie, il danserait presque autour d'elle. Séduite tout de suite. Ils vont se voir au cours des années 47-48 : visites d'atelier, enthousiasmes, trottes dans Londres, cafés, beuveries alertes. Il est athée massif. De droite toute. Le monde, c'est la jungle, un point c'est tout. Le reste est leurre, menterie, hypocrisie. Il lui sort ça tout à trac en pavoisant. Elle est de gauche, comme on dit. Avec son mari Delmer reporter, elle a rencontré sur le terrain les républicains espagnols en pleine guerre. Giacometti, de gauche aussi, mais à sa façon très individuelle, refus de s'abonner dans un camp. Elle écoute la tirade de Bacon, il a un toupet tempétueux, une faconde acerbe et hilarante. Une folie à laquelle elle succombe. Et de rire d'accord, de jubilation d'être. Ils vont revoir ensemble l'exposition de Balthus. Il décoche quelques sarcasmes. Elle ne lui avoue pas encore qu'elle a couché avec l'artiste et avec sa jolie femme, à Venise. Antoinette de Watteville, blonde, dorée, a longuement coiffé sa chevelure. Isabel nue dans un peignoir ouvert, sexe rasé, miroir. Luxe pervers : *La Toilette de Cathy*. Bacon trouve tout cela bonbon confit. Civilisé fatigué. Elle rit doucement. Il constate qu'il y a trop de modèles trop jeunes, encore informes. Il préfère les voyous baraqués et lui demande son goût à elle. Elle lui répond qu'elle préfère tout. Elle désire tout. Tout lui manque.

Isabel va épouser Constant Lambert, compositeur, elle écrit : « Une Harpie trouve un Vampire. » Lambert créera de la musique et des ballets. Il deviendra complètement fou et voudra l'étrangler. La vie.

D'où sort la première tête bestiale de Bacon, 1948 ? De quelle souricière, piège à rats ? Museau ouvert sur des dents aiguës.

C'est grisâtre dégoûtant et tout le monde reconnaît la sensation qui cingle la moelle épinière. Bêtes étranglées de l'enfance, le cou serré dans un bracelet de fer. Lacets, collets. Tapettes qui claquent et tuent. Entre une chasse au renard et le fouet d'un palefrenier. Quelles taupes tordues, traquées, gueule ouverte ? *Tête I*, *Tête II*, monstres arrachés à la denture du cauchemar. Trou noir serti de crocs. Sur fond d'encre ténébreuse et de blancheur. Son théâtre se lève juste au lendemain de la guerre. La goule originaire sort de la nuit. Dévorer, être dévoré. Mourir, mordre, vivre. Tête informe, coupée, servie sur le linge d'un autel. C'est horrible. Bacon trouve ça naturel. Et calme comme le vital fondamental. Ne pas en faire un plat, une montagne. Voilà la tête de musaraigne, de chauve-souris. Une tête imaginaire qui couine, crie. De bébé embryonnaire et velu. Vivre, téter le poison. Aspirer, hurler, être tué. Asthme, c'est pareil. *Tête III* : alléluia ! Une tête d'homme ! Fini le museau cloué à son cri. Visage blafard sur fond de rideau grisâtre, des yeux tout noirs brillant dans leur cornée blanche. Yeux billes dures. Grains d'agate derrière lunettes. L'air hautain, surpris, opaque. Triste ? Dictateur ou docteur ou quoi... *Tête IV*, homme avec un singe. Dos d'homme costaud, costume, col blanc de zinc, un mec patibulaire à souhait, du goût de Bacon, cou fait pour l'étreinte ou le billot. Profil de tête, coin du front. Et singe noir au miroir sur fond de rideau jaune, gris. *Tête V* effacée, éclaboussée – quel visage préhumain affleure ? –, fouettée de pans de rideau gris sur base jaune. Le hasard, le fameux accident de peinture ont bien défait, effondré le portrait.

1949. *Tête VI*, premier pape. Coup d'éclat, prouesse, oser cette tête-là. *Habemus papam !* Fumées blanches, ouf ! Après la bestiole enragée, étouffée, pâmée et la tronche blême du chef. Désormais, la gueule de Sa Sainteté majuscule. Souveraine. Le pape de Vélasquez. Innocent X. Sa tête de criminel sensuel, sanguin, endurci. Version Bacon : Je hurle dans ma cage de verre. Un cube transparent zébré d'or, de violet. J'exhibe mon étole mystique. Je suis aveugle. Nuls yeux pour distinguer le monde, les autres, le devenir. Bouche grande ouverte, noire d'abysse. Bacon explique qu'il aimait scruter les maladies de la gorge, épier les amygdales. Rien à voir d'autre, circulez. C'est sexuel, vénérien, un cri primal, un tocsin de deuil et de dents. Mieux que Jacob sur sa liasse de merde. La gueule du Néant. Le rugissement noir du lion de Goering-gueule de goret, gorille. Une illustration des thèses de Melanie Klein sur la position parano-schizoïde ? Ou l'inverse. Le sein dévorant. Duras reprendra ce cri lancinant. « Elle crie. » Et cela suffit. Rien à développer d'autre. Tout le monde s'y reflète, y entend quelque chose, un spasme de douleur. L'effroi primordial. La terreur. Tout le monde sait. Georges Bataille et l'Impossible. L'innommable. Ce cri ne peut pas être dit, bien sûr ! Bacon constate que c'est normal, c'est un cas intéressant de peinture. Il raconte des blagues, exprès. Telle ou telle anecdote triviale. Les laisser sur leur faim, bouche ouverte. Peindre, ne jamais expliquer.

Faire l'oie. J'essaie de peindre la tête telle que je la vois, dit l'autre, Alberto. Pas plus disert. Sincère et rusé. Moins ils en disent, plus on renchérit d'entretiens, d'interviews, espérant dénicher la vérité, le ressort, le secret, la scène…

Novembre-décembre 1949, première exposition Bacon, à la Hanover Gallery d'Erica Brausen. Bacon aligne les six têtes ! Des minois inédits. Révolution du portrait. Mao vient d'accéder au pouvoir en République populaire de Chine. À la tribune il fait retentir le miaulement aigu de sa voix monstrueuse. Tous les intellectuels de France et de Navarre se pâment devant le libérateur transcendant. L'énorme multitude massée, extatique, devant la Cité interdite ne leur inspire aucun doute. Bacon ne peint pas de tête de Mao. Dommage ! Mao hurlant, miaulant dans une cage de verre. Pape de la révolution populaire dans sa bure bleue. C'eût été une profanation visionnaire ! D'autres finiront par s'y mettre, Mao en icône lisse de Warhol. Nul cri, idole littérale.

Bacon peint la première tête à Monte-Carlo en 1948. Sexe, soleil, casino, palaces, villas, fêtes, milliardaires. Yachts. Difficile de se concentrer. Sa nounou Jessie Lightfoot et son protecteur Eric Hall veillent sur le joueur, l'amant effréné. Le bonheur étincelle dans l'azur des palais blancs, parmi les mecs en maillot de corps, mieux, en uniforme de marins, les grooms dociles, zélés, les beaux voyous, les marlous, les caïds et les voleurs de vieilles bourrées de pognon. Bacon évolue tel un spécimen rare dans l'eau bleue des raies manta et des requins souples. Sa vie à la roulette. Il gagne, il perd. Il revient à Londres et, en quelques mois, il fait les autres têtes pour l'exposition. Alberto ne pourrait pas aller si vite. Même si Bacon sait, lui aussi, détruire ses œuvres à l'envi.

D'abord Isabel va droit aux tableaux. Frappée par l'ensemble des goules. Elle n'a jamais rien vu de pareil. Picasso c'était inventif et formel. Giacometti encore identifiable. Là, interloquée dans le noir, subjuguée. Mais avant de scruter les têtes, une à une, elle s'arrête devant un grand tableau plein de mystère, *Figure dans un paysage*. Une silhouette humaine, avalée par une masse de peinture noire. Elle ne distingue rien de précis, sinon le bras, la manche du costume beige, le poignet et une portion de visage. De l'autre côté, une espèce d'armature verte, une bouche, une goule béante peu visible. Le fond d'un paysage griffonné, un horizon de bleu. Sous le personnage, la forme fuyante d'une chaise qui dégouline en rideau de coulures plus claires. Le choc, c'est la noirceur dont le bras fort se détache. Bacon harponne les nerfs. Frapper d'abord, arracher l'œil à son axe habituel. Mais pas comme le font les surréalistes avec de l'insolite, de l'imaginaire incongru ou merveilleux. Non, Bacon vous plonge dans un réel sensoriel sans équivalent, sans référent. Peinture techniquement sans apprêt. Brute sur l'œil. Parfois, c'est peint au revers de la toile. Poussière d'atelier mélangée dans l'huile pour râper la sensibilité.

Plus tard, par Bacon lui-même, Isabel apprendra que pour *Figure dans un paysage* il est parti d'une photo de son amant protecteur, Eric Hall, assis sur une chaise de Hyde Park. On ne saurait imaginer scène plus familière, plus anglaise, plus paisible. Ici, reconvertie en énigme noire, menaçante.

Après ce paysage qui en dénie même le concept, elle monte voir à l'étage, par comparaison, les tableaux de Robin Ironside, un néo-romantique qui expose avec Bacon. Le contraste la ferait rire. Les paysages d'Ironside en fouillis mythologique, avec des personnages décoratifs ou décadents. Rien à voir. Aucun rapport entre les goules entrevues, en bas, qu'elle n'a pas encore affrontées et ce méli-mélo de lignes artistiques. Ces drapés, ces colonnades, ces fontaines, ces hommes languides, maigres et tarabustés, fin de siècle. « *Away !* crierait Bacon. *Away !* » Erica Brausen l'a-t-elle fait exprès pour équilibrer, trouver un compromis ?

Isabel redescend et scrute avec une attention extrême chaque tête de mulot, de rongeur qui hurle à crever dans la splendeur feutrée des gris, des blancs purs. La tête blafarde du chef aux yeux de petites perles noires et terribles. Sa terreur ou la nôtre. Le dos, le singe noir. Elle qui adore les singes, les peindre. Goule de gorille dans la nuit. Et le sommet du cortège, l'échantillon suprême, celui qu'on n'attendait pas. Le pape ! Dans la cage géométrique. Elle n'y décèle évidemment aucun sacrilège, comme une certaine critique le fera. Mais une singularité pétrifiante. D'où sort la géniale apparition, sur fond doré, le violet, les détails de l'étole sacerdotale, les esquisses de dentelles, les boutons. Et ce coup de théâtre de la bouche grande ouverte, noire, cernée de mâchoire blanchâtre. Elle voit monter de l'ombre les taches des orbes oculaires noyés de ténèbres. C'est pire que la bouche ou mieux. Des yeux pour voir, il ne reste que deux oves sombres et noyés. Des yeux fantômes. La fine arête du nez, bref trait blanc. Le carré de verre parfaitement tracé, orthogonal.

Voir ça, être là. Sans repère ni discours. L'aquarium du pape, gros poisson pâmé. Après la rhétorique d'Ironside.

Bacon bavarde comme si de rien n'était. En costume élégant, cravaté, gominé, les cheveux auburn-roux, quelle teinture fantastique ? Elle l'entend. Elle l'aime ainsi, bravache et drôle, acerbe. Sa réputation de libertin provocant la flatte. Mais, à ce moment du vernissage, il n'en fait pas trop. Il rit sans ricaner. Il s'exclame sans déclamer comiquement. Elle entend nettement le nom de Mao… mais c'est tout. Qu'en dit-on ? Elle pense savoir que Bacon n'est rien moins que communiste. Alberto davantage intéressé par la cause des peuples. C'est soudain l'image de la tignasse bouclée, ébouriffée, de Giacometti qui surgit, ses vestes qui godent, ses poches déformées par ses fourbis. Ses cigarettes à la file. Les voir fumer Sartre et lui, les deux têtes englouties dans le même brouillard de volutes. Ah ! Mao…

Bacon net, pommadé, cheveux crantés. L'air incroyablement gosse et malin. Ils se font un clin d'œil par-dessus la cohue et se rejoignent. Isabel très belle, déliée, voluptueuse. Aplomb royal. L'intelligence extrême du regard en amande, l'expression de lucidité sensuelle. Ce mélange extraordinaire d'intériorisation et d'exubérance. Il mettra des années à la choisir pour modèle, du moins à exploiter des photographies d'elle. Son chef-d'œuvre *Portrait d'Isabel Rawsthorne debout dans une rue à Soho* viendra dans dix-huit ans, une génération ! Elle se dit frappée par la série des tableaux, la juxtaposition cinglante. Elle dévie sur le cas d'Ironside, esquisse un sourire à double entente en montrant *Tête I* : « Cela manque un peu de romantisme, de vasques et de ruines ! » Il éclate de rire. Et répond : « La ruine romantique est un cliché de la destruction, du chiqué mélancolique. Moi, je pratique une déformation plus radicale. » Mais il se garde de commentaires supplémentaires. Il esquisse une pirouette au propre et au figuré, réclame du champagne et trinque : « *Cheers !* » On l'assaille, des jeunes types, Eric Hall, le protecteur, Lucian Freud, très chaleureux. Isabel n'a d'yeux que pour Toto Koopman, la maîtresse d'Erica Brausen, sa mécène. D'origine javanaise et hollandaise, d'une beauté soyeuse, douce, troublante. Bisexuelle, aventureuse. Sinueuse. Mannequin envoûtant. Elle a été une résistante déportée à Ravensbrück, juste avant la libération du camp, ce qui lui a permis de survivre. Elle a aimé un lord, son fils, le fils de Churchill. Et l'actrice Tallulah Bankhead, blonde, fine, au regard poudré d'ivresse mélancolique comme c'était la mode. Isabel et Toto Koopman se contemplent, se scrutent avec une gaieté intense, elles se ressemblent par bien des aspects. Yeux plissés. Passionnées, ardentes, impulsives. Espionnes et rebelles en tout. Le romantique Ironside s'approche. Il toise les œuvres, muet. Bacon susurre : « C'est très imparfait, je ferai mieux la prochaine fois. Je rêve toujours du tableau absolu, idéal, pas vous ? » Ironside acquiesce prudemment. Bacon semble amorcer une boutade mordante, mais la ravale. Pas d'embrouille aujourd'hui. Il adresse un sourire fin à Isabel et à Toto Koopman. Et ce sourire se réverbère dans les prunelles des deux femmes dorées de complicité. La vie est une cascade de surprises sensuelles et intellectuelles. On dirait que les têtes de Bacon, au museau horrible, vont mordre les parfaits visages d'Isabel et de la Javanaise au nez exquis. « Où est la beauté, ce soir ? » s'enquiert un critique avec humour. Les deux visages d'idoles adorables se tournent vers la goule béante du pape en cage.

Il a crevé le masque. La vérité est un cri.

La même année, Bacon va au Gargoyle, une de ses boîtes préférées, en compagnie de Lucian Freud. Deux tableaux de Matisse qui ornaient les lieux ont été vendus. C'est encore Matisse qui a conçu le décor comme un luxueux théâtre. L'escalier géant, l'apparat du rideau... Francis Bacon et Lucian Freud tombent sur la table de Sartre et de Simone de Beauvoir, qui les invitent à s'asseoir. La conversation est d'abord aimable et factice. Bacon se lance. Il a déjà absorbé pas mal de verres dans la journée. Il fait la même demande que Picasso :

– Parlez-moi de la liberté !

Sartre hésite – est-ce bien le moment ? –, scrute le peintre. Cigarette au bec, voix saccadée :

– L'homme est libre. Sans Dieu, sans morale préétablie, libre de ses choix, responsable. C'est simple.

Sartre lui sourit avec gentillesse et simplicité, justement. Bacon, avec la même courtoisie charmante :

– Je ne suis pas libre du tout.

– Vous ! Et quand vous peignez ? La liberté de votre geste !

– C'est le hasard.

– C'est la liberté.

– Non, c'est la projection de mon système nerveux, et cela ne peut être que le mien que je n'ai pas choisi. Je crois savoir que vous avez écrit que celui qui renonce à sa liberté est un « salaud ».

Et Bacon ajoute :

– Je suis un salaud sartrien !

Simone et Sartre rient. Et nient.

Bacon se souvient d'avoir lu que Sartre opposait Pour-Soi et En-Soi. Il se gaussait de ces formules philosophiques.

– Je ne suis pas un Pour-Soi. Je suis plus proche de l'En-Soi.

Il a articulé ces expressions d'une voix lente et sonore, légèrement nasillarde, qui provoque son effet comique.

– Certainement pas ! répond Sartre avec calme. Vous êtes une conscience en acte…

Bacon feint de s'enthousiasmer :

– Je suis un Pour-Soi Pour Soi !

Il a envie de trinquer, de servir à tout le monde un pétrus et de claironner : « Je suis un Pour-Soi qui adore le pétrus et je suis libre de l'adorer ! » Il se ravise et insiste :

– Je n'ai pas choisi d'être homosexuel, j'en passe et des meilleures. Je n'ai pas choisi ma nature biologiquement optimiste et ma pensée pessimiste. L'inverse me serait impossible. Je n'ai la liberté que de mes cellules.

Simone prend le relais, assène :

– Il n'y a pas de fatalité biologique. Bacon, vous êtes libre. Hop !

Bacon la regarde avec sérieux et dit :

– Je n'ai pas encore lu *Le Deuxième Sexe*, dont j'attends la traduction. Votre déclaration fracassante, « On ne naît pas femme, on le devient », explose partout. Bon ! Moi, je suis né homosexuel, je ne le suis pas devenu, mais ce n'est pas la même chose ! Et je dois constater que mes plus chères amies ne sont pas devenues femmes. Elles ont cassé le moule.

– C’est la liberté.

Bacon s’échauffe, inspiré :

– Plutôt leur nature, leur exubérance native, l’instinct ! Si vous connaissiez Erica, Isabel, Muriel ! Des natures ! Aucune liberté ne peut trouer le mur de la causalité.

Sartre et Simone sont perplexes. Lucian Freud semble cuver un excès d’alcool ou s’ennuie, songe peut-être à un tableau. En fait, il suit du regard les zigzags et les slaloms du garçon de café. Chevronné, professionnel virtuose. Lucian Freud, réveillé, demande à Sartre avec un clin d’œil si ce serveur se prend pour un serveur comme le garçon de café de *L’Être et le Néant*.

– Le Néant ! entonne Bacon. Le Néant suffit seul. L’Être, c’est Nada. Le dieu Nada qui se prend pour Dieu. Ha ha ! Mao : le serveur de café de la liberté qui se prend pour Mao.

Sartre émet un petit rire sec comme une toux, puis commence une explication sur Mao… Son spasme de voix rauque, accélérée, locomotive du verbe cérébral. Le contraire des sonorités versatiles de la diva Bacon qui cancane, hausse le timbre jusqu’à l’aigu. Opérette de cordes et de narines. Entrechats facétieux. Pour le reste, voyez mes Têtes.

Ils trinquent. Bacon a soif d’un pétrus. Le pinard de Sartre manque de velours. Robe sans profondeur.

– Vous savez, je suis de droite ! On ne changera pas l’homme.

– On s’est débarrassés d’Hitler. Par un sursaut de liberté.

– D’autres tyrans viendront.

– En déclarant ça, c’est vous qui l’entérinez, vous créez le déterminisme.

– Mao sera un dictateur.

– C’est l’inverse, il vient de libérer tout un peuple. Admirable !

Simone émerveillée. Mao l’idole des peuples et des grosses têtes d’Ulm.

– Le communisme est totalitaire. J’ai horreur de l’égalité. Je suis inégal !

Bon ! Il sait qu'il est allé trop loin.

– Vous ne pouvez pas dire ça, assure Simone de Beauvoir d'un ton assez ferme.

– J'aurais horreur d'être libre, c'est-à-dire d'être abstrait !

Simone et Sartre de nouveau perplexes. Cas difficile ! Giacometti écoute mieux, même s'il se révolte après coup.

– La liberté est concrète, dans l'existence. Chaque jour.

– C'est le déterminisme qui est concret. L'abstraction en peinture est arbitraire et décorative. La liberté c'est pareil. Une idée abstraite. Un pari pieux !

Ils boivent. Ils ne sont pas fâchés vraiment. Un peu tendus. Les philosophes ont vu le visage rouge, un peu enflé, de Bacon qui se récrie :

– Je ne suis pas libre de ne pas boire !

– Alors buvons ! renchérit Sartre, de guerre lasse.

– Nous serons des Pour-Soi Pour Soi ivres ! Ou plutôt des Pourceaux, des En-Soi saouls. Si Mao est un grand buveur, je me rallie ! Je ferai un portrait de Mao immense En-Soi sur une pancarte.

– Pour-Soi du peuple ! corrige Sartre en riant.

Ils s'esclaffent. Bacon aimerait presque inviter Simone à danser au dernier étage du Gargoyle, dans la salle de bal aux vingt mille petits miroirs imaginés par Matisse. Mais Bacon ne sait pas danser. Inviter Sartre ? Ce n'est pas son genre d'homme. Trop petit, pas assez costaud. Mais le regard assez pictural, selon les critères de Bacon… L'excellence du laid plus nécessaire en peinture que le beau ! Mais pour le désir, hélas Sartre n'arbore pas de belles bretelles de caïd de Tanger.

Tête VII : Sartre. Tête VIII : Mao. La peinture est libre. Isabel est extraordinaire. N'est-ce pas, Eric ? Le conseiller municipal de Londres qui a quitté femme et fils pour vivre avec Bacon approuve. Bacon sans remords ravage les vies.

Isabel détruit ses œuvres, les reprend, peint sur des versions effacées, et des deux côtés du tableau. Bacon, de son côté, élimine beaucoup. Mais il tient déjà sa conception d'une peinture qui fouette les nerfs, galvanise notre inconscient le plus primitif, grâce à des coups de pinceau directs. Isabel est fascinée par les fresques de Pompéi, les portraits fameux des mosaïques. Les tragédies d'Eschyle la hantent, le mythe de Léda, la figure grecque de la Chimère… Un cortège de visions, de visages antiques, de rapts, de crimes, de monstres, de coïts surnaturels. C'est un bouillonnement de messages, de figures archétypales, de pistes, de projets qu'elle partage avec Bacon. En février 1949, elle expose à la Hanover Gallery des poissons dont la structure graffitée se détache en traits de peinture nets. Des squelettes d'oiseaux prédateurs. Mais sa manière la plus singulière joue sur des motifs floutés, dans des couleurs sombres, des éclairages pâles. Un autoportrait la représente, seins nus, dans un décor brouillé, gris, bleuté, haché de lumière. Ses paysages, ses nus, son érotisme sont fondus. Ils adviennent au bord de la perception, comme à la lisière du subconscient.

Giacometti : une place, une table. Ce n'est pas la place Tiananmen ! *Homme traversant une place par un matin de soleil.* C'est un homme qui marche sur un robuste plateau rugueux. Lui et ses pieds costauds, des socles sur un socle. Pas les sandalettes d'Hermès. Les grandes jambes graciles d'insecte, le dos incliné mais rectiligne des reins au cou. Les bras le long du corps, les grandes mains légèrement en avant. Grands pieds, grandes mains, cela suffit pour un homme effilé doté d'une toute petite tête concentrée. Il marche. Où est sa force ? Quel est le principe ? Ses pas sont fermes, sûrs. Il traverse, il passe. L'œuvre, il faut que ça traverse. Que ça passe de l'autre côté. Nullement au-delà du réel. Mais de la réalité au réel plus intense. La création est plus forte que la réalité. Autrement à quoi bon ? La ressemblance n'est pas une copie mais un supplément de réalité plus puissante qui nous sidère. Giacometti et Bacon, là-dessus, sont d'accord.

Soudain, l'efflorescence des femmes : *La Forêt*, *La Clairière.* Cette profusion tellurique. Neuf femmes d'un coup pour *La Clairière.* Dagues de filles érigées nues. Tailladées au canif, en grumeaux, scories de bronze effilées, lancéolées. Aiguilles de la nuit. Arborescentes. Certaines plus hautes que les autres. Elles ne sont pas disposées de front mais espacées, en recul ou en avant, comme une futaie. Certes, Giacometti n'en a pas fini avec sa vieille préférence mythologique des alignements scrupuleux, même taille des statues et des figurines sur un socle. Symphonie forestière ? Chorégraphie immobile. Quelque chose a bougé au pays des femmes totémiques. Un jeu. Comme les déplacements dans un tableau intitulé carrément *Au Sphinx*, huile sur toile, six personnages telles des demoiselles d'Avignon… Femmes nues, debout, assise, marchant, sur fond beige clair, dans un effet d'encadrement plus sombre. Qui accentue le sentiment d'une scène, théâtre…

Mais les icônes ont la vie dure. Deux œuvres obsédantes. Originaires de deux bordels. *Quatre Figurines sur piédestal*, inspirées de la vision ultime des prostituées du Sphinx avant sa fermeture. Haut perchées sur une base massive, suspendue dans le vide. Sorte d'autel votif, disproportionné, temple aux piliers dressés où les femmes de plâtre peint, insolites, rapetissées dans le lointain, sont l'objet d'un désir impossible. Le piédestal grandiose, quadrangulaire, de Sumer ou de Teotihuacan évoquant quelle idée de sacrifice ou de divinités à perte de vue ? Il les retravaillera à Londres pour son exposition de 1965. On ne lâche pas la Scène.

Alors que *Quatre Femmes sur socle*, sur leur bloc, sont plus proches. On voit leurs grands pieds théâtraux et telluriques. Escarpements du roc. Les corps éternellement longilignes avec l'ovale léger formé par hanches et ventre. Les bras le long des flancs. Les torses plus ou moins étranglés ou chaotiques. La matière s'agglutinant, s'évidant, en une dentelle de caillots, d'ergots de bronze. Les têtes dont on distingue les yeux, le front, la bouche. Quatre sentinelles. Quatre vigies. Quatre odalisques à leur façon, auxquelles Giacometti ne semble pas assigner une quelconque métaphysique, empruntée à Sartre ou à un autre. Il avoue à Pierre Matisse qu'il s'agit de la vision menaçante de quatre prostituées, vue de très près, dans un bordel ou un bar, un bouge, rue de l'Échaudé. Dans une petite pièce, précise-t-il, dans sa lettre, et de son écriture un peu étirée, fluide : « proches et menaçantes ».

Giacometti, féru d'art égyptien, a-t-il vu, au musée de Turin, ces terres cuites tardives : les « concubines du défunt » ? Certes, elles ne sont pas longilignes, leurs hanches sont évasées. Mais elles sont parfaitement figées, jambes collées, bras le long du corps, concubines liées au désir comme les figurines et femmes de Giacometti, sexe dénudé, seins. Elles portent des coiffes imposantes. Le désir dans l'au-delà. Aujourd'hui, quatre Femmes, quatre Figurines, accompagnent Alberto dans la mort. Prostituées vigilantes, concubines immobiles. Elles veillent, elles l'émerveillent, elles le menacent, elles lui inspirent la terreur et la pulsion scopique d'un désir famélique. Femmes du bordel dans un tombeau.

La vie avec Annette, rue Hippolyte-Maindron, n'empêche pas Alberto d'errer la nuit dans les illuminations éparses des cabarets. Le macadam de la mélancolie. De l'alcool. En quête de sa vision fétiche. Mêlée d'effroi, de désir. Quatre figures menaçantes : pourquoi ? En vertu de quel basculement hallucinatoire ? Quelle stupeur de désir irrépressible le conduisait dans l'antre, parmi les bougres, les obsédés, les branleurs muets ? Quelle hypnose ? Le Sphinx possédait un lustre d'époque, une légende, par son décor d'Égypte, ses bas-reliefs en toc, ses clients huppés, ses spécialités rares. Chez Adrien, il trouvait, là encore, des filles de bar, dans un décor recherché. Mais dans le petit salon glauque et tapi de la rue de l'Échaudé, quelle surprise ? Quel saisissement ? Retrouvailles avec ces corps immobiles, offerts, mercantiles, asservis. Quatre femmes nues dont les représentations qu'il en fait ne nous laissent rien voir de charnel. La tentation, Giacometti la transfigure en une exhibition étrange, presque opaque. Un silence du signe. Fossiles pétrifiés, un peu effrayants. Influence de figures cycladiques, étrusques, sumériennes, si on veut. Elles remonteraient d'un âge immémorial. Dans sa jeunesse, il a fréquenté des prostituées, en Italie. À quel moment s'est opérée l'indéracinable greffe de l'image dans son cerveau ? Sur un socle infrangible. Une cristallisation tenace, infaillible.

Il y a le même quatuor, une encre de Chine, une esquisse, quatre figures gribouillées, ou plutôt peintes d'un geste vivace et continu. En tarabiscotage géométrique de traits, de courbes. Quatre signes griffonnés, paraphés. C'est libre et vif, sans le labeur habituel du plâtre. Les sexes en zigzag ou cercle, nœud, fleur. Tant l'encre voltige dans sa licence experte.

Bacon influencé par des photos de Muybridge. Études de nus, corps masculins. On voit les grands muscles, les arrondis des épaules et des fesses. Les biceps gonflés, les accroupissements, les culs. C'est du mec en gros plan. Du boxeur. Évidemment : les cubes, le verre, les rings, le décor sophistiqué. Rien à voir avec un socle brut d'Alberto. Rien à voir non plus avec cette distance des idoles, des figurines opaques, au visage gommé. L'objet du désir de Bacon, il se le donne, d'abord sans déformation extrême. Athlètes bandés dans l'effort. Bacon aime l'étreinte goulue du *Couple amoureux* de Géricault. Et Michel-Ange pour la fresque des anges, dieux, damnés, héros. Il en redemande pour la belle chair en masse et en mouvement. Les hiératiques figures malingres de Giacometti sont pour lui des énigmes. Rien à boxer ni à mordre. Certes, il salue cette déformation qui sera pour lui la condition de la création.

Isabel toujours et de plus en plus. La rumeur circule dans Soho. Leur liaison supputée, sont toqués l'un de l'autre. Ils passent la nuit de Noël ensemble avec des proches. On les aurait vus s'embrasser au Colony Room de leur amie Muriel Belcher. Le paradis râpé de Bacon, de ses beuveries. La halte dans ses errances interminables. Il lui faut des escales pour enfiler des verres, arroser la compagnie, draguer. Bluffer, aligner ses tirades, ses exubérances et ses colères. Muriel est la patronne, la complice de Bacon qu'elle interpelle crûment : « Ma fille ! », « *Cunty !* » Volontiers obscène. On se presse autour du noceur prodigue. Les grands vins, le champagne à gogo. Les peintres, les acteurs, les journalistes, les amis agglutinés. Tous les cavaleurs nocturnes. La vie sans frein. Au petit jour, il revient à son atelier, dort peu et peint, dans ses fouillis monstrueux ! Une santé de fer, de flibustier crâne. L'âme noire, le corps flamboyant.

Bacon rit et pivote, charmeur. Tiré à quatre épingles. Flanelle, nœud papillon, pantalon cintré, bottines de daim. Il s'est fardé, pommadé. Bouche gourmande, carminée. Il est poupin. Leste et rigolo. Comme elle l'aime. Il l'emmène dîner à l'hôtel Connaught, dans le très chic quartier de Mayfair. Un fort soleil fait rutiler les briques rouges, les frontons géorgiens, les colonnades. Le vieux chiqué. La vie est reine. La vie dorée. Luxe et volupté.

Ils boivent du saint-émilion, grand millésime choisi par Francis qui goûte le vin, le respire, le fait tourner dans son verre avec un air subtil et facétieux. Elle savoure. Ils trinquent, leurs verres tintent. Ils dégustent de longues soles fermes et délicates.

Il lui dit :

– Comme elles ont l'air tranquilles ! La chair luisante comme la surface d'un domino.

– Tout de même, sous leur petit air immaculé, tu sens encore leur musc de poisson.

– On n'efface pas comme ça la sauvagerie. Mais les poissons ne saignent pas assez et, quand c'est le cas, c'est sale, gênant, pas comme lorsque c'est de la viande.

Ils vont rentrer chez lui. Au rez-de-chaussée de l'hôtel particulier et luxueux de Cromwell Place. Vaste voûte, espace largement éclairé au nord, empilements de boîtes et de flacons de pigments. Une géologie d'archives, d'épaves, de photos, de documents comme après un tremblement de terre. Poubelle d'idées, de sensations déversées. Creuset comme le sera au centuple le futur atelier de Reece Mews.

Soudain éclate à la vue la chose innommable : *Fragment d'une Crucifixion*. Grande croix noire, avec une pièce informe et bestiale plaquée au sommet. En dessous, contre le montant de la croix, une autre barbaque chaotique, dans ces tons encore grisâtres, blanchâtres, ocre sombre qu'il remplacera, pour ses Crucifixions futures, par des rouges saignants, des orange éclatants et de puissants contrastes.

Alors, frontale, vers le bas de la composition : l'héroïne charmante ! On peut rire avec Bacon. La dérision est son fort. Encore une bestiole immonde, grassouillette, gueule béante et dentue, ce qui devient sa signature d'époque. Goule de chauve-souris, de vampire, ailes ou bras levés, crucifiés. Et entre les cuisses de l'Être : un sexe de femme, plutôt inédit. Tant la période est marquée par des corps de mecs massifs et sombres. Des ogres qui s'enfoncent dans les ténèbres, des athlètes comme des malfrats patibulaires : son genre, sa dilection. Mais, là, ce sexe bien galbé de femme. Signe lucide.

Le tableau est inspiré par *L'Orestie* d'Eschyle, dont l'histoire violemment familiale et criminelle fascinera toujours Bacon. Clytemnestre, épouse d'Agamemnon et amante d'Égisthe, et meurtrière de son mari. Ce dernier qui a sacrifié sa fille Iphigénie. Le frère, Oreste, et la sœur, Électre, vengeresse, frénétique.

Les Atrides, une famille cannibale et barbare. Référence incontournable pour Francis, lui-même cloué au pilori de son enfance. Donc, la petite personne potelée qui hurle et nous fait face juste à la base de l'échelle des viandes funestes serait une Euménide. Le Destin. Il en cultivera l'image plusieurs fois, multipliant les avatars fantasques d'une espèce de volatile monstrueux et sanguinolent. Loustic parfois incongru, drolatique, créant un malaise indubitable.

Pour insister sur le sexe de femme, certains y voient une allusion à sa relation intime avec Isabel. Il n'avoue pas cela mais comme toujours répète sa vision d'un art instinctif qui scie littéralement les nerfs et vous arrache les tripes. Pas de quartier. Rien d'enrobé.

Ils enchaînent tous les deux sur les Grecs, qui passionnent Isabel, les mythes. Les animaux hybrides. Le syncrétisme des désirs. Magma de pulsions, de correspondances, de transgressions.

Isabel observe le trait qui ne va cesser de s'affirmer chez le peintre, une nette géométrisation de la construction – déjà elle apparaissait dans les têtes et celle du premier pape trônant dans un cube de verre.

– Tu as besoin de ce cube aux arêtes blanches juste au-dessus de ton Euménide ; moi, mes paysages, mes figures érotiques baignent dans un flou continu. Des nuances sans contraste.

– Il me faut un minimum d'ordre, de clarté, dans le débordement des figures informes. J'avance par hasards de coups de brosse, accidents de peinture impulsifs, et je fais entrer ma bête dans l'arène bien dessinée. Une boîte !

– C'est toi, ça. Moi, vraiment l'inverse. Tout est plongé dans un travail de couleurs intermédiaires et de mouvements secrets, d'affleurement de figures.

– Bien sûr, tu ne fais pas ça pour maquiller !

– Non. Pour que cela soit plus archaïque, plus occulte, plus suggestif encore, pour que la vision noyée produise plus d'écho. Qu'elle se greffe dans notre inconscient, qu'on s'y projette... Mais d'abord, j'ai du plaisir à peindre ainsi.

– Moi, si tu veux, j'aime qu'une belle brute sauvage soit corsetée dans un impeccable costume-cravate. Cela m'excite. J'exige de mes amants baraqués des chemises amidonnées.

Il rit doucement, lui coule un regard de côté. Sautille, ajuste son nœud papillon, s'empare d'une bouteille de champagne, veut encore boire avec elle.

Un modèle entre brusquement. Un bloc, comme les adore Bacon. Il demeure un instant en suspens, observe le visage du peintre qui lui fait signe de s'en aller. Avec un sourire gentil. Le visage joufflu à fossettes, légèrement bigorné, drolatique, tordu par une expressivité mobile, charmeuse. Enjôleur. Le visiteur shoote dans un petit pot de peinture qui valdingue contre le mur, y fait une éclaboussure cramoisie.

– Bravo ! plaisante Bacon en admirant l'impact.

Alors il prend lui-même une poignée de peinture fraîche dans une boîte et la lance sur l'empreinte. Les deux se superposent et se déforment.

– C'est raté. Ça ne marche pas à tous les coups. Nos gestes ne s'accouplent pas dans la peinture.

Il rit. Le visage transfiguré en éclats de dents, de bouche charnue et de pommettes luisantes. Il y a le cri peint par Bacon, la gorge, le gouffre, l'avalement dans les ténèbres, et le rire tordant, fanfaron, gamin, pétillant, mangeur d'hommes plein de charme.

L'amant de passage marmonne, trépigne un peu, hésite, prend la bouteille de champagne, la renverse vers sa bouche, avale à la régalade à gorgées avides. Il jure, il fait un geste obscène en direction de Bacon, il disparaît.

– Il va errer toute la nuit… dit Francis.

Isabel connaît la musique, les rues, les bars, l'alcool, les cris, les défis, les bagarres, les nausées, les rires. Les algarades, les harangues d'ivrognes philosophiques.

Ils boivent. Ils ont rejoint le salon.

C'est Bacon qui s'en vantera dans un hebdomadaire français célèbre. Un magazine illustré. Il a couché avec Isabel. L'amante des héros de la peinture. Rien que des princes. Alors, lui aussi, lui, le suprême. L'unique femme qu'il a connue, c'est elle.

Elle sait que c'est vrai, que c'est inexact, que ce n'est pas faux… Elle ne sait plus. Ils boivent. Beaucoup. Évoquent soudain Picasso dévoré d'un désir d'Isabel.

Bacon s'esclaffe :

– Il devait écarquiller ses gros yeux en boules de loto de magnétiseur andalou.

Ce n'est pas parce qu'il admire Picasso qu'il n'a pas le droit de se foutre de sa majesté.

– Comment ils appellent ça, le regard dominateur du macho fulgurant ?

– *La mirada fuerte.*

– Désopilant ! Le macho bombe le buste et darde son œil de feu ! Il faut que j'essaie.

Il tente l'œillade. Elle pouffe de rire.

– Il ne t'a quand même pas fait le coup ?

– Oui et non. Il est malin. Il était adorable… Il avait toute une idée ou un fantasme de l'Anglaise libérée, artiste autonome, nourrissant un idéal politique de gauche ! Un jour, en 1940, à la veille de l'invasion allemande, Alberto et moi étions assis à une table de la Brasserie Lipp, et le voilà qui débarque, sans Dora Maar. Vif et costaud. Il se révèle très amusant, comme d'habitude. Il veut voir mon travail. Il me scrute et lance tout à coup, à la barbe d'Alberto : « Moi, je sais comment le faire. »

– Faire quoi ?

– Le portrait, je suppose !

– Ah ! Je suis soulagé, car c'est un homme à tout faire, n'est-ce pas ?… Et alors, il l'a fait ?

– Oui. Plusieurs portraits dont une femme au chapeau garni de fleurs.

– Il t'a fait, à toi aussi, le coup des fleurs et du chapeau, comme à Dora Maar, Nusch Eluard, Lee Miller… Toujours le même petit gag, tête tarabustée, dissymétrique, déboîtée, à deux faces. On connaît le truc par cœur. Un acrobate surdoué !

– Et toi, tu as aimé tes portraits ?

– Il y en avait un rigolo, avec mes prunelles cognées l'une contre l'autre, comme chez quelqu'un qui louche ; c'était ludique, plein de fantaisie, de couleurs claires. Tu sais, je le lui aurais demandé, il m'aurait donné un des portraits !

– Que ne l'as-tu fait ? Il voulait t'acheter… Il a voulu le faire, n'est-ce pas ?…

– J'ai refusé de coucher avec lui.

– J'adore ! Une moue de lionne lasse… Un pas de côté en gardant le sourire. Un petit pas de danse devant le gigolo gitan.

– Je ne me sentais pas libre.

– Toi !

– Oui, moi.

Au bout d'un moment, ayant trouvé Bacon sévère sur Picasso malgré l'admiration qu'il ne cache pas pour le maître, elle déclare :

– *Guernica* quand même… ça marche fort.

– Ha ha ! *Guernica* ! Ce n'est pas ce que je préfère ! Grandiloquent et vide. Sans couleur. Emphase et carton-pâte. Moi, j'aime le fraudeur qui ouvre une cabine de bain à Dinard. Il tourne la clé, la porte perverse. J'adore l'effraction. Les trouvailles formelles autour de sa nouvelle amante Marie-Thérèse. Mais *Guernica* c'est de la bande dessinée. Une affiche, un message déclamatoire. *Guernica* n'agit pas directement sur les nerfs. Le spectateur cherche à décrypter. C'est foutu ! Moi, quand il veut, je lui fais une arrachée de chair peinte en plein jus. Un bombardement pour de bon. Et pas de grande simagrée abstraite. Pas de signe, mais de la substance barattée. Je lui gicle l'icône, pour de vrai. Sans symboles tauromachiques. Je me débarrasse de sa grammaire, de ses codes rabâchés. Encore trop abstrait ! Moi, je frappe au noyau, au myocarde. Là où les hommes frémissent et meurent. Couic !

Donc Isabel et Picasso, niet ! Pourtant Isabel est polyandre, aime plusieurs génies à la fois. Des bouquets de mecs transis. Et des femmes.

Bacon connaît l'épopée. Ils boivent, ils rient. Il l'entortille de paradoxes cyniques, de mille séductions qui jubilent. Gai à faire peur. D'un optimisme vital formidable, tout comme elle. Ils font la paire. Il dégoise sur la mort, l'absurdité, la vie sans queue ni tête, sans transcendance, l'Histoire aveugle, meurtrière, la vie jungle, la loi du plus fort, l'injustice fatale, rayonnante. Il brave tous les interdits. Il piaffe. Elle se tord de rire. Il dégomme ses rivaux. Il culbute toutes les quilles. Les idoles.

Comment c'est venu ? À quel moment de l'ivresse ? Un pari ? Un jeu ? Un moment de faiblesse, de tendresse ? Une ouverture brutale ? Quelque chose se passe. Une porte claque doucement quelque part. Il dit que des voleurs sont entrés. Il est fasciné par les bandits. Il les désire voyous prêts à tout.

– J'adore ! J'espère qu'ils sont venus fringués comme des princes pour me voler. En grande cérémonie. Je les inviterai au Ritz après leur pillage. Pour les remercier : ah ! ah !

Son rire ravageur.

– J'aime les durs, avec des bretelles, comme je t'ai dit ! Ah ! quand un amant mélancolique défait ses bretelles, une à une, songeur, lourdement alcoolisé, ruminant son malheur… On dirait qu'il enlève le fardeau de la condition humaine. Samouraï triste. Le double geste. Chorégraphie lente. Aux chiottes encore plus majestueux…

Il continue sur sa marotte :

– Et toi, les durs : avec bretelles ou sans ?

– Je n'ai pas de spécialité. Mais le maillot de corps, c'est bon ! La vie, toute la vie. Comme disait Alberto des passants : ils sont tous beaux !

– Alberto ! Je ne dirai pas ça, moi. Il y a des affreux, des horribles mais sans intérêt. Des plats ! Les différences, c'est ce qui est excitant. Comment il le fait, ton Alberto ?

– Top secret ! Respect…

– J'imagine sa grosse tête, eh ! De cannibale édenté. Pas mon genre d'homme, pas assez structuré. Mais je l'aime bien. J'admire ses dessins. Je le lui ai dit à Paris. Mais, de toute façon, les hétérosexuels ont toujours des problèmes sexuels. Pas les homos !

– Quel culot !

Le silence est revenu. Nul bandit.

– As-tu posé nue pour Giacometti ?

– Oui, plusieurs fois ! Avant et après la guerre.

– Était-il toujours aussi tâtonnant, tarabusté dans son art, en proie aux affres de l'échec, devant toi, superbe, là ?…

– Nous étions amoureux. Ce n'était plus tout à fait de la pose, mais…

– Poserais-tu nue pour moi ?

– Bien sûr. Mais tu ne travailles pas directement, tu préfères opérer sur photo.

Ils boivent, ils rient. Bacon exubérant, étincelant, envahi par cette onde dionysiaque et dansante qu'elle connaît bien et qui le rend si charmant, si prenant.

– Déshabille-toi, je vais travailler, sans doute plus vite qu'Alberto, le martyr de son art ! Ah ! Mon ami Alberto.

Elle se tient au pied du grand, robuste chevalet, devant la baie orientée au nord. Dans une sorte de clairière ouverte au milieu du foutoir héroïque et fameux. La marque du génie de Bacon. Au centre de l'atelier fastueux de l'hôtel particulier. Sous les lambris, parmi les superbes canapés : une signature de gravats, extravagante et chaotique à faire peur. Isabel se dévêt avec aisance. Alentour : les liasses de journaux déchirés. Un pull de cachemire tirebouchonné de peinture. Les fameuses têtes éparses, celles de Goebbels criant déclamant ses litanies criminelles, de la nounou du film d'Eisenstein, *Le Cuirassé Potemkine*, qui hurle, lunettes cassées, dans l'échauffourée panique de l'escalier d'Odessa, celle de la mère du *Massacre des Innocents* de Poussin, bouche ouverte au paroxysme de la douleur quand son enfant lui est arraché. Les couches, les strates concassées, enchevêtrées, amalgamées, de la tanière de Bacon. Ses reproductions martelées, arrachées, des athlètes de Muybridge, de boxeurs, un dos et un cul somptueux de Michel-Ange, un autoportrait de Rembrandt, ces pages de magazines piétinés, pliés, maculés, qui révèlent une tuerie de rue, en 1917, à Saint-Pétersbourg, l'archive horrible d'un charnier nazi… Ou ces photos de maladies de la bouche qui le fascinent, ces flaques de sang, ces morceaux écharpés, ces florilèges et ces anthologies de fantasmes, d'effrois. Une montagne malaxée de débris mêlés à des pots de peinture, des seaux, une poêle à frire pour tracer des cercles, des cartons de toutes tailles, des cadres, des armatures, des brassées de tubes pressés, difformes. Un formidable creuset dégorgeant de limons bariolés. La genèse n'étant qu'un intarissable puits criblé de matériaux, d'images, d'oripeaux… Un Déluge. L'apocalypse précédant toujours la Création, la poubelle étant le commencement du monde.

Isabel nue dans le palais de la Destruction.

Sur la paroi, juste derrière elle, *Fragment d'une Crucifixion.* L'Euménide dodue. Le cri. Bacon prend un pinceau et trace à même le mur une arabesque à laquelle il flanque deux coups de brosse noirs. Il vacille. Ses yeux brillent et clignent. Il pousse des petits hoquets d'hilarité. Elle le regarde, toujours ample et belle avec ses grands yeux verts en amande. Elle ne se montre pas tout à fait de face, mais exhibe sa hanche légèrement de côté, l'arrondi de sa croupe. Elle lui jette un regard tranquille et doux par-dessus l'épaule. Avec une expression de complicité malicieuse sous ses cheveux noirs d'odeurs. Elle joue avec Bacon. Il adore cette petite pantomime espiègle, imprévisible. Isabel, en un éclair, revoit Giacometti médusé devant sa nudité, happé, bouleversé, extravagant d'effroi, d'extase. Impossible et beau. Écarquillé de stupeur. Affamé, exilé.

Tout de même, elle sent la secrète tension de Bacon. Il enlève son jean, sa chemise, ses bottines, se montre tout nu de façon facétieuse, un pied presque entortillé autour de la cheville de son autre jambe. Une pose de quasi-midinette. Il est bien fait, assez rempli, pas de ventre, lisse et sans poils. Elle est attirée par ses airs de gamin attardé, mi-page, mi-fille. Une image la frappe. C'est un autre Bacon qui se révèle, oui, un Bacon du passé, de l'Irlande originaire, de l'adolescence, voire de l'enfance. Naïf, alerté, indécis, étonné, puis illuminé d'une perversité délicieuse… Elle se redresse, s'avance vers lui et le caresse directement, son sexe dodu comme le reste de son corps, lisse et tout blanc. Il émet une sorte de jappement de surprise. Il sent la chaleur, le rayonnement d'Isabel. Il baigne dans son regard extraordinaire. Elle a envoûté Derain, Epstein, Picasso, Balthus, Bataille, toute la peinture prise dans son nimbe magnétique. Bachique, d'une mystérieuse gaieté, plus vaste et plus souterraine que la joie. Soudain, il voudrait être un hétérosexuel banal, la désirer, la prendre, être au diapason de sa splendeur trouble, dorée de mirages. Une sombre sauvagerie émane de son corps dont la liberté l'impressionne. Il débande. Elle lui sourit avec une convoitise tendre. Soudain, à travers le serpentement de ses courbes, jaillit la silhouette d'une amazone de son adolescence, quelle fille, gouvernante, ou belle voisine bourgeoise aux reins bandés, dans les bras d'un palefrenier dont il avait reçu, sur l'ordre du père, la punition, la volupté du fouet. Il voudrait demander à Isabel de le flageller. Ce serait le déclic, le déferlement du désir et du plaisir. La croupe, le fouet, les chiens, la chevauchée. Les jurons magnifiques.

Ils sont renversés sur une litière souple de coussins.

Sans doute qu'il l'a pénétrée, qu'elle l'a chevauché, rayonnante et puissante, le fouettant avec une tresse de grands chiffons tordus et juteux de peinture. Il a joui. Pour la première fois de sa vie, il a baisé avec une femme…

Adorable et désopilant, le voilà qui confesse d'un air ingénu :

– J'ai perdu ma virginité.

À moins que cette somptueuse scène (le soutien-gorge d'Isabel servant de fouet ou la chemise de Bacon emportée dans les airs et cinglant cuisses et fessier du maestro tout contre la paroi saignant de grandes éclaboussées de peinture écarlate) n'ait été reconstruite par eux deux, au cours d'une autre beuverie, inventant ce mythe pour s'émouvoir d'un souvenir intime et grandiose. Un rite, un défi sexuel qu'ils auraient lancé dans un moment d'audace et de jubilation anarchique.

Peut-être que l'amant bougon est revenu très vite, qu'il a participé, maniant le fouet pendant qu'elle le branlait, que Bacon la pénétrait, que... Mais cela ressemblait trop à une scène de Bataille, à un fantasme d'Eluard...

Bacon dira au fameux hebdomadaire français qu'il a couché avec une seule femme, avec Isabel, la plus belle des femmes de la terre. La grande coucherie du démon et de la souveraine. Lui retrouvant ses inépuisables ressources de gigolo à tout vent et elle son libertinage viscéral. Déchaînés, au-delà des limites, des libidos tranchées, renouant avec une indifférenciation orgiaque qu'adore Isabel. La confusion bienheureuse, le saut d'une espèce à l'autre : Léda, la Chimère... Tirésias. Cette vie éphémère et totale due à tout homme vivant dans l'étau de la mort. Car tous deux avaient connu la terreur et la grande licence sexuelle du Blitz en 1940. Ils possédaient au fond d'eux-mêmes ce minerai noir irradiant de pulsions.

Et c'est peut-être venu sans séance de pose, sans simagrées, sans manigances, sans leurre ni relais d'un tiers. Ils étaient saouls et rayonnants de vie, pétillants de malice, de beauté. Nus. Bruts. Elle l'a étreint et mordu aux tétons et à la gorge. Plusieurs fois. Fines morsures, puis plus fortes à belles canines blanches. Radieuse, dans une colère de désir. Elle a offert sa croupe en levrette. Toute liserée de duvet noir. Il s'est fourré d'un coup, juste en dessous. Lutteurs dans l'herbe ondulante des premiers babouins et des premiers chiens.

Annette découvre le village de Stampa où Alberto a passé son enfance. La montagne est là, massive et forte, ses crêtes enneigées. Les maisons groupées, bâties en rondins, poutres. Chalets antiques. Avec leur balcon, leur palissade et leur jardin. Un amas de corps sombres dont la base de pierre est peinte en blanc. Les sapins descendent presque jusqu'aux portes. On sent alentour des allées de neige sauvage.

Annette respire à fond le grand air du val Bregaglia. Entaille étroite dans les versants, les escarpements, les sapins, les mélèzes, avec la saillie de granits hérissés. Ponge en a profité pour établir le lien entre les sculptures tourmentées, rugueuses, et le roc. Giacometti né du roc. Sa mère est une roche. La mère les accueille, burinée, solide, yeux noirs et perçants, chevelure blanche abondante. La matriarche de la montagne. L'axe du monde. Juge obstiné qui brandit si souvent le modèle du père. Le poids de la mère. Son pouvoir. Infini ?

Alberto fait visiter à Annette son atelier, vaste et mieux rangé que celui de Paris. Les fenêtres grandes ouvertes. Le flot de lumière. Les tableaux du père, Giovanni, lumineux, fleuris, à la manière néo-impressionniste. Et cette figure de femme peinte par Alberto à même la paroi de bois : esquisse de *Femme au chariot*. Annette ou Isabel ? Qu'importe la référence ! Femme tout autant imaginaire. Dans la chair du bois de montagne. La femme aux hanches presque arrondies. Moins filiforme que les sculptures les plus fameuses. Son pubis peint et sombre. Profond.

Annette dans le lit, la nuit. La maison délicieusement glacée. On se réchauffe, corps à corps. Les pieds gelés, frottés les uns contre les autres. Les cuisses entrelacées. Le corps maigre et noueux d'Alberto, la pulpe suave d'Annette, son ventre pressé, doux, son pubis chaud. Elle branle doucement de ses doigts fins, sur l'effilé du frein, la tige du sculpteur qui tressaille. Elle explore sa bouche de sa langue vivace qui sait varier le rythme, la force de l'intrusion mouillée, nuancer le jeu des glissements fluides, assorti de petites morsures des lèvres qui pincent celles d'Alberto ou les saisissent goulument. Il souffle, il dévore langue et bouche. Il aspire la salive. Ils se cramponnent comme des amants de Bacon, se chevauchent et superposent comme les *Deux Figures*, les lutteurs emblématiques. Ils rient, ils se retournent. S'enfourchent, se cognent, se prélassent plus lentement à la cadence d'une volupté plus délicate, plus sensible. Ils râlent, en pâmoison. Annette souple, mince, sensuelle, argile pétrie, dans les mains d'Alberto qui brusquement lui serre le cou, la scrute avec intensité, l'adore, lui murmure des mots rauques, la relâche toute souriante et transie. Comme épurée, pâlie de plaisir plus serein.

La neige a commencé de tomber sur le village.

Ils se réveillent et s'émerveillent de cet étincellement de neige fraîche, dont l'humidité rocheuse les enivre. Giacometti veut travailler, faire poser Annette. Elle résiste et lui dit qu'elle aimerait tant marcher dans la forêt. Il insiste sur le portrait qu'il a dans la tête, vraiment une idée précise. Là, dans l'atelier montagnard. Il voit l'image. Il se frappe le crâne. Elle pourrait être impressionnée par cette conviction soudaine. Mais, déjà, elle le connaît, elle sait que ça ne se passera pas si facilement, que la vision s'effilochera au fur et à mesure, entre apparitions et disparitions, et qu'ils y passeront des heures. Perdant la forêt et la neige. Elle le supplie…

Elle lui saute au cou, lui chuchote des aveux et des promesses dans l'oreille qu'elle mordille. Il cède. Ils s'équipent, grosses chaussettes, bottes, pull, anorak, et les voilà partis entre les maisons de bois, écrasées de blanc. Ils franchissent le vieux pont sur le torrent. Et contemplent un instant le bouillonnement d'écume et de cailloux. Elle sent que son Alberto a été roulé là, dans ce lit du lieu, le bruit, la couleur, les formes rudes. Les socles des monts dressés.

Ils montent le long d'un sentier entre les sapins tout lamés de cristaux dans le soleil. Alberto ne boite presque plus. Annette le tient par la main, en humant les effluves qui dévalent des grands bois, des mousses et des rochers grenus, grumeleux de luisances de flocons. Ils dominent le petit village ramassé, dont les toits forment une colonie de mamelons blancs. Ils croisent deux chasseurs bottés qu'on dirait sortis d'un tableau de Bruegel ou de Courbet. Annette, déçue, redoute que les deux hommes n'aient fait fuir le gibier. Les amants prennent une autre direction, un sentier où la neige est vierge de toute empreinte humaine. C'est le silence qui les inonde, les submerge. Un silence dont la substance est la neige même. Quand quelques nouveaux flocons tombent lentement, c'est du pur silence qui rejoint la nappe muette, immaculée.

Elle voit bien que Giacometti est un urbain d'atelier, de bistrots, de mégots, de bars, de ruelles, de discussions âpres, infinies, de passants sur les trottoirs. À la blancheur de la neige, il préférerait sans doute celle du plâtre.

Ils s'arrêtent au seuil d'une clairière, regardent le cercle de pureté surnaturelle. Les sapins s'échelonnent tout autour, ailés, poudreux, profonds, se confondant aux volumes de la neige. Tout est enfoui, feutré, mystérieux.

Soudain ce feu, cette forme fauve et touffue. Un renard chasse et saute pour déloger quel mulot terré sous la couche diamantée. Il s'arrête brusquement, s'élance, saute, troue l'écorce de neige et tente de débusquer sa proie.

– Mademoiselle Rose ! souffle Alberto à l'oreille d'Annette.

A-t-elle entendu ? La renarde s'enfuit et disparaît dans la forêt. Ils ont pu admirer le panache lourd de sa queue noire. Les petites oreilles. La silhouette assez courte et vivace.

Et la vision de ce renard transfigure la forêt qui semble échapper au sidéral silence immobile et se peuple d'une présence dorée, furtive, chasseresse.

– Courbet a peint de magnifiques renards, dit Alberto.

Ils rentrent à la maison. L'après-midi, elle pose. Elle se sent animale et sauvage. Il ne faut pas bouger. Elle serait à l'affût. Au bout d'un moment c'est la même ritournelle d'échec. Il peste. Puis c'est mieux. Il se met à chantonner. Ce qui ravit Annette. Il lui fait un signe complice. Et elle défait pull, corsage et soutien-gorge. Il lui dit de se lever, d'aller s'adosser à la paroi à côté du fantôme de *Femme au chariot*. Sa chair bien plus claire et veloutée que celle de l'ombre peinte. Sa toison plus vive de renarde. Ses petits seins durcis par le froid. Elle palpite contre la paroi de bois, à trois mètres de lui. Fine incandescence de fille. Bien droite, les jambes jointes, les bras le long du corps. La jolie torsade de son corps se dessine. Une sorte de discret pas dansé immobile qui n'affecte nullement le double peint et figé. Il la contemple. Tout fixe et perplexe. Comme un loup. Le ravissement du loup devant sa louve. Il ne pourra travailler que de mémoire. Tant la sensation est puissante, magnétique, alors que la neige dégringole derrière les fenêtres, répandant dans l'atelier un halo lunaire. Annette, gracieuse, avance le genou et l'entrouvre, lui sourit, les bras croisés dans le dos, le ventre bombé comme celui des Vénus de Cranach.

Cette tête jaillie dans le vide. Bouche ouverte. Ce cri. *Tête sur tige*. Plâtre peint. Tête comme celles réduites dans les rites des Indiens. Tête de momie peinte de cernes et de tendons ocrés. L'œil terrifié. Le bronze sera plus coriace, moins charnel que le plâtre scarifié. Terreur des vivants-morts, des révélations noires de Giacometti, de ses émerveillements oniriques aussi. Annette est là pourtant, Diego, l'atelier, la guerre passée. Il est à l'abri sur son île, dans son royaume de clochard visionnaire. Le cri coïncide avec celui des premières Têtes de Bacon. Mêmes années. C'est l'animal qui crie chez Bacon, le pape ramené à sa goule d'ogre écarquillée de ténèbres ou les bestiaux velus, gris perle, aux dents aiguës. Monstres informes, boules tranchées, hurlantes. Le cri émerge d'un fond de caverne, d'entrailles chaotiques. La viande de boucherie crie. Chez Alberto, on reconnaît le cri de l'homme. Celui qui marche et qui peut crier d'horreur quand il voit la mort s'emparer de Van Meurs ou de T. Soudain, le crâne, l'objet cadavérique.

Giacometti ne cultivera pas ce cri. La plupart de ses têtes auront la bouche close, verrouillée au fond d'une niche d'ombre, d'une crypte. Annette la rieuse, la primesautière, enfoncée dans des chapelles bitumeuses, visage noir, droite sur la sellette, grands yeux fixes. Lèvres fermées. Gribouillis noir des lignes, pelote concentrique. Nul cri. Statue immobile. C'est ainsi qu'il dit tenter de peindre ce qu'il voit. Sauf Diego, bouche ouverte, à quelques exceptions près.

Bacon, lui, déploie son cortège hurlant. Pendant plusieurs années. Il décline ses papes, bleu nuit, hâves et traqués, acculés dans leur cage de verre, gommés, bleuâtres. Dans les enfers des fonds géométriques, lignes orthogonales, implacablement nettes. Tracés d'or pour les papes. Fouiller dans la nuit du cri, extraire l'effroi maximal, l'épingler dans une grille aux mathématiques savantes. Rehausser l'horreur d'une préciosité formelle.

Isabel et le compositeur Constant Lambert, son nouveau mari, sont fascinés par les mythes grecs. La virulence dans un nid tribal. L'affaire Œdipe : du lourd, du profond. Du sanglant. Histoire de l'œil. La manigance incestueuse. Les métamorphoses de Jupiter, le prédateur qui se déguise pour leurrer et baiser partout. Isabel s'intéresse, entre autres, à Léda qui en pince pour un cygne entreprenant. Les Atrides, ce pataquès criminel… les sacrifices, les haines, les vengeances implacables. Constant Lambert est turlupiné depuis longtemps par Tirésias. Ce n'est pas la star des mythes les plus cruels. Un second rôle de devin aveugle. Il leur plaît car il va posséder tour à tour les deux sexes. Ce qui est magnétique… Tirésias adolescent a le malheur de regarder Athéna nue ! Sorte de scène primitive. Elle le punit en le frappant de cécité. La mère de Tirésias obtient une petite compensation : l'aveugle sera devin. Mais ce qui aiguillonne Lambert et Isabel est la version des deux serpents. C'est très sexué, donc essentiel à leurs yeux. Tirésias dans une forêt assiste à la copulation de deux serpents. Sinueux, fluides, noués, musclés, noce de bracelets, d'écailles crispées, interminable strangulation érotique. Un sabbat coruscant. Pour punir le voyeur, les dieux le changent en femme pendant sept ans. Voilà un avatar qui ne laisse pas la belle Isabel indifférente. Elle a connu le viril et boulimique sculpteur Epstein et sa jolie épouse complaisante. Même trio avec

Balthus. Isabel aime tous les sexes, toutes les formes, toutes les combinaisons solaires ou ténébreuses. Toutes les idées animales et cosmiques. Aimantée par ce Tirésias migrateur. Transfuge du sexe. Qu'il connaît par tous les bouts.

Lambert propose le thème et la musique au chorégraphe Frederick Ashton pour le Sadler's Wells Ballet. La première de *Tirésias* aura lieu en juillet 1951 à Covent Garden, Royal Opera House. Pas du toc !

Les décors et les costumes sont confiés à Isabel, qui se gorge de visions envoûtantes, serpents, taureaux, symboles. La vie extrême ! Elle délaisse un moment sa peinture floue, fondue, pour des couleurs incandescentes. Le jaune, le bleu cru, le rouge indien. Elle dessine les jupes courtes et les corsets montrant les seins des jeunes filles qui exécutent le fameux saut du taureau dont les fresques crétoises de Knossos révèlent la geste sauvage. Il s'agit de bondir au-dessus des cornes du monstre. Elle réalise pour l'acte I un magnifique décor qui représente le taureau élancé plus grand que nature sur fond bleu irradiant. Il occupe toute la scène. Elle en remontre à Picasso. Le décor suivant met en scène la déesse de l'amour, elle aussi inspirée des fresques du palais archaïque. C'est une Vénus aux mamelons puissants qui n'est pas sans évoquer les sculptures d'Epstein ayant la juvénile Isabel pour modèle. Primitivité, cubisme, érotisme.

La voilà, la question centrale du ballet ? C'est un débat entre Zeus et son épouse Héra. Quel sexe jouit le plus dans l'acte ? Ces Grecs vont droit au but. Tirésias, qui a eu le privilège de connaître les deux versions du plaisir, affirme que c'est la femme qui jouit le plus longtemps et le plus profondément. Sur une échelle de 10, l'homme est à 1, la femme à 9. Il n'y a pas photo. Et une femme le sait !

C'est l'héroïne du ballet luxurieux, la danseuse Margot Fonteyn, qui joue le rôle de Tirésias femme. Nattée, elle arbore un petit gorgerin transparent, et un maillot crétois exhibant ses longues cuisses bombées, puissantes. Le ballet est dionysiaque, tout en figures lascives et prouesses souples.

Danse des serpents, copulation, et surtout : le clou, le pas de deux torride entre Tirésias femme, Margot effrénée, et son amant. Jusqu'au paroxysme des athlètes de l'étreinte. L'orgasme est un Vésuve de figures, de fusions. De quoi couper la chique au public de la première, qui compte la future reine Elizabeth et la duchesse de Westminster, qui quitte la salle. Elizabeth reste ! Un article du *Monde* décrit le spectacle avec des moues : « Tirésias femelle est entourée d'une langueur équivoque, d'où ces développés lentement virés sur la pointe, cette absence quasi totale de temps taquetés et de batterie. »

Langueur ! Ample développé sensuel de jambe et cuisse de Tirésias amoureuse. Margot mec-meuf lentement mitonnés. Modelés de transcendance et volupté. Enlacement. Pareilles réserves pour le *Times*. Le sujet ne passe pas. C'est trop ! Presque vulgaire. Tapage et panique pelvienne. La musique de Lambert est résolument moderne. Fi de l'antique harmonie ! Depuis longtemps le surréalisme a tué la mélodie. C'est le tam-tam nouveau. Apollinaire, Stravinsky, Poulenc, le jazz. On y va !

Isabel aime le corps, l'amour. La création. Elle fut l'amante de Bataille (dont elle moquait le côté sentencieux). Friande du sexe protéiforme. La mêlée des coïts sous la magie de Circé.

Cette nuit passée, en 1937, avec Antoinette, l'épouse de Balthus. C'était avant qu'ils ne partent tous les trois en voyage de noces à Venise. Trio ardent. Antoinette, seule, invite Isabel à dîner dans un salon privé du restaurant Lapérouse. Isabel s'habille en garçonne. Costume, jaquette, chemisier de soie blanche, cravate… Antoinette est déjà installée quand s'ouvre la porte. Apparaît Isabelle, coiffée d'un petit chapeau, une voilette masquant son visage. Antoinette trouve l'idée charmante. Isabel se dévoile, Antoinette est frappée par l'exubérance d'esprit et de chair qui jaillit de sa complice. Elle sent qu'elle aime l'aventure, la surprise, l'invention de la vie contre la peur, contre la mort. Éros contre la guerre et la mélancolie. Danser son destin totémique. Elles bavardent avec malice et goûtent des écrevisses flambées, dégustent des blancs de poularde et des fraises à la menthe. Leurs lèvres boivent le vin doré. Elles rejoignent, après leur repas intime, l'hôtel d'Isabel. Antoinette est mince et bronzée. Un corps de skieuse, des souplesses de serpents de Tirésias. Isabel brune, puissante, plus opulente. Deux adeptes du « saut du taureau ». Minoennes à souhait. Athlètes des joutes, des crêtes de l'amour. Elles se hument et se lèchent doucement le cou, le dedans soyeux des bras, des seins. Soudain, elles se chevauchent plus cruellement. Elles se mordent de plaisir. Antoinette et ses fesses cambrées, dures. Isabel et ses mamelons entêtants, leur pulpe mûrie de caresses. Elles s'emboîtent ventre à ventre et se pressent. Se bousculent, luttent en riant. Elles échangent le fouet violet de leurs langues ; Isabel plaque de chaque côté les poignets d'Antoinette crucifiée ; elle sonde son regard très bleu, son consentement infini. Elle lui sourit sauvage. Elles s'agenouillent, elles débusquent leurs saveurs fines et crues, se sucent et se boivent écartelées. Des gloutonneries de lionnes. Des joies brutes, des ravissements délicats. C'est mieux qu'avec Giacometti et Balthus. Elles savent, ça remonte de leur source. D'un philtre d'Aphrodite. De déesses primitives, inconnues. Bandées de muscles, pubis soudés, véloces. Elles crient, elles se déchaînent, elles s'essoufflent de bonheur, enduites de sueur. Leurs doigts rythmiques, leurs langues rusées. Elles crient, elles jurent, elles chantent une mélopée de Mycènes. Un râle d'orage qui n'en finit pas de sourdre du paradis.

Quels furent les rites de Venise, qui, cette fois, devaient inclure les manies de Balthus, son voyeurisme, son maniérisme ? Il adorait les voir, dénudées, pans de soie écartés, se peigner, tour à tour, la chevelure. Et s'éprendre de leurs reflets bruns et blonds. S'étreindre devant un miroir profond, dans le halo des lampes. La fenêtre entrouverte laisse filtrer le musc des eaux de Venise. Il leur offre un olisbos de sa collection surannée. Isabel préfère enfiler sa longue main fuselée par ses dessins de danseuse tandis qu'Antoinette pâmée semble une fleur balancée au bout de sa tige vorace. Balthus, privé de son fétiche trop littéraire, yeux plissés, museau de fouine artiste, attend que ça finisse. Sardanapale esthète. Un alangui de l'art.

Désormais, Isabel peint des couples et des accouplements. Certes voilés par son style enfoui, brumeux, mais on devine d'orgiaques figures. Sur ce plan-là, elle fait la paire avec Bacon. Tantôt gracieux, câlin, tout en velouté de fille. Tantôt tyran terrible et colérique.

La personne de Margot Fonteyn trouble et ravit Isabel. Une danseuse physique, animale, avec son visage d'Indienne, ses yeux en amande, son corps délié, fort, qui capture le regard. Les sauts, les déboulés, les lancés. Une catapulte de vitalité souple et virtuose. La toupie sexuée dans le palais des dieux. C'est une nature et une amante libre. Un de ses partenaires avouera la virtuosité de ses muscles intimes. Confidence scabreuse, misogyne ? Mais c'est une vérité bouleversante. Les pouvoirs de l'amoureuse, de Tirésias mué en femme. De l'autonomie bachique. Isabel va dessiner la danseuse et d'autres consœurs. Saisir le ressort, le secret du mouvement. La vie qui fuse.

Fin des années 50, Margot et son mari, diplomate panaméen, auraient participé à une tentative de coup d'État au Panama ! Après avoir rencontré Fidel Castro qui avait promis l'aide d'une centaine de révolutionnaires armés ! Pasionaria tentée par le coup de force. Il faut bien s'amuser un peu. La révélation est venue d'un ministre anglais fameux, Profumo ! Celui de l'Affaire, qui démasquera bientôt le charme d'une autre danseuse, mais de cabaret, seins nus, sans le gorgerin de Tirésias : Christine Keeler. L'amante. L'espionne ? On va voir. Bacon fréquentait le même milieu voyeur et voyou. L'Angleterre, pour danser, a plusieurs cordes à son arc. Et des flèches qui font mal.

Ouf ! Margot Fonteyn est anoblie par la reine. Elle devient, dans les années 60, la partenaire préférée de Noureev. Comble de prodige et de sensualité ambivalente. Ils dansent. Ils sont transcendants. Tirésias, quand tu nous tiens !

Cette photo bizarre, au sens baudelairien, d'Isabel fardée, voilée tragique. Deuil. Certes, son mari Constant Lambert vient de mourir brutalement mais elle convole déjà avec Alan Rawsthorne, dont elle gardera le nom. John Deakin a composé la photo funèbre qui représente Électre. Deakin est une star nomade du Colony Room, ami de Bacon, buveur, excessif, aussi dingue que ses amis. On est loin de la beauté barbare qui posait pour Epstein, Isabel révèle son côté violemment mélancolique. Voilà la bacchante pétrifiée par la catastrophe des Atrides, la tuerie familiale.

L'ennui, comme si un ver, une vermine, lui mangeait la tête, écrit-elle. Le paroxysme vital, la fureur allègre et la dépression, leurs cycles, l'alcool. Bacon, lui, ne connaît pas la phase descendante et noire. Il peut peindre l'horreur d'être sans sombrer dans son sujet. Gai, tonique, bravache ! Il sculpte et brasse ses viandes écarlates, percées de crevasses putréfiées, criminelles et christiques, mais il ne flanche pas. Un paradoxe flamboyant.

Isabel vient à Paris au printemps 1952. Chez Lipp elle revoit Giacometti. Ils sont bouleversés de se retrouver. Elle, si changée, plus corpulente, un peu bouffie, mais toujours aussi intense ; lui, encore plus beau, tarabiscoté de veines, de rides, de nerfs, de nœuds, de tracas. L'œuvre exalte et ronge son visage sensuel, presque frénétique. Un questionnement interminable. Ils se promènent dans les rues comme dans les années d'avant-guerre. Ils s'installent à la terrasse du Dôme après minuit et boivent du vin à l'envi, fument. Elle l'adore mais ne veut pas heurter Annette.

Elle lui rend visite dans son atelier de la rue Hippolyte-Maindron, dans l'impasse misérable, enchantée – sa mezzanine maigre, le matelas, la verrière, les tuyaux, le compteur... Avec les œuvres éparpillées partout, tanière de plâtre, de sculptures hérissées. La fantastique forêt subjugue Isabel. Surtout les statues humides, emmaillotées de linges blancs. Revenants qui vont faire éclater leur bogue, révéler leur beauté neuve et terrible. Puis des portraits du frère Diego, en grumeaux scalpés, sur des socles massifs. Des tableaux aussi où la même figure s'enfouit dans une manière de crypte inaccessible, une grisaille embrouillée de fils. Les tons ternes, troubles, plaisent à Isabel qui peint, en même temps, les toits de Paris dans des nuances sombres, bleutées. C'est étrange et subtil. Elle fera bientôt un portrait du poète Dylan Thomas dans cette manière brumeuse, spectrale, aux tons mêlés, délicats. Son style singulier. Précieux mirage. Elle habite un petit appartement perché et vit sans fric à Paris. Toujours de primesaut, la liberté revendiquée mais difficile. Ce n'est pas Giacometti qui lui donnerait un cadre stable, ni un errant comme Bacon. Elle contemple dans l'atelier cabossé, poussiéreux, des portraits d'Annette. La compagne d'Alberto est juvénile, claire, d'une exquise fraîcheur, et il la recrée dans les mêmes lucarnes reculées, le visage noirci de traits, charbonneux. Comme si dans la pelote chaotique des fils il cherchait une ressemblance impossible. Il submerge Isabel de sa fameuse obsession des Têtes ! Faire seulement une Tête et la vie serait enfin accomplie. Cette folie la fascine, les grandes tirades d'Alberto, sa voix granuleuse et sonore. Les gestes, les couplets sur Picasso, Sartre, ses railleries sur les théories trop dogmatiques des uns et des autres. Sa colère tempêtueuse soudain. Puis ils éclatent de rire tous deux. Il la scrute de son regard intense, enveloppe de tendresse sa Néfertiti, son amante des temps barbares. Ils n'évoquent pas leurs anciennes étreintes, ses perplexités, ses ratages, ses apories d'amant très décalé. Ce qui les relie n'est pas le comble du plaisir sexuel mais mille correspondances, complicités secrètes sur la ville, la création, le destin, la solitude, le désir qui n'est ni le besoin ni l'orgasme parfait…

Une nuit vague, un fouillis de halos peuplent le boulevard. Ils aiment ce monde d'apparitions presque hallucinatoires où Œdipe, grand et maigre, marche, penché vers les augures, où Électre, majestueuse, élancée, en grand deuil, balance son drapé fatal. Il lui raconte son dernier rêve, sexuel et un tantinet meurtrier. Elle-même fait des cauchemars idéaux. Une prostituée passe et salue Alberto qui lui sourit largement avec sa grande bouche charnue, dentue. Un grand type mince, aux cheveux courts, l'air américain, est guidé par une jeune femme blonde. Il semble aveugle.

– C'est Tirésias, dit Isabel. On voit poindre sous sa chemisette ses deux seins pointus.

– Tu en mangerais !

– Je crois que oui, répond-elle en riant.

– Comme ton ami Bacon.

– Pas du tout ! Il préfère les malabars coriaces.

D'autres passantes et duos, solitudes égarées, amants, amantes passionnés. Baisers de nuit, caresses furtives. Hâte de rejoindre le lit.

Chaque être est un dieu, une idole des ténèbres mouchetée de feux. Elle s'appuie sur son épaule, il prend sa main et la tient ainsi doucement serrée. Ils ignorent que Picasso déambulant dans le coin les aperçoit, s'approche, considère leur couple. Il se tient bien campé, droit sur ses jambes courtes et musculeuses, bombé, brillant, fumant un cigare. Il l'a tant désirée, la somptueuse Isabel, la Vénus svelte, opulente, intrépide, le Malaguène effaré par son musc ardent. Elle n'a pas voulu. Il les voit, intrigué, captivé. Qu'est-ce qu'elle lui trouve donc à cet Alberto très chiffonné ? Avec son embrouillamini sans couleur, cette absence de formes. Cette confusion sans fond, inextricable, sans décret tranchant. L'art doit tuer telle l'estocade foudroyante. Et inventer sans cesse, renverser, attenter ! Offenser ! Giacometti n'en finit pas de ne pas finir. Il sonde leur complicité toujours amoureuse, fine et profonde, à cette heure de la nuit, la belle chamane d'avant-guerre et le forcené du portrait. Dévorés par leur passion mystérieuse. Picasso s'en va peindre. Puis il dormira jusqu'à midi. Françoise Gilot va bientôt le quitter. Il sera seul, abandonné comme un personnage de Giacometti. Il a horreur de l'échec.

Les bouches ouvertes, les cris de la foule enthousiaste sur le parcours du carrosse d'or. Incroyable bijou sur roues. Truffé d'ornements baroques, rococo. La voilà, jeune et belle, blanche. Celle des contes de fées. Elle salue et sourit. Le mois de juin 1953 de son sacre. Elle entre dans Westminster. Churchill est là, le Merlin du Blitz, le Prométhée des incendies, des ruines. Gros totem lent, au visage rose. Poupin et belliqueux, couvert d'insignes. L'archevêque de Canterbury, la Reine Mère encore jeune, ronde et fraîche, le prince Philip, la cour, les ordres, le galimatias de l'étiquette stricte tel un décor de Bacon. Ses fameux cadres dorés. Carnage dans un carrosse.

Assise sur le trône, une cathèdre pareille à celle des papes de Bacon. Vêtue d'un lin blanc, elle reçoit l'onction sacrée. « Dieu sauve la reine d'Angleterre. » La tendre jeune fille promise à l'Histoire. On en a pour un moment ! Bacon doit voir le sacre quelque part, sur l'écran de télévision d'un bar ? D'un hôtel de luxe ? La première diffusion mondiale de ce genre. Puis on pare Elizabeth d'un manteau de fils de soie d'or. Dans le hachis des photos qui souillent le plancher de l'atelier de Bacon, d'alors et de demain, à Reece Mews, il y a celle de De Gaulle parmi bien d'autres chefs, potentats, dictateurs, haltérophiles, chiens, singes, éléphants, révolutionnaires russes, assassins, reproductions de tableaux de maîtres, Van Gogh… La reine a-t-elle été foulée aux pieds, malaxée, dans le bourbier sacré pour en tirer le motif incontournable ? Sa robe de lin blanc fripée, son manteau d'or galvaudé ? Ou bien s'est-il abstenu de la mêler aux sédiments de sa création ? On finira par peindre Mao, en majesté, puis en citrouille burlesque. Mais lui n'a jamais peint Elizabeth. Lucian Freud, son ami, le fera.

La même année, il peint son pape le plus célèbre. Hurlant beau l'hallali. Tête à lunettes, petites dents aiguës. Étole violette, robe blanche lâchée à coups de brosse libre. Il hurle comme ses compères. Il a vu l'araignée noir et jaune du rêve de Giacometti. Van Meurs déjà putréfié. La base extraordinaire n'est pas un socle lourd et enraciné d'Alberto mais un de ces fameux rings dorés, où confluent des bandes curvilignes gris-jaune. À l'intérieur s'inscrit le fauteuil, la cathèdre ou le trône finement tracé, fignolé d'or, coiffé de petits pinacles ciselés, baroques. Mais le pape n'est pas vêtu de lin blanc comme la jeune fille qui entre dans sa longue histoire. Innocent X de Vélasquez crie comme s'il voulait mordre, à moins que ce ne soit de peur, de rage. On voit le blanc de ses yeux écarquillés.

Bacon reniera ses papes qui plaisent trop : J'aurais dû faire mieux… Mais, sortant de la gamme jaune-violet, il en inventera encore des rouges, des contorsionnés reflétés dans un miroir. Ils bénéficient ou pâtissent de son nouveau maniérisme coloré, aux distorsions extrêmes, aux constructions calculées. La période noire a cessé, celle des gros dos d'hommes grisâtres, des colosses nus passant une porte, des barres, des sombres rideaux. Des arènes du sexe et du crime primordiaux. Son âge de Néandertal, de Caïn. Ses papes seront moins âpres, moins radicaux. À moins qu'on ne s'y soit habitués. Sans oublier le pape flanqué de carcasses de bœuf, pour revenir aux sources de sang.

Bacon peint aussi, l'année de la nouvelle reine magicienne, *Étude de babouin*. Au cœur d'une savane rousse, biffée de noir, un arbre s'érige, cruciforme, noir, coiffé d'une grille et d'une grande voûte de ténèbres opaques. Du babouin, juché dans l'arbre, on voit les fortes cuisses blanchâtres, le corps grisâtre, la tête noire trouée de petits yeux blancs de peur, d'effroi. Notre ancêtre et cousin. Ascendant fruste de la reine aussi. Même arbre généalogique fondamental. Deux ans plus tard, il peindra *Chimpanzé*, un gros primate, gueule béante, tentant de happer une sorte d'appât blanc. Il est en cage, lui aussi, incorporé à une de ces géométries rigoureuses de Bacon, parallélépipède et barres d'un ring. Des éclaboussures d'immaculé éclatent sur des coups de brosse noire. Le singe costaud crie. Comme un pape. Mais fait un geste, veut saisir l'aliment ou le linge blanc, lin de vestale ou qui ? Ce Bacon-là est d'une force incroyable. Le plus sauvage, le plus beau. Il terrifie, il éblouit.

Isabel adore les singes des zoos de Vincennes et de Londres, elle excelle à peindre des animaux. Elle va peindre, quelques années plus tard, une mère babouine et son petit. À l'époque où elle fait se rencontrer justement Bacon et Giacometti, à Londres. Dans des tons gommés, fluides, gris. La tendre maman singe protégeant son bébé. C'est le contraire des singes criants de Bacon, de leurs têtes de papes simiesques, tiarés de terreur. Isabel a eu un fils d'Epstein, en sa jeunesse de modèle luxuriant du maître omnipotent. Un petit singe humain : Jackie. Le sculpteur s'occupera de l'enfant. En glissant un oreiller sous la robe de son épouse Margaret, on a fait croire que ce fils n'était pas celui d'Isabel.

Huguette, Claudine, Béatrice, Isabelle, Éliane, Dominique… Modèles ? Dames de chez Adrien posant pour Alberto au milieu des colonnades, des dorures près du bar ?

Une petite plaine baignée par un fleuve, entourée de collines verdoyantes, trouées de grottes cachées. Une forêt… Un havre de sérénité, des rivières…

Ce n'est pas un décor de vacances, même si aujourd'hui le site est équipé : hôtels et mille surprises pittoresques pour les touristes.

Rizières, jungle, le fleuve Nam Yum…

L'illustre cuvette, oui, peuplée de 15 000 défenseurs. Imprenable camp retranché derrière ses abris, ses fossés, ses fortins, ses canons, son artillerie de choc. Géniale idée. Le général Giap ne pourra pas se séparer de ses bases, situées à cinq cents kilomètres. Il ne saurait attaquer… Une piste amène les hommes du corps expéditionnaire français, matériel, renforts, si besoin est, parachutistes. Un nid de bonheur… et de mitrailleuses. Les noms d'Huguette, de Claudine et des autres ne sont pas ceux de tapineuses de chez Adrien, ni d'infirmières militaires, encore moins d'on ne sait quelles demoiselles, cantinières un peu spéciales ou autres. Non, ces prénoms frais, français – qui sonnent comme ceux d'un roman de la comtesse de Ségur –, sont des sites défensifs de la cuvette guerrière, plus ou moins avancés les uns par rapport aux autres. À Diên Biên Phu.

Pendant des semaines, Giap achemine ses troupes et son matériel chinois par d'indicibles pistes occultes. Tout un réseau de passes, de coulées, de tanières de renards, de grottes enfouies dans la jungle. Les troupes de fourmis industrieuses, tenaces, transportent à vélo les armes en pièces détachées, dans des sacs et des caisses. Il faut les voir escalader les raidillons et les ravines encombrés de racines de fromagers, de lianes. Ils brinquebalent, ils hissent et tirent et guident les bardas, infatigables. Un peuple en lutte et formidablement obéissant, aussi. De cette forêt, on vous passe le python majuscule plus grand que nature. Peut-être un dernier tigre. C'est la colonne de ces 200 000 porteurs qui est le dragon gigantesque, annelé, étiré, dans les lacis de la montagne. Ils restent indécelables, crottés, ahanant sous leurs chapeaux de paille ronds. Ils tissent leur labyrinthe concentrique, arachnéenne trame de tranchées, d'abris. Un encerclement lent qui tient du surnaturel. Un monument de traces et de sentes furtives. Impalpable chef-d'œuvre que les avions français survolent sans rien voir. Une armée complète finit par dominer le camp de Diên Biên Phu imprenable.

Structure du mythe : au sommet, l'Oncle Hô tire les ficelles. Le chaman marxiste à barbiche. Flanqué du général Giap, auréolé de son aura de ruse, sur fond d'antique stratégie d'Asie, d'art de la guerre. Giap, le renard des rizières. Des bataillons de paysans pauvres, invisibles et invincibles. La jungle montagnarde. Une cuvette au soleil. Une prouesse impossible. Justement : Diên Biên Phu.

On connaît la défaite inéluctable de la France coloniale. La stupeur, les morts, les milliers de prisonniers. Les camps, l'agonie, la maigreur des captifs affamés. C'est la période des portraits d'Annette, de Diego. Et des papes qui hurlent. Certainement pas à cause de cette guerre perdue. Car elle n'intéresse plus, elle est devenue impopulaire. L'héroïsme colonial commence de lasser…

Ils hurlent, car l'homme est hurlant. C'est ontologique, dès la naissance, c'est existentiel… *Tête sur tige* d'Alberto ! Têtes béantes de Bacon. C'est pour scruter la gorge et la peindre en soleil couchant de Monet, ressasse Bacon avec candeur.

Ils hurlent en Algérie, la même année que Diên Biên Phu. Les victimes des attentats qui ne vont plus finir, jusqu'à la victoire du FLN qui trinque aussi. Le 1er novembre 1954, la Toussaint rouge. Un bus est pris en embuscade dans les gorges de Tighanimine. La superbe des noms, des lieux, toujours : jungle ou gorges. Piège. Traquenard d'un canyon dans les Aurès, autre pays mythique et belliqueux. Versants escarpés, arides. Oueds à sec, cailloux, rocs. La route serpentine a été tracée par une légion romaine en 145. C'est un étau antique sur un autocar de western… Un couple d'instituteurs volontaires et le caïd du village sont tués. Dans différents endroits : un gendarme, un garde forestier, un chauffeur de taxi, un soldat… Une guerre coloniale française finit, une autre commence.

Diego le frère, le cadet, l'allié total, deux frères sous le même joug de l'art. Deux ouvriers à la tâche. Diego le suppôt, le subjugué. Au service d'Alberto le maestro. Quel pacte ? Scellé par quelle volonté primordiale ? Diego trouvera toujours très naturel de se soumettre, d'obéir aux diktats, aux caprices, aux revirements d'Alberto l'inassouvi. Diego la base, le boulot pénible, sans gratification. Les moulages, la patine laborieuse, refaite sur les ordres du frère mécontent, les ferrailles et les tuteurs des sculptures. L'ossature par quoi ça tient. Du fixe. Sans Diego ça ne tient pas, la volonté lancinante d'Alberto n'a nul soutien. Il lui faut le frère fidèle et fantôme que tout le monde connaît sans savoir exactement jusqu'où vont la collaboration, la fusion, le sacrifice, ni pourquoi. La fraternité fratricide, en principe, c'est la loi, l'ordre des choses. Il ne faut qu'un seul roi, qu'un seul chef. Sinon, un masque de fer ou de ferraille pour le banni, le damné. Diego est consentant, tonique, zélé. Mais son œuvre d'oiseaux, d'animaux, d'arche de Noé naïve, de mobilier forestier, feuillu, sera subordonnée, longtemps marginalisée. Il y a les amis qui préfèrent Diego, l'élégant, le gentil, plutôt bel homme. Il serait moins tordu qu'Alberto, égocentrique, prolixe, tyrannisant par ses manques, ses failles…

Qu'en dirait la mère ? Annetta. Vieille histoire de la montagne originaire, de rochers, de neiges, de forêts. De père peintre. Tout s'est peut-être joué là. Le choix. Tu aideras ton frère, tu l'aimeras plus que toi-même. Sartre conjurerait cette fable du sort : Tu es libre, Diego ! Les fables existentialistes de l'époque.

Pourtant, nulle amertume. La vie comme elle s'écoule, goutte à goutte, dans les deux ateliers qui se font face et qui tintent. Annette qui va et vient, les chats, les oiseaux, l'araignée, la renarde, les gouttières, la poussière du plâtre. Les restaurants, au coin de la rue Didot, où le trio dîne avec Nelly, la compagne de Diego. Alberto qui avale café sur café. Frères sans rivalité ni guerre. L'impossible. Habituellement le frère finit par assassiner l'autre, lever une armée contre lui. La jalousie éclate pour la mère ou une amante. Mais non ! Le soir descend, ils s'esclaffent, boivent le vin, fraternels. Le soleil se glisse sur le trottoir, embrase doucement les frères. Alberto ne va pas se coucher après le dîner, il va faire un tour à Montparnasse et rôder comme Bacon dans Soho. Annette, Diego, Nelly préfèrent rentrer.

La vie d'artiste. Une pauvreté dense, électrique. Diego et son cadet se consultent sans cesse. Diego tient sa ferraille, son socle, Alberto amène son dessin, dévoile son idée vacillante. Le frère approuve, déconseille, lui dit d'arrêter l'incessant, l'épuisant retravail sur une tête. C'est fait, tu y es ! Ils s'écoutent. Ils se comprennent. Est-ce que Diego parfois en a assez ? Est-ce qu'il nourrit une rage secrète de ne pas pouvoir se consacrer à sa propre œuvre d'oiseaux ronds, de feuillages frais ? Annette en sait-elle plus ? Diego n'aimera pas la future amante, Caroline, le fera sentir, mais Alberto n'en aura cure.

Des mauvaises langues soupçonneront Diego de finir certaines sculptures, d'accomplir des patines très rares sans lesquelles il n'y aurait pas de chef-d'œuvre. Des patines de ses propres portraits, bustes en chandail ou manteau souverain ?

Diego pose, des heures, des jours, toute une vie de patience, d'attention. On ne discute pas la folie d'Alberto. Il faut bien le regarder avec des yeux ouverts, rester intense, tendu dans son être, pour qu'Alberto y recherche un visage, un voir, une ombre, un passage, une ouverture enfin. Sculpter pour savoir qu'on n'y arrive pas et que c'est ça, justement, réussir une tête ? Les paradoxes magnifiques d'Alberto. Saint Diego ? Alberto se lamente et jure : « Ça ne va pas ! Ça ne va pas ! » Il dégoise, il se tait, il s'exclame, exhorte, se renferme, des heures, des jours. Diego l'œuvre d'Alberto. Alberto l'œuvre de Diego. La pierre des Grisons est un grand biface.

Ces portraits des années 50, escarpés, effilés, crevassés, acérés sur la saillie du nez, du menton. Des têtes de récif métaphysique. De scie apocalyptique. Bouche entrouverte, œil rond, cerclé, pupille agrandie. Est-ce toi ? Est-ce moi ? Ces bustes, ces chandails triturés, torturés de rugosités. Portraits peints de Diego, noirs, effacés, blanchis, glauques. *Diego à la chemise rouge* émerge des profondeurs, d'une espèce d'aura noyée, grise et blanchâtre... d'une colonne de nuées indécidables – c'est la méthode picturale d'Isabel –, comme si le visage émergeait des limbes, d'une nymphe vitreuse. Tête noire, buste blanc. Apparitions, éclipses. Diego sait que ce n'est pas lui, que c'est le chemin de croix d'Alberto. Ils brûlent au même supplice et au même ravissement. Diego monolithique, stable, sûr. Yeux ronds, écarquillés, de l'homme spectral, affleuré, ou plus dessiné, plus net. Hypnose.

Soudain, ce Nu debout sur socle cubique. Plâtre sculpté, ciselé au canif, peins de lignes sombres. Étonnamment ample. Divinité fessue, féconde. Petite tête droite, épaules larges, seins opulents, hanches et ventre larges, spacieux. L'inverse des filles longilignes, figées...

En 1954, l'année des désastres historiques. Splendeur de Diego au manteau, royauté. Diego souverain d'or, tissé d'or. Tête surmontée d'une espèce de coiffe ou crête cabossée. Diego huppé. Chef de quelle tribu ? Ou tête nue, ronde, lissée, de moine assis, de scribe ou quoi ? Vêtu d'une sorte d'étole précieuse comme le pape de Bacon, mais sans cri, yeux ronds, fixes. Sans horreur ni stupeur. Ici et maintenant, là, statue immanente, éternelle. Bouche close. Manteau en agglutinement de grumeaux, de perles, de cristaux, de larmes de bronze doré. Petite tête fixe, tenace, pointue, sortant d'un camail brodé, constellé de brèches et de bosselures. Manteau tellurique de scories, d'escarbilles. Lave à peine refroidie, fusion figée du chef-d'œuvre.

Est-ce moi ? Est-ce toi ? Est-ce l'homme ? Qui sommes-nous ? De quelles entrailles d'or sommes-nous sortis ? Nés ou morts ? Souverains de l'Hadès.

Annette pose, droite, frontale, naturelle. Statuettes fines, féminines, humaines, visage précis, cheveux abondants, bouclés, seins protubérants, taille étroite à l'excès, jambes grêles. Ou déesse : Annette assise sur un socle en forme de souche ou de corolle, cou droit, beau visage harmonieux. Isis.

Dans les tableaux, par son alchimie visionnaire, Alberto œuvre à ce que le visage de sa compagne s'abîme dans les ténèbres. Son corps se serre, se raidit, s'incruste dans des emboîtements de cadres et niches de sanctuaires. Sévère, close, hiératique. Seins nus ou vêtue de rouge. Visage quadrillé de traits, de cercles blancs, noirs, criblé de lignes, de signes. Comme s'il se déchiffrait, se chargeait de clés, de rébus, perpétuellement en question, en imbroglio de possibles. Annette, sculpture, tête haute, yeux profonds, écarquillés, tronçon du torse tourmenté. Visage mûri d'angoisse. L'énigme d'Annette.

Cette photo d'Annette attentive et précise posant devant Giacometti que nous voyons de dos, sa main qui tient le pinceau. Annette, jupe noire, corsage blanc, petit pull. Derrière elle, le fourneau, le tuyau, une bassine de plâtre, les esquisses du mur, gribouillis spectraux. Je suis là, au point exact de ma vie soudée à la tienne.

Tanger. Bacon rejoint la cocagne des camés dans la Rolls blanche de son comparse Peter Pollock. La voiture traverse l'Espagne en un glissement de soie déchirée, escales dans les hôtels luxueux, le Ritz de Madrid. La vie belle. Ce n'est pas la bohème et sa misère inspirée mais un répit après les papes hurlant dans leur cage. Tanger, cage du soleil. Le monde n'a ni sens ni transcendance, autant jouir. Souffrir le moins possible. Bacon ne revendique pas les transes et les sueurs des artistes maudits, même s'il va consacrer plusieurs œuvres à Van Gogh dont il admire les distorsions et la violence. Dans les années 50, la zone encore internationale de Tanger permet de se soustraire à tous les contrôles de la morale. Les poètes américains échappent, dans les ruelles blanches, au puritanisme de leur pays. Burroughs, Ginsberg sont là pour la came et les garçons. La bougrerie bat son plein. C'est un menu sans alibi grandiose. La vie au ras des instincts lâchés. Un excès de passes indigènes en faveur des riches voyageurs. Tennessee Williams, Paul Bowles et son épouse résident dans la ville déjà depuis longtemps. Bacon vient y retrouver son amant Peter Lacy. Sa légende détraquée. Pilote de chasse pendant la Bataille d'Angleterre, le héros est désormais déchu, en proie à l'alcool et à des outrances névrotiques. Il détenait l'art de satisfaire les exigences masochistes de Bacon. Le plus compétent. Mais le dominé était devenu le dominateur. Bacon, avec Peter Lacy, puis avec George Dyer, prend toujours le dessus. Le fouetté est le fouettard sur les plans intellectuel et psychologique. Les amants souffrent de leur dépendance, d'un sentiment d'infériorité par rapport à l'artiste central, étourdissante toupie narcissique, exubérante, parfois arrogante, toujours provocatrice, cinglante, si on peut dire… On évoque cette vignette idyllique, chez Peter Lacy. Le figuier où un jeune Arabe serait grimpé, faisant la cueillette, quand Bacon débarque… La cueillette se poursuit sur un lit. Peter Lacy retrouve Bacon dans les bras du jouvenceau aux figues adamiques. Sous l'emprise d'une de ses pires fureurs, Lacy lacère les tableaux de Bacon. Ils n'étaient pas très bons et Bacon lui-même en détruira d'autres. L'excès de soleil est contraire à la peinture, comme il l'expliquait. La lumière ne doit pas tout écraser. Bacon errait la nuit dans les quartiers torrides où il lui arrivait de se faire rosser par des petites frappes prostituées. Déjà dans les méandres chéris de Soho, la police l'aurait retrouvé en porte-jarretelles horriblement cogné, ensanglanté.

Un jour Allen Ginsberg lui montre la photo porno d'un de ses amants nu sur un matelas rayé de vert. Il en reprendra le thème dans plusieurs de ses tableaux, dont le fameux *Lying Figure*, ce nu d'Henrietta Moraes sur un matelas ovale rayé de vert. Il s'en servira encore pour d'autres tableaux d'amants ciblés. Figures couchées sur un lit… Ainsi, Tanger, qui n'a pas été une source directe d'inspiration, le deviendra dans la mémoire. Un matelas fruste et fantasmagorique où l'obscénité sautait au visage. Le Ritz, c'est suave, les hôtels et les restaurants, somptueux, mais un matelas sauvage à même le sol pour des mecs, voilà qui comble le voyageur.

Bacon rencontre Ahmed Yacoubi, une sorte d'aventurier bisexuel, séducteur jeune et beau, qui s'exerce à la peinture. Il a été l'amant puis le protégé de Paul Bowles, qu'il approvisionne en majoun. La vie serait à l'image de ce gâteau de haschich farci de miel, de pistaches, de figues, de noix, d'amandes, de dattes, d'épices, de café, d'anis… Boules de volupté pour Bowles. Bacon flâne en salopette moulante et sandales, chemise de soie noire… Il se rit de la vie. On raconte qu'il peint des gorilles travestis en femmes. Personne n'en verra jamais la couleur. Enculades et cannabis dans les casbahs chimériques. Sauf que Bacon ne fume pas, asthme oblige. Derrière ce Tanger exotique et magnifié se dévoilent des vies de parasites, d'esclaves rivés les uns aux autres par l'argent, l'envoûtement morbide, les enchantements brefs de la mollesse et de la mort. La décadence n'est jolie que dans les chansons.

Bacon va autoriser Yacoubi à l'observer pendant qu'il peint. Ce qu'il a toujours refusé. Préférant les photos aux modèles encombrants. Pas de témoins, nul voyeur dans l'enclave de l'atelier, ses entrailles foisonnantes d'images documentaires. Personne pour regarder les manipulations du maître, ses mixtures, ses coups de chiffon, de brosse, ses attentats, ses lancers de peinture éclaboussée quand la nuit errante s'achève et que perce le secret du petit matin d'après la cuite. Ce lever alchimique de la peinture. Giacometti, lui aussi, est à l'œuvre dans sa cabane et sa forêt de sculptures fantômes. Chacun dans son antre. Chacun après sa déambulation nocturne, chacun après ses rencontres tarifées ou pas. Ils travaillent dur. Ils s'élancent dans l'aurore, voire en début d'après-midi pour Alberto. C'est leur mystère et leur dinguerie. Ils avaient toutes les chances de sombrer comme Lotar, le photographe et ami alcoolique et dépressif de Giacometti, comme Lacy, le pilote de chasse. L'engrenage est facile. On ne rentre plus, on vit, au jour le jour, dans la dépendance des relations plus friquées, de la bande de parasites qu'on a intégrée, des femmes mécènes, des protecteurs, des mecs huppés comme Eric Hall, le conseiller municipal exemplaire qui protégea le jeune Bacon époustouflant. On reste à Tanger, on se bourre de haschich. On est ruiné et on devient, comme Peter Lacy, le pianiste servile du Dean's Bar, le plus branché de Tanger. On se drogue et on délire. William Burroughs érige ainsi son mythe en écrivant *Le Festin nu* dans la chambre 9 de l'hôtel Muniria. Il imagine une interzone monstrueuse où tous les excès et les abus de pouvoir se déchaînent. Un torrent de morceaux de poèmes obscènes qui arrachent des rythmes et des cris.

Bacon a affaire aux fameux jumeaux Kray, Reggie et Ronnie, les caïds de Londres, des criminels invétérés devenus la coqueluche de certains dilettantes. L'extase est à ce prix chez les grands fatigués du fric. L'horreur est un snobisme. Les frères sont venus à Tanger poursuivre leurs deals tous azimuts. Bacon a un faible pour Ronnie, qui est homosexuel et charmant, le plus cruel, la star des brutes. Schizophrène et paranoïaque, donc romanesque et pictural comme un pape. Les frères fourguent à Bacon un ami peu fréquentable qu'ils ne peuvent loger à leur hôtel, on jaserait... L'ami a d'autres amis et tout le monde proclame que les tableaux de Bacon valent des fortunes. Un soir, la bande de copains fait une descente dans l'appartement de Bacon et rafle les tableaux. Bacon se remue à peine. Mais les frères débarquent chez lui. Les malfrats mirifiques. Bacon invite les mastodontes à prendre le thé. Il faut imaginer la scène. Les deux frangins policés, tout miel, croisant les jambes dans leurs fauteuils – en fait, ils ont de grosses gueules patibulaires de boxeurs bornés, sournois. Deux assassins dégustent le thé du plus grand peintre d'Angleterre. Est-il assez suave ? Assez délicatement infusé ? À la petite cuillère, savourez le nectar. Les deux trognes s'inclinent et soufflent un peu, car sous le coup de l'émotion (Bacon a beau être fasciné, il a toujours eu peur des frères Kray) il leur a servi un thé brûlant. De quoi incendier le gosier des gorilles. Bacon voit les deux bouches en cul-de-poule tenter de rafraîchir la boisson ardente. Peindre leurs bouches, comme un coucher de soleil... Les bouches des tueurs en rouge de Tamise crépusculaire. Belles cerises de carnage. Le Giverny des égorgeurs.

De quoi parle-t-on ? Normalement, Bacon est disert, à l'aise. Il distille des sarcasmes et des mots cruels. Mais que dire aux frères de la mort ? Ils sont assis droit dans leurs fauteuils. Leur visser autour une cage de verre, les vêtir de violet et les faire hurler avec un thé qui leur crame les amygdales ? Mais avouer aux jumeaux ces obsessions de gargarismes ne les ferait peut-être pas rigoler. Les papes du crime dans la prison baconienne !

Une rumeur furtive puis un cri montent de la casbah. Alors, on peut rêver aux rencontres du marché de Zoco Chico, aux escaliers escarpés qui zigzaguent, aux effluves d'épices, de menthe et de jasmin. Aux relents bruns de Tanger la blanche. Aux mares de pisse de mule et de sang sous les arches d'ombres. Et de musc versé sur la sangle des reins. La prière de la mosquée est un hymne âpre et lancinant qui vrille l'âme et les nerfs à vif. Elle épuise de mélancolie les incroyants au fil de leurs circuits de chasse. La vieille ville, sous l'aguet de sa tour et des ruines de sa forteresse, est le lacis d'un fouet de ruelles et de chevilles sensuelles. En bas, l'azur de la mer. Le paroxysme tranquille du bleu. Les mecs couchés sur la plage attendent l'argent des privilégiés de la terre.

On décroise les cuisses, dont Bacon admire furtivement les formidables quadriceps qui se décrispent. Ils sont courtois toujours, presque intimidés par leur hôte qui n'a pas récupéré son aplomb ni son toupet, son rire… ses ricanements sur le néant. Se lancer sur l'inanité, c'est dangereux. Ces lascars ne sont pas nihilistes. Ils croient ferme au monde, à leurs trafics, à leurs boîtes de nuit, de jeu, à leur pognon. Bacon sait que leur vie, à eux, a un sens. Il les craint mais il est envoûté par leur existence réelle, périlleuse, sur le fil du rasoir, leur voracité, leurs pulsions de vengeance, de rixe et de meurtre. Leur mauvaiseté impulsive et fondamentale. Leur vice de vivre dans l'acharnement de la domination. Ils n'ont pas encore avancé leurs pions. Pourtant ils ne sont pas venus, tout à trac, conter fleurette. Moi, c'est Ronnie beau mec, lui c'est Reggie racaille. On est soudés comme des frères à l'amour et à la mort. Dans la même sueur. On vous adore…

Un thé descend vite dans la tasse. On en sert un second mais il faut bien déballer la raison de la visite. Les jumeaux prennent un petit air très mignon, très ennuyé. Pour un peu, ils tortilleraient leurs gros culs musculeux sur les coussins. C'est que, voilà, cette histoire de tableaux, ils n'y sont vraiment pour rien. C'est un malentendu. Donc, voilà, il ne faudrait pas que leur ami ait des soucis avec la police, une enquête ou quelque chose de déplaisant, de superflu, surtout ! Tout doit rester dans le respect mutuel et l'amitié fluide. Et ils sourient, tous deux parfaitement synchronisés dans une mimique d'amitié pure. Bacon leur rend ce sourire musical et fraternel. Il comprend, c'est bien naturel. Il n'y aura pas d'affaire. Il fait le geste élégant de lisser les choses. Il ne s'en rend pas compte, mais, malgré lui, une nuance drolatique, voire impertinente, émane de son lissage diplomatique. Il ne leur avoue pas que, de toute façon, il aurait détruit ces œuvres qu'il trouve mauvaises : « Nada ! » Il voit les yeux des frangins converger vers un coin de l'atelier sur un tableau qui bizarrement n'a pas trouvé preneur. Quelque chose de maléfique s'en dégagerait qui aurait dissuadé les voleurs de mettre la main dessus. On y reconnaît un pape rouge-violet, dans un fauteuil coiffé de deux hiboux, parfaitement pareils. En somme, des hiboux jumeaux, comme les Kray, l'air idiot, yeux ronds. Les trognes des Kray scrutent les têtes des deux oiseaux saugrenus et funestes. Ce qui fait trop de jumeaux pour les sosies Kray. Le pape à lunettes est vraiment louche, yeux plissés, perfides, mains nouées, jaunasses. Un tueur pas franc du collier. Ils décampent en saluant leur cher ami. Bacon voit les costards s'éloigner, les deux carrures valser, les vestes bombées, rythmées. Le genre de types sans épaulettes qui ne s'arrêtent plus quand ils ont commencé de fouetter. Ils vous décharnent et dépiautent jusqu'à l'os, à la romaine. Le jeu a des limites. C'est justement ça, le chic et le charme. Ces ignorants lui auraient vraiment fait du mal. On aurait retrouvé sa cage thoracique pendue, comme dans une version inédite de *Peinture 1946*, avec leurs deux goules dentues sous deux parapluies noirs.

Isabel et Alan Rawsthorne, son mari, ont déniché une chaumière à Little Sampford, dans l'Essex. Sudbury Cottage, qu'il faut retaper. C'est une belle cambrousse, qu'elle préfère désormais à la faune et aux jactances intellos ou autres caquets libertins du Colony Room ou du Wheelers, le restaurant fétiche des nuits de Bacon. Elle s'y installe un atelier avec vue champêtre et travaille à ses décors et costumes d'opéra. Elle se consacre surtout à la peinture de paysages, de natures mortes. C'est Monet peignant les meules ou presque. La mobile Isabel aventureuse s'enracine. Un centre, enfin, une maison, un merveilleux mari, des hirondelles sous la toiture, un chat, des verres de vin avec des voisins charmants. Une basse-cour. Des taupes, des renards, des faucons dans le ciel, des éperviers splendides, des lièvres sveltes qui détalent. Le modèle de Balthus, l'amante de Bataille, cultive son jardin. Ce qui ne l'empêche pas de voyager en Grèce, de faire un tour en Afrique. Il faut toujours bouger un peu. Mais le retour au bercail est bienvenu. Elle peint des fleurs floues, dans des effets de transparence flottante. Souvenirs de Turner, de Vuillard, d'Eugène Carrière, si l'on veut, des vues saisies à travers la translucidité d'un verre de vin quasi invisible. Ce sont des exercices virtuoses. Les bouquets de corolles se diluent dans des camaïeux de teintes bleues, jaunes, à peine colorées, évanescentes. Cet adjectif, en fait, est inadéquat à cette impression de composition forte dans des halos, des perceptions embuées de Rothko. Une fleur dans un verre (*Flowerpiece*) semble dissiper sa forme dans un ensemble construit de lueurs. En fait, la fleur tient, s'attache à son apparition pâle et bleutée dans un équilibre surnaturel. C'est un chef-d'œuvre impalpable. Mais comme cet adjectif paraît commun, lui aussi, écrit comme ça ! C'est que l'art d'Isabel est inclassable, sans catégorie. Elle a souffert d'un grand effacement par rapport à ses amis-amants Giacometti et Bacon. Monstres sacrés. Le transgresseur de prodige aux carcasses de boucherie inspirées d'Eschyle, aux enculades de boxeurs bossués de muscles, et le sculpteur longiligne, concave et calciné. Deux apocalypses. Deux outrances incontournables. L'extrême qui choque, convulse, attire les foudres et la gloire. Isabel plus occulte, plus fine, plus latente, plus alchimique que naturaliste. Ce que sont les deux grands figuratifs de l'époque. Des réalistes qui défigurent sans perdre leur motif. Leur distorsion révolutionnaire respecte encore le sujet. Isabel, diffuse, le noie tout au bord d'une vaporisation qui ne se produit jamais.

Bacon déteste la campagne, à cause de son asthme. Il est urbain dans l'âme. La rue, par-dessus tout, les enseignes et les bars à la mode. La bacchanale champêtre l'ennuie, elle lui rappelle des souvenirs d'enfance abominés. Mais il vient voir Isabel. L'air est gorgé d'odeurs, de baumes bigarrés, d'effluves de plantes. Un carnaval de pollens et de pissenlits. Des plumes d'oiseaux, des poules horribles, des fientes, des gadoues. Des haies trop touffues, trop fleuries, irrespirables. Des vaches immondes. Il trouve que c'est trop sirupeux, poisseux partout. L'air bleu, bête, les nuages pommelés un peu couillons. Il raille gentiment :

– Trop de cui-cui !

Elle proteste :

– Les hirondelles sont ravissantes !

– Je préfère les martinets.

Il boit beaucoup, apprécie quelques valets de ferme en vadrouille, mais trop mal fagotés. La ville raide, minérale, électrique, érotique, le martèlement du macadam des mecs, voilà sa drogue tonique. Elle n'essaie pas de le convertir, mais s'esclaffe avec lui en caressant son chat. Puis elle l'emmène voir un taureau dans une ferme voisine. Trapu, massif, tout d'un bloc boursouflé de muscles énormes. Le mufle pris dans un carcan de courroies de cuir. Il mugit dans un enclos bien construit.

– Voilà qui rehausse la pastorale ! dit Bacon. Sur un ring, sous les spots, il serait parfait. Je parie sur lui.

Isabel peint un tableau fascinant : *Chouette*. L'oiseau gommé sur fond de bandes sombres et claires, dans des tons dominants verts, avec des traces de bleu cru. On ne distingue qu'une bataille d'ailes cruelles. Cet instant de prédation nocturne. C'est d'une grande sauvagerie occulte. La perfection de la manière floutée d'Isabel. Comme s'il fallait deviner le motif, dénouer l'énigme. Bacon, en parallèle, peint *Hiboux*. Oiseaux figés, à l'inverse de la chouette d'Isabel, figures monolithiques, fusiformes, se détachant sur un fond bleu cru qui, paradoxalement, semble représenter la nuit. Totems des ténèbres, prédateurs magnétiques et vigilants.

Isabel et Francis, nos deux oiseaux de nuit, réunis sur la même branche. Mobiles et fixes, scrutateurs et dévorants. Pourquoi Bacon, et son génie du mouvement rapace, a-t-il préféré pétrifier ses hiboux de la fatalité, Érinyes encore, Euménides masculines ? La nuit criminelle. La nature est belle. La chouette perce sa proie. Les hiboux la contemplent. Ils vont fondre sur les serpents entrelacés débusqués par Tirésias, déjà puni, aveuglé.

Elles sont drôlement ficelées, les nouvelles filles de Giacometti. Bizarrement fagotées d'argile, puis de plâtre et bientôt de bronze. Ce sont les étapes de la métamorphose. D'abord le corps-à-corps avec la terre, l'argile, les doigts dedans. Modeler la tête, crisper la boule. Grimper la figure, l'étrangler à la taille, donner de la matière et du magma, en retirer. Ajourer la silhouette, évaser les hanches. L'une d'elles révèle l'entaille du sexe, comme chez les Vénus primitives : *Femme de Venise II*. Dans le chaos de grumeaux : la fente. Ce sont de grands échalas de filles malingres, jugent les spectateurs. Il n'est pas certain que Giacometti les voie si maigres. Elles sont fines comme des lances de plâtre. Car c'est dans cet état que six seront présentées à la Biennale de Venise en juin 1956. Le plâtre plus tendre que le bronze coriace qui fait miroiter ses brillances. Le plâtre plus charnel. C'est Diego qui fait les moulages, servant de la première transfiguration rituelle. Ensuite, les doigts de l'artiste peuvent encore intervenir, le pinceau qui peint les traits, surligne, le canif qui scarifie le torse. Alberto dressera une dizaine de Femmes de Venise. C'est une nouvelle forêt, une futaie de hautes figures vigilantes. Tutélaires ? On ne sait. Avec des seins assez protubérants, *Femme I*, *Femme IV*, ou moins visibles. *Femme II* est d'une seule masse plate sans trouée de jour. Bras collés aux flancs tel un grand oiseau, héron monastique, aux ailes repliées.

Avatar féminin de Bouddha : Guanyin. Petite tête ronde, crâne qui contrastent à l'autre bout avec les extraordinaires grands pieds sur le gros socle incliné. Même roc scellant pied, socle. Pierre burinée. Il plante ses filles sur des racines de fromager. Les bâtit sur leur tertre de puissance tellurique. Les fines colonnes cannelées de un mètre vingt exhibent cette assise formidable qui étonne, subjugue. Qu'est-ce qu'il lui prend ? Où est-il allé chercher ces panards gigantesques ? Picasso, à la fin de sa vie, en fera aussi des énormes assez burlesques. Giacometti n'est pas si rigolo. Sérieux des pieds. Son fameux accident place des Pyramides, le pied blessé. Béquilles, théâtre, cothurnes. Je boite sur un piédestal. Je suis le roi boiteux. Hiératique à souhait, cérémonieux. Prince du Pied.

Oui, on cite pour la statue droite et haussée la référence sumérienne, cycladique, étrusque, égyptienne… Pour l'aspect antique, immémorial. Ce ne sont pas des dulcinées des années 60. Ni des danseuses de twist ni des porteuses de minijupe. Mais les pieds ? Jean Genet les adore, ne saurait concevoir la statue sans leur présence, leur paraphe de banian. Giacometti a plus d'une fois expliqué l'impression d'extrême fragilité de la figure humaine. Comment tient-elle debout ? La misérable, contre vents et marées. Dans la tornade d'une vie vulnérable. Ce cœur qui bat à chaque instant contre la mort. Mais une force infuse *Homme qui marche* et *Femme debout*. Elle est d'abord amassée dans le socle géométrique et l'étalement triangulé du pied. Leur sédiment massif. Alors les statues se stabilisent, vertigineusement fines, aiguilles, dagues tourmentées, magma pincé, cabossé, trituré. Longs agglomérats tailladés, tortueux, effilés. Têtes rabougries, inexpressives, cailloux creusés de cavités noires, oculaires. Sont-ce des Érinyes de Bacon et de *L'Orestie* ? Faces d'idoles, de déesses austères. Il s'en faudrait de peu qu'on ait des Harpies, ou des Furies géantes, mais calmes, immobiles. On les présente alignées contre le mur dans les musées, au garde-à-vous, oui, sentinelles… On peut énumérer les hypothèses, prostituées toujours ou gardiennes des morts. Elles veillent. Elles ne condamnent ni ne pardonnent. Elles ne semblent pas s'offrir. Neutres, indifférentes, impassibles. Il faut les saisir sous différents angles pour les deviner. De profil, la masse du pied spatulé, rustique, dont s'exhausse une lame droite ou légèrement ventrue, incurvée vers le torse. De face, on mesure mieux l'ovale des hanches, cet épanchement concave ou bombé.

S'éclipsent la moire, la peau lisse du marbre classique. Fi du féminin nacré d'Aphrodite. Vénus née du corail. Rodin avait déjà chiffonné la figure, tabassé la masse hirsute, ce qui nc l'empêchait pas de peaufiner l'enlacement du *Baiser*, de polir la cambrure et la gerbe d'une femme aux mamelons offerts. Sa *Danaïde* courbe son joli dos rincé de ses scories, ses fesses, dragées parfaites et pures, qui tiendraient dans la main de l'amant, dans sa bouche telle une obole.

Giacometti se dépouille de ces attraits sublimés. Les Femmes de Venise sont âpres, rabotées, hérissées de coquilles comme des récifs attaqués par les morsures et les harpons d'une vague sauvage. On ignore de quel imaginaire elles sont tombées, de quel choix, de quel vœu. On les sent décrétées par une loi impérieuse. Au pinacle d'un art péremptoire. Lui qui doutait, hésitait, vacillait, effaçait, recommençait sans cesse, il les arrête en quatre mois décisifs. Dans sa jeunesse, il a fréquenté ses premières prostituées en Italie. Il a vu les statues étrusques. Comment ces visions en viennent-elles à se conjuguer dans le temps ? Comment passe-t-on d'œuvres abstraites et surréalistes – assez semblables à d'autres de la même période – aux premières têtes de Diego, d'Isabel ?... Comment découvre-t-on son chemin réel ?

Certes, il crée ses grandes Femmes de Venise en seulement quatre mois, mais en arrivant dans la cité, quelques jours avant l'exposition, il trimbale avec lui quelques statuettes de trente centimètres. Un peu plus grandes que celles qu'il a rapportées de Suisse après la guerre et qui tenaient alors dans sa poche.

À son hôtel vénitien, il déploie les statuettes de plâtre le long du mur. Elles ne le satisfont plus ! C'est ainsi, il faut que le doute balaie l'œuvre quand elle s'achève, que l'incertitude, la critique induisent un nouveau champ de remaniements. Pas d'art sans traversée tourmentée, sans crise, sans les abîmes de l'échec. Giacometti avoue que l'œuvre la meilleure peut surgir soudain d'une ultime intervention disqualifiant le long travail qui a précédé. Et le voilà, à quatre pattes, qui attaque le plâtre, soustrait, rajoute. Entaille au couteau. Il faut ouvrir l'œuvre. Il fera de même à la veille de sa grande expo, à la Tate Gallery de Londres, en 1965. Il paraît que Degas venait retoucher ses tableaux sur les cimaises mêmes de l'exposition !

Ne jamais finir. Giacometti déclare que la force n'appartient qu'à l'inachevé. Sans doute que l'œuvre garde ainsi le mouvement de la création, l'élan de son énergie, le dynamisme de son devenir. Une sculpture de Giacometti est un chemin, un geste suspendu. Ne jamais fermer le bouchon de lave.

Alors, un événement a lieu, un avènement. Quand tout semblait à peu près fixé. La vie avec Diego, Annette, les rituels, l'atelier, le poêle à charbon, les cafés, les déambulations nocturnes, les bars, les escales chez Adrien, rue Vavin, les demoiselles autour des colonnades torsadées, les levers, les couchers. Le refus de Giacometti d'installer les commodités du monde moderne, réfrigérateur et chauffage. Rien ne bougeait, sauf dans le travail tourmenté.

Un homme apparaît. C'est un Japonais. Yanaihara Isaku, un professeur de philosophie, pétri d'existentialisme. Après Hiroshima, on peut être tenté par le sentiment de l'Absurde. N'est-ce pas ? Yanaihara débarque à Paris pour étudier, et à l'automne 1955 il demande un rendez-vous à Giacometti. Il joue d'abord les intermédiaires au nom d'un auteur japonais qui a écrit une préface sur l'artiste et qui a des questions à lui poser. Mais ces sculptures ascétiques, à l'aspect calciné, ces spectres de grumeaux déchiquetés expriment pour notre philosophe japonais une vision apocalyptique de l'homme, de son désespoir moderne. Auschwitz, Hiroshima : Giacometti n'a pu échapper à ces commentaires d'après-guerre, cette grille d'analyse, même si lui s'est toujours défendu d'une interprétation trop historique, trop référentielle. C'est de vision, d'art, qu'il s'agit. Giacometti ne se définit pas comme le chroniqueur de l'horreur. Yanaihara tentera toujours de lui faire reconnaître ce lien entre sa création et l'époque post-apocalyptique, la déréliction moderne, beckettienne. Il refusera cette explication. Ce qui ne l'empêchera pas de sculpter l'arbre du décor d'*En attendant Godot*. Comme c'est tentant, facile… Alberto et ses grandes vestes déformées, gondolées, son débraillement inné, ses mégots compulsifs, sa cravate absurde, sa crinière de chien fou : mendigot de Beckett. Comme Lucky, Pozzo… Estragon ! Mais Alberto n'attend pas Godot. Il ne cherche pas à faire émerger un improbable Godot de la glaise ou du plâtre. Peindre ce que je vois, c'est déjà impossible. Alors Godot ? Qu'est-ce que c'est que ça ? Un gag métaphysique.

L'arbre en question est mince, branches rares et fines. Une feuille. Alberto ne lui a pas bâti un formidable pied comme il l'a fait pour ses statues. On connaît une photo où Giacometti et Beckett regardent l'arbre dressé dans l'atelier sur fond d'esquisses cendrées, de fantômes. Genet aurait pu être présent. Sartre… Voire Picasso arrondissant ses yeux mirobolants, louchant sur une statue d'Annette nue. Sur la table, la sempiternelle futaie de bouteilles vides et salies et, au sol, plein de statuettes de terre. Une population de figures grises ou blanches. Beckett encore jeune, cravaté comme Giacometti. Beau mec. Tête en galet taillé. Genre flic aux yeux clairs de polar noir plutôt que voyou, inspecteur de métaphysique. Ou prêtre ouvrier dont les jeunes chrétiennes sont secrètement amoureuses. Mais il boit trop. La tête chevelue de Giacometti relève, on l'a dit, du néo-réalisme italien. On ne peut imaginer physionomies plus dissemblables. Le Nord et le Sud. Ils contemplent l'arbre, Giacometti rêveur, Beckett darde son regard de pur laser. Ils vont aller ensuite boire un verre au bar du coin de la rue Didot. N'importe qui pourrait voir en passant le couple mythique. Ce ne sont que deux hommes penchés l'un vers l'autre au-dessus d'une table de bistrot, trinquant, évoquant l'arbre nu. Des anonymes. La rue… les gouttières, évidemment, sans faire de misérabilisme. Le petit corniaud affreux d'une vieille pisse dans le caniveau. Un con de pigeon vient picorer la chaussure de Beckett.

Le silence. Le calme d'ardoises. Soudain un renard passe.

– Tiens, un renard, dit Beckett.

– Oui, c'est le renard du quartier, répond Alberto.

– J'ai toujours eu horreur de la chasse irlandaise au renard.

Un joli rayon de soleil éclaire soudain le beau visage de Beckett, d'acteur de cinéma, de maçon dont s'enticherait la belle bourgeoise épouse d'un milliardaire qui viendrait vérifier les travaux en cours. Le maçon Beckett bâtirait les murs d'un palace. Giacometti serait aux cuisines chez la dame. Il leur ferait des œufs durs, son plat préféré.

Le rendez-vous entre Yanaihara et Giacometti a lieu aux Deux Magots. C'est l'époque ! Yanaihara s'est déjà entretenu avec les idoles Sartre et Beauvoir. Jumeaux du savoir. Sentences des maîtres. Yanaihara, après la mort d'Alberto, racontera ses années Giacometti (1955-1961). C'est un récit précis, pudique. L'entreprise intense, personnelle, d'entrer dans l'œuvre de Giacometti, d'en saisir les apories et les illuminations. Car Yanaihara va devenir le modèle le plus assidu, le plus patient du peintre. L'histoire d'une fascination mutuelle commence.

Quand Giacometti surgit avec cinq minutes de retard, le Japonais observe que « dans sa tignasse la pluie brillait ». Aura ! Il est frappé par la grande tête et les grandes mains, les gros doigts rapides. Giacometti se dit très fatigué. C'est une ritournelle que connaissent bien ses amis. Fatigue liée à un labeur obsessionnel, à l'excès de tabac. Fatigué de ne pas y arriver. Bacon ne semble jamais fatigué. Fringant à perpétuité. Gaillard du Grand Nada !

Yanaihara entend tout de suite la phrase clé d'Alberto : « Mais je n'ai quand même jamais pu réaliser vraiment ce que je vois. » Cette énigme, le Japonais ne va cesser de la scruter.

Giacometti parle des impossibilités de son art, puis fait une allusion à Sartre de retour de Chine ! Où, avec Simone de Beauvoir, il a rencontré Mao. La Méduse de l'Immensité. C'est l'époque des chimères chinoises et révolutionnaires, des grands déraillements des philosophes chics français. L'intelligence vive et cérébrale, mais l'aveuglement des convictions absolues. La foi théorique et fanatique. Giacometti est de gauche, en principe, mais inquiet, vigilant. Qu'est-ce que Sartre et Simone de Beauvoir ont bien pu comprendre ou voir en si peu de temps ? Obnubilés, esbaudis, baladés par la propagande agile. Beauvoir écrira, sur son périple de six semaines d'enchantement, *La Longue Marche*, qu'elle reniera. Éloge de la fraîcheur. L'usine est gaie, le travailleur nonchalant et frais. Mao pimpant potentat du vrai. Bientôt, il y aura le Livre de Lui. Le Petit Livre rouge géant. Pour un peu on retrouverait Sartre et Simone de Beauvoir en habit Mao officiant dans quelque université de Pékin, maîtres en maophilie dialectique. Malraux les eût suivis. Nommé chaman maoïste de la Sublime Harmonie populaire. En fait, il aurait fallu inviter Francis Bacon qui, au même moment, peignait ses papes hurlants rien moins qu'utopiques. Il aurait vite compris, lui. L'habit Mao : méfiance ! Mal coupé. Peu seyant. Faux paysan, ouvrier factice. Uniforme pas bandant du tout ! Il est vrai que certains de ses papes sont du même bleu monocorde. Il peint d'ailleurs dans la foulée, par pur hasard, sa série d'Hommes en bleu. Frisquets ! Il est vacciné de naissance contre l'Idée et l'enthousiasme totémique. Il hait les Pères. Mais on l'aurait taxé de petit bourgeois individualiste et pessimiste, voire de pervers diligenté par la CIA. Ni lui ni Alberto n'auraient pu s'enrégimenter dans l'idéologie tentaculaire. Plongés dans la cornue de l'atelier, manipulant l'or, l'ombre, la lumière, tirant les tarots de leur art. Gourous de leur seul fouillis, rébus de têtes et de corps inédits. Mabouls sans Manitou. Foutez-moi la paix. « *Away !* s'écrie Bacon. *Away !* »

La conversation s'achève et Yanaihara écrit : « Quand je suis sorti, le clocher de l'église Saint-Germain se dressait en beauté dans le ciel lavé de pluie. » Ukiyo-e.

Un beau ciel va envelopper Alberto, Yanaihara, Annette. Un azur d'abord lavé de pluie, peu à peu noyé de gris, jusqu'à l'effacement de Yanaihara, qui retournera à son épouse et à ses deux filles. Il est venu pour apporter une révélation à Alberto, à Annette dont il deviendra l'amant. Ce destin-là.

Le jour suivant, dans le taxi qu'ils partagent, Giacometti déclare à Yanaihara que l'âge de la peinture est bel et bien fini. Matisse lui a dit la même chose avant de mourir. Picasso, Miró font de la céramique, tout le monde va aux objets. Giacometti répète : « La peinture n'a pas d'avenir. » C'est tristement réglé ! Il pourra répéter ça bientôt à Bacon. Bonnard disait la même chose, en 1935. C'est une histoire de haine. Haine de l'art, haine officielle, haine d'État. Courbet l'a proclamé. Haine des apparatchiks, besoin de niveler les œuvres dans un dépotoir de gadgets. Tout le monde est artiste. Les profs l'enseignent, les dames patronnesses et les dames pipi : votre caca est une œuvre d'art. Je peux développer un beau discours dessus, c'est cela qui importe : mon baratin cuistre. À bas la peinture, le mythe de l'artiste solitaire et tout ! On hait Monet, le Giverny du gaga. Cette légende de vieille fille et de fleurs pourries. On déteste les supposés créateurs, les génies ? Quelle horreur inégalitaire ! Du neuf ! Du rien. Ne pas confondre ce rien avec le Grand Nada de Bacon, qui est le Néant infini. L'inanité sombre de l'homme.

Érigez le rien, clament les nuls, le rien du tout, le bidule ! Chiez des bulles et gardez-les dans un vase high tech, calculé par l'informatique. Exposez vos vents ! L'expiration remplace l'inspiration. Voilà un oukase conceptuel.

C'est peu après, en sortant de leur taxi, que Yanaihara entre dans l'atelier de Giacometti. Oui, celui qui sera éternisé sous verre dans une Fondation prestigieuse. Impossible à imaginer en 1955. Atelier dans sa belle cage reconstitué, comme les derniers fauves de la planète derrière les barreaux.

Le Japonais voit d'abord la « petite porte sale ». Et « une pauvre ampoule nue ». Comme dans *Guernica.* Si on veut magnifier. Même ampoule nue bientôt dans le nouvel atelier de Bacon. Écrire une thèse sur ces deux ampoules existentielles ! Il fait froid. Giacometti attise les braises de charbon dans le fourneau idéal. Le Japonais voit les pinceaux, par fagots entiers. Le petit lit au fond. Et il reçoit le choc d'un tableau de 1955, justement : un portrait de Jean Genet que le visiteur identifie tout de suite. Le fameux portrait du colosse assis, genoux relevés de chaque côté, puissants. La carrure impressionnante, les bras et les mains ramenés au centre, entre les genoux. Le disque de la tête, le ballon ovale de la tête. De bagnard bouddhique. À faire pâlir Bacon de jalousie. Nul cri. Yeux légèrement arqués sur leurs ombres obliques. Tension immobile.

« Voici l'extrême limite de l'existence humaine collée au néant », pense Yanaihara. Et, plus loin, il ajoute que Giacometti ne copie pas le réel, il met en lumière « les profondeurs de l'être flottant dans le néant ». C'est sa thèse, sa conviction nourrie par sa lecture de *L'Être et le Néant* qu'il aurait voulu traduire. Giacometti correspond trop à sa vision philosophique, à sa mélancolie. Pendant tous ses séjours auprès de Giacometti et d'Annette, en 55, 56, 57, 59, 60, 61, il n'aura de cesse d'obtenir la confession existentialiste. L'idée commune : Giacometti peint, sculpte l'homme moderne, perdu dans le cosmos sans queue ni tête. Mais Yanaihara oublie sa thèse pour voir, pour poser, pour entrer dans les arcanes paradoxaux de l'artiste. Pour aimer. C'est le miracle. Cette quête, cette reconnaissance de l'autre, ce dévoilement. *L'Être et le Néant*, c'est bien joli, mais ça ne peut pas expliquer l'art singulier d'Alberto. Sa manifestation inédite. Le bla-bla général tombe devant *Homme qui marche* comme devant un autoportrait de Rembrandt. Quelqu'un est advenu, une présence sidérante. On se tait. Fin des discours, l'œuvre est là pour clore les déductions sartriennes.

Alberto, dès la première visite, égrène : « Ça va de mal en pis, c'est vraiment difficile. » Il annonce la couleur. Le Japonais ignore ce qui l'attend. Il est disposé à entrer dans la sublime disponibilité.

Le soir vient. Yanaihara s'apprête à partir quand la porte s'ouvre. Il reconnaît le modèle des tableaux. L'épouse de Giacometti qui le salue et remet du charbon dans le poêle.

Un trésor, ce poêle, décrit au début du récit du visiteur et à la fin. Féerique comme l'âtre de Cendrillon. Ne manque plus que l'araignée de Diego. Au musée d'aujourd'hui, il faudrait qu'une assistante fourgue du charbon, remue les braises, revienne en remettre, pour que vraiment revive l'atelier. Même chose pour la reproduction de l'atelier de Bacon, transféré en Irlande. Il faudrait qu'un Dyer déboule, détruise un tableau, sur fond de ricanements, d'éclats de voix. Râles d'enculades fouettées. Sillages de sperme. On voit que tout cela tournerait à la parodie grotesque… Alors, ces ateliers reliquaires… Tous les morceaux de la sainte Croix de Giacometti. La moindre paperasse piétinée, déchirée, de Bacon. Le suaire du Cri, la photo de la nounou hurlante du *Cuirassé Potemkine*, la gueule étranglée de Goebbels éructant. Chiens de Muybridge. Icônes consultées par la foule en rangs d'oignons.

Fans de Lourdes. Images devenues pieuses. On a tant de photos sublimes de l'atelier – prenons celui d'Alberto – qui font rêver et sont plus évocatrices que les reconstitutions propres et minutieuses. Des échappées photographiques fabuleuses où les détails de l'atelier émergent peu à peu, sous des angles différents, table, selle, tabouret, ombre et lumière, murailles tatouées de signes, verrière, afflux de clarté sur une tribu de plâtres immaculés. Bouteilles, figurines, escalier, forêt de statues moulées dans leurs draps humides, ou nues, argile et bronze. Modèles changeant selon les époques. Grand nu. Femme debout. Un petit plâtre à vif. Toutes les photos de l'envoûtement. S'en abreuver, les boire. Devenir l'atelier. Se métamorphoser. Ne rien reconstituer de définitif. Laisser le lieu flotter dans la mémoire et l'imaginaire. Joie profonde.

Annette a réchauffé la pièce, la porte se referme. Dans son récit, Yanaihara l'appellera toujours « Madame Annette ». Il ne lâchera jamais le morceau. Juste, à un moment, en 1956, il évoquera « Madame et son cher sourire ». On ne saura rien de la femme japonaise de Yanaihara, son visage. Il a deux filles là-bas. On est pleins de curiosité à l'égard de cette famille celée. Nous ne connaissons de Yanaihara que ses séjours parisiens. Cette parenthèse inouïe. Mme Yanaihara doit attendre son mari existentialiste. Patiente. Probablement fidèle au grand professeur qui se documente sur Sartre et Camus à Paris. A-t-il jamais avoué aux siens la vérité amoureuse ? L'Amante. Dans la tempête de la création d'Alberto, au milieu du gouffre de la pose, les bras tendres d'Annette Giacometti.

Giacometti entre dans l'atelier avec Yanaihara. Il a accepté de poser. L'aventure infinie commence.

Sartre encore. Une véritable obsession. Le philosophe s'en prend au Théâtre populaire de Jean Vilar qui donne des pièces qui n'intéressent pas le vrai peuple ! Sartre veut y remédier ! Quel culot !

Giacometti s'enflamme contre Sartre. Il veut du théâtre soviétique ! « Ces gens de gauche toujours à définir ce qu'est le vrai peuple. Je vous en ficherai ! »

Annette vient, entre deux seaux de glaise, renouer la cravate d'Alberto. Elle le traite comme une mère un enfant gâté, révèle le Japonais, un peu jaloux… Il la décrit ainsi : « C'est une jeune femme de 32 ans, d'allure fluette, mais pleine de fraîcheur, cultivée, non sans une bonne dose de naïveté, autant dire la Suissesse typique. » Mais il ne nous dit rien sur l'épouse japonaise. Ingénue ? Savante ? Limpide ou mystérieuse ? Fraîcheur ? Tout sourires. Car il souligne toujours le sourire d'Annette.

Yanaihara débarque, un autre jour, il décrit la porte qui donne sur la rue Hippolyte-Maindron, la peinture verte qui s'écaille. La venelle entre les baraques des ateliers. Madame Annette « est au milieu, balayant la cour avec entrain, toujours affable et souriante ». Ils partent ensemble rejoindre Alberto qui est allé chez le médecin et qu'ils retrouveront à la galerie Maeght. Le Japonais ne trahira jamais rien sur l'évolution de sa relation avec la Suissesse naïve. Souvent Alberto, après avoir discuté de Staline, de l'Algérie – l'époque ! –, les laisse ensemble au café, rue d'Alésia, dans l'atelier ou ailleurs, au théâtre. Un matin, Yanaihara se pointe trop tôt, Giacometti, qui a travaillé toute la nuit, se lève, visage congestionné, yeux injectés de sang, toussant, se lamentant sur sa fatigue. Et le voilà qui remplit un seau d'eau et arrose les statues d'argile en cours. Ce sont ces détails d'Hokusai qui émerveillent. La vie menue, le quotidien surpris. Le feuillage délicieux d'un acacia qu'Alberto se désespère de ne jamais savoir peindre. Les climats. « La cime des platanes rougie par le soleil couchant… » « Et de tout l'été je n'ai plus revu Giacometti. » Ni Annette…

On ne sait pas quand leurs ardeurs se déploient. Quand ils baisent, pour parler moins chinois. Dès 1956, on le devine. Même si les biographes ne précisent pas les dates. Avec la bénédiction de Giacometti ravi. C'est le scoop. Sans doute qu'il s'en trouve libéré lui-même. Façon Sartre et Beauvoir, encore le sempiternel duo. Ils collent aux basques. Quand Yanaihara remet ça sur le néant, la métaphysique, la spiritualité qui distinguent les œuvres de Giacometti, ce dernier lui lance que le néant, c'est banal. Du tous les jours. On ne va pas en faire un plat ni une philosophie.

La vie de la pensée est dure. Heureusement Annette lui sourit pendant l'amour. Dans un petit hôtel, ils vont.

Pour décrire le physique du Japonais, on a des photos de lui prises dans l'atelier, les tableaux de Giacometti et les sculptures. Car on y est. Il va poser. Ne pas y couper. Pendant huit heures par jour comme les prolétaires d'aujourd'hui. Certains biographes exagèrent. Des nuits, des jours. Une épopée homérique où les héros sont défaits. Pas tant le Japonais, parfait, immarcescible, immobile et intense comme l'exige Alberto, que ce dernier, transi de désespoir. Je n'arrive à rien !

« Comme vous êtes beau ! s'exclamait-il. Trop beau pour être attrapé. » Yanaihara raconte : « Cela se passait à l'automne 1956. C'était un combat effroyable contre je ne sais quoi d'invisible, une œuvre commune mêlée de tourments et de joie, une expédition vers des terres inexplorées. »

C'est impossible. L'échec, tremplin d'un devenir. Bacon dit finalement à peu près la même chose au photographe Cecil Beaton, émerveillé par la jeunesse encore déliée de ses bientôt 50 ans, ses bonds, ses parades élégantes, les muscles de marbre lisse de sa peau : « Je suis frappé par ses jambes de jeune actrice. » N'empêche que Bacon, en tentant de faire son portrait, lui révèle : « Si seulement j'y arrive... Saisir l'essentiel sans être catégorique sur les formes réelles. » Giacometti aurait un jugement identique. Mais Bacon pour débusquer l'essentiel ose le grand écart, débarrassé le plus souvent de la présence du modèle, animalisant son sujet à outrance, lâchant des gestes accidentels, jouant de la loterie des hasards révélateurs. Giacometti n'est pas adepte de ces coups de dés, éclaboussures, crachats et catapultes de peinture. Il s'abîme dans sa quête, seul à seul avec le modèle captif et crypté. Bacon est plus agressif, picaresque, transgressif. Spectaculaire. Giacometti plonge dans un affrontement sans fin avec des ombres. Il descend dans l'œuvre sombre. Bacon lui saute à la gorge rouge sang. Il fait plusieurs portraits du photographe Cecil Beaton qui lui en a passé commande. Le résultat effraie l'esthète transformé en « une masse enflée de viande saignante et de gras ». Sans parler des morbidités, aspect d'éléphantiasis, de polype proliférant, bouche d'abcès écarlate… Où le photographe ne retrouve nulle trace des couchants de Monet sur la Tamise. Qu'à cela ne tienne ! Bacon prodigue détruit le portrait.

Alors que Cecil Beaton nous livre une série de photos d'un Bacon net, épuré, cadrage composé, tableaux des papes artistiquement disposés autour du peintre. Beau visage de Francis, yeux clairs. Rajeuni, angélisé, lustral, magnifié, n'offrant aucun stigmate de l'alcool ou des nuits orgiaques. Beaton se voit, lui, ravalé au stade de la bête innommable. Comme Henrietta Moraes étalée sur le fameux matelas vert rayé de Tanger, dotée d'une hure, d'un mufle dentu, exhibant les gigots de ses cuisses… Isabel va devenir le centre de tableaux de prodige. Isis dans un ring de feu.

Yanaihara a un visage complétement triangulé. Bouche close. Il pose. Fixe, opaque. Grand front. Frontal à souhait. Menton allongé vers le bas. Nez un peu busqué. Alberto aux abois recommence, efface, détruit, gomme, jure, hurle, geint, espère : « Encore un peu, encore un petit effort, et je vais pouvoir saisir la vérité de ce que je vois. »

Le philosophe pédagogue entreprend d'expliquer l'inexplicable. « Voir ce n'est pas avoir la chose sous les yeux, c'est commencer à voir. » « C'est quand on ne voit plus ce qu'on voyait jusqu'alors et que commence d'apparaître ce qu'on n'avait pas encore vu. » « Peindre c'est-à-dire détruire puisque voir, c'est commencer à voir. » On se souvient de la séance de cinéma où l'image de l'écran se brouille et où Giacometti se met à voir en trois dimensions, une vision qui n'est plus plate, photographique, mais profonde. Alors défilent sur le boulevard du Montparnasse les vivants et les morts… « Car il a vu apparaître quelque chose à la limite même de la disparition. »

Nul n'a tenté d'expliciter plus clairement que Yanaihara le déroulé des perplexités, l'émergence d'un voir à travers le cycle des apparitions et des disparitions. Quand surgit, entre deux éclipses, une nouvelle couche d'inconnu. Yanaihara a quitté le rivage sartrien. Le relief de sa thèse, ses nuées existentialistes. Ses concepts chevillés d'universitaire. Il s'est aventuré en haute mer de ténèbres. Où il a déchiffré les tourments de Giacometti, la vérité de sa quête.

Il méritait les caresses d'Annette, un corps-à-corps charnel et tangible, pressant, haleté, effervescent. Après les tortures immobiles de la pose. Ligoté au mât du navire du maître, il a étreint le corps de la sirène. Simultanément.

Tableaux, portraits de 56, 59… Massif, précis, présent, visage noir, nimbe plus ou moins sombre enveloppant la tête. Aura fondue à un autre halo plus profond et plus clair. Fond vague balayé de coups de pinceau, encadré par un quadrilatère peint, plus noir. Bacon encadre, lui aussi, ses têtes, ses papes, ses amants. Giacometti emboîte ainsi les niches de la statue qui tantôt avance, tantôt recule, disparaît. Un seul geste suffirait à la dissoudre complétement. Hop ! Mais Yanaihara revient, par les lignes du costume, plus nettes, répétées, tracées, construites et spontanées comme une écriture de paraphes. Et le visage suit, approche ou s'efface, ne laissant que la grille de la veste. Apparaît, disparaît. Où est la vérité, sinon dans ce clignotement, ce glissement de formes, de fantômes, d'orbites blanches ou noires qui persistent et se noient ?

Bronze, 1960. Yanaihara. Paré d'une étole d'écorchements, façon Diego. Prélat hiératique et somptueux. Sans cage ni cri.

Muet. Regard écarquillé. Plissement d'yeux noirs. Le nez tiré droit, de face. Une verticale traverse de haut en bas le visage. L'aplomb du front vaste, la coiffure naturellement mitrée. Crête ou bonnet bizarre !

Cette photo de 1961, la dernière année. Yanaihara disparaîtra à jamais. C'est à Stampa, dans la contrée natale d'Alberto. Les montagnes aiguës, blanches. Arêtes de neige. Une petite maison de pierres et de rondins en plein soleil. Ils sont assis, tous les trois, contre des troncs empilés. Annette, au milieu, entre ses deux hommes, en robe simple, ravissante, souriante, malicieuse. Son visage prend toute la lumière. Elle a le charme des héroïnes sans emphase de la Nouvelle Vague. Yanaihara d'un côté, sa touffe de cheveux noirs, sorte de galette de boucles, yeux plissés qui s'inclinent vers les pommettes. Visage piriforme ou plutôt, oui, triangle, grand menton prononcé quoique arrondi. C'est lui qui a l'air naïf, un peu éperdu. Giacometti, de l'autre côté, légèrement affalé en arrière, las et nonchalant. Plissant les yeux. Buriné, Fatigué. Le vieux totem entre les jouvenceaux. Les deux hommes sont cravatés ! Toujours. Une maladie. On espère qu'Annette leur détachait le nœud. Ils sont là, actuels, vivants. Ils se sont aimés. Entre Giacometti et Yanaihara, ce fut plus que de l'amitié, plus que de la fascination. Une attraction extraordinaire liée à une quête vertigineuse. Il fallait que fusionnent leurs originalités, leurs folies passionnées pour ainsi plonger dans l'abîme des heures, s'atteler au même joug, labourer la même voie, ouvrir la peinture sur des versants et des désirs inconnus. Crêtes claires, vallées sombres, argile mouillée, pins noirs. Rocs décharnés, hérissés. Brumes, éclaircies. Au pied de la haute montagne trapue de l'enfance, leur triangle d'amour se défait. Ils nous disent adieu.

1958. La date ! Nous sortions de l'enfance. Une silhouette immense crève l'écran. Oui, le Général revient. Après sa traversée du désert, comme on dit. Il surgit du Sahara lorrain. De Gaulle gravit le perron, prend le sceptre. Il a le sens inné du Geste capital. Il a changé. Plus fort, un peu obèse, cheveux gris. Ce n'est plus la girafe héroïque, messianique, remontant la savane des Champs-Élysées à la Libération. Mais l'éléphant cuirassé, creusé de rides et d'oueds. Le pachyderme solennel des sables qui incruste sa légende. Il va devenir la pyramide de son siècle. Ce qu'il n'aurait pas été s'il n'était pas revenu. Il paraît gouverner le destin. L'exil à la casbah de Colombey renforce le mythe du désert mieux que Lyautey. Après l'Appel, l'épopée, c'est le pouvoir du pacha républicain majestueux. Il trône, il règle, par un parjure transcendant, la terrifiante affaire d'Algérie. Il le paie d'attentats répétés, aussi rocambolesques – si l'on peut dire – les uns que les autres. Le Petit-Clamart devient, du jour au lendemain, le pôle du fracas mythique. La voiture du Général traverse sous la mitraille des centurions. Il survit au Golgotha. Le vieux est un opéra permanent de facéties et de prophéties. Coriace, cocasse. Têtu, boucané par ses barouds. Son verbe de patriarche semble sorti d'une caverne immémoriale. Un Padirac d'orages. Le monde l'écoute comme on suspend son souffle aux carillons ou au tocsin de Notre-Dame. Augure suprême. Il rappelle les catastrophes de la grande Histoire et quand il raille, que sa voix vibre d'espérance, il ouvrirait le cœur des rochers. Le sang de la France se met soudain à battre et ruisseler.

Il domine par sa taille toutes les rencontres internationales. Il côtoie des tyrans chamarrés d'un autre âge. L'empereur d'Éthiopie, au faciès famélique, à l'ossature de silex taillé, et le shah d'Iran, aux sourcils de courroux glacial. Il enterre le sourire de Kennedy. La planète pleure son prince. Mais de Gaulle est le roi qui domine le cortège funèbre des puissants rassemblés. Plus d'une fois, il a vaincu le deuil. Sur le perron de l'Élysée, la reine d'Angleterre juvénile succombe à ses roucoulements âpres de bienvenue. Il plaisante Brigitte Bardot, vêtue d'un uniforme de général. Dans l'armée, il n'aime que lui, et plutôt la plume que le sabre des soudards qui ont voulu l'assassiner. C'est un phare rauque que les tempêtes ont érodé à point. Le Menhir de Marianne. Merlin l'Enchanteur, et Bardot en fée Vivianne. Pour la photo de l'époque, ils seront sans rivaux. Qu'en pensent Giacometti, Bacon ? On ne sait. Alberto condamnait la guerre d'Algérie avec Sartre, toujours… De Gaulle mettra fin à la tuerie par le coup de théâtre qu'on sait ! On a retrouvé dans l'atelier de Bacon une photo de De Gaulle, découpée dans *Paris-Match.* Bacon se réclamait de la droite mais pas vraiment de l'héroïsme. Parions que le géant a dû frapper l'amateur de totems.

Une jeune femme est apparue. Giacometti la rencontre chez Adrien, au milieu de ses copines. Caroline. Aventureuse, éprise de liberté et d'argent facile, aimable, amorale… Elle tapine un peu. Jeune, jolie, une vingtaine d'années. Giacometti n'en revient pas. Elle a quarante ans de moins que lui. Entre les colonnes torsadées du bar, il est assis avec deux filles et il l'invite à les rejoindre. Ce qu'elle fait. Naturelle, spontanée. Grands yeux étonnés. Un fond de mélancolie contredit par une espièglerie, un pétillement de vie.

La soirée finit dans un restaurant de Montparnasse où l'on dîne à 4 heures du matin. Ils se verront à l'hôtel avant qu'il ne l'accueille dans l'atelier pour qu'elle pose. Elle n'y échappera pas !

Elle pose la nuit, Annette le jour. Mais, un beau matin, elle peut aussi bien s'éclipser sans prévenir. Intermittente de Giacometti. Elle a des obligations, des amitiés, des confréries de protecteurs, des colloques de voyous… C'est tout un programme de caprices. Elle sait manœuvrer dans l'écheveau de ses intrigues secrètes. Ce mystère fascine Giacometti, l'excite. Cette fraîcheur dans le délit. Ce sillage de méfaits candides. Il lui tire les vers du nez. Et quand il peut intervenir pour la dépanner, il le fait et va voir la police. Elle disparaît sans donner de nouvelles pendant six mois. Giacometti, sur le gril, enquête chez Adrien et ailleurs.

Elle lui raconte les coups, les petits casses qu'elle perpètre avec les petites frappes, les souteneurs. Il apprécie les péripéties, comme Bacon. Mais la bande à Caroline n'a pas la dangerosité des jumeaux Kray…

Voilà qu'une star mythologique, Marlene Dietrich, s'entiche de Giacometti. Elle adore la sculpture de son chien nonchalant, vagabond. Loque drolatique et touchante. Fascination. Elle vient à l'atelier voir, rencontrer l'homme admirable. Alberto juché sur une échelle en train de coller du plâtre sur une de ses femmes géantes. *Grande Femme debout*… Marlene au pied de l'artiste constellé de blanc, au milieu des seaux. Le poêle et l'ampoule, le compteur du gaz. Cette plante qui s'est immiscée dans une fissure du mur et qui s'étire. C'est exotique, charmant. Le génie en vrai, en veste avachie, sa tignasse fleurie de débris neigeux. Brigitte Bardot est bien allée faire des photos à la Californie, la villa de Picasso. Marlene couvre Alberto de bouquets de roses. Mais elle repartira un mois après sans qu'il y ait eu de liaison.

Pas un pétale d'effeuillé. Caroline et Annette sont vissées dans la place. Alberto peut-il faire l'amour avec un mythe ? On dit que Caroline jalouse menaça Alberto de lui envoyer ses copains gangsters s'il persistait à voir Marlene. Car ce n'était pas du jeu. Foucade d'artistes prétentieux ! Fla-flas vite fatigués, a dû penser Annette.

Maintenant, Caroline veut un cabriolet fringant, tapant. De la vitesse, des frissons. Elle réclame une Ferrari rouge, elle aura une MG, cabriolet décapotable. Bijou fonceur. Rubis à roues. Virées dans Paris. Cheveux au vent. Grisés, ils traversent la campagne, hument les arbres et la terre, mais c'est le macadam qu'elle préfère, fouetté du flash des réverbères. L'entrée dorée des restaurants luxueux que les yeux happent au passage. Les vies, les vraies, les grandes, les féeriques. Les filles superbement vêtues, soie, fourrure, les mecs élégants dans le halo de l'argent prodigué.

Giacometti prend un grand bain de jeunesse, de frivolité. Elle l'asperge d'appétits, de délices. En fait, on ne sait pas ce qu'ils fabriquent dans l'intimité. Ils vont dans un petit hôtel du coin. Dans le circuit de Montparnasse en fête. Pour quels rituels pharaoniques, sumériens, cycladiques, strip-teases hiératiques ? Ou danse à la mode, les hauts talons claquent, les bras se lèvent, sexes des aisselles ouvertes, saccades des hanches et les yeux brillent. Il est voyeur et charmé. Elle porte des bijoux, des manteaux de fourrure. Des colliers, des dessous satinés. Pour l'Homme des neiges et des Grisons, c'est doux et ça sent le soufre. Il a avoué maintes fois qu'un seul type de femme le subjuguait : la poule. C'est le jargon de l'époque. Des polars populaires. Peu féministes… Annette est l'exception. Et Caroline une version claire de la poule, un avatar de cristal. À peine une poule. Un petit oiseau qui scintille. Un colibri parfois mélancolique dont il écoute certains récits d'enfance. L'amour est fait pour se raconter. Mais Caroline sait cloisonner, taire certaines choses, en avouer d'autres. Elle maîtrise ses facettes. Elle est experte. Et lui ne l'emmène pas partout. Genet, Leiris, Sartre ne la verront guère ou pas. Diego ne l'aime pas du tout, son genre, ses fréquentations interlopes, trop affriolée par le fric. Il avertit son frère des périls qui s'accumulent. Giacometti ridé, malade, bientôt opéré de son cancer de l'estomac, regarde la foudre dans les yeux. Il hausse les épaules. Il n'a plus rien à perdre. On sait que Caroline a plu à Yanaihara, en 1959, quand il est revenu, l'été. Surpris de l'intruse. Caroline en robe légère entre le fourneau, la venelle et les moineaux. Dans le pli de ses yeux bridés, il a observé les réactions de Madame Annette. Deux femmes. L'atelier des Mélusine. *L'Être et le Néant*, d'accord, l'Absurde et la métaphysique n'empêchent pas le divertissement physique et pascalien lucide. La vie est faite de plusieurs pièces et de différents étages. De passages entre eux. Le Sphinx n'est pas là, à chaque carrefour, à vous poser la devinette.

Alors, au lit ou ailleurs, ils se débrouillent, ce n'est pas notre affaire. Il lui achète un appartement. Il vit casanier dans sa baraque aux fées. Ses alambics secrets, ses élucubrations complexes, ses équations interminables. Elle le tape. Il se révèle prodigue. Il est célèbre, il vend bien ses tableaux, alors autant que la petite en profite. Annette finit par l'accueillir sans trop se faire de bile, du moins au début. La différence d'âge extrême est un rempart. Alberto tient à Annette, la préfère, et, de son côté, c'est l'homme de sa vie. Tendres et soudés. Il lui offre à elle aussi un appartement. Tout le monde est logé à l'œil et conquiert son autonomie espiègle.

Caroline a accepté de poser. C'est absolument inédit pour elle. Se dresser, ouvrir les yeux, regarder le peintre sans somnoler, sans s'emmerder, avec expression, intensité. Condenser ses molécules en un tout diamantin, ascétique. Ne plus bouger, jouer la statue, Néfertiti, s'il vous plaît. Évidemment, il est tordu, d'une façon qu'elle découvre complètement, étonnante, extravagante, ça l'intrigue et l'attache mais l'énerve. Elle aime bouger. Poser, c'est l'inverse de sa pulsion turbulente… Alors il la distrait de boniments facétieux. Il est gâteux de dépendance amoureuse. Il fond. Collé à elle comme l'insecte à l'éclat des lustres. Il la fait rire, il la séduit. Avec ses obsessions, ses paradoxes, il bat tous les souteneurs et gigolos. Leurs conneries habituelles, leur violence. C'est le seigneur de l'atelier. Un sorcier imprévisible.

« Tu es ma démesure », dit-elle. Elle est sincère. Épatée par ses accents de ferveur, sa passion de l'art, sa volubilité. Ce n'est pas tant ce qu'il dit qui l'envoûte que ce qu'il est. Elle l'écoute, les yeux écarquillés. Comment fait-il pour être ce qu'il est ? Un autre absolu, un artiste ! Comme on en rêve. Dévoué entièrement à l'alchimie dans un cabanon de Charlot et de ruée vers l'or. Elle déteste la misère, elle comprend vite que l'aspect de l'atelier n'a rien à voir avec la pauvreté. Il paraît que Giacometti planque son pognon sous son lit, et des lingots comme les grand-mères de jadis !

Bacon a été volé, à Tanger, par une petite frappe liée aux jumeaux Kray. Caroline n'a pas de jumelle mais deux acolytes qui déboulent avec elle dans l'atelier. Elle est aux abois. Il lui faut de l'argent. Tout de suite. Giacometti était-il grimpé sur l'échelle où Marlene le découvrit ? Ou installé devant un chevalet, plâtre, argile ou peinture ? Il bossait, turlupiné comme d'habitude.

Il la voit. Sa déesse. Quel culot ! Flanquée de ses deux gardes du corps pillards. Il la trouve sans doute encore plus troublante. Froide, inconnue, déterminée. « Tu es ma démesure… » Mais c'est elle qui passe toute mesure. Il s'exécute, donne un tas de thune. La poule repart, chargée d'œufs d'or, encadrée par les deux maquereaux. Une vision très baconienne de l'East End, transplantée rue Hippolyte-Maindron. Il pardonne le casse et la revoit, au grand dam de Diego indigné.

C'est Lui, c'est nous, c'est l'homme même. C'est moi, le héros banal. Le centre de l'homme fléchi, son axe vital en pente. Certes, l'homme marche sur la terre. Mais bizarrement penché, concentré. La femme grande et debout, elle aussi.

Homme qui marche. Giacometti invente la grande icône. L'emblème de son œuvre, son paraphe. En 1936 il a sculpté *Femme qui marche*, lisse, fluide, épurée, icône suave dont une jambe précède l'autre d'un pas discret. Statue sans bras. Petits seins, triangle d'ombre du sexe, pieds, socle. Égyptienne… Isis délicate et spectrale. Un pétale de plâtre. Ce serait Isabel, n'était la modestie de la poitrine qui ne correspond en rien à l'exubérance hardie des mamelons de la jeune femme sculptée par Epstein ou peinte par Balthus dans *La Toilette de Cathy*.

Pourquoi cet accomplissement essentiel en 1960 ? Il ose dresser l'Homme à sa hauteur humaine. Dans l'espace de sa vie et du vide. Une épopée sans un cri, sans la superbe de la conquête. Finis les rapetissements angoissants. *Homme qui marche* de 1947 – première percée – est relativement vertical. En 1948 *Homme qui marche sous la pluie*, un peu plus penché. Le voilà. Le bonhomme des lendemains qui ne chantent plus. Vite dit ? Puis, en 1949, *Homme traversant une place par un matin de soleil*, c'est lui, le solitaire idéal. Déjà. Quel soleil ?

1960, *Homme qui marche*. L'image pour toujours. Gravée. L'icône absolue. Sisyphe ? Œdipe ? L'homme post-Auschwitz, post-Hiroshima ? Dos rectiligne mais plan incliné tout du long, qu'on peut contempler aujourd'hui, inlassablement, dans les jardins de la Fondation Maeght, à Saint-Paul-de-Vence. L'Homme dans la pinède crépitante, les céramiques, les Miró… Sartre, dès sa préface de 1948, pour la première exposition américaine de Giacometti, a arrêté le portrait de l'homme existentiel même, illustrant sa théorie, solitaire, contingent, affronté au néant, métaphysique si on veut. La messe est dite, le tour est joué. Giacometti n'a plus qu'à souscrire, ravi des acrobaties du maître. Mais cela ne se passe pas comme ça. Le fameux Néant de Sartre n'est à ses yeux qu'un rien assez banal, un vide assez commun, qu'il s'attache à dégonfler de sa teneur philosophique. Avec Bacon, il partagera cette intelligence de refuser les interprétations définitives, taillées dans le marbre, circulez il n'y a plus rien à voir, les pièges didactiques. Ne rallier aucune glose, aucune cause.

Homme solitaire, frêle et tenace, un peu incliné en avant, petite tête dense et sans expression, dans la coagulation d'une matière chaotique. Homme sans visage particulier. Homme lucide, volontaire. Grands pieds enracinés, socle. Grandes mains. Ce n'est sans doute pas la solitude existentielle et misérable de l'homme, du clodo beckettien, mais une insistance à exister, à persister dans sa marche, dans son calcul vital. Homme maigre, magnétique. *Homme qui marche* est intraitable. On a dit qu'il marchait vers l'avenir (battez tambours !), vers l'absolu, ce qui est vaste et vague. Il marche dans sa marche même. Concentré. Il ne va nulle part. Il marche. Il vit. Il existe. Il n'a d'autre sens que celui-là. On dirait aussi qu'il marche en lui-même. Peut-être que c'est Giacometti qui marche dans son œuvre. Il marche sur la route de son âme même…

Bacon a fait fort. Pour son exposition à la Tate Gallery. Il sort de la kyrielle des papes et peint *Trois Études pour une Crucifixion*. Un triptyque. Le choc. La couleur sombre, bleu nuit, disparaît au profit de l'orange, du rouge géométriques et des fenêtres : noir quadrangulaire. Courbure centrale, façon piste, cirque, ring ou arène solaire. On connaît le manège circulaire. La minutie formelle du décor. À droite, une carcasse de boucherie. La figure originelle. La viande crue, belle et luisante des magasins Harrods ou autre étal magnétique. La manière est englobante et souple, la viande sinueuse et sertie. Les vertèbres dans leur crypte sanglante, les côtes. Jusqu'ici tout va bien. C'est un peu léché, précieux. Belle est la viande fraîche ! Mais en bas de la colonne vertébrale une tête se branche, une goule, une denture circulaire, un cri. Les figures de 48, 49 reviennent. Au cœur du volet médian et de son organisation carcérale. Orange, rouge, noir parfaitement superposés : le matelas rayé de vert de Tanger exhibe un cadavre écrabouillé. Une charogne dont jaillissent deux genoux encore reconnaissables. Un morceau de bras, un coude relevé autour d'une tête horriblement déformée, trous noirs des orbites, crâne décharné ou quoi ? Dents toujours. Gueuler, mordre jusque dans la mort.

À gauche, deux mecs, allure de gangsters, de bourreaux en mouvement. Le premier prolongé par deux ombres qui sont des pièces de boucherie, gigots rouges et noircis. Le second semble sauter, bondir, bras en avant sur le fond orange et courbe. Un peu comme le premier cosmonaute le fera bientôt sur le sable de la Lune. Armstrong gainé de noir, face dédoublée, blanchie. Prophétique ! Sauf que sur la lune rousse, irradiante, on tombe sur un cadavre, la scène d'un crime, comme ailleurs, après tout. Une charpie criante.

Giacometti peint une Caroline vêtue de noir. Une trace de rose qui deviendra rouge dans des œuvres plus tardives. Caroline assise, hiératique et figée comme Annette ou Diego. La belle voleuse volage dresse sa tête parfaitement ronde, encerclée d'un bonnet de cheveux. Harmonieuse, grands yeux noirs, et jolie, malgré sa rigueur de statue. Sur fond de halo ocre clair, prolongé d'un faisceau plus foncé, puis, plus on s'éloigne du centre, de quelques coups de pinceau au hasard. Le reste de la toile inachevé, vierge et seulement, comme on sait, encadré d'un tracé noir. La viande écrabouillée, rougie, ou la statue crépusculaire de Caroline ancrée dans l'Hadès. La tapineuse est Proserpine. Ce n'est pas une contrepèterie.

En 2000, sur un parterre arboré du jardin des Tuileries, apparaît une figure longiligne, extrême : *Grande Femme II*. Près de trois mètres de haut. Aride, aux seins bas. De face. On la dirait spectrale mais, en l'observant, elle peut tout aussi bien paraître naturelle et familière, presque évasée du bassin. Tout change. Elle va marcher. Vivre. On dirait une grande femme nilote. Aux jambes immenses, au corps infiniment étiré. Sentinelle d'un désert intime, à la lisière d'une oasis invisible.

Grande Femme comme des légions de femmes hautes ou petites, érigées pareillement, bras le long du corps, strictement immobiles, inexpressives. Maigres, martelées. Le contraire d'Isabel charnelle. Et pourtant, c'est ainsi que peut-être il la voit, idole inaccessible, secrètement menaçante.

On sait qu'il a été subjugué par l'alignement des femmes sur la scène du Sphinx. Au-dessus de l'entrée, cette espèce de bas-relief Art déco représentant le corps d'un lion stylisé coiffé d'une tête humaine. Énigme : Quel est l'être… le matin à quatre pattes, à midi à deux pattes et le soir à trois pattes ? L'homme, la nuit, à trois pattes, ou la femme à quatre ou… Carnaval des positions. Amusons-nous. Le Sphinx poserait l'énigme du désir : Quel être marche, à voile ou à vapeur… fait l'ange ou la bête ?

Grande Femme II est sans doute un mélange de déesse, de prostituée, d'Isabel aussi.

Elle fut sculptée en 1959. Pour honorer la commande de la Chase Manhattan Bank, à New York. Au pied d'une gigantesque tour de verre. Giacometti crée une maquette peuplée de *L'Homme qui marche*, de *Grande Femme* et de *Grande Tête*. Le trio essentiel. Le triangle des Bermudes de la beauté. La tête sempiternellement visée, perdue, retrouvée, inaboutie. Peindre une tête, son seul vœu, son antienne. Tête d'Isabel, de Diego, d'Annette, de Yanaihara, de Caroline…

Grande Tête, elle-même sans expression pittoresque. Impressionnante par sa taille et sa simplicité, dressée longtemps dans l'impasse des ateliers de la rue Hippolyte-Maindron. Comme *Grande Femme*. Spectres immaculés au fond de l'allée, sur tant de photos, attestant une relégation mystérieuse. Trônant dans une ambiance de taudis, de gouttières. Chefs-d'œuvre en rade et superbes. Sentinelles du pavé.

Car Giacometti tarde, hésite comme à son habitude. Aux prises avec *Grande Femme* à l'intérieur de l'atelier, grimpé sur un tabouret ou un escabeau. (Marlene regarde.) Accolé à l'âme immense de *Grande Femme*. En sculpture, l'âme est la structure de base, la première effigie de la statue. Diego, le frère, fabrique les âmes d'Alberto, une figure de ferraille, de paperasses cartonnées. Un spectre composite, originaire, informe, Golem ou quoi ? Giacometti escalade la haute colonne ajourée qu'il crible et maçonne de grumeaux de plâtre. Matière farineuse, armée de grenaille pour tenir, s'épaissir. Modelant la masse fuselée, la diminuant, l'étirant. Agglutiné dans le plâtre, bassines partout, badigeons, spatules. Neige blanchissant le sol. Neige sur *Grande Femme*. Sur *Homme qui marche*, sur *Grande Tête*. Neige dans les cheveux drus, bouclés, d'Alberto. Sur ses sourcils. Homme vieilli de neige, de poussière – cette poussière bien-aimée de Bacon qui l'intègre dans sa peinture malgré son asthme –, de travail acharné, fumant cigarette sur cigarette. Neige et fumée.

Diego, Isabel, Genet, Annette, Yanaihara, Marlene, Caroline le connaissent ainsi amalgamé à l'œuvre blanche, hérissée de bosselures, d'épines, de scories. Il la laisse quelques heures en repos, l'arrosant, la couvrant d'un drap pour garder l'humidité et rendre possible la reprise du modelage vivant. On voit dans l'atelier se dresser ces linges des limbes.

Certains soirs des années 60, quand la nuit descend, Alberto, trop absorbé, n'allume pas tout de suite l'ampoule qui pend du plafond. Diego ou Annette, en poussant la porte de l'atelier, perçoivent dans la nuée du plâtre et des ombres mêlées deux figures bizarrement confondues. Un épouvantail blanchâtre et chevelu, attelé à une autre silhouette qui semble à demi vivante… On dirait que l'âme de la sculpture a pris corps et que son double émerge de ses mains. Le fantôme paraît donner l'incarnation à un Giacometti sorti du chaos, espèce de granit effilé de sa montagne natale enneigée, homme des Grisons. Sur le squelette minéral, la matière de chair mouillée, malaxée. Il neige sur le toit du Père, sur la maison de la Mère.

La commande américaine est impossible à réaliser dans de courts délais. L'architecte de Manhattan rompt le contrat. Pourtant Giacometti a dit un jour qu'il lui était plus facile de sculpter une très grande statue n'ayant plus de références au réel, car elle laissait libre cours à l'imaginaire. Tandis qu'une silhouette à proportions humaines ne cessait de poser des problèmes vertigineux. Elle rapetissait, elle grandissait. Toute sa vie il racontera le coup de théâtre du rapetissement plus vrai que la taille normale. Mais dès avant la guerre, à l'époque d'Isabel, et même quand la paix fut revenue, cette course à la petitesse se précipitait jusqu'à l'anéantissement. Avec cette légende d'une œuvre qui aurait tenu dans une boîte d'allumettes à son retour de Suisse en 1945. Il s'était mis à trouver les minuscules statuettes impossibles, détestables. Il fallait en sortir, les allonger, mais elles recommençaient à diminuer pour être vraies. Isabel l'écoutait, Diego, Annette, Yanaihara, Caroline. Quoi dire ? Quoi répondre à cet entêtement angoissé ? Il sculpte une Tête peu convaincante de Simone de Beauvoir : que pouvait-elle lui dire ? Existentielle, resservant la sérénade philosophique à la mode ou silencieuse, attirée par l'énigme, perplexe. Gentille. C'est avec Genet qu'il s'entendra le mieux, plus réceptif, sans concept, concret, sensible à la blessure humaine. Émerveillé par ce fou de Giacometti, ce comble d'homme en lutte, en affres, en déchirures, dans son sacre de poussière de plâtre lustrale et tellurique.

Au lieu de la place de New York, de ses tours de verre, *Grande Femme II*, en 2000, se dresse donc sur un parterre des Tuileries. Totalement étrange. Géante incongrue. Les touristes l'ignorent, happés par le Louvre ou vautrés dans les chaises entourant le bassin. Plus étonnés plus tard par *L'Araignée* colossale de Louise Bourgeois. Au moins, ça, c'est une araignée, même les enfants la reconnaissent. Ou aimantés par les belles naïades, fées, dyades de Maillol, ça c'est des femmes. Quelles belles fesses rayonnant au soleil ou voilées par les feuillages, encore plus excitantes ! Mais *Grande Femme II*, alors ? Cet homme n'aimait pas les femmes. Cet aspect dépiauté, calciné… Les visiteurs, rue Hippolyte-Maindron, Yanaihara, Caroline, Leiris, tombaient sur un humble travailleur acharné qui se posait des questions de taille des statues, de distance, de présence. N'émergeait pas de ses apories, de ses paradoxes. Loin des envolées macabres, des abîmes de l'Histoire dont on voulait à tout prix qu'il soit le peintre. Toutefois l'expérience de l'exode de 1940 et de la destruction, des cadavres, des épaves de voitures carbonisés, des transes de la foule, ne lui avait guère donné une vision optimiste et rédemptrice de l'humanité. Les grands pieds escarpés d'*Homme qui marche* traversaient quels décombres, quel espace vierge ou mort, traversaient, franchissaient quelles distances, sinon métaphysiques, du moins humaines, volontaires et menacées ? Tous les biographes racontent inlassablement ce voyage qu'il a fait, à 20 ans, avec un quasi-inconnu, un Hollandais, Van Meurs, le bien-nommé, qu'il retrouve mort dans sa chambre. Coup de théâtre macabre. La vérité qui lui saute à la face. Sans prévenir, comme ça, la mort brutale et veule. L'effroi, la terreur. On meurt.

Désormais, sur la Chase Manhattan Plaza, est installé un grand Dubuffet, une œuvre labyrinthique et ludique. Qui n'envoûte personne. Amuse. La tribu de Giacometti se serait dressée là entre les hauts miroirs. Perdue comme des nomades figés à la sortie de quelle forêt primitive ? *Grande Tête*, *Grande Femme*, *Homme qui marche* dispersés aujourd'hui dans différents lieux, tirés en bronze. Le cœur de l'œuvre. Sa pulsation. Bacon assignait à l'art ce rôle de toucher directement le système nerveux. Ce qui était le cas de ce trio immobile, mobile, capital, qui résumait, cristallisait le haut fait de l'œuvre, la prouesse humaine d'Alberto.

Au jardin du Carrousel, dans le prolongement de celui des Tuileries, le promeneur du XXIe siècle pourra, après avoir subi la sidération de *Grande Femme II*, connaître des impressions inverses. Dans un dédale de bosquets émergent, en effet, les femmes de Maillol. Une tête arrondie et sensuelle, une hanche jaillie d'une allée, une croupe ressortie et splendide, un ventre gracieux, des épaules, des brillances sous les étoiles, des reins mordus de branches. Et tout cela se bombe, frissonne. Elles semblent aux aguets, embusquées, ou nées de labyrinthes et de parterres mythologiques. C'est leur volume qui frappe, appelle la main, la palpation. Le contraire de *Grande Femme II* de Giacometti. Juvéniles, offrant les courbes du paradis. Comment s'appellent-elles, les muses, les déités, les Cybèle, les sauvageonnes de l'*Odyssée*, les Circé, les Diane ? *Flore* dont le voile transparent glisse du ventre. *La Rivière*, *L'Air*, *La Nuit*, *L'Été*…

Secrètes et repliées sur elles-mêmes comme *La Nuit* ou découvertes, mamelles luisantes. Dorées de lune, de convoitise et dansantes. Grâces. *Pomone* de Maillol. Si bien nommée. Debout, robuste, au cœur du jardin, seins gonflés, fesses puissantes. Maillol roi des reins, des ventres voluptueux, roi des étés lascifs.

Cette masse de chair rose et blanchâtre, informe. Non, ce n'est pas un tableau de Bacon. Ce derme dévasté, cratérisé, criblé de taches de rousseur ou de roussi, charbonné, piqueté de poils faibles et blancs. Ces vastes bourrelets qui roulent sous sa paume et ses doigts. Ce dos de cachalot ou plutôt de lion de mer… Cette échine épaisse, ce souffle, cette vieille carcasse qui gémit. Épave du grand naufrage… Toute la membrure du vieux galion a écopé depuis si longtemps. Les coups de mer formidables. Les tempêtes de l'Histoire. Les excès d'alcool, de tabac. Les disques usés, les cartilages cassés. Les muscles flapis, les tendons effilochés, rompus. Il geint, il gouaille. Il jure. L'ostéopathe essaie sinon de réparer les dégâts, du moins de détendre les trames contractées, les nœuds sous les indurations, les kystes racornis, le lentigo cramé. Les mains partent de la nuque, suivent les rigoles des nerfs vers les épaules grasses, lourdes, flasques, mouchetées de petites chiures de son, descendent le long de la colonne vertébrale. Au niveau des dernières vertèbres lombaires, c'est un ravage. Rien ne coulisse, tout est bloqué, hernies discales, ostéophytes, des bouquets d'épines sous la couenne…

Le kiné l'aide à se retourner, il faudrait un treuil. L'énorme corps fait l'effort de basculer. Il grince. Le kiné tire, pousse et hâle la tortue fantastique, jaspée de prouesses inscrites sur sa carapace. Tous les tatouages du Commonwealth. Et plouf ! Le voilà de face. Le ventre gonflé, tavelé, débordé de fripures, de flottements de gidouille, comme des paquets de méduses échouées. La poitrine bombée, bosselée, vadrouille sous les doigts du masseur. Mais c'est la tête qui, chaque fois, le fascine. De poupon apocalyptique. Rougeaude, bouffie, marbrée par endroits, dépiautée. Crâne dégarni. Calotte rose à l'air, squameuse. Les yeux bleus éraillés de rouge – paupières gonflées, violacées –, vidés de leur éclat, de leur génie, de leur malice perçante. La lippe des lèvres avachies, crevassées, tannées, noircies par la succion des cigares. Il pue le tabac, le whisky, le vinaigre crépusculaire. L'acide macabre. Il se met à somnoler sous le rythme lent et doux des mains bienfaisantes. Lui qui n'a jamais eu besoin de secours. Le sauveur. Jamais le sauvé. La terre fut à ses pieds, l'Empire, comme à ceux de son compère des Gaules. Même gigantisme. Ils se détestaient aimablement, se respectaient furieusement.

L'ostéopathe est un aventurier improbable, un personnage de roman policier ou picaresque. Peintre et mondain, par-dessus le marché. Il habite Spring Cottage, sur le domaine de l'époustouflant château de Cliveden. Propriété du vicomte Bill Astor qui, lui aussi, souffre du dos, et nécessite les bons soins de Stephen Ward, l'artiste, le virtuose en tout, en manipulations diverses. Homosexuel ultra doué, persuasif, charmant. Il lui arrive souvent de croiser Bacon ou Isabel, dans les mêmes bars, clubs, boîtes. Sous les chandeliers du Rockingham à Soho, Archer Street. Ou au Colony de Muriel Belcher, la planque favorite de Bacon, Muriel qui interpelle toujours les mecs : « Ma belle ! », « Ma chérie ! », « *Cunty !* », « Salope ! ». Ou au French Club. Quand ce ne sont pas les clubs contrôlés par les jumeaux Kray, les frères de la nuit.

Le Vieux paraît roupiller profond. Il ronfle comme un rhinocéros. C'est l'image qui lui vient. De grosse bête cuirassée qui pouvait foncer sur l'adversaire, couler la flotte française, au besoin, quand Hitler menaçait de s'en emparer. Le Lion, certes, mais sous les passes magnétiques de Ward, c'est autre chose, voire Moby Dick aux abois. Une énormité de la mer d'Achab. Winston Churchill paisiblement endormi. Le zélé Ward chantonne tout bas une comptine d'enfance pour bercer le Léviathan recru d'épopée.

Il connaît bien les Grands. Il a fait le portrait du prince Philip, s'il vous plaît ! En dandy anglais très séduisant. Mince et beau comme un chercheur de trésors, comme Peter Beard dont Bacon fera des tableaux, autre histoire… La princesse Margaret aussi passe par l'art mondain de Ward. Bacon se gausse de ces peintures sur papier glacé. Trop photogéniques, hollywoodiennes. Il fallait déformer Philip ! Lui faire des bosses, des cavités dévastées, des écoulements de peinture, des vrilles, des pastilles noires, une bouche écarlate, écrasée comme une barquette de framboises sous les pieds d'une statue de Giacometti.

Début des années 60, une fille très belle se produit au Murray's Cabaret Club, à Soho, toujours. Un mannequin de moins de 20 ans. Une strip-teaseuse. Ward a fait sa connaissance. Bacon l'a vue se déshabiller avec une méticulosité précieuse. Giacometti aurait apprécié. Mieux que chez Adrien. Christine est d'une beauté singulière, rien à voir avec les midinettes de l'époque, les starlettes blondes à chignon, stéréotypées. Elle a les cheveux châtains, la peau blanche. Une beauté pure. Des yeux noirs en amande quasi orientaux. Un petit nez. Un visage inédit, racé. Et le corps à l'envi, longue fille élégante, fesses et mamelons du paradis. Bacon regarde plutôt les mecs qui accompagnent Christine Keeler. Oui, presque Killer. Des souteneurs et des politiques, des lords et des gangsters. C'est très au-dessus du registre de la Caroline de Giacometti. Mais c'est cette dernière qui passera à la vraie postérité, grâce aux tableaux, aux sculptures. L'aura de l'artiste parisien va supplanter facilement le nimbe défraîchi des politiques compromis, des prévaricateurs, des noceurs.

Winston Churchill se réveille. Il garde un moment les yeux fixes, écarquillés, comme s'il flottait à la surface du néant. À cet instant, il plairait à Yanaihara, qui y vérifierait l'excellence de ses convictions philosophiques. Le Lion s'ébroue, baragouine, se tâte le cou, les épaules, cherche le reste des crampes embusquées aux quatre coins de son anatomie. Il s'abandonne sur la table de massage. Il respire lentement. Le volume enfle et descend. Une montgolfière tavelée, des temps héroïques, reprend son souffle. Churchill profite de la trêve silencieuse tandis que Ward efface discrètement sa présence devant Dieu qui rêve.

– Vous ne ferez jamais mon portrait, Ward ! Je ne suis pas Margaret !

– C'est le regret de ma vie.

– Graham Sutherland ne m'a pas raté.

– Il vous a fait un air de morgue trop hautaine.

– Non, juste ce qu'il faut de résistance, de défi calme...

– Rogue. Vous toisez le monde avec dédain. Je vous aurais conféré un rayonnement.

– Je ne rayonne plus, Ward, je toise la mort. C'est ce que Sutherland a bien vu. Il n'a nullement cherché à m'idéaliser.

– Peut-être auriez-vous dû demander un portrait à Francis Bacon !

– Ha ha ! J'ai vu des reproductions de ses papes ! En pape, il m'aurait peint, en bouledogue papal, crevant d'un coup de poing les parois de verre de sa cage. Il est horrible ! Vraiment horrible ! Moi qui n'aime peindre que de doux et suaves paysages d'Angleterre...

Churchill se tait. Stephen Ward lui tapote encore un peu les mollets. Lui arrache, l'air de rien, sous le sein, un petit poil disgracieux, tordu, malsain, dont la racine pourrait s'infecter. Soudain Churchill déclare :

– J'ai dormi et rêvé un moment, tout à l'heure. De Gaulle me parlait. Il me disait d'un air satisfait : « Churchill, je vous enterrerai le premier. »

– Comme c'est inélégant, sir ! Je crois que Charlie Auguste aux Grands Pieds subit trop de stress aux manettes. Les attentats, à la pelle, lui pètent à la figure. C'est lui qui va décamper dare-dare.

– Qu'est-ce que ça peut bien vouloir dire… ?

Churchill suspend sa question, puis la finit d'une façon drolatique :

– Le Petit-Clamart ? C'est ridicule, n'est-ce pas, de se faire canarder au carrefour du Petit-Clamart ! C'est du Sophocle de caniveau ! Vous voyez Œdipe tuer son père au carrefour du Petit-Clamart, au lieu de celui de… de Delphes ? Des oracles !

– Les oracles du Petit-Clamart ! renchérit Ward en riant.

– Ha ha ! Enfin, je ne sais pas si le carrefour du parricide est bien celui de Delphes, mais c'est dans la région, sur la route ? Alors que les tueurs l'ont raté en banlieue. Il n'était pas assez gros, assez grand, le Père, l'Appel, le roi du Laïus, si j'ose dire !

– Oh ! Vous me faites rire, sir.

– Une bande d'horribles salauds, certes !

Churchill confesse, après un soupir :

– Vous savez que Sa Majesté la reine l'admire ! On ne peut rien y faire. Elle adore l'échalas polémique. C'est injuste ! J'avoue que j'aimerais aller à ses funérailles. C'est futile. Mais cela me ferait une ultime distraction. Il m'a toujours emmerdé. Harcelé pendant la guerre. Quelle outrecuidance ! Sa superbe de capétien anachronique, sa suffisance, même quand nous fumions ensemble un cigare. Mes cigares, Ward ! Roosevelt non plus ne pouvait pas le supporter. Il pensait qu'il allait devenir un tyran. Personne ne le blairait ! Sauf Staline. Il faut me retaper, cher docteur, pour que j'y aille ! Il paraît que Colombey est le bled le plus perdu de la terre. Un cul-terreux magistral ! Okay.

Stephen Ward organise des fêtes et des orgies à Spring Cottage, la maison à colombages, au bord de la Tamise. Avec le vaste château Cliveden en arrière-plan. Beaucoup plus beau que ces châteaux anglais habituels, avec leur aspect gothique, tarabiscoté. Cliveden, d'un seul tenant classique, équilibré. Christine svelte, immaculée, se baigne dans la piscine. Ou elle nage nue dans la Tamise entourée d'autres sirènes rétribuées, trop juvéniles… Une certaine Mandy Rice-Davies est de la partie, naïade blonde. Elle correspond davantage aux canons de l'époque, grands yeux bleus, bien faite, plus poupée que la blanche licorne Christine. Elle sera engagée dans le circuit de Stephen Ward. Il logera au Cottage ses deux cailles cataclysmiques. Les filles semblent bien s'amuser. On sait qu'elles ont échappé à la misère, à la rue. Des Cosette, plus imaginatives ! Les beaux étés, les bacchanales, les catins de corail, les ministres, les mineures rameutées, les caïds de Cythère, le tam-tam de la Tamise, tout le monde gigote dans l'eau fraîche et le champagne vital. Ward règne, ostéopathe, portraitiste, manitou du Grand Huit. Il rend mille services de massages, de contrats, d'entremise.

C'est ainsi, comme par hasard, qu'il concocte la rencontre entre Christine Keeler et le secrétaire d'État à la Guerre, John Profumo. Ce dernier en pince tout de suite pour Vénus. Quand elle nage nue dans la piscine. L'onde sinueuse. On la devine. Ses reins élastiques, son échine longue et laiteuse. Il paraît que le Premier ministre, Harold Macmillan, était là aussi. Ne manquait plus que le duc s'élançant du plongeoir !

Profumo, ministre de la Guerre, en somme, un poste radical, sensible, comme la pointe des seins de Christine en ogives nucléaires. C'est à ce propos que Profumo sera incriminé, une histoire de missiles ! Yanaihara, dans l'atelier de Giacometti, déplorait, de son côté, les essais nucléaires sur l'atoll de Bikini. Oui, le nom du maillot de bain vient de l'archipel et de la bombe. Le bikini de Christine Keeler sera nucléaire ou nada !

La photo d'un dîner mondain révèle, parmi d'autres, une table ronde à laquelle est assise Christine Keeler qui sourit au photographe. Un convive, son voisin immédiat, la regarde de côté. On reconnaît tout de suite le minois charmant du monsieur, c'est la tronche même de Ronnie Kray. Le Schizo de Tanger.

Souvent, on retrouve les fieffés complices au Colony Room de Muriel Belcher. La princesse Margaret fait une visite, Muriel la traite comme les autres. Leste ! Braque et prodigue. Entre deux rafales de « *Cunt !* » ou de « *Cunty !* », elle milite et fait la quête pour des œuvres de charité. Bacon, comme à son habitude, verse du champagne dans les verres de Christine Keeler, de Stephen Ward, du photographe John Deakin, de Daniel Farson, de Lucian Freud et Denis Wirth-Miller, ses deux grands amis peintres. Toute la cohorte étincelante d'artistes, de journalistes et de noceurs fait un beau fracas de commérages acerbes et de jovialité. Un gentleman élégant entre. Muriel l'avise : « Ma belle ! » Elle adore mélanger ainsi les genres, les classes, les vocabulaires. Bacon, c'est : « Ma sœur ! » ou « *My cunty !* ». Elle brasse les sexes, les conditions, en compagnie de Carmel, son amante jamaïcaine. Sous son autorité radieuse et tyrannique, elle crée une société de son cru, un phalanstère libertaire. Il y a l'Angleterre officielle, ses codes, ses interdits puritains, ses apparences figées. Et l'antre enchanté de Muriel. Sa féerie virulente. Son fantastique social. Son magma d'ivresses magnétiques. Sa verdeur de jungle protectrice pour les fauves égarés. Mais triés sur le volet. Soudain, inspirée, Muriel exhorte le visiteur superbe à porter des talons hauts et une jolie robe, ce serait idéal ! Le sanguinaire Ronnie rit sous cape, mais le gentleman lui plaît comme ça, sans talons, strict et suave. Les deux ! Christine est en conciliabule avec Ward sur une banquette verte, devant un grand miroir. Lucian Freud contemple son visage pur, happé par la blancheur de son décolleté et le velouté de ses yeux noirs. Déboule un peintre qui a dit du mal de Bacon. Ce dernier se lève et sert de nouveau le champagne. Tout à coup, il le verse directement sur la tête du peintre en amorçant un massage. Le peintre furibard, humilié, jure, sort et dégringole l'escalier. Un rayon de soleil illumine sa crinière trempée de Krug. Les filles du bordel voisin l'alpaguent. Il se redresse de toute sa dignité et les écarte. Soho navigue sur une vague d'ébriétés folâtres.

Stephen Ward conjugue les idées géniales. Il fomente la rencontre entre Christine et l'attaché naval à l'ambassade d'URSS Ivanov. Christine au sommet du triangle anglais de la Guerre et du Russe espion. Contre un paquet de thune, elle finira par accuser Ward de l'avoir diligentée au profit de l'attaché russe, pour obtenir de Profumo, le ministre de la Guerre, des renseignements sur la livraison d'ogives nucléaires à l'Allemagne. Secrets d'alcôves et d'ogives ! Sur l'oreiller, on ne jongle pas avec Hiroshima. Yanaihara vous le dira. Christine, c'est Caroline, dotée d'un carburateur atomique.

Winston Churchill n'évoque rien de la situation satanique. Il est détaché des anecdotes. Des tragi-comédies volatiles. Des commérages libertins. Le cul n'est pas pour lui, l'Annapurna de la vie. Il a conquis, sous son chapeau melon, d'autres Everest à sa taille. On parle peu de ses liaisons. C'est comme son adversaire de génie, de Gaulle, chaste. Deux meneurs de foule qui n'affichent aucune maîtresse de trente ans leur cadette.

Lord Boothby, fleuron de la Chambre des lords, hédoniste, lui, ne plane pas au-dessus des neiges éternelles. Il fréquente aussi Ronnie Kray, le jumeau tueur terre à terre, l'ami de Bacon. Boothby va épouser une ravissante jeunesse, une Sarde vive, très brune, de trente-trois ans plus jeune que lui. Il fut homo à ses heures et aura l'élégance et le courage de lutter pour la dépénalisation de l'homosexualité. La vie est plus luxuriante qu'on ne pense. Il suffit d'y adhérer en joueur de roulette comme Bacon, sans croire. C'est Monaco du Néant.

L'orgie bat son plein, Mandy Rice-Davies prétend qu'elle est l'amante de lord Astor. Un peu plus tard, elle assénera une réplique célèbre au tribunal (oui, la partie trop fine finira en justice). À propos de sa liaison avec lord Astor que ce dernier déniait, Mandy lancera : « *Well, he would, wouldn't he ?* » La sentence a fait école chez les linguistes. La langue anglaise a l'avantage du raccourci jusqu'au double bind, pour rester dans le jargon international. Dire la chose et son contraire peut rendre l'autre fou. C'est la base du discours diplomatique. L'ostéopathe entreprenant, accusé de proxénétisme, finira par se suicider aux barbituriques. Dans ces aventures, c'est plutôt l'apanage des stars acculées au désespoir que d'avaler le poison. Ward, l'acrobate polyvalent, y laissera sa peau. Christine et Mandy survivront, traverseront d'autres aventures. N'est pas Marilyn qui veut. (Mêmes années.) Elles sont mortes aujourd'hui. Il ne faut pas exagérer.

Isabel Rawsthorne flanquée de ses deux complices. Deux paroxysmes cornaqués par Circé. L'hétéro et l'homo, le dandy tapageur, cabotin, et l'escogriffe efflanqué, à crinière en nid de cigogne. Hyper verbal lui aussi.

Elle invite à dîner Giacometti et Bacon au Wheelers, le restaurant londonien de poissons préféré de Francis. Bacon a achevé son expo de la Tate Gallery et Alberto, des mois à l'avance, vient préparer la sienne.

Isabel au sommet de sa vie. Heureuse avec le tandem emblématique. Bacon est chaud. Il réclame tout de suite du Krug. « *Cheers !* » On leur sert des huîtres. Bacon absorbe les siennes en longues succions gloutonnes et voluptueuses. Giacometti, fatigué, sourit. Il ne peut plus manger n'importe quoi. Il a été opéré de son cancer. Il a repris confiance mais il est atteint.

– Avez-vous revu Sartre ? lance Bacon.

– Il a raconté n'importe quoi dans *Les Mots*, sur le rien, le néant. Il a eu le toupet de me prendre en exemple. Il a osé dire que, lors de mon accident de la place d'Italie – alors que c'était place des Pyramides –, je me serais rendu compte que je n'étais pas fait pour vivre, pour sculpter, que je n'étais fait pour rien !

– Les philosophes et les intellectuels se servent de nous pour illustrer leurs thèses. On est la chair à canon de leurs démonstrations. Ils n'entendent rien ! J'ai longuement discuté avec Sartre, après-guerre. Nous n'étions d'accord sur rien. Mais il restait assez sympathique.

– Oui, il est très intelligent.

Isabel s'exclame :

– Tout le monde est très intelligent, tout le monde peut déployer un discours brillant ! Mais, vous et moi, nous nous colletons avec un travail artistique qui ne relève pas d'abord des idées. Sartre a une espèce d'efficacité tous azimuts, théâtre, romans, essais, idées politiques, mais il n'est essentiel en rien !

– Bravo ! C'est un nain étincelant ! Mais sur Mao, dont j'ai parlé avec lui en 1949, il s'est trompé lourdement. Le Grand Bond en avant commence à révéler ses résultats catastrophiques et macabres !

Bacon s'adresse à Isabel :

– De Bataille et de Sartre, lequel des deux est le plus décisif ?

– Sartre est plus clair, plus dialectique. Bataille est plus singulier, plus transgressif, plus littéraire. Plus écrivain, plus fou.

– Bravo ! s'exclame Bacon.

Il a commandé du château-margaux. Langouste ou pas. Il a envie de rouge aristocratique. Pour le blanc, le Krug suffit. Il en reste. Il a déjà avalé une rasade délicieuse de margaux.

Il leur avoue, pince-sans-rire :

– J'ai toujours rêvé d'un amant qui s'appellerait Margaux. Mais un vrai mec. Genre arbitre de football au sifflet justicier. Margaux.

Il déguste, en respectant le rite, les fariboles précieuses. Humer, observer les nuances pourpres et fauves de la robe de margaux, faire tournoyer les tanins. Se gargariser d'une petite gorgée. Écouter la saveur, l'interroger comme le ferait Sartre d'un concept de Heidegger, cligner des yeux avec un air connaisseur, tremper doucement la langue dans le velouté. Rouler un patin au vin. Il insiste sur chaque moment de manière facétieuse. En les regardant par-dessus son verre.

Giacometti scrute longuement la couleur chaude du nectar. Et sans humer, sans danse de derviche, soudain avale un bon coup. Puis se pourlèche et, dans le bonheur, montre ses grandes dents déchaussées de Quasimodo. Isabel respire, dilate ses narines fines, ses seins se gonflent, sa belle bouche charnue s'incline et boit doucement au calice de cristal. Mais, au bout d'un instant, elle a le toupet d'avouer qu'elle préfère le bourgogne, un pommard plus incarné, plus charnel… Il rit. Qu'à cela ne tienne ! Il en fait apporter une bouteille.

Bacon, bien allumé, hausse le ton contre les critiques :

– Ils ont dit des tas de conneries sur vous et sur moi. On avait trahi l'indépassable abstraction. Nous étions des régressifs, des néandertaliens revenus à la figuration archaïque ! Ou alors ils nous portent aux nues avec un vocabulaire inadéquat, grotesque. J'ai lu cela sur vous ! Que vous étiez un véritable saint sur un piédestal ! Un saint, un ermite dans votre atelier, voué à l'art, aux araignées, aux œufs durs, au sacrifice.

– J'ai beau les rappeler sur terre, à des questions de peinture, ils préfèrent nous auréoler ou nous disqualifier. Heureusement, il y a Leiris, Ponge, Genet…

Bacon renchérit :

– J'aime Leiris ! Je voudrais un jour faire son portrait. J'aime les petits détails qu'il donne sur le sexe. Je crois avoir lu qu'il ne peut pas baiser une femme sans lui mettre, en même temps, un doigt dans le cul.

– C'est dans *L'Âge d'homme*, dit Isabel amusée.

– Voilà qui est intéressant ! Du concret.

Ils se regardent tous les trois et s'esclaffent. Isabel a des flashs, des réminiscences de ses deux amants passant à l'acte.

En fait, la vraie version n'est pas celle qu'on croit. Moins de méandres, de circonstances exceptionnelles. Car la péripétie se passe d'un coup. Bacon, ce jour-là, étincelle, grande fringance.

Isabel crépite. Deux torches de désir. Elle se dévêt, il est couché sur un matelas rayé de vert. Dans l'atelier. Il a ouvert son pantalon et sorti sa bite. Il bande, il rit. À califourchon, elle se plante. Elle lance ses reins. Haut rythme. Et remue sa chevelure de lionne. C'est ainsi que Bacon a connu la seule femme, l'amante unique de sa vie.

Même scénario spontané pour Giacometti. Le témoignage de Sylvester selon lequel le peintre a connu un fiasco en 1940 avec Isabel est erroné. Elle se dévêt, agite sa chevelure splendide. Alberto inondé par un flot étoilé. Les seins gonflés, retroussés, d'Isabel jaillissent de la crinière. Pulpe tendue, goulue. Il s'exclame et produit une sorte de jappement luxurieux sous le coup du ravissement visuel, tactile. Elle le chevauche. C'est la débandade de nos troupes, de la France envahie. À contre-temps, le paradoxal Alberto bande comme un cheval.

Isabel a fait galoper et jouir les deux géants de la peinture en un tournemain. À tire-d'aile ! Que cela soit dit. C'est la dernière version, la seule, l'authentique.

Mais il y a un détail… Isabel a prononcé une phrase au moment stratégique. Juste quand elle les a enfourchés. Chacun a eu droit à sa sentence idoine. Ce qui a provoqué le déclic. Tout aurait pu se défaire, rompre et sombrer sous les maléfices. Mais la phrase gicle, casse la vieille logique, les arrache au déterminisme. Un enchantement subit éclate dans leur esprit. La chevauchée commence. Quelle phrase pour chacun ? Servie à point. Le truc qu'il fallait dire à Alberto, et celui qui devait éperonner Bacon. On connaît leurs fantasmes, les prostituées du Sphinx et le masochisme de Francis. Mais la phrase littérale, Isabel ne veut pas la dire. Secret absolu. Maxime magique. C'est trop personnel. Si elle la révèle, les critiques vont s'en emparer et tout expliquer par rapport à ça. Les psys vont en faire des tonnes de déductions cuistres.

– À quoi penses-tu ? demande Bacon.

Elle les regarde avec une expression tendre et profonde.

– À vous deux.

Ils se lèvent de concert, contournent la table et viennent l'embrasser sur les deux joues. Les clients du Wheelers sont envoûtés par le trio lyrique et célèbre.

Ils trinquent. Ils se taisent un moment, écoutent la rumeur, le cliquetis, les bavardages qui ont repris. C'est Bacon qui relance :

– Je pense aux psys. C'était une préoccupation de Leiris, l'analyse... Je n'en ai pas fait, mais Freud m'intéresse.

– Moi non plus, pas de divan. Trop d'atelier.

– Si je les ai bien compris, chez moi, tout s'explique par le Père. Et chez vous par la Mère. L'affaire est réglée, circulez ! Je ne vois pas ce que changerait une analyse.

– Je ne crois pas qu'on change.

– Non, heureusement ! Vous me voyez, du jour au lendemain, emballer la petite serveuse du bar, trousser les dessous de ma voisine en minijupe, lorgner en salivant les mamelons de ma boulangère, et répudier les vauriens musculeux de l'East End ? Je deviendrais un peintre médiocre.

Giacometti lance à la cantonade :

– Moi, à Londres, je me sens un peu homosexuel !

– C'est contagieux ! Hélas, je vais vous décevoir, à Paris je suis encore plus pédé.

Ils attaquent une grosse langouste annelée de rose comme une nymphe potelée.

– La peinture est cuite, déclare Alberto d'une voix navrée.

– Les abstraits l'ont tuée. En abolissant le sujet, ils ont tout réduit à néant.

– Il y a quelques abstraits intéressants. Mystérieux, métaphysiques...

– Malevitch ! Comble de l'ennui et de l'artifice. Aucune action sur le système nerveux. Point mort. Exercices ! Deux carrés ne sauraient restituer la profondeur infinie du monde.

Isabel, dans un murmure suave, avance le nom de Rothko. Alberto approuve. Bacon hurle :

– Rothko bave ! C'est flou, alors c'est métaphysique ! Un lambeau orange épongé par le vide. Un mouchoir rouge se fond dans le noir. C'est toujours le même processus vague. À devenir myope ! C'est ennuyeux. Cela m'endort. Rothko est un barbiturique.

Isabel pourrait être froissée, car son œuvre joue souvent sur des effets de flou et d'évanouissement. Mais elle sépare bien les choses. Bacon ajoute :

– Il a au moins un mérite, il n'est pas politique. Je serais étonné qu'il soit communiste ! Ha ha ! L'êtes-vous toujours, Alberto ?

– Jamais je n'ai été communiste. Compagnon de route aléatoire mais pas plus, et c'est vieux ! Vieux comme Picasso !

Isabel et Bacon rient de bon cœur.

– Parlez-vous de communisme avec Sartre ? s'enquiert Bacon. Les Américains commencent à mettre la gomme sur le Vietnam !

– Là, je suis d'accord avec Sartre : bombarder la population du Vietnam est une vilaine chose.

– Ce sont des communistes totalitaires qui veulent étendre au monde la commune populaire, le grand clapier. Abraser les têtes, en ne laissant subsister partout que la Citrouille de Mao. Je suis pour l'injustice ! Je l'ai déclaré à Sartre.

– Qu'est-ce qu'il a répondu ? demande Isabel, dont Delmer, le premier mari, s'était engagé avec les républicains espagnols et qu'elle avait suivi.

– Il a répondu quelque chose comme : « On ne peut pas dire ça. »

Bacon, rouge de colère :

– Si ! On peut tout dire !

– Qui sait ? Qui sait ?... répète Giacometti, un peu las et agacé.

– La gauche triche et ment sur l'homme fondamental. La droite est cynique, honnête. Elle respecte les faits, le réel, sans nous embobiner. Elle est romanesque et picaresque, ne prétend pas tartiner la grande morale. Je ne crois pas à la morale de la justice. J'ai toujours été séduit par les délinquants, les déviants, les gangsters, les méchants. Je les admire. C'est pourquoi je suis opposé à la peine de mort. Je n'ai jamais eu besoin de la justice sociale, je me suis toujours débrouillé. J'ai d'abord été protégé, puis je suis devenu protecteur. C'est la vraie vie.

– Qui sait ? ânonne Alberto. Mais les hommes dits de gauche défendent les pauvres, les opprimés, même si la formulation est banale et mécanique, même quand les militants sont maladroits et un peu dogmatiques. Ils partent d'un bon sentiment universel.

– Je ne suis pas universel. J'ai horreur de l'universel. Leurs bons sentiments universels conduisent toujours au camp de rééducation. Je ne me vois pas peindre des ouvriers enthousiastes asservis dans les usines d'armement par une poignée d'apparatchiks. Cher Alberto, vous le savez bien, vos Têtes ne sont pas celles de Lénine, de Fidel Castro ou de Mao. On a de la pudeur, quand même... Ce bouffon portrait de Staline fait par Picasso en 1953 ! Ah ! je préfère le trou du cul de Marie-Thérèse dans un jardin, que Rosenberg ne voulait pas exposer.

Isabel nuance :

– Quel que soit le caractère transcendant du trou du cul de Marie-Thérèse, on ne peut pas en faire tout un cosmos. Et ramener l'histoire des peuples à l'orifice de la demoiselle.

– Vous êtes des communistes ! Vous finirez en bleu de chauffe et au garde-à-vous de caserne. Vous êtes complices de la mort de l'art. Pas d'art sans différence, sans injustice ! je le répète, je le proclame.

– On ne va pas se gargariser avec ça exclusivement, il y a une marge…

Alors Bacon, apoplectique, s'empare du bord de la table. Ils ont tout juste le temps de se lever, de s'écarter, hop !, il renverse la carcasse de la langouste, sa queue écarquillée, rouge, valse comme la huppe d'un perroquet ou la dernière plume d'une strip-teaseuse. D'un geste fulgurant, il a eu le génie de sauver la bouteille de pommard sur la desserte, pour se faire pardonner d'Isabel. Il se met à rire, maintenant, en cascade nasillarde et tonitruante, brandit la bouteille, boit au goulot, l'offre à Alberto embarrassé, épuisé, à Isabel qui en prend une gorgée. Il tournoie sur lui-même, va donner une goulée à un jeune mec assez élégant assis à une autre table, à sa copine. Il traverse la salle du restaurant. Comme un danseur, un avaleur de sabres.

Ce soir de colère est passé. L'esclandre dont Bacon est coutumier. Ils font bientôt un saut à Sudbury Cottage, George Dyer conduit la bagnole. Il a un bon verre dans le nez. Et c'est du sans bavure dans les tournants arborescents. Ses poignes au volant. La campagne est immobile. Même les nuages n'osent pas bouger. Un soleil fixe. Bacon dit qu'il ne faut pas se fier aux apparences. Derrière ce paysage trop paisible se commettent de merveilleux crimes.

Isabel proteste, défend son havre champêtre, plein de petits animaux délicieux :

– Ils s'entre-tuent et copulent, parfois les deux en même temps comme certains insectes. C'est ce que j'aime chez les bêtes : leur franchise. Elles jouent le jeu.

Giacometti connaît la musique et n'en rajoute pas.

Ils vont tout de suite contempler la rivière.

– On va voir Monet sur son atelier-bateau. Picasso préférait Manet, moi Monet.

Giacometti n'est pas impressionniste dans l'âme. Son père pratiquait une peinture post-impressionniste, il lui fallait trouver autre chose. Isabel a été taxée de tachiste à cause du flou, du brumeux de ses tableaux, de ses trouées de lumière glauques. Vuillard, Bonnard, Erica Brausen les a exposés…

Bacon qui adore Monet, ça éberlue Giacometti. Mais il ne va pas se lancer ; après tout, les grandes carcasses de bœuf écarlate de Bacon proviennent d'abord de la campagne et du plein air. Néanmoins il se récrie un peu :

– Tout de même, ses dindons ?

– J'adore les dindons de Monet, leur caroncule bien rouge. Le dindon est très sexuel. Leur cou d'écorchés comme des vautours.

Il éclate de rire et ajoute :

– Ce sont des dindons d'Eschyle !

Ils pénètrent dans la chaumière. Isabel leur sert vin blanc et biscuits. Dyer a préféré aller marcher le long de la rivière.

Ils s'arrêtent devant un tableau récent d'Isabel : *Figure dans un paysage*. Un spectre sombre, une goule, semble se hâter sur un fond de turbulences brunes et blanchâtres.

– On est très loin des robes fleuries de Monet dans un décor de coquelicots, lance Giacometti.

– Isabel c'est Isabel, répond Bacon. Au vrai, Monet manque considérablement de nus, de belle viande luisante. Mais sa couleur m'éblouit !

Giacometti n'est pas violemment coloré. Une différence qui va croître entre lui et Bacon. Il y aura, cependant, juste avant la mort, la robe coquelicot de Caroline… Monet !

Ils contemplent les tableaux d'Isabel, plusieurs têtes dans sa manière diffuse, difforme. Les têtes. Elle aussi. Leur obsession. Leur quête. Chasseurs de têtes ! La ressemblance : épopée de perplexités de débats, de questionnements. Elle peint, depuis quelques années, Muriel Belcher frontale, très sphinx comme Isabel le fut, jadis, en déesse égyptienne sculptée par Giacometti. Du rouge, du gris, du bleuté brossés, visage reflété, des transparences… Des auras émanent de la fenêtre de l'atelier de Sudbury Cottage. Mais ses têtes sont en majorité tourmentées, déphasées, troubles. Spectres quasi invisibles.

Ils découvrent un autoportrait récent. Aux antipodes des œuvres que Derain, Epstein, Picasso, Balthus ont réalisées, la choisissant pour modèle érotique ou libertin, toujours gracieux. Elle a retenu la leçon de Bacon : la distorsion attentatoire. Oser la déviation, la vision jaillie du tréfonds. Un profil flouté, « *blurred* » dit magnifiquement la langue anglaise, à contrejour, une figure dévissée de son socle, bien loin du hiératisme de Giacometti et des hiéroglyphes tatoués, sauvages de Bacon. Tête de folie, coiffée d'un foulard gonflé. Elle déborde de son contour, émergeant de teintes grises, verdâtres, d'opalescences spectrales et fluides, chères à l'artiste. Elle a valsé du cadre, la plus belle femme du monde sculptée par Epstein, dans sa force juvénile, sa plénitude ! Mamelons de Vénus de l'amour. Odalisque de la fécondité. Isabel abolit ces mythes masculins, la kyrielle de leurs désirs d'une Aphrodite superlative. La voilà surgie de ses Enfers. Prédatrice ou proie. Euménide singulière ou Électre. Elle est à son affaire, enfin ! Son Orestie privée. À Pompéi, c'est elle sur la mosaïque encore enfouie.

Ils sont admiratifs. Les rois qui l'ont subjuguée. Les maîtres du discours. Les totems de l'époque. Francis, le dandy bonne mine, à mèche, corseté dans sa chemisette immaculée. Alberto, en veste lâche, indéfinie et cravate vissée… Elle ne s'est pas contentée de travailler dans leur sillage. Ils scrutent avec ravissement le verre translucide, presque invisible, qu'elle a peint devant son portrait. Son signe intangible, ce fantôme de virtuosité technique. Verre de vin, verre d'ivresse, verre d'errance, verre d'un miroir. Structure faiblement lumineuse. Nature morte d'école et spectre exquis.

– J'aurais mis du sang dedans, lance Bacon en riant.

Un artiste n'est jamais assuré de mourir en accomplissant son œuvre la plus forte. C'est souvent le contraire, s'il vieillit, s'épuise, radote et se contrefait. Picasso ? Monet, oui, meurt au maximum de la beauté des *Nymphéas*. Le cancer de l'estomac a beau avoir été opéré, il continue de ronger Alberto. Mais il a décidé de lutter : « Je ferai tout pour vivre le plus longtemps *possible.* » Il écrit encore : « Mes mains sont visiblement amaigries, je ne les reconnais plus, mais peut-être est-ce une illusion. » L'année suivante : « Tout recommencer tout de suite, la sculpture, les têtes, les figures grandes et petites, les peintures, et les dessins, des têtes mais surtout des nus, et des intérieurs, natures mortes… Les têtes tout de suite demain. » Recommencer, tout est là, recommencer à vie.

Entre 1964 et 1965, il travaille à ses trois statues de Lotar. C'est un sommet. Un pic d'angoisse, de solitude, de beauté.

Lotar a déjà photographié Giacometti en train de sculpter la terre dans la chambre de l'Hôtel de Rive, pendant la guerre et l'exil à Genève. C'est un touche-à-tout doué. Photographe, cinéaste d'inspiration surréaliste. Il a photographié les abattoirs de la Villette en 29. Alignant de grands pieds de bœuf, le long d'un mur, ou des pieds de veau, en gros plan. Les pieds comme Giacometti en fera d'immenses.

Bacon eût aimé ces images d'abattoir et de membres tranchés. En 1945, Lotar a tourné un film sur Aubervilliers. Militant, social, commentaire de Jacques Prévert. Les taudis, l'intime du bidonville, les petits jeux des gosses au bord du caniveau, un chat crevé flotte sur l'eau, on se dispute pour avoir du charbon. Les usines, le port, une roulotte. Les visages en gros plan. La vie crue et déchue.

La destinée va mal tourner pour Lotar. Il dégringole dans la débine, l'alcool et l'oubli. Épave, dit-on. Pauvre type... comme s'il n'avait jamais rien accompli. On le retrouve, à la fin, dans l'atelier de Giacometti, où il rend de menus services, bricole, vaque à des riens. Chaque jour, il voit Annette et Caroline. Il est au cœur des scènes indiscrètes. Caroline vêtue de rouge, pose, la nuit, pour Alberto. Phare de son désir. Il les voit, les entend, pendant qu'Annette dans sa chambre attend le retour de son mari. Il y a une petite lampe toujours allumée depuis qu'Alberto a été confronté au cadavre de Van Meurs. Révélation originelle. On raconte que Giacometti charge Lotar d'espionner sa jeune maîtresse. Il semble jouer un bien petit rôle dans le film du grand artiste toqué. Que dit-il des voleurs, des gangsters qui déboulent dans l'atelier ? A-t-il fait une virée dans le cabriolet rouge de la volupté ? On sait peu de choses de lui. Il est secondaire et gommé. Disqualifié. On ne repasse pas ses films, on ignore ses photos.

Cependant – et c'est le retournement de la situation –, le minable, le dégradé, le miné par l'échec et l'alcool devient l'ultime modèle de Giacometti. Désormais on ne connaîtra de lui que *Lotar I*, *Lotar II*, *Lotar III*. Dans les expositions du monde entier, le public admirera les statues sans vraiment rien connaître de l'homme qu'elles représentent. On sait tout juste qu'il s'agit du photographe Eli Lotar. C'était un peu pareil pour son film *Aubervilliers*. Le texte de Prévert cristallisait toutes les critiques, le réalisme poétique qu'on aime ou qu'on déteste. Les images de Lotar passaient à la trappe.

Lotar est l'œuvre sublime de Giacometti. Avec cette idée, peut-être sous-jacente, que le modèle importe peu. C'est la vision de l'artiste qui constitue le sujet admirable. Tour de passe-passe extraordinaire. Pourtant Lotar a posé. David Sylvester affirmera qu'il a posé quatre cents heures ! Giacometti, c'est le Livre des Records de la pose, avec Diego, le frère incalculable, Yanaihara, la démesure de l'amour, et Lotar de la mort, coiffant le cortège.

Il a vu sa statue de plâtre revêtue de draps, de chiffons. Emmaillotée momie. Le photographe qu'il est resté a fait une photo, alors, de l'atelier extrême. Un buste d'homme manchot et lui, Lotar. Voilés, masqués pour protéger le plâtre pétri, humide. Les fameuses bouteilles sales, les bouquets de pinceaux sont toujours sur la table. D'autres statuettes, les spectres d'esquisses sur les vagues murailles. 1965.

Lotar I, la tête, le col, les épaules, peu de buste. Grands yeux ouverts. Belle bouche close. Nulle anecdote, nul récit. Le dépouillement frontal. Le face-à-face final. Pas de tourment atroce, à la différence du *Buste d'homme* dit de New York, coupé, anguleux, torturé. Lotar tranquille. *Lotar II*, buste d'un bloc, toge d'accidents, de concrétions de plâtre, puis bronze. Bras presque enfouis. Tête lisse, harmonieuse. Ovale du mystère dans l'ombre pâle. Yeux perplexes, en amandes étonnées d'exister. À la limite de l'au-delà ? On ne sait. Regard monté des profondeurs. L'homme, une âme seule. Elle s'ouvre et regarde. Quelque chose d'astral en émane.

Caroline et Annette font-elles des commentaires ? Au milieu de leurs disputes. De la querelle d'amour. Du train-train quotidien. Cris d'oiseaux, chats furtifs, poussière de plâtre, *Grande Femme*, auprès de l'escalier, pavés usés, verrière à demi voilée… Annette exaspérée souvent ou confiante, inquiète ? Elles s'arrêtent devant Lotar et se taisent. Giacometti, les regarde, grêlé, épuisé, matraqué de maux. Vieillard précoce, monument de rides et de ruines humaines. Rongé de l'intérieur. Dévoré. Lotar est là, l'homme de chair, le vivant, celui qui aurait raté sa vie. Et qui est propulsé. L'épave ? Voilà ce qu'on fait d'un naufrage. À quelle hauteur Giacometti le hisse, l'érige en souveraineté dense, en interrogation sans fin.

Enfin, *Lotar III.* Au comble de l'œuvre, à la porte de la mort. Désormais, pour l'éternité, ce bronze d'homme agenouillé, bras détachés du torse et posés sur les genoux. Matière grumeleuse, crevassée, globuleuse. La tête légèrement levée, vers quel ciel, quelle nuit ? Nez droit, bouche fine. Qu'il est beau Lotar ! Giacometti le lui a-t-il dit comme il le fit pour Yanaihara ? Les yeux indescriptibles. Douloureux ou résignés. Stoïques ? Yanaihara y reconnaîtrait son obsession, la plénitude de son intuition du néant existentiel. Lotar interroge-t-il encore l'énigme ? Tient-il calmement tête à sa condition éphémère ? Il se tait, supplicié ou serein. Révolté ou apaisé de cruauté. Que voudrait dire à présent l'affirmation de la liberté sartrienne ? Débat révolu, dérisoire et caduc. Giacometti sait-il qu'il tient là la figure de son rêve d'artiste, de son accomplissement inachevé, de la perfection impossible et atteinte ? L'œuvre absolue dont Bacon lui-même avouait être hanté.

« Je n'ai rien à vous offrir que du sang, du labeur, des larmes et de la sueur. » Voilà un discours vrai. Une parole radicale ! C'est biblique.

Bacon lance :

– Churchill aurait pu ajouter : Et du sperme ! Car pendant le Blitz on nous avait oubliés, nous n'étions plus surveillés. Une menace apocalyptique éclipse les périls mineurs. Nous nous sommes blottis dans l'immense nid des bombes, si j'ose dire. La mort attise le sexe, le sauve-qui-peut de la jouissance.

Le Lion s'est éteint. Tous ses feux, sa crinière d'épopée. Même s'il n'avait plus un cheveu sur le caillou.

Bacon voit les funérailles, le 30 janvier, à la télé. Au Gargoyle ? Au French Pub ? La reine a 39 ans, belle, simple, manteau d'astrakan noir, béret noir. De Gaulle kaki, géant, lunettes. Le cortège dure trois heures. Messe dans Saint-Paul immense.

Bacon adore les Horse Guards rouges, casqués d'or à panache, tunique rouge. Jamais un grand peintre, fût-il Michel-Ange, Turner ou le sacré Picasso, n'aura droit à ces fla-flas gigantesques !

De Gaulle, l'emmerdeur génial. Une carrure de catcheur de Rhodes, de lutteur de sumo. La majesté du roi Arthur. Pieux et paterne. Pas assez impérieux ! s'exclame Bacon. Devrait être un tyran magnifique, prodiguant les arts, la peinture, et protecteur des pédés, des Michel-Ange et des Caravage actuels.

En juin 40, le promeneur de Hyde Park aurait vu un militaire, mince et gigantesque, assis sur une chaise devant le lac. Il lit le journal. Il est flanqué d'un homme attentif. C'est son aide de camp, Geoffroy Chodron de Courcel. C'est avant ou après l'Appel, dont de Gaulle aurait écrit un morceau au French Pub, un bar bien connu de Bacon. Il paraît même que le Général aurait pu remarquer un va-et-vient bizarre du côté de l'escalier des toilettes. Tout cela, en la circonstance, très accessoire. Le ballet des mecs de Dean's Street. Soho, la Sodome des artistes. Le quartier qui deviendra le pays de Cocagne du peintre des papes.

Donc, de Gaulle poursuit la lecture de son journal, tandis que l'aide de camp contemple les canards. Il est heureux d'avoir trouvé auprès d'une secrétaire de ses amies la machine à écrire pour l'Appel. Le sublime a besoin d'être vu par le petit bout de la lorgnette. Évidemment, il en sort rehaussé.

Deux types sont assis sur un banc, non loin de nos héros. Un homme mûr, élégant, l'air tranquille, et un plus jeune, en veston et chemise légère. Aspect fringant, pommadé, bouche quasi fardée, volubile. Il se lève soudain et se lance dans un grand discours plein d'éclat. De Gaulle est concentré sur son journal quand il croit entendre un nom pas si fréquent qui sonne : *Orestes* ! Oui, Oreste. Le Général jette un coup d'œil sur ses voisins, évalue la situation en saisissant des mots au vol : *Orestes... murdering... mother... father Agamemnon...*

– La vie de famille ! raille de Gaulle.

Francis Bacon assaille Eric Hall de questions dont une, pressante :

– Mais quelle tête avaient les Érinyes ? Les Furies ?

Eric Hall, qui est un sage et présente des dispositions d'éducateur, explique que, dans la peinture, elles peuvent être figurées par de belles femmes nues échevelées ou par divers monstres exaspérés.

– J'aime imaginer des monstres hurlants, des goules de bestioles écarquillées de peur ou de rage. Ah ! Ah !...

Et Bacon, joignant l'image au verbe, exécute quelques grimaces de Gorgone.

– Évidemment, les Anglais sont excentriques, il faudra s'y faire, soupire de Gaulle.

Mme de Gaulle part s'installer à la campagne, dans la banlieue de Londres. Le coin est copieusement bombardé bientôt. On ne sait si, le week-end, de Gaulle et sa femme se réfugient dans un abri Morrison. Tous les deux dans la cage de fer inventée contre les ravages de l'aviation du Führer. Car tout est possible dans ces époques chaotiques. Mme de Gaulle quitte son cottage menacé et va s'installer au village de Little Gaddesden, dans la maison de Rodinghead. On dispose de tout un reportage photographique légendaire sur les époux idylliques, en 1941. Il faut en profiter, l'occasion de cette intimité ne se reproduira pas. Lui, accroupi dans le jardin, elle, tendrement penchée, la main sur son épaule. On sent qu'ils obéissent comme des novices aux injonctions du photographe. Une autre photo montre Yvonne de Gaulle à la cuisine, préoccupée des casseroles. Sur une autre, elle est très belle, lavant la vaisselle dans une aura de Vermeer. La plus photogénique les révèle à la fenêtre, Yvonne surnaturellement rêveuse tandis qu'il essaie de trouver une expression adéquate, inspirée, amusée.

Yvonne de Gaulle est une petite femme mince, dans une robe sombre à pois blancs. Beau visage, joli nez, yeux gris. Les cheveux, collés en dentelle à la tête, forment un chignon bas sur la nuque. Elle paraît timide, modeste à souhait, mais plus à l'aise que son mari déjà empreint de majesté. C'est elle qui prend l'initiative du geste, du mouvement, du sourire gracieux. Mélusine sous les bombes. On la retrouvera dans la voiture criblée de balles du Petit-Clamart. Indemne comme son homme, ressuscités de la mitraille. À la fin, un tank noir sort lentement de la demeure de Colombey. Tante Yvonne est la veuve d'un Titan.

Mars 1965. « Rolling Thunder ». Il ne s'agit plus de Londres, bien sûr. La mode a changé de camp. La guerre est nomade. Son ubiquité charme le monde. C'est l'Amérique qui frappe au Nord-Vietnam. Contre les communistes. Elle concocte vaillamment son futur Diên Biên Phu gigantesque. Il lui faudra dix ans pour déguerpir dans la débâcle qu'on sait. Histoire d'un échec.

Le président Johnson, le chef, est né à Dallas. En quelque sorte. Une voiture criblée de balles, un mort fameux, une femme en tailleur rose rampe et dérape sur la bagnole. Elle en perd son joli chapeau. Cela fait mauvais genre pour le pays le plus fort de la terre. Johnson, le successeur du mythe tragique, ne laisse aucune trace dans l'imaginaire. C'est ainsi. Nixon y incarnera une forme du mal, la mâchoire carnassière du cynisme, le machiavélique sourire dentu, assez baconien. Mais pour Johnson, c'est râpé. Succéder à Kennedy le galant, autant éviter. Johnson trimbale l'air louche de celui qui a profité de la situation, mécaniquement. Il n'est ni Kennedy, la star, ni le Satan Nixon. Il n'a pas la saveur des extrêmes. Il ne sent ni le sexe ni le soufre. Sournois, il est un sous-produit de l'Histoire. C'est un déchet de transition. Ce suppôt nain de Jupiter lance « Rolling Thunder ». La guerre a le chic pour baptiser ses transes de pompeuses étiquettes. Il s'agit de casser la révolution communiste, de couper le Nord-Vietnam, de le retrancher du reste de la planète, de ruiner son infrastructure industrielle, ses bases aériennes, ses pistes. De le pulvériser. Et de garder la main sur le Sud. Pour qui a vaincu Hitler, ce petit pays archaïque de rizières et de vieux fétiches marxistes passera vite à la trappe. La promenade de santé peut vraiment commencer. On lâche, en trois ans, plus de bombes que pendant la Seconde Guerre mondiale. C'est le progrès. Mais c'est en vain. Le petit bled des culs-terreux révolutionnaires et surannés tient tête à l'armada pétaradante, au rouleau compresseur rutilant des B52. Certes, il est aidé par les voisins russe et chinois.

Rien n'y fera. Même le napalm prodigué à haute dose pour anéantir les villages, terroriser la population, dissoudre le moral des rebelles dans le feu, la folie. Kennedy se serait-il fourvoyé aussi loin dans l'impasse apocalyptique ? Au fin fond du crime ? Son statut de star intacte est en partie lié à une mort précoce. On lui pardonne Marilyn, ses addictions, ses glandes, parce qu'il n'a pas de génocide sur les bras.

Bacon enfonce le clou : il peint sa Crucifixion capitale. Mais ça n'a pas de rapport avec le Vietnam. Il n'est pas un illustrateur de l'horreur. Encore moins un militant. Si des images l'influencent, elles montent du fond des âges, de sédiments de carnages sans fin. L'actualité ne fait pas son récit. Giacometti lui-même s'est défendu de témoigner de son temps. Coquetteries de poètes. La guerre de Troie locale s'étend au tout de l'homme, à son enragement consubstantiel. Désormais on détient les preuves du mal omniprésent. On ne doute plus de son avenir.

Crucifixion de 1965 est plus complexe, plus cuisiné que *Trois Études pour une Crucifixion* de 1962. Bacon a nourri, mûri longuement le sujet. La première Crucifixion date de 1933 : une sorte de libellule blanche et fantomatique étend ses bras en croix. C'est insolite, onirique. On dirait un appât, une mouche pour la pêche à Moby Dick. On voit que le style de Bacon évoluera vers plus de réalisme. Tout le monde connaît *Trois Études pour figures à la base d'une Crucifixion* de 1944. Même si le titre est un tantinet laborieux. Ce sont les trois goules au long cou qui n'ont qu'un désir : nous mordre, nous engloutir. Espèces de dinosaures phalliques de bande dessinée fantastique. Bacon a de la suite dans les idées. Un axe : la croix, les avatars d'un supplice. De sacrifice et de rédemption, nulle nouvelle. 1950 : *Fragment d'une Crucifixion.* Large croix noire au centre de laquelle une bestiole hurle, les bras écartés, comme cloués de chaque côté. Monstrueuse chouette ou chauve-souris, vampire doté d'un sexe féminin. Au-dessus, un corps informe pisse le sang. Rien n'est encore cerné d'un galbe souple et maniéré comme ce sera le cas dans les années 60. Période originaire, sale, si on veut, aux contours imprécis. Très forte, très belle.

Crucifixion de 1965 n'est plus une étude. Bacon saute à pieds joints dans son sujet nodal. Le pan de barbaque qui n'occupait que le panneau de gauche dans le tableau de 62 est promu à la place centrale. Les gigots sont plus larges et plus velus, la coulée d'entrailles plus triturée, accidentée de détails, mais sans cage thoracique ni côtelettes de chez Harrods. Il y a toujours une tête au bout du boyau mais plus difforme, même si on croit reconnaître deux yeux fermés, un nez à la place de la goule dentue. La carcasse de 1962 n'avait pas de prolongement, lors même que celle de 1965 poursuit son épopée à l'horizontale par deux bras étirés, parallèles, ligotés de bandelettes.

Le panneau de droite offre la vision d'un mec aux épaules baraquées. Avec le biceps ceint d'un brassard nazi. Croix gammée sur fond rouge qui fera beaucoup gloser. Pudique, comme on sait, elliptique à souhait, Bacon se contentera de dire qu'il avait besoin de ce signe purement pictural, la croix et les deux couleurs. Une charpie typique pourvue d'une cocarde, doublée d'une ombre, constitue la base du bonhomme. Jamais Giacometti ne laisserait une de ses statues achever ainsi son périple en eau de boudin. Un socle arrime ses spectres. Sur le même panneau, au fond, deux hommes, à la limite de la figuration narrative, costumés, chapeautés comme des gangsters, sont assis à une table – certains critiques y voient une manière de prie-Dieu.

Le panneau de gauche exhibe, sur un lit, une charogne ou crevure, qui fut humaine. Les fesses sont à peu près indemnes de la putréfaction qui affecte le reste. Entre deux bras vagues dont un coude relevé et précis (comme dans d'autres œuvres), le crâne transparaît sous la chair ensanglantée, crâne simiesque, dents dehors.

Le napalm de Johnson n'est nullement passé par là. Il suffit à Bacon de suivre les métamorphoses naturelles de notre viande. Giacometti, qui vient à Londres, en 1965, pour son exposition de la Tate Gallery, voit *Crucifixion.* On ne sait ce qu'il pensa du festin écarlate. Disposé sur le fond de la trame géométrique, orange et ocre-gris. Le rituel décor épuré, orthogonal et curviligne. Le chaos a les limites de l'autel où il est servi. Bacon veut rester propre. Il cuisine ses viandes en toque blanche. Ce n'est pas du tout le portrait suprême de Lotar. C'est même l'inverse. La transcendance poignante et mystérieuse de Lotar en fait, si on veut, aussi un Christ, plutôt un sage, un orant d'on ne sait quelle révélation du néant. Bacon est immanent. On a beau le tirer vers la métaphysique, il ne se passe jamais de la physique, de ses outrances. C'est un marchand de rubans sanguinolents.

Au bout du panneau de gauche, sur fond noir, une figure de femme – sinueuse, seins, ventre, fesses, petite tête, jambes et pieds en vrille, le tout sans décomposition – observe la pâture pour les vautours : cette espèce d'ogre horriblement charcuté, répandu dans son miasme, conchié de ténèbres et de sang. On dirait que Salomé danse le twist en contemplant la charogne.

Tiens ! Encore un pape, comme ça lui vient. Bacon égrène les Crucifixions sur plus de trente ans et les papes pendant une vingtaine d'années… Ce n'est pas un dévot. Et la provocation n'est nullement un moteur suffisant. Depuis le Crucifix de Cimabue et le retable d'Issenheim de Grünewald, exhibant son Christ jauni et mité, on se sent invité à l'excès macabre. Bacon a souvent expliqué que le thème, après tout, lui venait de l'histoire de la peinture. Même Picasso en avait proposé des avatars, des fioritures de son cru. Comme Bacon cherche à harponner le système nerveux, à galvaniser directement nos paquets de neurones, le supplice du Christ lui offre un théâtre approprié. Une anthologie de sensations sur le gril et de sentiments à cran. Des critiques se sont évidemment penchés sur son passé, ses traumatismes primordiaux, le père cruel qui découvre son homosexualité, le fait fouetter (Christ aux outrages) et le chasse. De là à s'identifier au Christ ? Jamais Bacon ne ferait un tel aveu. La Crucifixion est le condensé des violences qui passent les limites, lamentation du fils que le père a abandonné, pleurs, cris de sadisme romain, gestes meurtriers, invention dans l'humiliation. Masochisme du sacrifice. Sang prodigué, pieds, mains, flanc, crâne transpercés. Il faut qu'une peinture perce, qu'elle enfonce le clou dans notre chair. Peinture sacrée ? Georges Bataille y verrait l'expression de l'Impossible. Leiris, l'ami de Bacon, y saisit « ce mélange d'extase et d'angoisse qu'on nomme horreur sacrée ». Bacon se garde de se pâmer mystiquement dans cet effroi. Il ne s'est jamais gargarisé avec le sang qu'il verse. Certes, un calice de sang trônera au centre du formidable *Triptyque* de 1976. Il n'est pas sûr qu'il l'ait posé là avec une lenteur cérémoniale et pieuse.

Pour être transgressif comme lui, on pourrait affirmer que la foi l'affaiblirait. La croyance lui ôterait son intelligence plus profonde, son intuition plus forte. Plus proliférante, plus virulente. Adhérer le rétrécirait. Il est fasciné par la Crucifixion féroce. Et il demeure sans prière. S'il se met à genoux, ce n'est pas pour s'asservir au culte d'un dieu mais pour recevoir les délices du fouet.

Oui, encore un pape, l'année de cette Crucifixion. Finies les cages et les grilles où la bouche béante du pontife hurlait, dans des couleurs froides. C'est beaucoup plus dense et peint. Le pape ne crie pas. Une moitié de son visage, œil et joue, a été tranchée. La bouche semble close. Même pas mal ! L'ère des goules béantes et dentues est révolue. Celle de la régression, des grandes dévorations schizo-paranoïdes comme dirait la psychologue Melanie Klein, une spécialiste du sein dévoré qui devient dévorant par projection. Chacun a connu ça dans son enfance même s'il ne s'en souvient pas ! Le pape n'a jamais été aussi somptueux et coquet – si l'on excepte son petit accident de tête. Il porte une étole d'un rouge enrichi de nuances violettes, cramoisies, ou légèrement grises. Sa robe blanche est fine comme la tulle d'un tutu, avec un dernier frou-frou quasi transparent. Le fauteuil n'est plus à pinacles et fleurons d'or, mais bizarrement bâti, meuble d'aspect moderne, chaise lourde d'infirme. Pour un peu, il suffirait de le brancher pour qu'il se transforme en chaise électrique. À moins qu'il ne s'agisse d'une manière de monte-charge pour se hisser au paradis. On dirait bien que le pape avec sa main appuie sur un bouton pour décoller de la mascarade. Des pans de rideau pourpre et noir, luxueux, descendent du fond, fluides. L'incontournable cube de verre se dessine discrètement. Le sol est un travail pictural minutieux : écume et mousse tachetées de vert pâle, de mouchetures d'ocre-brun aux moirures rose sombre. Il est peintre jusqu'au bout des ongles.

Bacon ne se moque pas de nous. Il a mis le paquet, dégainé tous ses tubes et ses tours virtuoses.

Giacometti travaille dans le sous-sol de la Tate Gallery. À la veille de son exposition. Au milieu des caisses. Il rumine des corrections, des révisions. Le voilà colleté à ses fameuses *Quatre Figurines sur piédestal*. Les prostituées du Sphinx dont l'empreinte s'est incrustée dans son être. Son icône de catins.

Il en a apporté une version plus petite qu'il peaufine dans la cave du musée. Quatre statuettes de plâtre peint qu'il triture, défait, disloque, reformule et repeint. Comme il l'a fait pour les statuettes dans la chambre d'hôtel, la veille de la Biennale de Venise. Incorrigible, invétéré. Ancré dans les taupinières de la Tate, ne lâchant rien. Regardant l'une après l'autre les filles du Sphinx. Il sculpte, dans le plâtre, une autre figure fine et plus haute. C'est le moment, n'est-ce pas ?

Quand il révèle le fait à Bacon, ce dernier l'écoute attentivement répéter son antienne sur la vision. Bacon happé par un peintre, un grand artiste, un double à sa façon. L'authentique folie créatrice d'un autre qui reflète la sienne.

Isabel aime quand les deux hommes se branchent ainsi sur leur travail, les détails de leur passion. Bacon pourrait rompre le courant par un déni, une dérobade, une blague, un défi, une fanfaronnade. Il paraît réfléchi, méditatif. Alors que le geste accidentel ouvre chez lui la déformation qui fera la force du portrait. Le hasard chez Giacometti n'a pas ce pouvoir du coup de théâtre qui retourne la situation. L'ouverture se fait au fil des apparitions et disparitions que décrivait Yanaihara. Bacon ne ressent ni ne fonctionne comme lui. Il paraît qu'il déteste les sculptures de Giacometti, ses échalas tortueux. Mais cette différence les incline l'un vers l'autre, les aimante, car ils y reconnaissent la même lutte, la même quête d'une forme, d'un accomplissement fondamental. Ils parlent métier, péril, traverses, cheminement, coups de force, emballements, échecs, impasses, trouvailles. Sujets, têtes… Les improbables épiphanies des portraits d'Isabel. Bacon plus optimiste, exubérant, Giacometti inquiet, ressassant. Isabel travaillée par le doute. Alberto constate la pétulance de Bacon, sa grande santé, sa capacité d'ingurgiter, de boire, de lancer des invectives, des rafales de lazzis et de sarcasmes. Bacon observe la fatigue d'Alberto, sa chair meurtrie, sa peau corrodée, bourrelets tannés, troués de ravines. Il est jaune comme le Christ de Grünewald. Enfoncé dans le jaune, bouffé du dedans par la tabagie. Isabel perçoit ces regards réciproques qui veillent à rester discrets. Elle-même, elle sait qu'elle a beaucoup changé depuis son âge épique, l'envolée de son corps athlétique d'amazone. Son corps qu'adoraient Epstein et Balthus. Son visage est gonflé, tuméfié. Elle boit trop. Elle se sent du côté de Giacometti taraudé par le mal. Mais elle garde ses accès de jovialité, de générosité, comme Bacon.

Ils quittent le canapé vert et passent côté cuisine. Car Alberto leur a annoncé que c'était au-dessus de ses forces d'aller, ce soir, au restaurant. Bacon aurait voulu les inviter à un festin bien arrosé. Savoy, Ritz, Connaught ? Mais il cède sans rechigner. Il leur propose des œufs et du bacon, c'est pour cela qu'on le surnomme Eggs.

– Des nouilles ? Est-ce qu'il y a des nouilles ? demande Giacometti, anxieux.

Bacon se redresse comme un toréador.

– Des nouilles ?

– Oui…

– Je n'ai que ça !

– Tu as des nouilles ! s'exclame Isabel, estomaquée.

– J'adore les nouilles !

Et le voilà à sa casserole, versant un faisceau de pâtes grêles dans l'eau qu'il fait bouillir.

– Le temps de cuisson, tout est là ! Comme en peinture. Trop cuit, elles sont molles. Pas assez, elles sont dures et ne fondent plus dans la bouche.

Bacon touille les nouilles dans l'écume dont il surveille les métamorphoses, baissant le gaz dès que la vague s'enfle, tend à déborder, blanchit.

– Ça sent bon les nouilles, n'est-ce pas, Alberto ?

Tous les trois, ils se penchent, l'eau à la bouche.

– Des nouilles et un petit verre de chambertin ! Et un homard que George a oublié dans le frigo… pour assaisonner les nouilles.

Ensuite, ils font un petit tour de quartier, bras dessus bras dessous. Personne pour photographier le trio des artistes. Isabel d'une folle gaieté, Bacon, en blouson de jean et fines bottines, le regard affûté sur les mecs nomades. Giacometti, au milieu, en veste pied-de-poule, et cravaté. Il a renoncé à l'éternel mégot. Le chambertin ne lui vrille pas l'estomac. Il se sent presque bien, douillet, aimant, soutenu par les copains.

En débouchant dans Reece Mews, ils tombent en arrêt devant l'animal. Un renard calme, très peu farouche, qui trottine devant. Bacon est émerveillé. Giacometti vieux complice de l'apparition. Isabel aimerait appeler doucement le renard, le retenir un moment, le caresser, le prendre dans ses bras, lui faire des baisers sur le museau humide.

– Mon père, ce grand connard, chassait le renard. Les chevaux et les chiens le chargeaient jusqu'à la mort.

Est-ce lui, ce pape de Vélasquez rouge vif qui éperonne son pur-sang, malgré sa robe, ses froufrous écarlates ? Il le cravache, enveloppé d'une nuée de piqueurs, de palefreniers nus, obscènes, tandis qu'un enfant dans un berceau valse dans la pente, échappant à sa nounou hurlante. Les cavaliers ricanent. Avalés par une futaie noire et profonde. Le renard se dévoie, son museau retourné vérifie que toute la meute est passée.

Ce qui frappe cette même année, c'est l'humanité des portraits d'Isabel, *Trois Études pour un portrait d'Isabel Rawsthorne*. Son assomption belle. Il a proclamé que c'était la laideur qui était inventive. Mais il n'a pas plongé le visage de son amie dans le chaos.

Pas d'écrabouillage, de charpie, de carnage, de dégoulinade cramoisie. Un profil parfois intact et fluide. Un autre balayé et gommé par un long coup de brosse qui voile le regard rougi. Certes, la bouche du visage central est morcelée, déformée. Un Bacon est un champ de forces, de fouilles, d'écroulements, de fusements, d'attaques impromptues. Une ressemblance béante, une crise de la vérité.

La Tate… Presque une centaine de sculptures, des plâtres et des bronzes, souvent de la même œuvre, une soixantaine de tableaux… De Diego à Annette, Yanaihara, *Femmes de Venise*, *Femme debout*, *Grande Femme*, plusieurs portraits de Caroline. Lotar au sommet.

Le photographe Tony Evans prend de nombreuses photos de Giacometti, veste pied-de-poule toujours, cravate noire, jaugeant l'installation des sculptures, évaluant les dispositions. Il est assis à côté de son ami Louis Clayeux et observe les derniers portraits de Caroline, réduite à son visage presque noir. Il circule entre les grandes statues de femmes.

Caroline a débarqué sans prévenir. En principe, elle devait rester discrète, en dehors des événements officiels. Mais elle avait l'audace de sa jeunesse. Des impulsions irrépressibles. Quelle impression eut-elle à se voir ainsi exposée dans la glorieuse galerie des Turner extraordinaires ? Face à ses propres portraits, robe rouge, pose hiératique, yeux noirs et profonds, grands ouverts. Visage noir. Mains jointes sous le ventre. Une petite femme des bars de Montparnasse contemple son reflet. Aventureuse, elle vit avec des voleurs, des souteneurs, et la voilà, rituellement assise, transfigurée dans sa petite robe rouge telle une Néfertiti de sanctuaire. Le bordel érigé en stèle, en niche de chapelle votive.

L'Amérique frappe violemment le Vietnam et c'est la fin du concile Vatican II. Forêt de mitres. Comme d'incroyables enfilades de dindes, oies blanches, cygnes mystiques. Paul VI a pris, en cours de route, le relais de Jean XXIII. « Rolling Thunder » et message du pape aux gouvernants : « Laissez le Christ exercer cette action purifiante sur la société ! Ne le crucifiez pas à nouveau : ce serait sacrilège. »

Paul VI balancé encore sur sa chaise à porteurs. Par des sortes de palefreniers. C'est une époque. Bacon voit l'image et constate que les porteurs ne sont pas des mauviettes. Telles des brutes de l'East End, pour le moins ! Il se souvient de Jean XXIII et des géants plumets blancs de Bluebell Girl de cette espèce d'éventail qu'on agitait derrière lui. La tiare inouïe, gâteau de pierreries crénelées, oscillait sur la tête du pape splendide, saint, obèse. Paul VI, son remplaçant, qui clôt le concile, n'est pas le genre de patriarche prisé par Bacon.

– Il n'a pas la tête de caïd, de voyou meurtrier d'Innocent XI peint par Vélasquez. Trop frêle ! Il ne veut plus de guerres ! Tu parles ! Quel manque de lucidité ! J'aime les Borgia, les bouchers, les boxeurs, un peu tarés. Ce Paul a-t-il jamais connu une relation sexuelle ? Mon cher Alberto. Il paraît que le Vatican a toujours été bourré de *buggers* ! J'adore le baldaquin du Bernin. Je rêve à une grande carcasse exposée sous le dais suprême ! On vient de découvrir au Niger le squelette d'un crocodile géant datant de cent dix millions d'années : Sarcosuchus : Supercroc ! Une douzaine de mètres, le mastard. Une création du bon Dieu. Sous le baldaquin !

Alberto rit tout bas. Isabel a l'air distrait, mélancolique.

Des tonnes d'ossements. Une montagne de squelettes blancs. C'est une photo de Peter Beard, prise au Kenya, dans la réserve de Tsavo. 35 000 éléphants morts. Bacon lit *La Fin d'un monde* du photographe Peter Beard publié en 1965. Une foule d'images illustrent ce récit de la destruction du paradis. Chasse, guerres, famines, braconnages. Bacon est fasciné par les reliques énormes, les omoplates fantastiques, les fémurs colossaux, l'entassement macabre. Mais ce sont surtout les documents révélant les corps des pachydermes en décomposition qui le médusent. Son thème ! La vie vouée à la putréfaction. Toutes les métamorphoses de la chair jusqu'à la liquéfaction. Il rencontre Peter Beard qui vient visiter son atelier. Il l'étonne en lui déclarant que les photos qu'il préfère sont celles des éléphants putrescents ou celle d'un fœtus d'éléphant mort. Car c'est la vérité crue. La cruauté sans fard. Beard ne le prend pas pour un pervers nécrophile, un fétichiste de la charogne. Il comprend le regard, la clairvoyance terrible de Bacon.

En 1952, Bacon avait peint *Éléphant traversant une rivière*. Un tableau sombre et mystérieux, jouant sur un effet de clair-obscur. Un éléphant traverse une rivière sur un fond de végétal foisonnant. Ainsi retrouvait-il ses animaux primordiaux, mais en proie à la dissolution.

Peter Beard est jeune, beau, galant, sourire éclatant, physique de baroudeur et de minet, de star hollywoodienne frottée de latérite africaine. Kennedy, si on y tient, avec un air de cow-boy à la veille d'un rodéo chic. Ou Robert Redford skiant sur les flancs du Kilimandjaro. J'en passe. Bacon le trouve très dandy, très plaisant. Beard est un hétéro transi. Il adore photographier les plus beaux mannequins de la terre, quitte à les épouser. Il fera des calendriers sexy en mêlant les animaux magnifiques, menacés, et les femmes. Panthère et dame dénudée. C'est facile et séduisant. Il offre un hybride de militant de la cause animale et d'amateur de photos glamour. Il a réalisé un cliché célèbre de Maureen Gallagher nue donnant à manger à une girafe. La femme est superbement faite, comme Ève ne le fut jamais. Métisse élancée, aux reins en arceaux, aux fesses prononcées, bombées à la perfection. Pour en réaliser le cercle idéal, Bacon aurait été obligé d'utiliser la poêle à frire dont il usait pour tracer des orbes sans faille. Maureen toujours, beaux seins fermes, taille fine. Lilith ou la Sulamite danseuse. La girafe allonge son long cou tacheté. Elle est immense et se penche délicatement vers la fine main tendue. Photo nocturne où les deux géantes chorégraphiques luisent comme des totems. Trésors de chair, de pelage. La superposition n'atteint certes pas des profondeurs métaphysiques, mais elle flatte les sens sinon l'esprit. La femme serait-elle une espèce en danger au même titre que la girafe et l'éléphant ? Bacon aurait préféré un éphèbe herculéen nu ou quelque Tarzan délinquant de la jungle, nu ou de préférence en strict costume sans rien dessous, le torse strié de bretelles, attirant à lui un okapi fessu et zébré. Mais il n'en dit rien.

Il fera plus tard plusieurs portraits de Peter Beard. Sans déformation agressive ni coup de force pictural. Beard est Beard. Il est beau, l'oiseau de savane. L'oiseleur des sorcières enchantées. Cheveux, front, yeux intacts. Une bulle, un disque – procédés qu'on retrouve à l'époque chez le peintre tardif – masquent ou reflètent en le déformant le bas du visage. Sur d'autres portraits, Bacon hasarde une balafre, un geste un peu déplacé happant la joue, une excroissance modeste, une scrofule anecdotique, une ou deux pastilles blanches et fusiformes. Rien de très intrusif. Mick Jagger relèvera du même traitement suave. Et Michel Leiris sauvera une moitié de sa face. C'est le moment d'y aller.

Bacon était subjugué par une mésaventure très baconienne qui avait failli conduire Beard en prison. Le photographe luttait, au Kenya, contre les braconniers. Il trouve une antilope rare prise dans un filet et réussit à capturer le chasseur dans son propre piège. Il le photographie. Ce qui ne se fait pas. Beard n'est pas à une ambiguïté près. Histoire de l'arroseur arrosé. Bacon aurait voulu voir le traquenard se refermer sur le gibier humain. Mieux qu'un pape en cage. L'homme entre les dents du destin. Beard s'est d'ailleurs fait photographier le corps à demi enfoncé dans la gueule d'un grand, gros crocodile mort. Œil pour œil, dent pour dent. La vraie vie ne fait pas de cadeaux.

Un éléphant un peu las de la star – sans doute un vieux mâle jaloux –, de ses mises en scène de belles femmes et de bêtes, charge le photographe surpris, car le pachyderme lance l'assaut de très loin. Beard s'en remet avec des béquilles comme Giacometti avec sa canne.

L'océan sans pose. Sans limites. Le *Queen Elizabeth* traverse l'Atlantique. Giacometti et Annette voguent vers New York pour l'expo d'octobre 1965. C'est son premier voyage aux États-Unis. Alberto a refusé de monter dans un avion : phobie. D'une certaine façon, il veut prendre son temps. Cet homme de la montagne suisse, des rocs granitiques, voit les vagues infinies se hausser, écumer de neige. Une semaine de repos sur le grand navire de plus de trois cents mètres de long. Luxe, calme… Annette jouit de ce décor différent de l'atelier, de son encombrement de plâtre et de poussière. On peut y flâner sans se heurter à des stalagmites d'argile dont les petites têtes vous font face. On n'a plus à recharger le fourneau ni à balayer la cour. On est assuré de ne pas rencontrer Sartre ou Mao. Il semble qu'Alberto n'ait pas emporté les fatales statuettes de plâtre mouillé qu'il n'aurait pas manqué de retravailler dans sa cabine pendant tout le séjour marin. Il faut l'imaginer libre, détaché, vacant. Même s'il tire toujours sur ses mégots. À New York, il reçoit la visite de De Kooning, de Rothko, de Rauschenberg, de Motherwell, la horde huppée de la peinture moderne américaine : abstraits lyriques, pop art, abstraits métaphysiques sont venus rencontrer… un dernier figuratif ! Le Monstre de la rue Hippolyte-Maindron. Le Mohican de Montparnasse. L'Abominable Homme des Grisons. Bacon hurlerait de voir les Affreux Abstraits Affamés de vide. Hormis peut-être De Kooning qu'il ne détestait pas. Cela dit il fera, lui aussi, le voyage, dix ans plus tard, en 1975.

Au MoMA, *Tête d'Isabel* – oui, la déesse égyptienne des origines, si harmonieuse, si belle, l'idole intouchable – semble accueillir le visiteur. De même qu'au fond de la perspective se révèle *L'Objet invisible*. Ce qui fait une aura de mystère. Les œuvres plus récentes, en tronçons tourmentés, nez saillant, grands yeux caves, *Buste d'homme* dit « New York II », des Diego torturés ou plus contemplatifs, le majestueux *Diego au manteau*, Annette, Caroline, les Grandes Femmes de différentes époques. Sa vie. Toute sa vie réunie là, en même temps qu'à Londres. Les deux expositions simultanées se superposent.

Sur le vaisseau du retour, Giacometti écrit dans ses *Notes sur les copies* : « J'ai peine à regarder la mer depuis que j'ai vu, il y a deux jours, l'extrême pointe de Manhattan se dissoudre, disparaître, fine, fragile et éphémère à l'horizon, et c'est comme si je vivais le commencement et la fin du monde. »

Le voyage à New York par l'Atlantique charrie toujours une aura d'Apocalypse. La ville encore gothique, en 1965, arborant ses pics antiques, ses tours mythiques, ses hautes ziggourats babyloniennes. Cité des origines de l'homme moderne, aventureux, prométhéen. Et Ville de la fin. Comme si, oui, l'épopée commençait là sa construction et risquait d'y trouver son dénouement de ruines. Un Pompéi de buildings promis à la poussière du sépulcre. Giacometti est traversé par la vision de la ville vaine et de sa vie. « Une angoisse serre ma poitrine, je ne sens que la mer qui m'entoure, mais il y a aussi le dôme, la voûte immense d'une tête humaine. » Comme s'il fallait réaffirmer à ce moment, en un raccourci fulgurant, la quête de toute sa vie. De façon absolument inattendue, car le lien entre la voûte céleste et celle du crâne n'est pas habituellement établi. Même si la tête est le ciel de la figure humaine, et ses pieds la terre. Ciel de ténèbres indéchiffrables. « Impossible de se concentrer sur quoi que ce soit, la mer envahit tout, elle est pour moi sans nom bien qu'on l'appelle aujourd'hui l'Atlantique. Pendant des millions d'années elle n'avait pas de nom et un jour elle n'aura plus de nom, sans fin, aveugle, sauvage comme elle est pour moi aujourd'hui. Comment parler ici de copies d'œuvres d'art [il doit, en effet, finir un livre sur les copies d'œuvres d'art qu'il a réalisées], d'œuvres d'art éphémères et fragiles qui existent par-ci par-là sur les continents, œuvres d'art qui se défont, qui s'étiolent, qui se délabrent jour après jour, et dont beaucoup, et parmi celles que je préfère, étaient déjà ensevelies, enfoncées sous le sable, la terre et les pierres. Et toutes suivent le même chemin. »

Ainsi en va-t-il des œuvres d'art comme de la pointe évanouie de Manhattan. Giacometti vient d'exposer ses œuvres dans une rétrospective historique, au sein de la ville monumentale, de la Ville-Tête et du musée capital de l'Art moderne, où l'on peut contempler alors le *Guernica* de Picasso. Et il imagine la fin de tout. Comme si, un jour, des extraterrestres, en repoussant les sables des millénaires, retrouvaient le caillou d'une petite tête articulée à un grand corps longiligne et maigre, doté de grandes jambes et de pieds formidables. Ainsi marchait l'Homme de cette planète sur des pieds gigantesques. Mais encore ce scénario reste-t-il trop optimiste puisque le texte de Giacometti signifie l'effacement final de tout, de toute figure, de toute tête. Le vain combat de sa vie. Est-ce le pressentiment de sa mort plutôt que celui du crépuscule de son œuvre ?

L'Atlantique est la mer immémoriale et sauvage qui brasse et gomme les destins. Peu probable que Bacon se soit lancé dans un texte de ce genre. La conviction du néant passe chez lui par des aphorismes acerbes : son « Nadaïsme » universel. Point d'envolée cosmique. Le rien ricane et s'éteint. Quoique. *Crucifixion* de 1965 affiche, avec une emphase cynique, en trois panneaux, l'épopée de la viande, son sacrifice, et sa purée de sang. Ce n'est pas une ellipse cinglante.

C'est la neige qui mange le paysage. Dans la montagne immaculée. Son là-haut puissant. Le cercueil est installé dans l'atelier de bois. Par une petite fenêtre de verre percée dans le chêne, les amis et la famille voient le dernier visage d'Alberto. « Peindre une tête telle que je la vois… » Un long cortège de fidèles suit le corbillard et son cheval. Vers le cimetière San Giorgio de Borgonovo. La tombe de famille, lieu de sa naissance, loin du monde. Alberto est mort le 11 janvier 1966. L'air est clair sur le cristal des pierres glacées. La petite église élève son clocher perdu. Il fait vingt degrés au-dessous de zéro. Annette, Diego, Caroline… Michel Leiris, Pierre Matisse, Aimé Maeght, Louis Clayeux, Jacques Dupin, les preux. Alberto est enterré à côté de la tombe de ses parents. C'est là que tout commence, que tout finit. « Et c'est comme si je vivais le commencement et la fin du monde. » De la pointe fragile de Manhattan au clocher pâle.

Quelques jours après, le photographe Daniel Frasnay prend des photos de l'atelier déserté. Diego a eu le temps de préserver un buste de Lotar en cours dont l'argile avait gelé. Il l'a réchauffé, en a fait un moulage. Tout a été suspendu sans transition.

Après un malaise alors qu'il se rendait à Berne, Alberto est allé à l'hôpital de Coire pour des examens de contrôle. Son état – sur fond de fatigue chronique, de bronchite, de cancer – s'est brusquement aggravé. Il est mort d'une crise cardiaque. Diego, Annette, Caroline étaient à son chevet. Les Têtes. Et les cœurs. L'épouse et la concubine. Comme ces statuettes veillant le défunt d'Égypte.

Les photos de Daniel Frasnay nous dévoilent l'atelier sombre. La cour, l'escalier de bois. Rien ou presque n'a changé depuis 1927. Le ciment du sol s'est cratérisé. Le mur de l'atelier est décapé, troué. La peinture de la fenêtre, écaillée, noircie.

Une grande figure de plâtre se dresse à gauche de l'escalier. Un Homme qui marche dont les pieds puissants s'avancent sur un gros socle. Quelques années plus tôt c'était *Grande Femme* qui occupait la place. Derrière une sorte de caisse, on voit la *Grande Tête* d'homme qui était destinée à la Chase Manhattan Plaza. À l'intérieur de l'atelier, sur une sellette, trône *Lotar*. Sur le côté, un *Buste d'homme* de New York, aux yeux caves et noirs, et, juste derrière, la belle sculpture calme d'un autre Lotar contemplatif. Une nouvelle photo cadre cette sculpture sereine et perplexe sur le fond de muraille où est tracée l'esquisse haute et charbonneuse d'Annette, telle une radiographie ou l'empreinte d'une silhouette de Pompéi. Portrait austère de Caroline assise, entre le fourneau, son tuyau, une cuvette et un chevalet, le fauteuil de rotin. Une photo d'ensemble plonge dans l'atelier, son mobilier hétéroclite, selles, tabourets, tables, armoire, fausse porte… Dans l'éparpillement des statuettes de terre et de plâtre de toutes tailles, dont une femme longiligne, modelée d'une colonnade de minces grumeaux.

Tout est là, vivant, spectral, présent, éternel, suspendu. Dans quel temps ? Est-ce de la mort ou de la permanence ? La reconstitution de l'atelier par la Fondation Giacometti partira de ces vues. Les chefs-d'œuvre en cours, accomplis, au milieu des objets triviaux, mais magnifiés par leur usage. La saleté créatrice d'un chantier de statues. Difficile à recréer. Désormais, nulle silhouette penchée de Giacometti sculptant d'une main et tenant sa cigarette de l'autre. Nulle lamentation, nul monologue enroué, véhément. Son absence vide l'espace de sa substance magnétique, de sa tension aux aguets. Sans l'alchimiste, les instruments sont exsangues. Gris, immobiles. Orphelins de la présence.

Il fonce. D'une vélocité folle. La tête se profile en avant. Taillée en ombre noire et géométrique, sorte de butte ténébreuse, joue crevassée de rose. La bouche close semble pourtant humer les sensations avec plaisir. Menton carré. Le nez proéminent et plus clair projeté dans l'espace. Il pédale à toute allure. Le vélo paraît dédoublé en proue, trois pneus cerclés, assez épais, une bécane d'un âge indéfini, éclaboussée de longues giclées de peinture blanche. Le corps incliné vers le guidon lisse d'un blanc éclatant, des épaules baraquées bien sûr, le torse gainé dans un maillot moulant. Le pied costaud appuie sur la pédale. George Dyer est lancé dans la vie à fond. Giacometti est mort. Lui est roi de la vitesse. Le fond n'a rien à voir avec une route, ce sont des touches de peinture nuancées de vert, d'ocre, avec les lignes d'une armature curviligne. Dyer fonce à vélo sur quel ring ? Son destin le happe. D'amant de Bacon. Le tableau est drôle avec sa torsade de coups de pinceau inattendus traversant le corps de bas en haut. Telle une carcasse organique, intime, mais qui n'affecte pas le contour d'ensemble du maboul envolé. Dyer voltige dans le vide.

1966, toujours, année d'exploits sportifs ! On distingue une tête, comme dans les obsessions de Giacometti. Une tête plus grosse que celles de Diego ou d'Annette. Moins carrée que celle de Dyer. Cette tête glisse sur l'eau comme un ballon. Elle est mue par une forme blanche, de poulpe, d'énorme méduse. D'autres têtes entourent cette tête centrale mais se tiennent un peu à distance pour laisser la Tête concentrer les regards, les objectifs des photographes, des cinéastes. Une tête de citrouille impavide dérive lentement, calmement, obstinément. Des chapelets de bulles remontent et prouvent que cette tête a un cul et qu'il pète dans le fleuve mythique. Le Yang-Tsé-Kiang assez boueux et tumultueux. En arrière, un caviar de centaines de têtes fait la même chose, des bras sortent de l'eau et brandissent les drapeaux de la Chine populaire. C'est vraiment bien, cette forêt de rouge sur les eaux. Comme un son et lumière qui palpite au vent, en jette, au sein de la grande nature. On voit mieux la tête quand elle se tourne de face sur l'eau et que le corps vaste se bombe et flotte. Le ventre, la gidouille blême de l'empereur de Chine. Sa Majesté Moby Dick. Les mains brassent des petites vaguelettes. Mao nage et traverse le fleuve. On imagine mal de Gaulle faire la même chose, la même année. Plus sobre. Winston Churchill en aurait été capable. Mao ouvre le sillage. Il va annoncer le tournant de sa politique, la reprise en main du Timonier magistral. Malraux en meurt, gaga d'admiration. « Il est juste de se rebeller ! » C'est le nouveau slogan. La gauche révolutionnaire se gargarise énormément ! Quelle audace ! Maousse Mao se débarrasse de la bureaucratie, brise le stalinisme dans l'œuf. On nage dans le merveilleux. Sartre va bientôt vendre, avec Beauvoir, *La Cause du peuple* maoïste. Regain de jeunesse ! Lucidité pimpante ! Bacon se gausse :

– Ils devraient aller nager tous les deux dans la Seine ! En bikini !

La Révolution culturelle est sur le point d'éclater. Le Bibendum prophétique va sécréter son ultime poison. Nouveau Grand Bond, nouveau coup de théâtre. Le septuagénaire lance le défi. Pour renforcer son pouvoir, il va plonger son pays dans le chaos et la tuerie fratricide.

Commentaire de Francis Bacon :

– Le pourceau épique nage dans le sang !

Sonia Orwell – son amie chic et hantée de toutes sortes de vertiges intérieurs – l'accuse d'être fasciste. Il se fâche :

– Je suis libéral ! Je ne suis pas fasciste ! Ils accuseraient mon art d'être décadent. Les communistes aussi. Donc, je suis libéral ! Je suis une tapette dans une démocratie royale. Et je m'y porte bien !

L'idylle de Francis et de George cogne, bat son plein d'étreintes et de colères. Dans le quartier de Soho, les bars et les clubs. Le Colony Room accueille les lutteurs de l'amour. C'est une bagarre de roucoulades et de ruades. Un ring de caresses, d'agressions, de défis, de dépits, de volte-face rageuses. La morgue de Bacon écrase ses impulsions de tendresse. Son jeu infernal avec la vie, la violence, l'alcool, la roulette, l'œuvre qui emporte tout. Dyer est capital, mais il a le sentiment d'être un pion sur l'échiquier vital de son maître. Humilié, ressassant sa blessure. Purulente.

Portraits. Dyer, son dos monumental, son cul, son profil brutal projeté dans les miroirs. Ses voltes, ses torsions. Triptyque, *Trois Personnages dans une pièce*. Le voici assis sur la cuvette des chiottes dont s'échappe le boyau d'un gros tuyau blanc de vidange ; prémonitoire tableau, comme on le verra. Ou en bascule dans un gros fauteuil bleu, trapu. Corps à peu près intact, tête bigornée. C'est la moindre des choses. Déformer ou c'est la mort ! Dans le dernier panneau, le corps s'enroule en spirale comme monté sur un piédestal, sorte de chaise de dentiste, pivot, toupie fondue… Corps effacé à la brosse, siphonné, dont la tête émerge, mâchoire cernée de noir, narines, yeux caves cerclés de blanc.

Bacon en adéquation royale avec l'anatomie de son comparse. En parfaite possession de ses moyens rythmiques. Une santé éblouissante. Jouant de formes géométriques plus complexes, d'agencements de vertige. Le petit atelier de l'ami parisien est mort dans la poussière. Bacon déploie ses fastes de figures acrobatiques et quotidiennes dans des constructions calculées, des structures linéaires et parallélépipédiques. Le qualificatif à rallonge concorde avec cette volonté d'organiser un espace artificiel, abstrait, quoique Bacon déteste l'abstraction. Ainsi, la masse de chair bosselée de Dyer, ses reins puissants et son cul, la voussure de son dos d'ogre sont pris dans les subtils filets mentaux tracés par son protecteur. Bacon lui tend de purs traquenards formels, l'épingle et le taraude dans des cages savantes. La Crucifixion archaïque, écumante de sang et de charpie, n'est plus tout à fait d'actualité. Un lien nous apparaît entre Giacometti et Bacon. Car ces exercices sophistiqués de parades et de postures instables sont presque tous fixés sur un socle solide, fauteuil ou toute une gamme de sièges. L'efflorescence libre des chairs ne se scinde et ne divague dans les miroirs qu'à partir de cette assise claire. Une chaise. Comme celle de Caroline assise.

Isabel est familière du couple. Que disent-ils sur la mort d'Alberto, quel hommage, quels souvenirs ? Et Yanaihara ? Nulles nouvelles de lui ne nous parviennent. Professeur au Japon, entouré de sa femme, de ses filles, quand il apprend la mort de son totem sartrien. L'homme versé dans l'abîme de l'inanité. Le néant et l'absurde semblent bien avoir triomphé. Plus personne n'attend Godot. Il va écrire le livre de leur amitié idéale.

Dyer, frustré, a épuisé la gloire d'être le modèle le plus prisé de Bacon. La passion est morte. Le vassal affaibli a perdu son lustre. La belle brute bascule dans un naufrage de drogue, d'alcool, de récriminations et de plaintes. Bacon ne trouvera jamais une pointure à son pied, un type qui lui résiste, une canaille lucide et forte, un Zarathoustra de l'East End, bâti comme un camionneur au mental de cacique du Cogito. C'est lui, le costaud qui réduit ses amants à l'état de mauviettes ulcérées. Il sécrète le drame par sa personnalité dévorante.

Trois Études d'Isabel Rawsthorne. D'abord l'éclat des couleurs claires. À droite, une table ronde, rose bonbon, qui porte une coupe plus orangée ; Isabel en chemise bleue lumineuse. L'accord. Joli comme du Matisse. Gai ! Les yeux d'Isabel intacts. Son visage en charpie triturée. Mais cela ne choque plus. Défiguration exquise, familière. Le goût de Bacon, son fétichisme du détruit créatif, son hachis chic, son choix rocambolesque, sa clé, son code esthétique. Le bras levé d'Isabel s'allonge de côté et va planter une clé dans une serrure haut placée. C'est un geste qui irradie un des plus forts fantasmes de Bacon : la clé dans la porte dont il avait admiré l'effet chez Picasso : à Dinard, la clé de la cabine de bain où peut-être se changeait sa jeune amante, Marie-Thérèse Walter.

Isabel ouvre dramatiquement la porte, corps déployé. Son allure et son visage frappent d'une impression de force, d'audace, de défi. Projection d'ombres précises artistiquement dessinées. Surtout celle, toute noire, de la poignée. Dans la béance de la porte, nouveau portrait d'Isabel en robe noire, visage quasi vierge de trouvailles baconiennes. Plus floutée qu'en chemise bleue. Côté gauche, portrait d'Isabel, allongement de la tête comme si la mâchoire se décrochait. Mais sans relief saisissant. Un dégradé, en somme. Les paris plastiques de Bacon, leur pariade, leur rythme dansé. L'entrebâillement de la porte et la couleur noire présageraient quelque peu le premier triptyque de la mort de Dyer. Mais on garde la lumière du rose et du bleu sur la rétine. Leur charme, leur grâce. Ils ne concernent pas le fond géométrique mais la figure. Jamais on n'aura vu Isabel en telle tenue azurine. En lingère intimiste. En repasseuse de Degas. Si déployée, chorégraphique, Électre ou qui ? Daphné ? Pourquoi ? La clé ou le verrou, oui, du Fragonard. La valse rapide du désir. Ou du crime. Elle semble toiser un personnage invisible qui se tiendrait plus à droite encore. Qui va sauter sur qui ? Manque le lit. Il est dédié à Henrietta, et à Dyer pas pour longtemps. Manque la cuvette des chiottes fatidiques.

C'était la tête qui l'obsédait, comme elle hantait Giacometti et Isabel, mais pas de la même façon. Sans l'impasse, les perplexités absolues d'Alberto. Je voudrais simplement peindre une tête ! L'antienne, tous les témoins l'attestent, la plainte et la torture sempiternelles. Bacon se sortait sans arrêt du piège, des obstacles qu'il inventait. Il aimait la tête de Dyer, celle d'Isabel et celle d'Henrietta Moraes, qu'il avait rencontrée au French Club et dont il possédait des photos de John Deakin : Henrietta nue, crue, couchée sur un matelas, opulente, féminine. L'odalisque obscène des temps apocalyptiques ? Sa complice avec Muriel Belcher et Isabel, le trio sacré des Miss Bacon. Un trio de bacchantes. La bouche d'Henrietta. C'est au centre du visage qu'éclataient la crise de la création et ses résolutions multiples. Il attaquait la bouche de morsures, de bavures, à coups de brosse et de chiffon, de crachats de peinture. Il la criblait, l'essorait, la martelait. La scène était la bouche, son théâtre d'événements, un scénario de péripéties picturales. Il chargeait la bouche de couches contradictoires. Alors que le décor restait épuré, géométrique, tendant à l'abstraction paisible, la bouche était le cratère en éruption de lave, d'accidents, d'implosions. On ne se lasse pas de le répéter, il aurait voulu une bouche rouge comme un coucher de soleil de Monet. Le patriarche de Giverny eût été médusé d'inspirer de si carnavalesques défigurations. Même si les Nymphéas tournaient parfois au charnier de couleurs et que la matière des Meules et des Cathédrales bouillonnait. Écraser la bouche de baisers carnassiers, la charcuter de coups de théâtre, de repentirs, d'effacements. Tout un vocabulaire qu'il aurait fallu imaginer pour peindre la peinture de Bacon, « écrasures, écrabouillis, vomissures, écorchures ». Tous les jus et tous les assauts convoqués sur le ring de la bouche, là d'où sortent le rire, le cri, là où s'ouvre le corps vers sa vie d'entrailles, d'organes, de jouissance et de souffrance. Ses tripes. Sa tuyauterie trépidante, l'écheveau des nerfs à vif. La bouche, la boucherie de la bouche, la goule, le mufle, la gueule. L'ange et la bête.

La tête d'Henrietta. Tête bestiale bien sûr, de bacchante préhumaine. Toute figure étant préhistorique, caverneuse, prédatrice ou proie, cannibalesque. Ogres et ogresses des contes pris au pied de la lettre, de la denture, de la lippe gonflée, écarlate. Henrietta nue, chaotique, noire, les fesses ressorties, galbées, voluptueuse, le bras relevé sur l'aisselle poilue, les seins dodus pointant. La gueule telle une moustache de peinture pointillée de canines hérissées. Gueules des animaux pris au piège et des bêtes chassées de l'enfance. Gueules d'Hallali épanouies. La tête est la vérité dans sa chair, dans sa viande. L'homme est une grande barbaque à peindre. Barbare. Telle est la beauté. Du Michel-Ange tronçonné, éventré.

Bacon balaie d'un revers de main les interprétations spectaculaires sur la monstruosité de ses figures. Il s'en tient à l'avènement de la peinture au gré du hasard et de l'invention. Candide, évoquant des évidences. Qu'allez-vous donc chercher ? Calmez-vous ! Rire provocant, léger. Il déclare, quand même, qu'un tableau doit frapper aux nerfs, à la moelle épinière, foudroyer. Court-circuiter la pensée.

Henrietta est belle, brune, éclatante. Des mouvements de muscles dont Bacon est friand, et des mouvements de vie capricieuse. Il lui faut des modèles puissants, intrépides. John Deakin avait fait d'elle des photos obscènes, jambes écartées, poses à l'envi. Elle avait protesté contre ce photographe indiscret, enclin aux commérages. Et Bacon avait désavoué ces photos que Deakin aurait vendues en douce à des marins. Ce que voulait Bacon, c'étaient des gestes expressifs, de belles torsions toniques et charnelles. Ils se sentaient liés par moult complicités instinctives.

Il explique à Isabel son point de vue :

– C'est une belle fille, comme on dit. Plantureuse. Renoir serait à son affaire. Rubens aussi. John Deakin, qui l'a photographiée, a peut-être forcé sur l'audace des poses. Ce n'est pas tout à fait mon problème. C'est un horrible escroc de talent. De toute façon, je peins de mémoire. Je ne suis pas un réaliste au petit panard, un nanard du rendu. Merci bien ! C'est Giacometti, comme tu sais, qui mettait à la torture ses modèles au long du labyrinthe de ses torticolis métaphysiques. J'ai mes affres, mes questions. Je peux rester longtemps aux aguets de l'événement, l'accident. J'ai détruit beaucoup de portraits d'Henrietta couchée. Mais je n'inflige pas mes migraines à un modèle. Je trinque avec mes amies comme toi et Muriel, je les fais rire. Nous allons au Gargoyle. Ensuite, toutes mes portes refermées, j'explore les satanées photos de Deakin. Ainsi tout reste clair.

Henrietta toujours au cœur de la transgression du lit. Encore allongée sur le matelas. *Lying Figure*… Ce serait une réminiscence du lit vert et rayé de Tanger où Ginsberg avait photographié un amant. Un lit gorgé de suggestions, de parfums violents. En forme de ring ou d'autel. Décoré de pans latéraux bleus, roses, bien nets, et coiffé d'un grand disque jaune. Désormais, il lui faut des écrins éclatants et parfaits pour la viande humaine exhibée, cuisses ouvertes, seins déballés. Le visage est une éclaboussure de vrilles blanchâtres ou verdâtres. Une touffe de putréfaction. Il s'est totalement évanoui. Déraciné. Voilà le problème de Giacometti réglé : peindre une tête ? C'est impossible ? Bacon ravage la représentation. Entre l'ovale lisse et jaune du disque, telle une aura, et cette crevasse purulente, l'antinomie plastique est calculée. L'ampoule électrique qui domine la scène comme dans *Guernica* est joliette, bien dessinée, pudique, elle s'harmonise avec l'ellipse jaune et le fond dragée. Nul naturalisme de soupente. Je ne suis pas le Dickens des orphelins. De l'autre côté du lit, en scrutant le gras du bras retourné d'Henrietta, on distingue une seringue plantée dans la chair. Bacon, comme d'habitude, rejette toute interprétation narrative, nul drame de la drogue. Non, c'est comme le brassard nazi de *Crucifixion*, c'est une décision picturale. La seringue fixe la représentation. Je ne suis qu'un peintre, allez vous faire foutre ! Je travaille à l'aube de mes débauches, dans mon petit atelier de Reece Mews, mon puits fécond. Mon cratère, ma lave d'images. Une besace grouillante de gibier. Faisandé, de préférence. J'aime Henrietta, elle est vitale, frontale, paroxystique. « Nue comme un ver », dit-on en français. Non, ce n'est pas ça, mais « la nudité lui va comme un gant » ? Ce n'est pas ça non plus. La voici, dégainée, elle vous plaira. C'est ma Vénus de Titien. Ma Demoiselle d'Avignon. Sa tête représente mon génie en ébullition. Ha ha ! La beauté est une explosion. Elle vous fiche ses éclats dans les tripes. Le beau est un shrapnel des temps modernes.

L'année de la mort de Giacometti, Bacon fait encore une série d'études, de portraits d'Isabel Rawsthorne. Elle n'échappera pas, cette fois, à l'animalisation. Une moitié du visage valsé, effacé, un œil rouge et meurtri, l'autre noir, angoissé, cerclé de blanc. Bacon multiplie les avatars. Visage effondré, bouche écrasée, épanchement de peinture évasant la face d'un côté. Il risque les assauts, invente des hasards noirs. Un diptyque cerne les visages de Dyer et d'Isabel d'accessoires ténébreux, franges d'ombres aux contours fantasques, boutures greffées au profil ou au bas du visage. Balafre sombre ou giclée blanche. Visages en proie aux démons de la peinture. Le geste tracasse, divise la tête, tranche, désaxe. Après tout Picasso jonglait avec les mêmes dissymétries, les mêmes anamorphoses. Bacon est plus noir, plus virulent.

Isabel accepte la liberté créatrice de son ami. Évidemment, Derain, c'était plus joli. L'Égyptienne harmonieuse et parfaite de Giacometti est bien loin. La voilà ogresse, bacchante, carnavalesque et tragique. Bacon la peint de mémoire, à partir des photos de John Deakin. Mais Bacon peut aussi voir Isabel, dîner avec elle quand il veut. Ils partagent un quotidien d'amitié fervente. Elle vient dans l'atelier, elle voit. Elle boit dans le studio. Ou dans les pubs. Dyer est là, morose. Il boit. Elle rit. Elle relève le défi. Ils boivent.

Bacon conçoit un extraordinaire portrait d'Isabel peint à grands balayements, dissocié, légèrement affaissé, au crâne jumelé, bosselé, au regard angoissé, avec une sorte de moustache de peinture blanche qui darde de côté, tel un jet de morve ou de semence. Il parsème ainsi ses corps et ses visages de flashs de sperme. Une signature de son jus. Il aime les excroissances, les crocs, les cavités, les morsures, les bavures, les fulgurances. Il faut forcer la figure, lui faire rendre son content de doubles, de modelés inédits, de réincarnations. C'est un flux de catastrophes optiques. Le visage n'est pas le fruit d'un long face-à-face hypnotique comme chez Giacometti mais une fantasmagorie d'actes, d'attentats à la vieille harmonie, de mufles, de museaux, de loupes noires ou blanches, de couleurs crues ou fondues. Affranchi de tout code, Bacon laboure son champ de fouilles. Il débusque, dans la bataille, des forces inconnues, des masques ancestraux remontés de la nuit, des sosies d'animaux. Ce n'est pas le sacrilège qui l'excite mais le travail des tropismes et des trouvailles. Les sédiments rudes, radicaux. La découverte dans la caverne. Un Orénoque de gargouilles en gloire.

La ressemblance, c'est la question ! Ambivalente, paradoxale. Car certains portraits de Diego sculptés, vus de profil, acérés, ressemblent à Alberto. Certaines Caroline peuvent se confondre avec Annette. Est-ce que les portraits d'Isabel Rawsthorne de Bacon atteignent à une ressemblance au-delà des apparences ? Ils renvoient aussi à la vision, aux obsessions de Bacon. La déformation est un parti pris créateur, chez Bacon. Et la destruction pour recommencer devient un a priori de Giacometti.

Yanaihara et Yves Bonnefoy déclarent que Giacometti cherchait la présence essentielle de l'être qui était devant lui. « L'Être » : on sent chez Bonnefoy quelque chose de pâmé quand il dit le mot sacré. Ils ont en partie raison, mais c'est aussi sa vision propre qui est renvoyée à Giacometti, c'est elle qu'il sonde et qu'il construit. Annette et Caroline enfoncées dans la crypte de son rêve à lui. Quand Bacon et Giacometti affirment contre les abstraits la nécessité du sujet, c'est aussi de leur subjectivité qu'ils parlent. D'eux, en tant que sujets projetés dans la création. L'essence de l'être ne serait-elle pas plutôt celle de Giacometti et de Bacon ? Toutefois, reconnaissons que le *Genet* de Giacometti est Genet même. Ce dernier lui rendra la pareille en décrivant l'atelier.

Isabel marche dans la rue avec son pote, bras dessus bras dessous. Il gigote, se propulse, buste de toréro. Elle accélère le pas, ils plaisantent. Il arrive aussi qu'ils parlent de lui, de Montparnasse et du Dôme. C'est là qu'elle est apparue à Giacometti, en 1935, Vénus ardente, absolument belle, avec ses lèvres charnues, ses yeux légèrement bridés, ses galbes de chasseresse orientale, ses pommettes d'Isis, son port, sa cambrure de Néfertiti du Nil, toutes ses pulpes gonflées, vivaces, là qu'ils se donnaient rendez-vous, chaque soir, à 5 heures. Bacon l'écoute et déclare :

– Artémis est sortie à 5 heures.

Chaque fois, il lui dit qu'il aimait beaucoup Alberto, qu'il lui aurait fait cuire, pour son estomac, des œufs durs et des nouilles jusqu'à la fin des temps.

Du coup, Dyer se plaint de ses entrailles broyées. Bacon lui promet de lui préparer un petit poulet et une tendre bouillie de mie, sa spécialité… Pour réparer leur lien douloureux. Avec un fin bordeaux. Isabel a soif.

Isabel suit les répétitions des danseurs du Royal Ballet. La vaste salle lumineuse qui se reflète dans le grand miroir. Les parquets miroitants, les barres. La cohorte des corps dispersés dans l'espace. Les mouvements, les multiples figures, les attitudes... Les jambes lancées, les voltes, les girations lentes ou rapides, les pirouettes, les déboulés costauds, les fouettés. La grâce, la science, la force. L'autonomie étourdissante. Le sol n'est que la condition de l'envol. Il existe à peine. Les élans, les essors, les bonds, les sauts, les cabrioles. C'est un enchantement. Isabel multiplie les études sur le vif. Margot Fonteyn répète le rôle de Chloé. Plus tard, Margot et Noureev entrelacent les pas de *La Bayadère*. Svetlana Beriosova pivote, jambe tendue. Ce qu'Isabel saisit, c'est le corps en mouvement, la vie des gestes qui emportent le dessin et la peinture, les propulsent et les soufflent dans l'espace. Elle revisite les images de Muybridge qui avaient fasciné Bacon. Elle interroge les Danseuses de Degas. On est loin des statues immobiles de Giacometti ou du pas lent et concentré d'*Homme qui marche*. Le socle de ses pieds gigantesques. Son corps granuleux, malingre, incliné. Les danseuses sont souples, elles sont aériennes, volatiles. Elles planent, leurs muscles s'étirent dans des paroxysmes d'irréalité. Elles sont mobiles, impondérables, versatiles, quand l'*Homme* de Giacometti pèse sur la terre de sa marche rectiligne.

Il ne s'agit pas de décrire mais de capter le ressort secret, le génie jaillissant du corps. Les bras écartés, projetés vers le bas, levés vers le ciel. Le bassin en avant, le dos creusé, toute la silhouette soudain déployée dans une marche élancée, une course ouverte, ailée, lyrique. La gloire des corps. La libellule vibre. Le contraire de Giacometti. De l'Homme existentiel, voire absurde, si on y tient. Banal, mais mystérieusement magnétique. Les danseuses d'Isabel sont miraculeuses. Elles ne sont pas reconnaissables comme des modèles de Degas. Ce ne sont pas des petits rats de l'Opéra nimbés de pastel rayonnant, transfigurés par leurs tutus de féerie. Il n'y a rien en elles de social ni de la misère suggérée de Degas, encore moins de la prostitution. La représentation de Margot Fonteyn en Chloé n'est nullement figurative. Le fond est caractéristique d'Isabel, la permanence de teintes sombres, troubles et fondues où éclosent des opalescences de jour. Ne demeurent du corps de la danseuse que des traces dynamiques, des gestes, l'essor d'une jambe vers l'infini, d'un torse tendu. Il ne s'agit pas tant de formes que de forces rendues dans un certain degré d'abstraction rythmique.

Souvent des danseuses se ménagent une pause. Elles s'assoient et regardent les autres. Remontent leur collant, passent la main dans leurs cheveux. Étirent leurs longs reins de fées. Ce sont ces moments d'inattention machinale et d'abandon que capte Degas avec délice. Le retour à la trivialité quotidienne, en gardant le tutu de danse. Degas se focalise sur ces intermèdes d'avachissement. Les ailes de la déesse traînent par terre. Isabel préfère se placer au cœur et à la pointe de feu de la danse.

Bacon vient voir les œuvres de sa complice. Il approuve l'aventure de la distorsion mais elle pulvérise la ressemblance littérale comme il ne l'a jamais fait. Trop abstrait ? Le crime !

Il ne s'agit pas pour Isabel d'inventer la ressemblance grâce à un accident, une erreur fortuite, une impulsion impromptue, mais de coller à l'esprit vital des figures, à l'essence de leur mouvement. Elle réalise un grand tableau sur la danse des Ombres qui clôt *La Bayadère*. Les amants séparés, le guerrier et la danseuse, vont se retrouver et se fondre dans l'au-delà. Sur un fond composé de bandes floues, blanches et bleuâtres, sillonnées des phosphorescences, elle met en scène de sveltes et fulgurantes zébrures claires. Ce ne sont pas des corps naturalistes de Degas, ni des chairs de Dyer brutalisées, forcées, torturées par les beaux attentats de la peinture. Rien de cryptique ni de sacré comme chez les idoles sombres de Giacometti. Mais un ballet de forces déchaînées, jambes et bras tels des fouets de foudre. Certaines éclaboussures de foutre de Bacon ont cet aspect lâché. Plus on contemple le tableau mieux on saisit la danse de vertige, sa vitesse extraordinaire. La toupie de sabres extraterrestres.

Isabel retourne le plus souvent possible dans la salle de répétition, ce palais miroitant des souplesses. Les collants de répétition moulent les corps avec une sorte de négligé sublime, des caprices dans les enroulements d'élastiques, des retroussis improvisés de genouillères. Une sensualité ravissante et sauvage de courtes tuniques ou de maillots ajustés. Le grain des dos triangulés, splendides. Les ventres plats. L'étroit bombé des fesses des danseuses par rapport au volume outrancier des mecs. Les seins petits, plaqués. C'est un chantier de galbes réinventés dans chaque figure répétée, d'efforts divins, solitaires et collectifs. Elle écoute, dans la lumière, le sourd martèlement rythmique des chaussons, ou des pieds nus. Elle se sent habitée par le tambourinement d'une marée souveraine. On est loin des hasards de la rue, des aléas de la foule. Des obstacles du monde, de ses résistances butées. Certes, tous les danseurs obéissent à une discipline, une ascèse, une tension vers la perfection. On sent tous les degrés de la quête intérieure. L'invisible, l'exquise sueur d'une concentration intime. Les veines battent aux tempes des sylphides. Au sommet, la danse existe et se renouvelle comme sa propre source de figures. Son génie même. Réelle, irréelle. Diaphane et rigoureuse. Elle crée son arabesque intangible, l'idéal de ses nervures ivres. Comment traduire en peinture cet angélisme musculaire ?

Bacon aime ces corps de Tirésias musculeux, les fesses bombées, saturées de forces rondes. Ces Daphnis, ces Solor, bergers et guerriers de mythologie. La grappe des couilles, en protubérant trophée frontal. L'obscénité précieusc. Isabcl admire la félinité maîtrisée de Margot. Les jambes musclées, les triceps développés mais fluides. Les mecs sont dans la puissance, la prouesse athlétique des bonds, des portés. Ils braquent leur poitrine, s'élargissent et se pavanent comme des faunes vaniteux et superbes. Les femmes encore dans l'archétype de la grâce surnaturelle. Quand Fonteyn danse avec Noureev, c'est un comble d'accord virtuose, la composition d'un temple parfait où le féminin et le masculin s'échangent, des langueurs d'homme et des fougues de fille. Des volontés farouches et des velours de consentement musqué. Leurs pâmoisons naissent de milliers d'heures de labeur. Leur liberté est l'épanouissement transcendant des supplices. Leur extase fleurit sur un arbre de sacrifices.

Bacon souffle à Isabel :

– Coucher avec un danseur chorégraphique ne m'attire pas. Le voyou de l'East End ou des faubourgs parisiens n'a subi aucune ascèse ; il est indiscipliné de nature. C'est un fauve sans éducation. Un chaos vital. Il passe à l'acte sur une impulsion brute. La danse moderne peut tenter de retrouver cette primitivité du trottoir, mais c'est tout de même une volonté esthétique, le fruit d'un travail, de longs exercices. Finalement, Noureev et Fonteyn ont, selon mon désir, trop de science et de suavité pour me cingler bestialement le système.

– Moi, je peux les désirer dans la danse, répond Isabel.

– Tu as plus de plasticité que moi. Je suis très spécialisé. Tu désires le monde. Moi, non.

Il s'incline vers elle et lui donne un baiser. Tandis que les danseurs et les danseuses à une cadence plus sportive, plus vigoureuse, accélèrent leur gymnastique magique. Des courses vives, des sauts olympiques, des étreintes et des vrilles d'énergie. Et des rituels plus concentrés. Des approches à petits sauts, des rondes de séduction. Des reculs rythmiques, des tentations irrésistibles, des frôlements plus sûrs. Des enlacements fastueux où la danseuse se fiche et se niche dans les bras fantastiques de l'amant michelangelesque. Des accouplements éthérés où le gracile cou de l'aimée mime l'arceau du cygne.

– Je ne crois pas qu'ils baisent comme ça, dit Bacon en riant.

– Peut-être que si, chuchote Isabel, romantique.

– Alors c'est dommage. Quel gâchis que la perfection !

Ils passent la soirée au Colony Room. Muriel et Carmel, son amante jamaïcaine, leur prodiguent des câlins. Le nom de « Colony » vient de Carmel, des colonies… Denis Wirth-Miller débarque et boit avec eux. Bacon et lui s'adorent depuis leur jeunesse où ils logèrent ensemble, à Londres, peignant parfois, à deux, le même tableau. Frères dans l'alcool et dans la vie. Ils disent tous du mal les uns des autres mais eux s'épargnent davantage. Quoique… L'amitié est une rage de dents. Isabel aime beaucoup les tableaux de Denis. Ils ont en commun le sens d'un certain flouté, fouillis rythmique, à la limite de l'abstraction. Figures brouillées. Les paysages du peintre sont entièrement fouettés de tiges, de traits, en meutes serrées… On reconnaît cette paille striée, griffée, brune ou ocre, dans certains tableaux des débuts de Bacon. Tel singe dans un paysage ou derrière un grillage. Telle brute derrière des barreaux de couleur noire ou bleutée. Muriel bichonne ses petits « *Cunty ! Cunty !* ». Lucian Freud passe et boude, après la énième fâcherie avec Bacon. Ils boivent, ça les réconcilie souvent dans un nuage de pétillantes foudres, et ils iront jouer au Charlie Chester Casino. Jouer à l'excès, flamber jusqu'au néant. Lucian Freud cède à la frénésie. Carmel se sauve du bar pour les accompagner, au grand dam de Muriel. Carmel est une joueuse invétérée. Elle vole Muriel quand elle ne peut pas faire autrement ! Pour courir au jeu, au feu !

Isabel fera cette confidence à Bacon. Un jour, elle et Carmel eurent un moment d'ivresse et d'intimité. Carmel releva lentement sa robe et montra à Isabel l'extraordinaire bande de pelage qui reliait son nombril au crépitement noir de son pubis. Isthme paradisiaque. Baudelairienne à mourir.

– Ce sont les moments vrais de la vie ! s'exclamera Bacon. La vraie vie, comme quand je découvre un sexe de prodige. La surprise !

« Notre objectif fondamental sera la destruction d'Israël. »

C'est le mâle Nasser qui parle, à la veille de la guerre des Six Jours. Entre le lundi 5 juin et le samedi 10 juin 1967. Nasser de guerre se pose en pharaon des Arabes. L'Égypte, alliée à la Syrie et à la Jordanie, est décidée à régler la question. Définitivement. Les troupes égyptiennes se déploient dans le Sinaï. Le détroit de Tiran est bloqué. Israël n'a plus d'accès à la mer Rouge. Les habitants d'Israël revivent le cauchemar de leur anéantissement. Tous les pays voisins appliqués à leur éradication. Cernés. Moshe Dayan, qui a perdu un œil pendant la Seconde Guerre mondiale, axe son regard unique sur la situation. Il est ministre de la Défense. Il reste froid et sagace. Le cyclope clairvoyant feint l'aveuglement, la peur, le recul. Sa ruse leurre l'Égypte. Le borgne visionnaire va vaincre le raïs révolutionnaire, en une pincée de jours. L'aviation israélienne prend les devants, attaque, au ras de la Méditerranée, hors de portée des radars, et détruit au sol l'aviation égyptienne. Notre objectif fondamental sera la destruction de l'aviation égyptienne… Ce vol furtif fascine Bacon ainsi que Dayan héroïque aux manettes. Mais cette curiosité ne dépasse pas les conversations de restaurant. Isabel, elle, craint l'humiliation arabe. Giacometti, comme on sait, vénérait l'antique horizon égyptien des statues de femmes, de concubines funèbres.

Les tanks israéliens détruisent l'armée égyptienne... Israël conquiert le Golan, Jérusalem. On peut difficilement faire plus en six jours. En sept, ils auraient créé la Terre.

Passé le nomadisme des chasseurs-cueilleurs (encore !), la violence est l'état naturel de l'homme. La défense ou la conquête du territoire.

Dans la foulée. Le mois suivant de la même année a lieu la sécession du Biafra. Assomption du massacre et de la mort massive. Après ça, allez dire à Bacon qu'il passe les bornes... Pour la guerre, il suffit de deux peuples ou de deux villages et d'un territoire. Le Nigeria – pour faire gros – est divisé en deux blocs, musulmans du Nord et du Sud-Ouest et chrétiens du Sud-Est. Deux camps se constituent : les Haoussas et les Foulanis contre les Igbos qui seront poussés à la sécession. Leur pays possède le charbon et le pétrole. Des coups d'État successifs précipitent la confrontation. Des massacres d'Igbos dans le Nord les pressent dans la poche du Biafra du Sud-Est. La sécession éclate, et l'indépendance. C'est la raison de la guerre. L'armée fédérale nigériane attaque la sécession. L'Angleterre, ancien colonisateur, arme le Nigeria. La France en sous-main arme le Biafra. De Gaulle est à la manœuvre, appuyé sur Foccart et sa « cellule Afrique », un pouvoir dans le pouvoir, une diplomatie musclée à part.

Foccart, grand maître de la cuisine africaine et des fétiches français. C'est lui qui mijote les amulettes, les coups, fabrique les potentats à notre solde ou les défait. Un sculpteur de caciques. Il incite nos amis Houphouët-Boigny de Côte d'Ivoire et Omar Bongo du Gabon à soutenir le Biafra. Bacon s'intéresserait à ce gourou des coulisses. Ce commanditaire de complots. Ce pape des putschs. Qui ne paie pas de mine, tête de courge rosacée. De Gaulle cherche à diviser le Nigeria anglophone et trop puissant. Toujours ce relent de vindicte envers les Anglais et les Américains. Depuis Londres. D'une certaine façon, voilà la

France et l'Angleterre en guerre l'une contre l'autre. Bacon ne peut plus en parler avec Giacometti. La compassion dont ce dernier était capable l'aurait porté vers le Biafra écrasé, exterminé. Bacon, lui, est un réaliste anglais. La sécession est valable en peinture contre les abstraits. Mais en politique, il faut respecter le statu quo, pour vivre tranquille. Les Igbos seraient-ils un peu de gauche ? Mais de Gaulle en armant le Biafra soutient aussi des chrétiens. Tout est bien. La croisade promet. Elle va donner une des pires catastrophes humanitaires. Un million de morts, au bas mot. La famine liée au blocus sème l'hécatombe. Les images s'incrustent dans les esprits. Terrifiantes, de sinistre mémoire. Ces cohortes d'enfants squelettiques au ventre gonflé. Ce sera un nouvel archétype de l'horreur. Une vision d'Afrique difficile à extirper de l'imaginaire. L'Europe a déjà beaucoup donné dans la fresque des génocides. Elle est encore sans rivale.

Au Vietnam, les bombardements s'amplifient. Belles sont les années 60 ! Celles de notre Grand Bond en avant et glorieux. Elles ne laisseront dans la mémoire future que la guérilla pour de rire du carnaval de Mai 68. Un baroud d'enfants gâtés, entichés d'un totem chinois. Bacon déteste les enfants. Quelle horreur que la reproduction ! Cet épanchement de synovie héréditaire. Un de ses plus proches défenseurs et de ses plus avisés biographes lui annonce qu'il va avoir une petite fille. Bacon éclate de rage, hurle, maudit les parents et la petite, qui aura trois jambes, deux têtes, un visage de travers. Un vrai Bacon !

Il peint un triptyque *Sweeney Agonistes* d'après un poème fragmentaire d'Eliot. Inspiration très libre... A-t-il retenu ces vers faits pour lui plaire : « La vie est la mort... naissance, copulation et mort. Voilà tout... rien d'autre » ? Mais le message ultime d'Eliot n'a rien de beckettien. Il a vécu sous le Blitz comme Bacon et il écrira : « L'humanité a le choix entre le bombardement de Londres et le Saint-Esprit. »

Tel quel ! Ce n'est pas dialectique. Le Saint-Esprit attend toujours au Biafra, au Vietnam, au Proche-Orient. Je l'attends. Je sais qu'il ne viendra pas.

Le triptyque *Sweeney Agonistes* est démoniaque, avec ses paquets d'amantes et d'amants qui copulent sur les deux volets extrêmes. Magmas de corps cernés de noir, filles aux seins gonflés, dents qui mordent. On ne renonce pas comme ça à la goule des origines. *Buggers*, sodomites cramponnés comme les lutteurs de jadis. Denture dehors. Un voyeur considère la chevauchée des mâles dont un a nettement le dessus, hargneux. Délices de celui de dessous. Au centre, une scène mystérieuse, une énigme, assez unique dans l'œuvre de Bacon. Une fenêtre bleue, presque matissienne. Nous ne sommes pas à Nice mais à l'intérieur d'un wagon-lit. Un oreiller ensanglanté occupe le haut de la couche. Sur le sol peint en bleu, un bagage est ouvert, des accessoires en sont sortis. L'oreiller imbibé de sang est travaillé de cavités, de signes, de ratures noires et de zones blanches. C'est chiadé, très pictural. Une palette nuancée du meurtre. Du bourreau et de sa victime, nulle trace. L'érotisme mis en scène dans les deux panneaux latéraux mène au crime. Naître, copuler, mourir. Tuer. Voler des documents secrets ou de l'or, les bijoux de la mort.

Bacon reçoit le prix Rubens. Rubens est un baroque comme lui et un peintre de la chair. Le premier prix Rubens en 1958 est allé à Hartung. Un abstrait lyrique ! Cherchez le lyrisme et la chair… Des coups de balayette chiche. On s'extasie, c'est minimal, oriental, gestuel. Économe et métaphysique. Bacon ricane. Le deuxième prix Rubens est attribué, quelques années plus tard, à Morandi, un figuratif pour faire bonne mesure. Bacon risque de se lasser très vite des pots, des brocs, des cruches alignées, des objets purs, si beaux soient-ils. Où sont les têtes et les chairs de

Rubens ? Certes, le prix Rubens ne s'est pas engagé à ne couronner que des baroques. En principe, Giacometti aurait pu avoir le prix Rubens. Il adorait le Tintoret. Ses personnages émaciés, caves et arides sont le contraire des opulents Rubens turgescents. Hartung et Morandi, chacun dans son genre, sont bien davantage des anti-Rubens. Ils proscrivent le foisonnement du maître.

Bacon a le sens du drame comme Rubens, du triptyque déployé, écarlate, de la mise en scène, de la chair spiralée, torsadée, désaxée. Du tourbillon et de l'ostentation. Il est davantage tourné vers le carnage et l'horreur que le Rubens des bacchanales et des femmes épanouies. Mais tous deux ont fait des Crucifixions. Rubens peignait sa jeune amante de 16 ans, Hélène Fourment, nue sous une pelisse d'ours. Hélène en Vénus, en Artémis, comme Isabel Rawsthorne vue par Epstein. L'Hélène de Bacon est George Dyer, trapu et rubensien, musculeux. Chez les Flamands, Cornelis van Haarlem devait plaire à Bacon, avec ses culs copieux de mecs herculéens, galbés, bosselés à craquer. Une obsession. Son *Massacre des Innocents* exhibe surtout deux fastueux culs dans des postures criminelles propres à les magnifier. Les Innocents sont un alibi. Culs des jumeaux Kray pour le moins ! Dont un, central, avalant le regard. Une mère terrassée est sur le point de lui mordre les sphères. Lucian Freud aura un prix Rubens justifié, mais après la mort de son comparse Bacon.

Le prix Rubens est attribué dans la ville de Siegen en Westphalie, là où il est né. Le musée est installé dans un des deux châteaux. Une grosse demeure massive, opaque, couverte d'ardoises. Pas l'idée qu'on se fait de la vie de château. Cette vie, Bacon l'a connue, en Allemagne justement, entre les deux guerres, à l'hôtel Adlon. Débauche libre dans les bordels de mecs sous la houlette du protecteur diligenté par son père pour le remettre sur le droit chemin. Comme on sait, il couche avec le mentor qui lui ouvre un paradis de luxe et de stupre. Dans la fleur de sa jeunesse et dans ses meilleures dispositions amorales, il s'épanouit.

Siegen, en 1967, n'est pas Berlin décadent, mais une bonne ville allemande trapue avec ses églises à bulbe. Bacon a sans doute bu force vin blanc. Lors de ces vernissages en dehors de Londres, il était friand de rencontres fortuites. Un grutier nietzschéen lui aurait davantage plu qu'un minet universitaire. Un buveur de bière orgiaque, au corps vigoureux, comme *Prométhée supplicié* offert au vautour. Un Rubens de prodige proche de l'imaginaire de Bacon. Panoramique sur le corps renversé, son paysage de chair gigantesque, attaqué par un vautour déployé, touffu, énorme, lui aussi, au pied d'un arbre tentaculaire.

Deux tableaux remarquables de Rubens sont exposés dans le musée de Siegen : *Charité romaine* et *Descente de Croix*. Les Romains étaient-ils charitables et à quelle époque ? Bacon s'en fiche. Il doit les préférer, sincères, au Colisée. Mais ce vieillard barbu et affamé, en prison, qui tète le sein sorti d'une belle Romaine blonde en robe écarlate n'a pas pu échapper à sa curiosité. Quelle visiteuse inespérée ! Cette avalanche de robe luxueuse, de cheveux blonds, de chair gonflée pour le prisonnier exsangue. Un gangster, en somme. Comme celui qui a commis le crime du panneau central de *Sweeney Agonistes*. La Romaine charitable et prodigue n'a-t-elle pas – suppose l'esprit caustique de Bacon – un goût lubrique pour les bandits avides qui la tètent et lui mordillent l'aréole avec une si cruelle douceur ?

Descente de Croix est d'un genre différent. Le Christ très éclairé est descendu par quatre costauds grimpés sur des échelles. Ils le soutiennent par un grand drapé curviligne qui doit séduire Bacon ainsi que la composition concertée, triangulaire. Une femme rousse et passionnée, Marie Madeleine sans doute, suit la descente, en posant la main sur la cuisse du Christ. Trois autres femmes, dont la mère de Jésus, sont au pied de la croix, plongées dans l'affliction. Entre fervents de Crucifixion, on se comprend. Le prix Rubens est parfaitement mérité.

Le prix Rubens a été attribué, en 2017, à qui ? À Toroni, qui peint de perpétuels petits carrés, des empreintes de pinceau numéro 50, espacés de trente centimètres, ni plus ni moins, sur fond blanc. Il proclame « le degré zéro de la peinture » – voilà qui est fait. Mais dénie répéter le motif, vu que son geste varie chaque fois. Quelle prouesse inventive ! Justement, Toroni dénonce le mythe de l'artiste inspiré. Quelle nouveauté ! On a les vertiges qu'on peut. Car c'est un crime d'avoir du souffle. Être plat, c'est la loi. Point d'art, ma mère ! Ce serait bourgeois. Le collectivisme des petits carrés de Toroni. La thèse contre l'Art est rabâchée mécaniquement depuis l'après-guerre. Toroni, un hybride de conceptuel et de minimaliste : prix Rubens ! Scandale, profanation ! Bacon et Giacometti hurlent d'indignation. Vive le vautour et la viande infinie !

En 1967, l'année de *Sweeney Agonistes* et de *Portrait d'Isabel Rawsthorne debout dans une rue à Soho*, Toroni a mis au point sa règle d'empreintes sérielles et revendiqué le degré zéro de la peinture. Avec Buren. Un manifeste. En 2017, soit cinquante ans après, il radote la même grille, le même code, l'unique canon. Rituel de vieille secte qui persiste dans son bas latin et sa soutane de carreaux. Bacon, vite ! une cage de petits carrés cloutés où enfermer Toroni, le pape du papier peint en vichy pour votre salle de bains.

À propos de cage, Toroni va exécuter ses *Peintures en cage ?* entre 1988 et 2000 dans le musée d'Art contemporain de Lyon. On songe aux cages de Bacon et de Giacometti. Aux papes et aux statuettes. La cage de Toroni est la cage d'escalier du musée. Il faut en rabattre. Toroni a horreur du sens. Le carcéral pathétique ou grotesque de Bacon lui est étranger. Il préfère les beaux grands escaliers du musée de Lyon et se contente de revêtir des pans de mur de ses intarissables empreintes peintes, ses carrés, selon la même méthode : taille, espacement. C'est purement décoratif. Une acné des cimaises. Le public n'est jamais choqué, il commente la couleur, le point de vue… Les enfants aiment bien les carrés jaune poussin, les retraités les carrés vert pelouse, les amoureux les carrés bleus. Les carrés rouges ne sont pas assez rapprochés pour devenir érotiques ou révolutionnaires. Le mur semble saisi d'une rougeole méthodique. L'escalier en tenue d'Arlequin de Toroni distrait le visiteur. C'est machinal. Voilà un art tranquille !

Pour Bacon et Giacometti, l'œuvre ne saurait se limiter à l'idée de départ – si tant est qu'il y en ait une. Elle dépasse son sujet et ses mobiles originels. Elle déborde son principe. Toroni ne parle pas d'« œuvre », ça lui donnerait la colique, mais de « travail ». Comme c'est excitant ! Donc, le travail de Toroni se réduit toujours à son dogme fondamental : les empreintes sur le même mode. Nul dépassement, bascule ou débordement. Le geste accidentel – qui échappe à Bacon et inflige au corps sa distorsion imprévisible et brutale – est banni. Imagine-t-on une balafre de peinture blanche, telle une giclée baconienne de sperme, à travers la cage d'escalier de Toroni ? Tout doit rester propre chez cet entrepreneur de travaux publics. Éjaculez ailleurs ! Le devenir d'une œuvre de Giacometti, à travers un cycle d'apparitions et de destructions, est pareillement exclu. Nulle quête. Mais l'application de la recette.

Certes, on n'est pas obligé d'adhérer à la vision des deux maîtres du XXe siècle. On peut préférer l'abolition, ce degré zéro de la peinture réclamé : Ground Zero. Sans morts ni poussière. Rien ne naît, ne brûle, ne vit, ni ne meurt chez Toroni. Ce n'est même pas un nirvana, ni le Nada de Bacon. Un pinceau numéro 50 et des intervalles de trente centimètres. La cage de Toroni est la grille d'un code immuable. Personne n'y est jamais enfermé. Personne ne s'en évade. La peinture y disparaît. Personne n'y copule. Tout le monde est content. Les apparatchiks applaudissent. Les textes sur Toroni sont un florilège d'inanités. « Une peinture légère et aérienne qui engage totalement le corps de l'artiste. » Bacon et Giacometti, qu'avez-vous donc fait de votre corps, à côté de Toroni !

Bacon va offrir l'argent de son prix Rubens pour la restauration des chefs-d'œuvre de Florence. Ce berceau de l'art de la Renaissance a été inondé, à la fin de l'année précédente, en novembre 1966. Une catastrophe qui a rempli le monde d'émotion. L'Arno mué en maelström, en cataracte haute, impétueuse, emportant tout, rué sous le Ponte Vecchio, ébranlant les boutiques disposées tout du long, propulsé dans les musées, les églises, roulant des tonnes de boue sur les madones et les christs rares, attaquant les vieux manuscrits de la Bibliothèque centrale. Le Crucifix de Cimabue de l'église Santa Croce – qu'admirait tant Bacon, dont les jambes et les pieds se fondaient, à ses yeux, et selon ses critères de beauté, en un serpentement de vermine – est partiellement détruit, moucheté de lacunes, décoloré, informe. Bacon ne révèle pas le montant de son prix par fraternité artistique de principe. Il pense au Christ de Cimabue dévoré par la crue. Au vautour du torrent dépeçant le corps du Christ.

La nuit de la crue, des centaines d'étudiants se mobilisent pour faire la chaîne et sauver les manuscrits de la Bibliothèque centrale. On les baptise les Angeli del fango, les Anges de la boue. Bacon n'est pas insensible à cette légion de garçons célestes luttant pour la survie des textes. Il évoque leur action en sortant du musée de Siegen, raccompagné, le soir, par une escouade de compagnons de fortune prêts à sauver d'autres christs. Il leur décrit sa vision de Cimabue dont ils ignorent saintement le nom. Il leur parle du David de Michel-Ange, sur la piazza della Signoria inondée, transformé en Poséidon. Ironique, il leur dit :

– Il n'est pas si costaud que ça !

Il ajoute :

– Il a un trop petit sexe.

Certains baissent les yeux, un peu effarouchés, des intimistes. D'autres sont attirés par ces questions de mesure, des géomètres.

– L'Hercule du palais Farnèse est formidable, lui. Michelangelesque, pour de bon. On sent la brute capable de nettoyer les écuries d'Augias et d'en remontrer aux palefreniers. Et le Christ central de la Sixtine, il a la tête de Napoléon ! Il est si costaud qu'aucune croix ne pourrait soutenir son poids.

Ils rient. Il aime les faire rire. Il les invite à boire dans une brasserie pimpante.

– *Cheers !* Pour dire « crue », les Italiens disent « *alluvione* ». J'adore !

Il demande au plus charmant de répéter « *alluvione* » avec l'accent d'Italie. Le garçon, un faux timide fort et blond, prononce le mot avec un mélange d'accents allemand et italien. Bacon lui adresse un sourire enchanteur.

Isabel méritait le chef-d'œuvre. D'après une photo de John Deakin : *Isabel dans une rue de Soho*. Une Isabel droite, en manteau, normale, au visage un peu mélancolique, dans une rue banale. La photo n'est qu'un point de départ. Bacon s'affranchit de tout esprit de copie. L'image lui donne des ailes, c'est tout. Et c'est un grand vol qui métamorphose le cliché originel.

Isabel toise l'arène en samouraï tauromachique. L'immobile déesse égyptienne de Giacometti défie la rue imaginaire. Giacometti l'avait représentée, vue de loin, de l'autre côté du boulevard Saint-Michel. Il sculpta cette toute petite statue à l'Hôtel de Rive pendant la guerre et son exil à Genève.

Elle est gainée dans une robe noire qui lui taille une tunique de combat, la forme tiendrait presque du tablier de légionnaire. Elle occupe une piste circulaire et archétypale de Bacon. Son pied gauche explose en éclaboussure blanche. Sinon elle se tient droite et ferme. Héroïque et solitaire. Derrière elle, un tronçon d'automobile et la silhouette hirsute d'une bête, tête de chien, voussure de taureau pugnace. Un grand parallélépipède de verre encadre la scène sans donner le sentiment d'une cage. Des aplats d'un bleu clair ou plus dense sont distribués autour de la figure. Espace composite et calculé, éclaté de contrastes tournoyants, mais l'axe du corps d'Isabel n'est pas happé par le mouvement. Indifférente aux aléas du décor, elle tient debout. Un certain panache émane de sa posture ancrée. Son visage est coupé par un cercle et l'arc d'un sourcil prolongé. Les deux courbes s'entrelacent. La bouche comme brossée lui dessine une sorte de moustache brouillée, teintée de rose et de brun. Le menton hardi, en proue, les deux yeux dardent du même côté, et se logent comme des flèches. Nulle suggestion de carnage ou de coït. La silhouette trouble et primitive du chien-taureau rappelle les premières représentations de l'animal par Bacon. Mais la bête appartient à un compartiment différent du tableau. On dirait qu'elle est vue dans un miroir. Différents accidents de peinture donnent sa liberté à la scène, ombres, signes, taches, gouttes et giclures très blanches. Les échappées plus claires de la partie supérieure et céleste divaguent. Comme si une espèce d'hélice baroque emportait des fragments de monde autour d'Isabel campée, vissée. En matamore presque implacable. Toiser ainsi la vie est le fait d'une femme d'exception. Dyer sera souvent dans des postures en déséquilibre ou assis, calé mais sécrétant un épanchement de matière ou d'ombre, un écoulement qui le désarçonne. Rien ne fait tanguer Isabel, des zigzags de peinture donnent l'impression d'une main calée sur la hanche. Pour un peu elle pourrait déployer la cape d'un toréro. Elle trône sur le piédestal de son destin. Elle est ce totem enfoncé comme un clou, érigé tel un pilier, dans toute la fresque des tableaux de Bacon. On ne la crucifiera jamais. C'est Thésée regardant droit dans les yeux le Minotaure. Une Phèdre qui ne connaîtrait pas la défaite. Œdipe qui tient tête au Sphinx et se rit de l'énigme. C'est la reine des Érinyes, détachée de ses sœurs. C'est une artiste peintre, l'égale de ses compères de Soho ou de Paris.

George Dyer voit le tableau dans l'atelier. Bacon ne lui demande plus son avis sur son travail. Dyer a regardé la longue liste de ses portraits sans faire de commentaires détaillés. Approuvant le peintre par principe, un peu par ignorance.

Perplexe devant ces coups d'audace, ces distorsions, ces avatars subis par sa figure. « C'est Bacon ! » répètent les amis : Deakin, Farson, Muriel Belcher, Isabel Rawsthorne, Sonia Orwell, Leiris, tous admiratifs. Dyer se rallie.

Bacon lui demande :

– Comment tu trouves Isabel ?

Dyer a déjà beaucoup bu, il est d'humeur acariâtre.

– Tu lui as encore fait une bouche dégoûtante, la peinture bave.

– C'est justement ce que je voulais faire : la bouche, comme un coucher de soleil de Monet !

– Si les couchers de soleil de Monet étaient ainsi ce serait la fin du monde.

Bacon, bien sûr, ne se laisse pas démonter. Il sait que, dans son dos, George critique sa peinture. Horrible !

– Tu es drôle ! Comme tu es drôle aujourd'hui ! Une bouche d'apocalypse. On va fêter ta drôlerie apocalyptique : champagne tout de suite !

– Tu me cherches !

– Moi, non, j'aime bien ton commentaire, c'est tout.

Dyer se jette sur lui et lui lance un coup de poing dans la poitrine. Bacon geint et bascule dans le fatras des pots, des boîtes, des caisses. Il reste ainsi affalé, vautré dans le limon de l'atelier, le magma de paperasses, d'images d'animaux, de corps, de crimes. Il reprend sa respiration, regarde autour de lui et, tapotant sur les débris, il dit :

– L'*alluvione* !

Isabel est heureuse du portrait qui la transfigure. C'est elle dans une maturité qui ressemble à sa jeunesse. Affrontant la vie à Paris. Glorieuse, sans peur ni reproche. Arpentant le quartier de Soho en liberté. Sous le Blitz.

– Champagne ! lance Bacon.

Et les voilà en train de trinquer, de boire goulûment. La bouche d'Isabel écume, moussue, comme dans le tableau.

– George est jaloux du portrait.

– Il faut le ménager, même s'il est pénible.

– Insupportable, tu veux dire ! Il est devenu un boulet. Jadis il était brutal, j'aimais ça complètement. Désormais il est violent. C'est impulsif et beaucoup moins intéressant.

– Faites attention, tous les deux.

– Je baise ailleurs.

Portrait d'Isabel Rawsthorne debout dans une rue à Soho fera la couverture du catalogue de la Marlborough Gallery lors de l'exposition de New York, fin 1968. George Dyer et Bacon descendent à l'Algonquin. Plutôt chic… voisin de Times Square. Les voilà au cœur du carburateur. Dans une tour de vertige comme le reste. Tourtereaux écorchés, usés. C'est un hôtel de légende qui garde le souvenir de son cercle littéraire, la Table Ronde : Dorothy Parker, Robert Sherwood… John Kennedy aurait dit que, lorsqu'il était enfant, il avait trois désirs : être Lindbergh, apprendre le chinois et être membre de la Table Ronde de l'Algonquin.

– Concentrons-nous, George : quels furent nos trois désirs d'enfant ?

George hausse les épaules.

– Moi, d'abord, fuir mes parents, ensuite satisfaire mes goûts profonds, si tu vois… Le troisième, combler tous mes goûts profonds.

Plus tard, à une question qui portait sur ses trois joies principales, il répondit : « Quand un tableau, si désespéré soit-il, prend le bon tournant. Quand je rencontre quelqu'un avec qui je m'entends bien. Et quand je fais un gain fabuleux. » Voilà qui est clair et crépitant. Posez la même question à ceux de l'époque : Sartre, Beauvoir, Picasso, Leiris, Duras, de Gaulle, Malraux… Lequel évoquerait le pactole ? Picasso, c'est possible.

Un chat a, depuis toujours, le droit de circuler librement partout à l'Algonquin. Si c'est un mâle, il s'appelle Hamlet, toutes les femelles s'appellent Matilda. Bacon et George cherchent la bête. Hamlet le sixième… Une troupe d'admirateurs semble, là-bas, entourer le félin.

– Il y a trop de connards, fuyons, George !

C'est le premier voyage en Amérique de Bacon. Trois ans après Giacometti. Ce paysage en proue de paquebot le séduit. On imagine les Érinyes poursuivant Oreste sur la Cinquième Avenue. Il trouve un refuge momentané au sommet de l'Empire State Building. Mais elles fondent du ciel et le lardent. Eschyle à Manhattan. Une prophétie.

Bacon expose, entre autres, *Sweeney Agonistes* et les portraits étonnants de George que tout le monde vient saluer. Le voyou de l'East End monté en graine… La Joconde de Bacon a un gros pif. Les Américains en ont pour leur argent. Crime et copulation. De quoi se plaint-on ? Tout est vendu presto.

La même année, Bacon a fait, entre autres, un portrait mémorable de son amant dans un miroir. Le corps valse de côté, le costume se dévisse en soubresauts et bigarrures noires. La semelle d'une grande chaussure ténébreuse nous fait face. La tête projetée dans un miroir – qui ressemble à un écran de télé – se fend en deux parties. La face séparée, arrachée comme un masque du reste du visage. Offensive de la Tête. Des éclaboussures blanches giclent à différents endroits. Sperme en vrac ou sang décoloré, taches propitiatoires. Pour commencer un tableau, lâcher de la peinture au hasard. Attendre le déclic, le geste qui fera mouche. Est-ce un portrait psychologique de l'amant psychotique ? Le reflet d'une relation éclatée ?

Dyer, lors de ce séjour américain, a fait une overdose de barbituriques. Bacon en prend volontiers depuis quelque temps. Et Dyer les lui a dérobés. Il joue son rôle devant le public, modèle star, puis vacille, tente de s'abolir dans la nuit. Bacon ne sait plus le contrôler. Après une grosse, énième dispute, Bacon est en train de s'entretenir avec des journalistes quand le directeur de l'hôtel vient le prévenir que Dyer est très malade et qu'il veut se suicider. Bacon réplique tranquillement : « Eh bien qu'elle le fasse, n'est-ce pas ?, cette sale pute. »

Jusqu'au jour où, au comble de la rage – comme jadis Peter Lacy –, Dyer se jette contre les tableaux de Bacon, les arrache, les plonge dans la baignoire et les inonde. Un cataclysme. Bacon n'a pas le loisir d'admirer la chorégraphie en détail, les torsions violentes, la vrille des reins, le déploiement brutal des épaules lancées en avant. Les poignes broyant une palette. Le festival d'effroyables grimaces. Mais les flashs lui reviendront. Le sabbat de George qui cogne et martèle la paroi de l'atelier éclaboussée, mouchetée de peinture écarlate. Goinfre du fatras de Bacon, le faisant tourbillonner devant le miroir du fond. Le mouvement, Francis et Isabel passionnés de danses et transes sacrificielles.

Autre exploit de Dyer déchu, damné. Jouant soudain le rôle d'informateur de la police, il donne rendez-vous au sergent Bristow, une femme, aux oreilles de laquelle il balance son protecteur. Il prend soin de fourrer du cannabis dans différents endroits de l'atelier, dont une statue creuse qu'auraient offerte à Bacon les jumeaux Kray. Les charmants comparses. L'agente zélée, flanquée d'une cohorte d'officiers et de chiens, assaille l'appartement de Reece Mews. Elle ignore qu'elle s'introduit chez le peintre célèbre. Bacon est surpris en pyjama de cachemire. Ciel, mon mari ! Les chiens cherchent l'odeur de la drogue. Bacon a peint des chiens sinistres sur des trottoirs lugubres, sa première période sombre qui rudoie la peinture. Les chiens chez lui, comme lors de la chasse à courre de son enfance. Ils reviennent, ils ne recherchent plus le renard mais le parfum tabou. Ils sniffent allègres dans les recoins du tohu-bohu de l'artiste. Ce sont des clebs dressés, d'inoffensives créatures bien obéissantes, pas des sanguinaires déchaînés. Il prévient qu'il va appeler l'avocat personnel du Premier ministre Harold Wilson. Il a le bras long. C'est un peintre puissant. Il ne manque pas de tentacules experts dans les coulisses. L'avocat déboule au commissariat. Mais Bacon est poursuivi devant le tribunal. Il explique les délires de George, sa violence, ses incessantes demandes d'argent alors qu'il lui paie largement ses gages. Bacon, harcelé, est acquitté. George accablé. Mais Bacon ne demande pas de dommages et intérêts.

L'épisode est plus rocambolesque que tragique. On vit les Orestie qu'on peut. George n'assassine pas son amant sur une montagne sacrificielle de toiles déchiquetées et de tubes pissant le cadmium. Il se comporte en voyou pitoyable, en Œdipe au petit pied. On est encore dans le vaudeville, mais pas pour longtemps.

L'offensive du Têt a éclaté en début d'année. Tueries d'ampleur. Les soldats communistes s'introduisent dans les faubourgs de Saigon comme des fourmis. La une du *New York Times* frappe les esprits, l'exécution d'un soldat nord-vietnamien, à bout portant, dans la tête, par le chef de la police de Saigon. À Hué, vingt-huit jours de combats meurtriers, les communistes exécutent quelques milliers de notables sud-vietnamiens. Le Nord-Vietnam perd complètement l'offensive, plus de 50 000 morts. Mais le mal est fait, l'ambassade américaine a été attaquée. Les communistes ont réussi à surprendre la superpuissance. Les manifestations contre la guerre du Vietnam se développent un peu partout. C'est le tournant, l'amorce d'une lente décélération. Bacon, violemment anticommuniste, voit Sartre militer en faveur des Nord-Vietnamiens. Mai 68 a moins d'écho en Angleterre qu'à Paris. Moins d'idéologues inspirés. Moins de stars de la pensée. Une reine !

Diego Giacometti n'a plus de frère à protéger. Plus d'injonctions, de moulages urgents, de patines à parfaire, de fabrication d'armatures pour les plâtres… La vie pourrait devenir un désert. Vie fusionnelle, vie tributaire sous les augures d'Alberto. Diego va vivre sa vie, se consacrer à ses créations propres, à son arche de Noé d'animaux et de végétaux. Ses cages n'ont rien à voir avec celles de Bacon et d'Alberto. Nul pape captif, nulles figures de femmes ou d'hommes dans la dentelle du bronze. Une vraie cage avec des feuilles et des oiseaux ovales, disposés de façon inattendue. Il fait des tables, des chaises, des lustres. Toujours décorés d'oiseaux, de feuilles. Cette table aux crapauds, avec raton, pigeon et lézards. Toute une faune qui se balade. Diego adore le Jardin des Plantes, comme Isabel Rawsthorne qui s'y rendait avec Alberto. Il bichonne ses chats dans l'atelier de la rue du Moulin-Vert comme il avait installé Mademoiselle Rose rue Hippolyte-Maindron. La vie va. Les bistrots, les cafés de toujours sans Alberto. Sans ses caprices, ses excès. Les périls dont il faut le prémunir, ses aventures. Délivré ?

Il n'a hérité que du *Lotar* qu'il a sauvé après la mort d'Alberto. On dit qu'il l'a déposé sur la tombe de Borgonovo et que le *Lotar* a été volé.

Il s'assoit parfois dans le fauteuil d'osier de l'atelier du frère, rêveur. Il a participé à tant d'œuvres, répondu à tant de questions, fait tant de propositions d'installations. Il a beaucoup bu en sa compagnie. Il a vu, il a su, il s'est tu, il a fait des remarques. Il a désapprouvé Caroline. Il a reconnu Marlene. Il en a croisé d'autres, éphémères. Il n'aimait guère Yanaihara. Il se lève, jette un regard sur *Lotar* et rejoint, juste au coin de la rue, son atelier du Moulin-Vert. C'est un nom qui lui convient.

Il forge une console extraordinaire, une structure simple et quadrangulaire au bronze noueux dont la barre inférieure offre un curieux spectacle : *La Promenade des amis*. Trois jolis palmiers s'alignent, au feuillage dense et dentelé. Un cheval broute les feuilles de l'arbre, un peu comme Ève cueillit la pomme. Un chien lève la jambe et pisse sur le tronc, ce qu'Adam, semble-t-il, n'a pas fait. Un autre chien en profite pour renifler le cul du pisseur. Qui aurait bien pu flairer le cul d'Adam ? Le diable ou Bacon. Un troisième chien hume l'odeur de l'arbre. Ce n'est pas une fable mais une scène au paradis de Diego.

Le narrateur de cette histoire a plusieurs fois déjeuné sur une table de Diego, d'abord sans le savoir. Car il était happé par la conversation de ses hôtes charmants et diserts. La table revêtue d'une nappe cachait ses motifs. Et, un jour, le narrateur a soulevé carrément la jupe de la nappe, découvert les oiseaux, les feuillages, et encore, partout, les mêmes ornements, sur d'autres fauteuils fabriqués par Diego et son imagination forestière. Sur une console trônait un dessin double face d'Alberto, représentant, d'un côté, la tête de Diego et, de l'autre, *Homme qui marche*. Diego avait réalisé le piédestal. Les deux frères réunis dans la salle à manger et le salon. Sans oublier une main faite par Alberto et une autre, longue et belle, de notre hôtesse, faite par Diego. Les frères, main dans la main. Il y avait, semble-t-il, encore une tête de Genet, un dessin d'Alberto.

Un jour, le narrateur abusa du vin. Il fut traversé par l'intuition fulgurante qu'il fallait de nouveau et secrètement soulever une frange de la nappe. Il osa le faire. Il vit soudain la renarde, Mademoiselle Rose, qui pissait sur un pilier feuillu de la table.

Ils s'engouffrent dans la rumeur mouchetée de lumières. Un brouillard de falots. À la fin de la nuit, les halles les happent dans leur basilique de dentelle de fonte, arches et colonnes de Babel. C'est d'autant plus prenant qu'Isabel Rawsthorne et Bacon savent que la cathédrale est condamnée. Les halles sont promises à la destruction. Ils sont là pour jouir une dernière fois des grilles, du grouillement, des appels, des courses, des cheminements lents, brusques, des méandres entre les empilements de légumes, de fruits, de corbeilles, de cageots. L'église Saint-Eustache se dresse immédiatement au pied des étals, battue par le remous de la foule sans mysticisme. C'est le pèlerinage de la viande. Les toits des pavillons pointent vers les statues et les arcs-boutants. Ils s'arrêtent dans les troquets pour boire du vin. Ils divaguent, gentiment éméchés, dans le carnaval des crieurs, la mêlée musclée avec ses anneaux de dragon.

– Hélas je ne vois pas les forts des halles. Les Hercule des carcasses…

– Ils vont apparaître. Ça bouge tout le temps.

Ils respirent à pleins poumons les odeurs fortes, animales, végétales, des relents de fruits déjà pourris.

– Il y a des odeurs divines de fleurs, de salade, de terre crue, de sang, de poisson et de merde. L'odeur de la fraîcheur de la mort.

Ils entrent dans le pavillon 3, celui de la viande. Bacon suffoque de saisissement.

– C'est mieux que les magasins Harrods de ma jeunesse !

Des enfilades de carcasses de bœuf béantes, toutes sortes de nuances de rouge-violet, de carmin vif, frangées de gras blanc. On voit les cisailles des côtes. Et les bouchers en tablier semblent incrustés dans ces cryptes qui brillent sous les feux.

Soudain Bacon avise un grand boucher formidable et ventru, à la crinière noire et caravagesque. Il fourre la tête et l'épaule sous une chape de viande. Une cape de barbaque qu'il transporte. Bacon béat écarquille les yeux sur cette tête encapuchonnée de sang et qui, en le voyant, se met à se soulever lentement, à grimacer, à rire. Et voilà le boucher qui esquisse un tournoiement, une brève danse de la viande, pour exhiber sa force.

– C'est plus exaltant que la Crucifixion… Mais il faudrait pour finir le clouer ainsi quelque part, au sommet d'un pilastre de fonte. Ses dents et son rire dans la touffe de cheveux noirs.

Ils arrivent devant des étals de têtes de porcs, de veaux… Des flopées de têtes guillotinées avec leurs naseaux dilatés, leurs yeux en gelée, leur peau d'un rose vitreux. C'est si bien aligné que les têtes ivoirines semblent narguer les spectateurs.

Des amas de langues, de cervelles, de tripes couvertes de cloques, de dentelures bizarres, des ordures rutilantes. Des lacis de boyaux lisses et violacés, dans leur gangue glauque. Isabel est attirée par les os, les squelettes, qu'elle a peints, les fossiles. Mais ce débordement d'abats grenat, d'un sombre violet ou blanchâtres, ces chapelets de flageolements veinés, étoilés de saignements, l'écœurent et lui font détourner le regard. Bacon avale l'avalanche des formes, des masses, des textures macabres.

– Tu vois, c'est ça. Tout est là !

Il reste suspendu comme devant la justification de son œuvre. La preuve éclatante de sa vérité. Puis s'exclame :

– J'adore les merveilleuses têtes de cochons ! Mais elles en deviennent irréelles.

– Elles sont comme du caoutchouc ! dit Isabel.

– C'est celle du veau qui est la plus fine, la plus vraie, la plus intéressante. Pour le système nerveux, ouvrir les vannes de la sensation !

Ils continuent dans les allées, passent sous les arcs et les porches, dans la bousculade vorace. Les fonds de ténèbres percées d'éclats, de flammes. Saint-Eustache émerge soudain, de nouveau, un pinacle gothique. Une rosace trouble. Grand œil de vitrail sur la piétaille.

– On va voir les curés sortir en colonnes de robes blanches pour bénir de leur goupillon les têtes de cochons ! Le Ku Klux Klan !

Le jour se lève et répand des lueurs roses entre les ferronneries tigrées. Les tas de nourriture changent de couleur, se couvrent de zébrures. Les lumières sont encore allumées mais l'aube et l'aurore en affaiblissent les halos pour laisser flotter une aura plus floue sur le pullulement de vie.

Bacon s'incline vers Isabel.

– Ce sont ces moments-là, brumeux, que tu peins... percés de phosphorescences... Margaux Fonteyn et Noureev vont transparaître et danser *Tirésias* entre les taureaux écorchés.

Elle lui sourit. Ils s'attardent sur la vision imaginaire

Ils sortent auprès d'une bouche d'égout. Soudain, dans la brume de l'aurore, les rats jaillissent, un tourbillon de balles, un essaim de bolides velus, un infernal sabbat de cris aigus. Isabel recule et Bacon, hypnotisé, s'avance encore un peu. Une centaine de rats en un geyser de frénésie. Ils se sont échappés de la terre, des canalisations, et se livrent, dans la torche des premiers rayons, à un rituel orgiaque, entre la panique et la rapacité. Une roue de rats qui gonfle, énorme pelote poilue qui se déforme, enragée.

On saisit des museaux fulgurants, des petites gueules ouvertes sur les dents aiguës. C'est d'une vitesse extraordinaire. Le chaos criblé de goules se défait soudain, file, se disperse, s'évanouit dans une averse de soleil.

Bacon fait un entrelacs de gestes qui imitent la toupie éperdue, il répète :

– Vertigineuse vitesse ! Vertigineuse !

Bacon n'est pas un aficionado de la corrida. Il n'a vu que trois ou quatre courses dans sa vie. Il en est tout autrement pour Picasso, qu'il admire. La corrida est le centre de son univers. Miroir de l'homme, du couple et du monde. Picasso picador. Non pas torero comme son ami Dominguín. Le torero doit toujours calculer l'infime distance qui le sépare du taureau. Tandis que le picador fonce dans un corps-à-corps de violence brute. Grimpé sur son cheval caparaçonné, il s'amalgame à la bête rebelle. Si Picasso veut être picador ce n'est pas pour torturer le taureau, c'est pour être à la source de son sang et s'en abreuver. Tel un vampire volant l'énergie du monstre.

Rien de tout cela chez Bacon. Même s'il ne cesse de mettre en scène des duels de sexualité et de bestialité dans des espaces circulaires. Michel Leiris, son ami, partage la passion de Picasso. L'érotisme des passes du torero n'échappe à personne, cet enlacement d'où jaillit l'épée de mort. Bacon est adepte de la roulette maximale. Il admire aussi Vélasquez, comme on sait, et Goya dont les gravures sur la corrida sont magistrales.

Il fera *Trois Études pour une corrida* dont le sommet est l'*Étude n° 2*. La volte formidable du taureau. Sa croupe massive, ses reins puissants tordus par la propulsion. Une ligne fulgurante et blanche souligne l'arc de l'échine. Les cornes se déploient autour du mufle indistinct. La queue projetée en arrière. Entre les cuisses un grand flash de blanc jaillit en avant comme une éclaboussure phallique. Le torero a un visage brouillé. Le corps articule ses deux faces inverses comme chez Picasso, le torse et les fesses gainées, sur le même plan, dans un dévissement dynamique. Bacon n'exploite pas le costume de lumière pas plus qu'il ne pousse la prouesse du torero. Nulle muleta rouge. La cape est ce cercle d'étoffe blanche au ras du sol, drap sur lequel le taureau se rue. Évidemment, l'arène est le prototype du lieu baconien. Piste, ring… L'arène est cernée, baguée, d'une bande mauve, rare, à la base d'un mur jaune-orange vif. Le soleil de la corrida flambe sur une couronne rose.

À gauche un panneau bleu-gris, tacheté de blanc, se dresse. Brèche révélant le spectacle confus d'une foule, d'un défilé surmonté d'une enseigne nazie, coiffée d'un aigle…

Isabel a voulu voir ces corridas. Elle a bu un verre avec Bacon et maintenant admire le jeu véloce des courbes qui se répondent, s'entrelacent, se contredisent, dans la danse. Elle scrute la foule en retrait et le signe arboré. En hésitant un peu, elle lui demande pourquoi il associe la corrida à cet emblème.

– C'est à cause de la couleur, de la forme… ce carré rouge et noir. J'ai décalé le rouge de la muleta.

Toujours une explication évasive et tactique quand il s'agit de commenter. Même quand il répond à sa chère amie.

– Le public va croire qu'il s'agit d'un parallèle entre meute nazie et spectateurs de corrida.

Mais Isabel sait que ce rapprochement polémique, cette condamnation morale de la corrida sont improbables de sa part. Picasso se serait rebiffé. Leiris aurait réprouvé.

– L'image jaillit, s'impose. Ce n'est pas dialectique. C'est la foule qui m'apparaît ainsi. Je ne provoque personne, je provoque une forme.

Bacon a ses pans de flottement, de mystère, d'ambivalence et de provocation sans doute. Un semblable insigne rouge et noir cerclait le brassard d'un *bugger* dans une Crucifixion. La corrida est une cérémonie de mort.

Bacon n'isole pas le torero, le héros, tel un protagoniste virtuose du jeu fatal. C'est toute la thèse de son ami Leiris, pourtant. Bacon ne distingue de lui qu'un corps incomplet, presque banal, un visage assez flou par rapport à la masse concentrée et dynamique du taureau.

– C'est ton rythme qui est radical ! Oui, la danse des masses et des muscles en vrille. Dans *La Mort du torero*, Picasso insiste sur le corps démantelé du torero, du héros, sur son habit vert et jaune rutilant et désarticulé. Et sur le cheval à l'agonie, bien sûr, qui annonce celui de *Guernica*. Toi, tu te concentres sur les voltes de la bête.

Ils réfléchissent tous les deux. Isabel ajoute :

– En fait, moi, ce qui me frappe dans la corrida c'est la figure souple, dansante, galbée, précieuse et séductrice du torero, de Tirésias qui loge l'épée phallique dans le cou du Minotaure viril. Une vamp transperce le Taureau.

– C'est pourquoi Picasso aurait voulu être picador. Il ne saurait pas faire la vamp. Moi, je peux vamper toutes les bêtes. Mais quand j'ai peint mes corridas, le taureau a pris la place centrale, le torero est devenu une ombre greffée à la figure animale. Même si on voit que c'est lui qui manœuvre et fait virevolter la masse. C'est la masse qui est devenue autonome. Plus elle le devenait, plus elle jaillissait de ses cercles, plus ça tournoyait, plus je jubilais de plaisir !

– C'est comme si ton taureau jouait avec un cerceau endiablé !

Bacon, dans la corrida d'amour, aime occuper le rôle de la victime subjuguée. Il a besoin d'un bourreau qui l'assaille. Peter Lacy, le pilote de guerre schizophrène, amant parfait à ses yeux.

Dyer, le gangster et le boxeur. Mais sous les dehors de la liaison masochiste, Bacon tient la position dominante et phallique, par la tournure de son esprit, la tyrannie de sa lucidité, sa causticité de picador de la pensée, le pouvoir de son argent, le triomphe de son œuvre. C'est à lui que les aficionados lancent des bouquets. C'est à lui qu'on ramène les oreilles et la queue d'amour. Il survivra à ses amants les plus violents.

L'année qui précède la fameuse rétrospective du Grand Palais de 1971, Bacon se livre à des études de corps encore plus acrobatiques que les précédentes. Corps de femmes ou d'hommes sur un fil, sur une balançoire. Vertige. Contorsions animales en voltige, sans filet. Sans cage de verre. Pas de sol, ni de parallélépipède encadrant les figures, ni de matelas rayé de vert. Le vide rose ou bleu.

Isabel est passionnée par la nature. La beauté du monde physique ne se limite pas au corps, aux prouesses et aux figures de la danse. Elle s'étend à la matière des champs, du ciel, aux phases de la Lune, aux couleurs des saisons. La contemplation cosmique d'Isabel est nourrie de lectures militantes, en faveur de l'écologie, ou mythologiques. Le culte de la déesse mère la fascine, les rites de fécondité, les cycles antiques, immémoriaux. Bacon préfère la crise. L'irruption actuelle. Elle s'émeut des éperviers et des chardonnerets qui meurent empoisonnés par les pesticides. Cette protestation n'a pas fini de courir le monde. Bacon partage, cette fois, son émotion. S'il est un oiseau chargé d'intensité à ses yeux, c'est bien ces faucons qu'il admire dans le ciel de Sudbury Cottage. Leur façon souveraine de planer, de tourner au-dessus de leur proie, de battre des ailes sur place, puis de darder pour tuer. Leur acuité altière. Leur morgue.

Un après-midi, ils sont tous les deux sous les arbres. Éclate soudain un charivari. Des battements d'ailes, de branches, des cris d'oiseaux effrayés. Une zébrure véloce traverse l'azur entre les feuillages. Puis disparaît. Le tapage reprend de plus belle. Un grand vol curviligne telle une faucille foudroyante coupe leurs regards. L'épervier effectue de grands tours, des tourbillons de plus en plus resserrés. Des lassos de lumière. Il plonge entre les troncs. Ils ne voient rien du dénouement mortel.

Bacon s'exclame :

– C'est merveilleux ! C'est comme les dieux. La lumière, la vitesse !

– Comme le Soleil. Giacometti sculptait le dieu Horus pour les tombes. Le dieu faucon, à l'œil unique.

Un autre jour, Isabel tient dans ses mains un faucon qu'un ornithologue est en train de baguer. Bacon s'émerveille de la colère de l'oiseau, de la beauté de sa tête nerveuse, fière, effarée, le cou, le bec ouvert, le corps fuselé, les ailes aiguës. La tension, la vigilance maximales. Une flèche furibonde. La grâce des mouettes, qu'Isabel adore, le trouble moins. Il voit les grands tableaux qu'elle compose sur le paysage. Il lui est arrivé d'en peindre de très originaux. Herbes sauvages dans leur construction géométrique. Paysage près de Tanger, ébullition de végétaux rouges et fous dans un grand disque clos, ombres noires et farouches. Un fantastique repas des dieux voraces. Ou sables épurés d'une dune presque aux confins de l'abstraction géométrique : gare ! Heureusement le sable dessine des renflements, une ondulation rose où pourraient affleurer la forme d'un corps, la réminiscence d'un amant. Mais la nature chez Bacon est plutôt échevelée, tourmentée, sur le modèle de *Van Gogh dans un paysage*. Giacometti, de son côté, a dessiné et peint les paysages de son pays, de Stampa, des tons assez sombres, bleuâtres, gris doux, verts fondus dans des configurations chaotiques de lignes, de géométries, d'architectures de maisons et de montagnes.

Isabel élargit et calme la composition. La nature l'éblouit, l'apaise. L'arrache à ses ressassements mélancoliques. C'est le grand jeu de l'immanence et de la transcendance des choses. Une vision agreste et planétaire. Sans pittoresque. De vastes pans de jaune et de bleu, moins splendides que les couleurs des fonds de Bacon, ses fameux roses, ses oranges éclatants. Plus nuancés, troublés de pâleurs ou de gris suave, coupés de zones ombreuses où émergent des formes d'oiseaux, tels des augures. Quels signes de menace, de fatalité ? Elle inscrit dans ces surfaces géométriques des empreintes précises de mains, de doigts refermés sur le corps d'une hirondelle acérée, d'une grive, d'un chardonnet mort ou vif. La nature libère le vol ou broie le volatile fragile. Les cycles de la mort et de la vie. Des cercles représentent des espèces d'omphalos grecs. La nature est un temple divin. Pans de ténèbres et de bleu, écritures d'oiseaux. Rien n'est plaqué. Tout est parfaitement fondu, accompli. Bacon admire ce grand silence cosmique aux alternances lumineuses et plus sombres.

À la même époque, Bacon déploie encore ses études de corps. Triptyque : *Étude du corps humain*. Il n'en a jamais fini avec sa proie de chair et de sang. L'épopée du bougre et de la bougresse. Leurs tribulations simiesques. Une longue barre légèrement courbe traverse l'espace rose-violet. L'espace, pas la terre, ni le sol. C'est aérien, autonome, ça ne tient que dans le décret de la peinture. Trois figures de femmes se succèdent en équilibre sur le rail blanc. Aux deux extrémités : une renversée, l'autre accroupie, acrobatiques et difformes à l'envi. Au centre, la reine des figures. L'Érinye suprême. Elle est gratifiée d'un petit périmètre de sécurité en plein air. Une planche beige. Cuisses ouvertes sur un pubis noir et net. Un sein déborde, gorgé de rose vif. Fille acéphale dont le sommet se noie dans l'ombre répandue par un grand parapluie noir écarquillé autour de la figure. Les parapluies de Bacon n'ont rien d'accessoire, de climatique, de ludique. Même quand ils abritent le corps de Dyer à la plage. Ce sont des êtres par eux-mêmes. Des déités fatales. Comme dans *Peinture 1946 :* le parapluie terrible de la goule. Leur découpure de ténèbres peut évoquer les zones sombres où Isabel laisse affleurer ses formes d'oiseaux de nuit tapis. Enfers. Harpies aux aguets.

Évidemment, Bacon trouve les grands périmètres de peinture d'Isabel presque abstraits, avec leurs symboles griffés çà et là.

C'est la terre et c'est extraterrestre. Avec quelque chose des nuances et phosphorescences de Rothko. Pour lui : un ring ou rien ! D'accord pour une danseuse traversant le vide. Longs muscles. Un nu, un dos d'homme, un cul à la renverse, reflété dans un miroir. Mais Isabel restitue l'immensité des clartés, des azurs et des moissons jaunes. Rarement un paysage anglais a connu telle ampleur majestueuse, tel sommet de méditation, d'immobilité picturale. Sans contorsions du désir et du coït.

Un voisin qui habite à Lamarsh vient la voir de temps en temps. Ce n'est pas un inconnu. Il a partagé bien des aventures dangereuses avec elle. En Espagne, pendant la guerre civile, et pendant le Blitz à Londres. Son premier mari. Sefton Delmer, oui : Tom, pour les intimes. Il a gardé sa carrure de costaud. Il a écrit ses Mémoires d'homme informé, dangereux. Protéiforme. Il s'exclame :

– Dans notre campagne, en 40, on en a recruté, des as de la désinformation ! Quelle énergie on avait ! On a bien baladé les Allemands avec nos affabulations érotiques ou autres. À l'époque la campagne protégeait notre activisme, mais on n'avait pas le temps de la contempler comme aujourd'hui.

– Il fallait que je recueille les œufs sous le croupion des poules et que je récolte les patates. Que je nourrisse toute la marmaille d'espions, d'agents hétéroclites.

– Tu adorais ça !

– Et toi, tu as toujours adoré comploter.

– Quelle vie tenace ! Je te revois peindre le cul d'une prostituée française chevauchant un soldat amant, un jeune mari en guerre, pour démoraliser les épouses teutonnes. Aujourd'hui, on a tout le temps d'écouter les petits oiseaux. Je crains qu'à la longue tu n'aies été écœurée par mon espèce de cruauté au travail. J'étais dur, je pouvais oser le pire pour déstabiliser l'ennemi.

– Tu avais des idées infernales. Tu étais capable de chantage. Tu me faisais un peu peur, du temps de Franco, d'Hitler : tu pouvais t'infiltrer dans tous les camps.

– Bah… J'ai prouvé mon patriotisme à Londres quand j'ai répondu à Hitler qui voulait ouvrir une négociation de paix séparée avec l'Angleterre. Je lui ai renvoyé sa proposition dans ses dents pourries – littéralement !

– Avant la guerre, à Berlin, à Munich, tu riais avec lui, dans son avion personnel, au moment où il faisait campagne. Tu étais vraiment copain avec Röhm ?

– Tu sais bien que c'était mon boulot pour le *Daily Express*.

– Tu étais souple et cynique. Tu me fascinais. Alberto me reposait de tes ruses.

– Alberto reposant !

– Non, bon, pas vraiment ! Regarde donc les hirondelles ! Ce sont mes hirondelles. Elles reviennent chaque année. Écoute leur gazouillement… C'est délicieux, c'est l'essence de l'été.

– Et si c'étaient des hirondelles espionnes ? À l'époque on travaillait bien avec les pigeons voyageurs !

Tom marche un peu, en avant, le long d'un talus, et cueille un bouquet de marguerites qu'il offre à Isabel :

– Tiens ! Ce sont les fleurs de la vie.

– Ce sont des fleurs coupées.

Œufs de caille farcis au caviar doré.
Mousse de queues d'écrevisses.
Selle d'agneau rôtie aux truffes.
Paons rôtis farcis de foie gras.
Figues fraîches givrées au porto.

Château Lafite Rothschild 1945.
Château Haut-Brion 1966.
Moët & Chandon 1911.
Dom Pérignon rosé 1959.

Il paraît que ça vient de chez Maxim's, qui a fermé boutique pendant quinze jours pour assurer le service ! Par avion. Par cargos. Le pépiniériste Truffaut a livré 50 000 bouquets de fleurs. Un bois a été planté en plein désert et on y a acheminé 50 000 oiseaux. Ils sont tous morts de chaud trois jours après. Le tout a bien coûté 200, 300 millions de dollars. La vie est belle !

Francis Bacon se marie ? Non ! Alors, quelle noce ? Quelles agapes de Nabuchodonosor ? C'est l'anniversaire de Nixon ? Les nouvelles fiançailles de Mao ? Nixon n'a-t-il pas annoncé qu'il se rendrait bientôt en Chine ?

– Ah ! les salauds ! Qu'ils se régalent ! Ils auraient pu nous inviter, Isabel ! J'aurais fait le portrait des convives les plus huppés. À ma manière. Bien cabossés, entamés par mes accidents du pinceau. Mes illuminations. La tête de Podgorny pochée, mieux que le Staline de Picasso ! Ils auraient pu m'envoyer une bouteille du Dom Pérignon merveilleux. Mais j'ai un doute sur les 2 500 bouteilles de Moët de 1911. Trop vieux ! Foutu ! Je rêve aux paons rôtis farcis de foie gras !

Bacon découvre dans le journal la ribambelle royale d'invités.

Le roi Baudouin et la reine Fabiola. Trop mignons mais sages.

La princesse Grace de Monaco et le prince Rainier. Superbes. Lui, moins.

L'empereur d'Éthiopie Haïlé Sélassié. Vieux fennec au museau cruel.

Le roi Hussein de Jordanie.

Le prince Philip et la princesse Anne, nos chouchous !

Juan Carlos et la princesse Sophie. Et Franco ?

Tiens ! Le prince Bernhard de Hollande, toujours lui ! Tu m'as dit que tu avais dîné avec lui, pendant le Blitz, et que l'escalier de ton appartement avait explosé !

Willy Brandt, viril.

Chaban-Delmas, tonique.

Nicolae et Elena Ceauşescu, fraîcheur des Carpathes.

Bacon remarque tout de suite que Pompidou et Madame sont absents, ils se réservent pour son vernissage du Grand Palais dans douze jours ! On dit aussi que la gauche française de ses amis Leiris et Sartre vilipende la bacchanale des couronnes.

Le maréchal Mobutu. Et son sceptre, son bonnet de fauve. Épique !

Le roi et la reine du Danemark. Classiques.

Tito. Président à vie, donc communiste ! On raconte qu'il a avalé une dinde à lui tout seul, au petit déjeuner !

Il y en a pour tous les goûts. Des tapées de sultans, d'émirs, de cheikhs, de sommités couronnées ou sans couronne, avec sceptre ou sans, chamarrés ou en costard de soie. Des tyrans de droite et de gauche, des princes japonais et des princesses d'Orient, de Thaïlande, d'îles, d'atolls inconnus… Avec des bigoudis de diamants ou des souliers d'or fin d'almée. Des strings d'une texture rare, de la bave d'épeire diadème. Une toile de trois centimètres sur la toison des reines des *Mille et Une Nuits*.

Le Chah et la Chahbanou reçoivent à l'occasion des fêtes de Persépolis. Deux mille cinq cents ans de dynastie achéménide. La Chahbanou somptueuse.

Discours du Chah : « Cyrus grand roi, roi des rois… Aujourd'hui la Perse apporte le message de la liberté et de la philanthropie dans un monde tourmenté. »

– J'adore Cyrus et la philanthropie du Chah, Isabel ! Nous aurions dû naître persans.

On loge les invités dans des tentes aux chapiteaux bleu et or. Imitation du camp du Drap d'Or. À côté des colonnades antiques de Persépolis.

C'est le camping des rois du monde. Défilés historiques fastueux, armées des époques lointaines, travestissements guerriers, toges, tuniques, robes martiales.

– Qu'ils ont de beaux mollets, les Achéménides ! Et les cuisses des Parthes à cheval ! J'ai reconnu Charlton Heston déguisé.

Grandiose feu d'artifice. Toutes les têtes levées. Têtes de Persépolis.

Quel est ce trouble-fête qui, au nom de l'islam fustige, les célébrations ? Khomeini. Qui c'est ?

26 octobre 1971. Un temps idéal. Le soleil de l'automne sur Paris, son fleuve, ses coupoles dorées. Feuilles de marronniers mordues de rousseur. Les ponts, les places peuplées de statues, de fontaines. La symphonie luxueuse. Bacon, en haut de l'escalier du Grand Palais, élégant, souriant. Il domine deux rangées de gardes républicains flamboyants. Douze ! De quoi le ravir. Casques rutilants, épées, panaches, bottes de cuir luisant, le bonheur. C'est aussi fort que les Guard Horses. Georges Pompidou et Madame se hissent à son niveau pour lui serrer la main. De Gaulle est mort. Ils adorent l'art moderne.

À un inconnu qui lui demandait lors d'un vernissage qui il était, Bacon répondit sobrement : « Je suis une vieille tapette. »

La haie d'honneur salue l'artiste qui fut l'amant des hommes violents. Ils vont pouvoir écarquiller les yeux, si tant est que, dans ces circonstances, quelqu'un regarde quoi que ce soit. Le ministre de la Culture, Jacques Duhamel, atteint d'une sclérose en plaques, s'appuie sur une canne. Charlie Chaplin s'en saisira lors du festival de Cannes et exécutera, au débotté, quelques pas de son cru. On n'oublie pas ! Les huiles s'empressent autour du peintre, Gaston Palewski, Bernard Anthonioz, Jacques Rigaud, les caciques de l'époque. Et les amis de toujours. Le couple Leiris, Sonia Orwell, David Hockney, Marguerite Duras, Muriel Belcher, Isabel Rawsthorne. Valerie Beston, Miss B, grande protectrice et militante de l'œuvre, à laquelle Bacon offrira un autoportrait. John Deakin, John Russell, Michael Peppiatt, Erica Brausen, les peintres Denis Wirth-Miller, André Masson, Joan Miró...

L'œuvre est là. Fleuve tumultueux de figures. L'ouragan de la viande. À l'étal des cris. Un cyclone de carnage dans un carré de verre. Les *Trois Études pour figures à la base d'une Crucifixion* de 1944. Les cous, les goules, fond orange. Archétypales... *Peinture 1946*. La carcasse de viande déployée, le grand parapluie noir, la tête, les dents, le ricanement maléfique. La période originelle, plus sombre, des cages, des papes, des lutteurs, des personnages dans l'herbe, des enculades rudes. La période sale, si l'on peut dire, moins précieuse et plus brute. Belle, sans apprêt. Les grandes Crucifixions spectaculaires de 1962, de 1965... Dyer évidemment est partout. Dans toutes les postures râblées, effondrées, véloces, en vrille, voltige, à vélo, gisantes, tordues, tracassées, les miroirs, les dos de colosse, les visages tranchés. Dyer sur la cuvette des chiottes... Prophétique.

C'est là justement qu'il vient de mourir, à l'Hôtel des Saints-Pères où ils sont descendus, Bacon et lui, ainsi qu'Isabel Rawsthorne. Il a avalé trop d'alcool et des somnifères, il a vomi, il s'est écroulé, là, dans les toilettes, en agrippant la chaînette de la chasse d'eau.

Les Pompidou savent-ils ? Ils voient le cortège des portraits de l'amant.

Ils s'arrêtent longuement devant un des plus beaux tableaux : *Sweeney Agonistes*, librement inspiré d'un poème d'Eliot. Le panneau central magnifique et mystérieux, l'énigme d'un crime dans un wagon-lit, une coupe de sang. Et de chaque côté de ce panneau des accouplements. On reconnaît Dyer chevauchant un partenaire dans le volet droit. Toujours la même figure obsessionnelle. Les Pompidou perplexes. Madame et Monsieur grands amis de l'art. La belle couleur bleue de la vitre coupée de noir. Le beau rouge sang. Jusque-là, ça va. Plus réaliste qu'Hartung qu'ils adorent, plus expressif que le mécanique Arlequin Vasarely dont ils sont fans. Mais c'est frappant et cela reste indéchiffrable. Ils aiment l'abstraction qui gomme la narration. Mais les baisades latérales sont patentes, même si Bacon les masque à demi dans des amalgames de chair qui restent identifiables. Dyer visible. Sa tête caractéristique. De cravacheur érotique. Les Pompidou peuvent-ils ignorer la mort de l'amant ? Les Renseignements ! Le ministère de l'Intérieur, les fuites. Madame et Monsieur regardent l'amant mort sans bien savoir que c'est lui. Il n'est reconnaissable que par les habitués de l'œuvre. Personne ne souffle dans l'oreille du président : « C'est le suicidé des Saints-Pères. La coupe de sang aujourd'hui, c'est la sienne. »

Qui sait quoi ? La nouvelle s'est-elle déjà répandue ? Le Patron et la Patronne sont sans doute au parfum. *Sweeney Agonistes* les fascine. C'est tout de même plus prenant qu'un coup de brosse d'Hartung et qu'un damier décoratif de Vasarely. Isabel les voit regarder. Bacon est là, tout proche, entrepris par un apparatchik. Ils échangent un fin coup d'œil complice. Ils savent pour la marotte de Madame et Monsieur Abstraits. Le concret est trop douloureux depuis la guerre. Bacon, n'était la circonstance pompeuse, proclamerait sa haine des abstraits, ces dégonflés qui dénient la cruauté qui l'étrangle. Il boit la coupe de sang.

George Dyer s'est suicidé le 24 octobre, le vernissage a lieu le 26.

Ils ont dîné au Grand Véfour quelques jours avant. Michael Peppiatt, le grand critique, ami proche et biographe admirable, raconte. Il restitue l'accent cockney de Dyer qui rouspète. Prend du saumon au céleri et aux truffes et l'abandonne sur le bord de l'assiette en l'inondant de cendres de cigarette. Il est blême. Bacon prend les choses en plaisantant. « Okay, sir George. » Les jours suivants, absorbé par le vernissage imminent, le peintre ne peut veiller sur lui. Il pique tout de même une grande colère quand Dyer lève un prostitué qu'il ramène dans leur chambre. « Il pue des pieds ! » hurle Bacon, étouffant dans la pestilence inopinée.

Il aurait confié George à John Deakin, saoul et drogué. Inopérant. Dyer a plongé à toute vitesse. La gloire du maître, la catastrophe du modèle. Accident ou suicide. Dyer s'est tué dans son gouffre. Bacon au pinacle. Pope.

Bacon deux jours après, au Grand Palais, assume et tient le coup. Accueille, commente, paradoxal, comme d'habitude. Brillant, incisif. Dandy de l'extrême. Le soir, lors du dîner au Train Bleu de la gare de Lyon, la nouvelle s'est répandue. Entre les filets de sole Favard et la tarte Tatin. Ils sont tous là. Isabel Rawsthorne à côté de Michel Leiris, Louise : les preux, les chevaliers du Graal. Sonia Orwell et Marguerite Duras à côté de Masson, non loin d'Erica Brausen, la première galeriste de Bacon. La sœur de ce dernier, la nièce, le critique John Russell…

Duras parle à son amie Sonia Orwell des scènes de sexe de Bacon :

– C'est l'enfance… Les têtes sont horribles, n'est-ce pas ? Horribles… Des têtes de sangliers malades, c'est rare… Giacometti est plus pur. Sers-moi du vin… Oui, le rully Clos Saint-Jacques. Bacon aime le vin, comme moi, comme toi. Le vin, c'est Dieu. Les Crucifixions sont un peu grandiloquentes, des effets… J'aime les choses du commencement. J'aime l'herbe, il peint l'herbe comme j'aime. Sauvage. Et les singes en cage. Les singes en cage, c'est le plus beau. Avec la scène du crime. Tu la vois ?

– Il y en a beaucoup…

– La scène ! Il n'y en a qu'une. Dans le train. L'oreiller de sang, la sacoche béante… le trou. Il y avait le tapis rouge sang à l'entrée du Grand Palais. Les gardes étaient beaux. Tous. Les ouvriers de l'Élysée… J'ai été terrifiée par l'automobile nazie du tout début. La Bête qui en sort… Les grands cous de dinosaures de 1944, non ! C'est naïf… Les premières têtes dentues, oui.

Duras se tait, puis ajoute :

– Les premières… Seules.

Plus tard, elle demande à Sonia Orwell :

– Il est vraiment tant à droite ?

– Radicalement. Je le lui reproche, je le traite de fasciste, alors il se met en colère. Il pense que chacun doit se débrouiller. La loi de la jungle…

– L'enfance… répète Duras.

Sonia Orwell est belle et brillante. Elle a inspiré des personnages féminins à Duras. Des névrosées d'une beauté pure et mélancolique. Toutes deux aiment l'alcool et vivent au bord d'un gouffre intérieur. Sonia peut nourrir des fantasmes extravagants. Voyant Bacon accablé par les dérapages de John Dyer, sa brutalité, sa délation à la police, elle aurait mijoté l'idée de faire assassiner l'amant. Ce n'est pas le moment d'en parler avec Duras, fascinée par le crime. La vie a fait le travail. Bacon ne craint plus rien.

Isabel Rawsthorne se lance dans un grand monologue, sa voix monte, sonore. Chaos de mots qui plonge la salle dans le silence. Elle avait vu venir le malheur fatal, c'était le prix à payer. Bacon incline la tête, figé.

Marguerite dit :

– Fatal.

Bacon se lève à la fin, porte un toast. Leiris l'embrasse.

Il paraît que Bacon, le lendemain, à son hôtel, discutait de Joyce et de Proust, après avoir réglé mille tracas de constats, de paperasses, de police. Il ne montrait rien. Ne trahissait nulle douleur. Parfois exalté. David Hockney, tombant sur lui à la terrasse de la Coupole, lui exprime toute sa peine exclamative et pathétique et Bacon se lance dans une lamentation parodique. Bouffon de la mort. « Quel malheur ! Quel malheur ! »

Il va au restaurant La Mère Michel, flanqué de sa bande d'amis proches dont Miss B et Michael Peppiatt, Sonia. Il commande des bouteilles de muscadet, des huîtres et un brochet au beurre blanc. Il semble pourtant flotter dans un ailleurs. Fatigué, pâle. La conversation avec la mère Michel, une vieille dame, s'engage sur la sauce. Jamais Bacon n'a pu en réussir une si délicieuse. La mère Michel souligne la nécessité du beurre blanc. Bacon lève les bras en signe d'assentiment. Une convive s'exclame : « Quels beaux bras vous avez ! » Bacon, dubitatif, dresse ses bras devant lui pour les examiner. Puis il saisit ceux de la mère Michel et lui dit qu'ils sont beaux aussi. Soudain, il lui demande si elle a un mari. Elle lui répond qu'il est mort et qu'ils ont été heureux. Il répond que ça finit toujours mal. La vie est toujours impossible, ça ne marche jamais. Tout le monde se tait en regardant le brochet mort au beurre.

Duras, au cours de la période, a un entretien avec Bacon dans *La Quinzaine littéraire*.

– Vous sentez vous en danger de mort lorsque vous peignez ?

Bacon répond qu'il est nerveux, très nerveux.

Mais à vrai dire, ce danger de mort, il le connaît depuis le début. Il fait partie de la donne existentielle. Quand il peint, il lâche le pinceau, provoque des taches multiples, des accidents, des hasards pour déclencher vraiment l'affaire, donner forme au chaos. Il n'est pas directement aux prises avec la mort mais avec son art, la matière picturale pulsée par ses instincts… Il ne dit rien de cela à Duras, mais va plutôt dans son sens : très nerveux !

Bacon comme d'habitude ne veut pas expliquer ses tableaux et affirme qu'il ne les comprend pas. Duras réplique :

– Vous dites ne pas comprendre, et vos tableaux éclatent d'intelligence.

Bacon s'en étonne. On sait que ce qu'il veut, c'est parler de pulsion à pulsion, sans se préoccuper d'intellect.

Duras, qui se comprend, lui précise que l'intelligence n'est pas forcément la pensée. Ce serait, dans le cas du peintre, l'intelligence de l'instinct. Ce qui d'ailleurs est exactement la même chose lorsqu'elle-même écrit, agence ses phrases de façon inédite. Par un de ses retournement drôles, elle lui lance :

– Et pour cela vous croyez à ce travail dans l'imbécilité.

Au bout d'un moment, pour la tester sur le volet des idées sociales, Bacon déclare :

– Mon amie Isabel m'a confié cette citation de Rimbaud : « J'aurai de l'or : je serai oisif et brutal. » Je trouve cela très beau. Et honnête. Ce n'est pas du prêchi-prêcha parisien du Flore que j'adore.

– C'est pur, parce que c'est une citation d'un poète de génie. Mais si vous mettez ça dans la bouche d'un homme bas, ça devient horrible.

– C'est pareil que votre idéal communiste. Qui devient supportable quand c'est Duras qui le soutient. Autrement, c'est horrible ! Horrible !

Il joue sur le mot avec un excès de diction et d'accent désopilant. Puis il ajoute :

– Au fond, c'est le moine qui fait l'habit.

– Le pire c'est que vous êtes intelligent. Je reviens à ma remarque du début qui vous a fâché.

Elle réfléchit et lui dit :

– Seule une partie de la citation de Rimbaud colle avec vous : « je serai oisif... ». Vous travaillez beaucoup.

– C'est ma faille. Je ne suis pas fort comme Rimbaud, je vise toujours secrètement une œuvre absolue, incontournable.

– C'est notre élégance, Francis.

Ils ont fait le tour de la question. En art, l'intelligence est une imbécilité clairvoyante. Une idiotie perçante. En politique, Duras aime-t-elle l'or ? Certes, obsédée, révoltée par la pauvreté des enfants de Sadec. Mais sa mère rêvait d'une plantation prospère ; un idéal colonial de Rimbaud en rupture de poésie. Elle eut de l'or avec *L'Amant*, dont elle ne semble pas avoir partagé le butin avec les misérables de son enfance.

On ne sait s'ils se mettent à boire quelques verres, voire beaucoup. Il faut imaginer Duras et Bacon ivres ! Roulant sous la table, envoyant des oukases contre Hockney et son eau de piscine. Ils reparleraient du communisme vraiment monstrueux, atrocement artificiel, aux yeux de Bacon, et il s'exclamerait : « J'adore la loi de la jungle. » Alors, avec un air de grand mystère, elle évoquerait la jungle du Mékong et des tigres. Dans la jungle terrible... Et ils se mettraient à chanter tous les deux à tue-tête : « Le tigre est mort ce soir... »

Le cinéaste Bertolucci – préparant *Le Dernier Tango à Paris* qui sortira l'année suivante – envoie Marlon Brando voir l'exposition Bacon au Grand Palais. Pour qu'il s'imprègne. Brando louvoie comme un tigre entre les tableaux carnassiers. Il effraie les papes en cage qui se rétractent derrière les barreaux. Il bande devant les corps cognés. Bien planqué derrière des lunettes. Flanqué de gardes du corps ? Autres fauves.

Le film commencera par deux tableaux de Bacon, deux portraits, ceux de Lucian Freud et d'Isabel Rawsthorne.

Un homme d'un certain âge, aux cheveux teints, flanqué d'une jeune femme vient voir l'expo. Un remous de curiosité ondoie autour d'eux. La jeune femme porte un petit short rouge dégageant ses longues cuisses bronzées d'androgyne. Elle a les cheveux mi-longs, les pommettes légèrement saillantes, un nez ravissant, un joli visage mince, un peu émacié, troublant. Ses beaux yeux noirs brillent. Le visiteur manie une canne à pommeau précieux, ciselé, et arbore une grande moustache ornée de crocs. Il se plante devant les tableaux et déclare, à la cantonade, avec une moue :

– C'est raisonnable.

Dalí et Amanda Lear.

Bacon se reproche de ne pas avoir veillé sur Dyer. Il pense que sa vie amoureuse est finie. Il est trop cynique pour croire à un véritable amour. Trop vieux. Il va se friper, devenir affreux. Il déclare que les homosexuels vieillissent mal. Rien ne va plus. Cette affirmation sera démentie par les faits. Il va retrouver sa vitalité, son exubérance biologique, comme il dirait.

George Dyer était devenu ivrogne, violent, dépressif, humilié, impossible. L'attachement de Bacon s'était émoussé, éteint. Il le traînait derrière lui comme un fardeau pénible. La mort de George va soudain ressusciter ce dernier, le transfigurer, le projeter dans la peinture de Bacon, sur les cimes de l'œuvre. Entre 1971 et 1973, une série de triptyques mettent en scène le drame. De façon presque narrative, obsessionnelle. Dyer est le revenant intact de la mémoire et de l'imaginaire du peintre.

Dès 1971, il déploie trois panneaux, trois actes. Un portrait superbe de Dyer reflété dans le bloc d'un miroir qui ressemble à un tableau. On reconnaît le visage, qui ne subit aucune distorsion sinon un crochet immaculé partant des sourcils jusqu'à la joue. Les cheveux en brosse noire et courte, le profil au nez fort. Costume et cravate. Un long jet de peinture blanche traverse son torse, comme une signature, un paraphe sexuel. Un piédestal noir soutient le tableau et son portrait dédoublé. C'est un dispositif minéral, solide, un monument funèbre. Le panneau du milieu dépeint l'escalier de l'Hôtel des Saints-Pères. Bacon ne se cache pas de vouloir se lancer dans un travail autobiographique, comme Proust. Escalier aux marches rouges qui montent vers des ténèbres frappantes, coupées d'une faille plus claire, éclairée d'une simple ampoule nue. Une silhouette massive qui ressemble à celle de George, son profil typique, va s'engager dans l'escalier. Une sorte de chenille de bras nu, surlignée de rouge, qui paraît jaillie de la poitrine en serpentant, dresse une main qui tourne la clé de la porte. Toujours l'impact d'une intuition, d'une distorsion de génie dans le contexte, ici, d'un réalisme plus poussé. Une ombre s'évase au pied et autour de Dyer. Escalier fatal et porte des Enfers.

Le triptyque de 1972 présente, des deux côtés, deux portraits d'hommes assis sur une chaise, l'un ressemble à Dyer, l'autre plutôt à Bacon. Les déformations, là encore, sont limitées. Cependant, l'enlacement central est informe, ondoyant, et rappelle, de très loin, les lutteurs de Muybridge. Une référence obsédante qui parcourt le temps et se traduit en amalgame de coït.

Bacon a inauguré ce combat érotique par *Deux Figures* en 1953. Leur embrouille sexuelle dans une géométrie de verre. Fond noir rayé de bandes grises. Lit ravagé, blanc sale. Coït *a tergo*, costaud, bestial. Deux ogres rose-gris se cramponnent. Têtes boulues, griffées de traits, d'effacements à la brosse. L'un paraît mordre l'autre pendant l'acte. Comme deux bagnards de Genet.

La chose, désormais, a beaucoup évolué. Moins brute. Vers un mouvement de pure peinture. Une arabesque arquée, dédoublée. La figure supérieure, sinueuse, élastique, se recourbe sur le dos d'un partenaire suggéré dont émergent les fesses. L'étreinte sinueuse et rose se convulse sur le fond d'un grand parallélépipède de ténèbres. Nulle tête écrabouillée, pas de sang. Amants sans visage, gommé par de grandes taches de blanc, curvilignes.

Les trois panneaux offrent des flaques de rose-mauve dans le prolongement inférieur du corps. Éros sur fond noir.

Une étreinte de ce genre se déroule sur un tableau daté de l'année précédente. Deux corps ectoplasmiques et roses se fondent en une anamorphose fantasque. Une entourloupe spiralée de chair fondue. On distingue un mamelon rose et un trou du cul d'une précision extrême avec sa couronne de poils roussâtres. Les formes se reflètent dans un miroir. Le décor est haché de grandes fenêtres noires.

L'apothéose de cette narration en mémoire de George Dyer sera, un an plus tard, le triptyque de 1973. Bacon connaît les circonstances détaillées de la mort de George. Il en parle avec Isabel, qui elle aussi logeait à l'Hôtel des Saints-Pères. Il l'a invitée à voir le triptyque de la mort, le plus réaliste. Elle entre dans l'atelier. Et Bacon est le témoin de sa surprise, de son saisissement. Elle ne s'attendait pas, en effet, à tant de vérité directe.

Au cœur de la scène, au cœur de la mort. Une embrasure noire, répétée trois fois, coupe des parois d'un pourpre sombre. Dans le panneau de droite, Dyer projeté violemment en avant vomit dans un lavabo. Exactement comme cela s'est passé. Le visage reste encore confus, violacé, une trace de peinture blanche darde vers l'arrière en sens inverse du corps basculé. Le panneau central montre une ampoule nue suspendue qui n'éclaire rien. Le buste et la tête de Dyer dépassent du chambranle de la porte. La tête, yeux fermés de souffrance, tête d'agonie. Le bas du corps doit être assis sur la cuvette des toilettes. L'invention picturale extraordinaire de Bacon – dans cette traduction narrative de la réalité, comme il l'assume – est cette ombre à trois têtes qui est projetée en avant à partir de la poitrine de George. Tel un grand oiseau vampirique, double d'un vautour, d'une chauve-souris géante, double du diable, double d'Érinye, ailerons du sort fatal.

– Ce n'est pas trop narratif ?

– Non, ce pauvre George… répond Isabel.

– Justement, est-ce trop circonstancié ?

– Non, c'est toi, ta vision. L'organisation des trois panneaux, les pans de noir impressionnants, l'ombre fantastique, incroyable, et le corps de George. Cette couleur… La misère de la fin.

– Tu vois, j'ai senti que je devais peindre la scène réaliste. Mais il me fallait aussi trouver une forme, recréer un réel personnel. Le document autobiographique n'a pas d'intérêt sans transformation picturale. Il me faut défigurer la figuration pour que ce soit plus décisif. Le réalisme de Lucian Freud n'est pas assez déformé. C'est de l'expressionnisme. Il fait une grosse femme, un homme très maigre, mais cela ne change pas la donne. La création doit sauter à la figure.

– Ton tableau prend à la gorge. Il est terrible.

Comme une artère tranchée. Un nerf arraché par l'invention, pense Isabel. Même au plus près de sa douleur, Bacon ne saurait céder là-dessus. La ressemblance littérale serait la mort de la représentation de sa mélancolie.

Le panneau de gauche est explicite. Dyer effondré en avant, les fesses sur la cuvette. Il va mourir, il est mort. Dans les trois cas, le corps révèle une texture opalescente, légèrement violacée, spectrale.

Bacon se désespère que toutes ses histoires amoureuses se soient soldées par la mort de l'amant. Peter Lacy meurt lors de son vernissage, en 1962, à la Tate Gallery – certes, ils sont séparés. Dyer, pendant la rétrospective du Grand Palais. Bacon rumine la mort. La vie ne rejaillit pas comme ça. Les trois grands triptyques sont le témoignage d'un deuil lourd. D'une culpabilité de catafalque. L'emblème du noir domine le décor. C'est une persécution de la couleur. Le triomphe de la mort. George Dyer est au centre du cycle le plus saisissant de l'œuvre. Les Crucifixions arboraient des orgasmes au milieu des barbaques pendues. Les grandes machines des sacrifices et des carnages.

Elles avaient un caractère horrible et baroque. Spectaculaires. Les trois triptyques de la mort de Dyer sont plus intimes, plus noirs. Nul carré de verre. La cage est celle du couple. Elle est intérieure. Les éléments d'un décor plus banal. Porte, escalier, chambre, salle de bains. Équation de la mort solitaire. Comme gravée dans un cerveau hanté. Ce dernier triptyque est revêtu d'une trivialité tragique. Un homme à l'agonie se penche entre un lavabo et la cuvette des cabinets. Notre condition cynique. C'est comme ça ! n'a jamais cessé de répéter Bacon. Ce n'est pas politique. C'est la mort de chacun qui troue le temps. Le devenir fait défiler le film des apparences humaines, volatiles, sur le fond du néant. Seul existe le cosmos inconnu.

Et, perdu dans ce cosmos, il reprend, en compagnie d'Isabel, sa divagation de bar en bar. Il ricane, contient, en sa présence, ses colères d'ivrogne. Les rues de toujours, autour de Dean Street. Au Colony Room, il voudrait entendre éternellement Muriel Belcher interpeller hommes et femmes par des « *Cunty !* » exquis. Il passe peut-être encore au Golden Lion des mecs de jadis, au French Pub des lointains.

Ils dînent au Wheelers. Des huîtres. L'iode sent la vie de la mer. Sa couleur verte perce dans le regard noyé de Bacon.

– Du Krug ! lance-t-il.

Isabel lui dit :

– Il faut boire contre le noir.

Ils vident la bouteille de Krug.

– Il paraît que Marguerite Duras boit beaucoup, comme nous ! Mais du vin rouge !

– Le soir du dîner au Train Bleu, j'ai senti sa mélancolie. Elle parle avec autorité. Elle a des idées politiques de gauche.

– Tous ! Leiris trimbale la révolution dans la Mercedes de Louise conduite par leur chauffeur. J'aime bien Zette et Michel ! Il est très intelligent, il écrit de façon originale et subtile. Mais ils me font rire avec leur militantisme de luxe.

– Duras déclare qu'elle est communiste. Mais elle a des intuitions vraiment perçantes. Le plus intéressant, c'est sa mélancolie, ce qu'elle dit de magnifique vient de là.

– Comme toi. Mais il y a des mélancoliques de droite, c'est pourquoi c'est si intéressant. Le désespoir est le plus grand parti de France et d'Angleterre. Leiris a voulu se suicider dans sa jeunesse et, tu vois, ça va mieux. Alors qu'avec l'âge il aurait plus de raisons de se suicider. Car il est très compliqué. Moi, j'ai la chance de savoir exactement ce que je désire. Je suis… comment ils disent, les psys ? Un pervers ! C'est l'inverse de la névrose de Leiris… Giacometti était névrosé ou pervers ?

– Tu sais bien que ces démarcations sont théoriques. C'est plus mêlé. Il était névrosé et pervers comme toi et moi, et la reine d'Angleterre.

– La reine, tu crois ? Ha ha ! Plutôt le duc ? Il est encore pas mal.

Il reprend l'idée du suicide :

– Moi, ça ne m'est jamais venu sérieusement à l'idée d'en finir. Je sais tellement que la mort arrivera d'elle-même.

– L'idée aurait pu te traverser comme ça. Pourquoi non, au fond ?

– Tu sais bien ! Mes pulsions encore fortes. Le désir toujours là, même si j'ai pris un coup brutal. Mon travail tous les matins. L'alcool. Et bêtement, bestialement, mon tempérament vital. Je n'ai rien décidé, rien choisi. Ha ha ! La liberté de Sartre ! Que c'est bête. Toi, l'idée t'est venue ?

– Toutes les idées m'ont traversée, toutes les passions, tous les désirs, toutes les excitations. Tout. J'ai joui dans les bras de la femme de Balthus. Puis je me suis sauvée. Bataille était saoulant avec ses algarades philosophiques, ses rituels, sa mystique érotique. Ses pratiques. Mais il percevait des choses vertigineuses. Bien plus troublantes que Sartre ! Beauvoir m'emmerdait un peu. Même si elle avait raison sur la condition féminine.

– Balthus, c'est mignon, son intimisme sadique pour bourgeois chics. Ses petites filles dans le rayon qui traverse les lourds rideaux luxueux entrouverts ! Bon... Sauf, bien sûr, la superbe femme de *La Toilette*. Toi, là, tu fais éclater ses limites. Tes seins divaguent, en poires hallucinantes !

Elle rit. Soupire. Sa jeunesse... Elle ajoute que Balthus a mélangé son image et celle d'Antoinette de Watteville. Après un temps, elle reprend le cours de son récit :

– Les artistes peintres ! C'est vrai que j'ai trouvé des maris plus profanes pour me changer les idées. Le fascinant Delmer, l'espion, l'agent double. Lambert, le compositeur, encore trop artiste, et complètement furieux. J'ai beaucoup aimé Giacometti, ses effusions et ses perplexités, ses grands discours de sa voix éraillée que l'accent chavirait par vagues, sa drôlerie et sa bonté. Son visage bouleversant. Ils sont morts. J'ai peint, j'ai travaillé pour l'Opéra, la danse. J'ai épousé Rawsthorne. Il m'arrive encore d'être fascinée par un jeune homme très beau.

– Je sais. C'est pourquoi tu es restée si belle.

Ils ont marché dans le quartier et se sont séparés. Il l'a regardée s'éloigner dans Dean Street. Grande et droite. Elle s'est retournée et ils ont échangé un baiser de loin. Au moment où elle passait devant le Gargoyle.

En taxi, il est allé voir un garçon de l'East End. C'est un imaginaire de confins des voluptés de l'enfer. La ville de la peur. L'ancien royaume des gangsters. Ronald et Reginald Kray, les jumeaux Ronnie et Reggie, sont enfermés, prison à vie. Ils ont été pris la main dans le pot de confiture, une confiture de cerises. Ils ont tué un rival sans prendre de gants. Salement. Ils ne viendront plus demander des comptes à Bacon, en prenant le thé, comme à Tanger. Le matin, il peint dans le chaos qui est son nid. Dans les anciennes écuries. Reece Mews devenu mythologique. Entouré de toutes les images du monde et de la vie frénétique que le miroir criblé de macules ne reflète plus. Un soir, au Colony Room, il rencontrera John Edwards.

Isabel est venue à Paris fêter les 70 ans de Diego Giacometti, le frère, le sculpteur aux prises avec les feuillages, les fleurs et les oiseaux. Comme cela séduit Isabel ! Ils évoquent Mademoiselle Rose, la renarde fugitive. Isabel a été subjuguée par la quête d'Alberto, et a partagé des moments d'intimité calme avec Diego. D'un côté les transes, les tortures du doute, les outrances, les errances érotiques, de l'autre le charme, la séduction du beau, de l'élégant Diego créant son paradis d'animaux. Ils vont se promener alentour. Un dédale pittoresque niché entre les avenues bruyantes. Ils s'assoient dans un square minuscule, contemplent un écureuil. S'émerveillent de sa couleur orange, rouge, oui, comme la renarde. Il ne s'occupe pas du tout des humains mais file le long d'un tronc, saute de branche en branche, fuse d'un arbre à l'autre. Nouveau ballet pour Isabel. Mouvements plus lestes encore, plus légers, plus immatériels que ceux des danseuses. Paul Valéry, à propos de leurs corps incandescents, parlait de « flammes ». C'était la métaphore maîtresse de ses textes sur la danse. Isabel ne partage pas complètement cette vision. Car elle escamote ce qui reste d'incarnation dans la voltige des danseuses. La mince, la svelte structure tendue du corps qui ne se dissout jamais comme la flamme. Margot Fonteyn, dans sa mobilité la plus immatérielle, laissait deviner sa ferme ramure sauvage. Et quand Noureev refermait l'arborescence de ses muscles sur la danseuse blottie, celle-ci, au cœur de l'arche, dardait encore sa ligne magnétique. Ses cheveux noirs, ses yeux noirs perçaient l'architecture de l'athlète. La tension ardente de son être tangible. Le désir de Margot, farouche.

En revanche, le vol de l'écureuil, surgissant, s'éclipsant, est celui d'une flammèche rouge et magique qu'ils regardent émerveillés par la vie, si intense : fine, impalpable. Bouffée d'étincelles. Rien que la vie fusante, surprise, effrayée, furtive… Nerveuse !

Isabel évoque ses peintures animalières. La vie menacée des oiseaux par l'usage meurtrier des pesticides.

– Il n'y aura plus d'hirondelles, plus de faucons, plus de chardonnerets, plus de papillons.

Diego a les mêmes pressentiments. Tous deux cependant admirent la turbulence des nuées de moineaux de Paris, dont la piaillerie retentit partout. Un étourdissant tapage. Et il lui dit que l'atelier bruissait des cris des hirondelles jusqu'au début de l'automne. Certes, il fallait prévenir le désastre. Elle dépeint sa campagne de l'Essex et ses cultures industrielles. Cette grande nappe de jaune artificiel qui dévore la prairie, jadis variée, aux mille couleurs. Elle est devenue militante ! Elle défend son poulailler, son potager, la terre, le ciel et les petites bêtes du bon Dieu. Comme dit Bacon…

– Tu étais déjà engagée avec Delmer, en faveur des républicains espagnols. Tu es une combattante, toujours sur la brèche.

– On m'a donné un revolver pour que je me défende si un jour je suis attaquée par un rôdeur dans mon cottage. Tu sais que je n'hésiterai pas à tirer.

– Sur un pauvre vagabond.

– La vie ne fait pas de cadeau. C'est Francis qui le répète.

Elle semble plongée dans une méditation et déclare tout de go :

– Tu vivais dans son ombre dévorante.

– Alberto était comme Picasso qu'il n'aimait pas, comme Balthus, comme tous les autres artistes célèbres. Incroyablement égocentrique, tyrannique. Comme Bacon.

– Moi, Alberto m'envahissait. J'étais très juvénile, très libre, très versatile dans mes désirs, très impulsive. Il me capturait par sa frénésie de peindre. Sa passion obsessionnelle m'envoûtait. Il avait une beauté sensuelle et furieuse. Il était intarissable, intransigeant. Il brûlait. Il a fait d'abord de moi une idole où je ne me reconnaissais pas. Il m'a pétrifiée dans son fantasme. On se dévorait mutuellement. Il me fallait fuir. La soirée où je l'ai trompé en partant avec René Leibowitz l'a terrassé. Je m'échappais toujours, c'était le garant de ma survie.

– Vous étiez tous des dévorants !

– Comment pouvais-tu lui être à ce point dévoué, jusqu'au sacrifice ?

– Cela vient de l'enfance, de notre mère. Il fallait protéger Alberto. De ses démons précoces. Mais je ne me suis pas sacrifié. Nous avons collaboré dans la même effervescence. Souvent il me pressait, m'interrompait dans mon propre travail, multipliait les exigences, spontanément, comme ça, j'étais son frère… Mais je ne regrette rien. J'adorais la vie de l'atelier, son quotidien, l'écoulement des jours pendant tant d'années, le travail. Les soirées, les cafés avec les amis. Toute une vie dans le même quartier familier. Je suis casanier, régulier. Quand il a amené la jeune Caroline entourée de voyous et de voleurs, j'ai craint le pire. Qu'Alberto s'anéantisse dans cette folie.

– C'est beau le désir, jusqu'à la fin.

En revenant par les rues, la jambe d'Isabel s'accroche à un morceau de grillage qui dépasse d'un jardin. Cela saignotte. Ils rentrent dans la maison de Diego, rue du Moulin-Vert, de l'autre côté de la rue Hippolyte-Maindron. Aussitôt il s'empresse, désinfecte la plaie, applique un sparadrap et une bande Velpeau.

– Tu étais aussi attentif, aussi délicat, aussi adroit quand tu réparais la jambe d'une sculpture d'Alberto ou préparais une armature…

– Tu sais, je me suis déjà occupé de toi.

– Comment ?

– Alberto a fait en 1936 la longue et fine sculpture *Femme qui marche II*. Tu étais son modèle adoré. Tu lui apparaissais en déesse égyptienne, c'étaient les hallucinations de son amour. Moi, la nuit, j'emmaillotais de linge le plâtre mouillé. Et ensuite j'ai longuement poli la sculpture. Alberto me chargeait souvent des finitions techniques. C'était une figure très jolie, élancée, mince mais dotée de courbes et de chair. Tu as été sa première femme figurative, après la longue période surréaliste. On a vu cette femme comme un spectre hiératique, conformément à l'idée qu'on se faisait d'Alberto, mais ce n'est pas le cas. La sculpture vibrait secrètement tandis que je la polissais, son délié, son pas en avant de danseuse. Son harmonie sensible. Certes il s'inspirait encore de la Grèce et de l'Égypte antiques, mais… comment te dire ?… j'avais l'impression de caresser une lyre.

– Comme c'est beau ! Comme cela justifie notre vie. En 1936 ! Il y aura donc trente-six ans. Et nous sommes là, Diego. Dans le même quartier. Tiens-moi la main, serre-la, dis-moi que nous sommes là.

Diego lui prend la main et la presse fermement dans la sienne.

– Nous sommes là. Alberto est là. Tout le monde est là. Tous les animaux immortels.

Bacon revient à New York, pour le vernissage de l'exposition du MoMA. Il ne descend pas à l'Algonquin comme il l'avait fait en 1968, avec John Dyer, lors de l'exposition de la Malborough. Sans Dyer, il choisit le Stanhope, qui n'est pas mal non plus. Il y a dix ans, Alberto Giacometti, venu par bateau, exposait au MoMA. Bacon y pense, car la presse les compare. Ce sont deux figuratifs. Giacometti et lui sont des cas à part. Des déviants. Deux dinosaures. Bacon expose trente-six tableaux. Toute la saga mortelle de John Dyer. Les grands triptyques de la mort. En 1968, John Dyer avait fait sensation avec son accent cockney. Le voici sur les grands retables de son agonie. Assis, de dos, couché, au pied de l'escalier fatal, à la plage sous un formidable parapluie noir, fouetté de giclures de peinture. C'est le sperme qui manque à la peinture abstraite et au pop art. Certains critiques ironisent sur les horreurs élégantes de Bacon. Ses constructions académiques et virtuoses autour d'un paquet de viande. Ce carnage vous est offert dans une corbeille suave. Bacon a commencé par concevoir des meubles. Décorateur de l'horreur.

Évidemment, un tourbillon de critiques le questionnent sur cette fameuse horreur qui émane de ses tableaux. Depuis longtemps Bacon s'étonne de leur étonnement, auquel il oppose les horreurs de l'Histoire et de certaines représentations artistiques célèbres. Leiris évoquera l'horreur sacrée de ses tableaux, ce mélange d'extase et d'angoisse... Bacon, laconique, n'irait jamais recourir à ce type de vocabulaire vertigineux. Il s'en tient à des remarques banales sur la cruauté naturelle et universelle. Il amène, en riant, certains horrifiés devant *Figure endormie* de 1974 :

– C'est moi, voyez comme je dors tranquillement dans ma chambre douillette. Le sommeil du juste.

Bon, il y a bien cette petite bavure de peinture qui dégouline du visage, très légèrement violacé, mais c'est un minimum. La structure du décor est jolie, l'armature pure de la fenêtre à travers laquelle on voit l'homme qui dort, la lampe rousse presque intime qui veille sur lui. Le lit sur ses pieds courbes et métalliques, la plasticité simple et souple du matelas. Non rayé de vert, s'il vous plaît !, loin des débauches de Tanger. Nulle horreur. Certes, il a entouré d'un cercle noir son sexe précis, galbé, serti dans sa touffe de poils noirs. C'est mignon. Les horrifiés américains sont perplexes. Petite provocation du pénis pictural.

– Comme je dors !

Il ne leur révèle pas qu'il s'est inspiré d'une photo de lui sur le lit d'hôpital où on l'a opéré de la vésicule biliaire. Mais rien, dans la circonstance, d'horrible. Seulement un sommeil réparateur.

À proximité, les mêmes invités voient *Figure assise*, plus inquiétant, toujours de 1974. On ne peut plus récent. La sieste du personnage a été courte ! Il offre désormais une tête noire et distordue, patibulaire, qui se détourne, dans un carré noir. Du Bacon pur jus. Le corps assis sur une chaise dessine une torsion comprimée. Dans différentes projections d'ombres noires. On est frappé, à droite, par un panneau très bleu, saisi de biais, où se détache une Érinye dont la poitrine blessée saigne. L'œil est harponné par l'intrusion du volatile bizarre, hybride. Proche du regard. Nulle horreur mais le tragique de Bacon. Nouvel Oreste.

Bacon est flanqué du bel oiseau de luxe, Peter Beard, qui s'est entiché de lui depuis qu'il a vu dans son atelier des images de son livre *La Fin d'un monde*, les photos des éléphants morts. Il consigne dans un carnet les déclarations les plus brillantes du maître, ses sarcasmes. Séide fervent. Louis XIV avait Racine, Bacon a Beard, l'historiographe de ses lazzis. Beard a fait des photos de Bacon. Des mises en scène. Bacon ouvre ses portes bariolées de peinture, dans l'atelier trône un de ses tableaux représentant un personnage monstrueux. Bacon magnifie le destin picaresque de Beard. Il a combattu pour la survie des animaux d'Afrique. Il photographie les plus beaux mannequins avec des fauves, pratique l'art du collage, des carnets criblés d'écritures, d'images. Mais la bête Bacon est d'une qualité rare. Éléphant et félin uniques. Se promener avec le monstre dans la savane du MoMA est un privilège inouï. Galoper sur le macadam entre les gratte-ciel. Le voir descendre vin et champagne. Lever la tête, toiser les tours et leur tirer la langue. Noter ce qui sort de l'oracle. Delphes non-stop. Dada du sexe et Nada !

Bacon visite le camp ennemi… Il voit Rauschenberg qui ne lui déplaît pas, il rencontre Andy Warhol à la Factory. Sixième étage du 33 Union Square West. Haut building quadrangulaire. Bacon découvre un atelier mythique plus vaste que le sien ! Auréolé de tentatives de crimes et de suicides de stars. Un chantier en ébullition de trouvailles et une faune à l'avenant. Cette effervescence amuse Bacon sans le duper. Andy Warhol n'est pas son genre de mec, trop queer. L'air asexué. On le dit voyeur, friand de fines chaussures. Ce n'est pas un *bugger*. Bacon préfère les barbares, qui manquent un peu dans la volière enveloppant le gourou et son allure d'hermaphrodite. Bacon se teint volontiers les cheveux mais la perruque platine d'Andy est un paillasson impossible. Alentour, des jeunes gens d'origine bourgeoise, bohème et friquée, abusant de diverses drogues, et la meute des mécènes et des parasites. Un portrait fait par Warhol coûte très cher. Très sollicité, entre autres, par les politiques. Bacon ne subodore pas de vrais gangsters dans la bande. L'aplomb d'un fauve qui sauverait la meute volatile…

Il voit un grand portrait de Mao vêtu d'une tunique rouge, la tête cernée d'une aura solaire. Warhol se complaît à déclarer : « La gloire c'est de réussir à commercialiser son aura. » Là-dessus, le Mao atteindra des sommets. Sur le mur, il occupe bien son terrain visuel. Dévorant. Warhol, dans son genre, a fait son maximum. C'est que Nixon a rendu visite au Timonier. L'actualité est le truc de Warhol. Il a peint la série des Marilyn après son suicide. Bacon ne fait aucun commentaire sur cette forme de réalisme photographique sans défiguration, sinon des retouches de peinture, des artifices techniques de reproduction mécanique. Les icônes de Warhol illustrent un nouvel âge publicitaire que Bacon voit passer. Le pop art n'est plus l'abstraction abominable, c'est un nouveau réalisme, certes, mais qui est le contraire de ses cris, de ses papes hystériques hurlant dans leur cage, de ses Crucifixions, de ses contorsions, de ses convulsions, de ses copulations dévastées, de ses carnages, de ses visages dévorés. Le contraire du *Lotar* de Giacometti. C'est d'une platitude qui sidère. D'un magnétisme apathique. L'inexpressif fait loi. Le silence du sens. Le sourire fossile. L'aura de synthèse. Bacon aime le libéralisme mais pas en peinture. Toutefois, il a l'air de s'intéresser à la série *Ladies and Gentlemen*, des travestis bigarrés. Les distorsions sont très limitées. Un baroquisme qui égaie le regard sans l'alarmer. Le vide mercantile célébré par Warhol est le contraire du néant baconien. La déclaration qu'un magasin vaut un musée laisse Bacon perplexe. Warhol aurait pu à la rigueur comparer un grand restaurant et un musée… Le pop art ne vrille pas les nerfs. Nul instinct de fond n'est galvanisé. C'est à peine divertissant. Mao sans polémique. Déraciné, spéculaire. Grand, massif, pompier, cliché sorti de l'Histoire. De ses crimes. Monument de magazine. Mao ressemble à un cardinal de la curie ceint de pourpre. Monsignor Mao. Warhol rêve de faire le portrait du Chah. Tyran idéal. Bientôt ce sera Lénine et le Christ, rien que des célébrités. Le Christ dans la *Cène* de Léonard de Vinci, un vrai boulot, cent avatars du repas eucharistique. Tout fait image, totem, Coca-Cola et le Christ, tout se vend. Marilyn, La Vache qui rit. Ironique ? Critique ? Même pas. Miroir de la société de consommation.

Au fond de l'atelier de Bacon, dominant le fatras pullulant, un œil reflète la pyramide cynique de ses fantasmes : le miroir rond criblé de taches. Dans son petit appartement au canapé vert, le miroir fêlé par la colère d'un amant. Tous les miroirs de ses tableaux virulents. Les miroirs de Bacon sèment la peste.

Cela dit, entre stars exorbitantes, arrachées à l'anonymat, on échange des mimiques aimables, des assauts de sympathie, des pétillements, des blagues. On rit, même de rien. Parade de toute visite sans vrai lendemain. Comédie et curiosité. Bacon observe l'installation technique, les appareils, les projecteurs, l'usine de Warhol, les documents visuels sur les murs, les sérigraphies qui n'ont rien à voir avec ses propres obsessions. L'espace ouvert, libre, continu, diffère en tout de sa tanière gothique polluée de déchets enchanteurs. Bacon s'assoit un moment avec Warhol sur un grand canapé. Des pilastres enveloppés de papier argenté montent vers le plafond. Warhol est un gourou agréable. Bacon sait être élégant, délicieux, approprié.

À un moment, il dit à Warhol :

– J'ai entendu certains Américains moroses dire, dans mon dos, que mes tableaux illustraient le désespoir homosexuel.

Warhol le regarde, attentif, avec ses drôles d'yeux bridés, aux commissures rosies, comme chez les albinos. Il rit.

Bacon rajoute :

– J'ai l'impression que le désespoir des hétérosexuels n'est pas mal non plus.

Warhol lève les yeux au ciel.

– Ils battent des records depuis Adam et Ève.
– Adam aurait préféré qu'Ève soit un garçon.

Lorsqu'il s'en va, quelqu'un dit à Bacon qu'il ne faut pas se méprendre sur le caractère superficiel des œuvres de Warhol. La répétition des séries, les thèmes choisis ont un rapport avec la mort.

– La MORRRT ! s'écrie Bacon. Mais tout a un lien avec elle ! Même le pop art. La question, c'est de trouver une forme pour le dire.

Au fait, Mao est mort. Quel soulagement !

Bacon déclare :

– Sur la place Tienanmen, ils pleurent tous comme des vaches. Quel manque de lucidité !

Une idée circule selon laquelle Mao, malgré ses dérives et ses crimes, aurait tout de même donné à manger au peuple. Comme on oublie le Grand Bond en avant, la famine et les 30 millions de morts !

Malraux meurt aussi, son lit flanqué du portrait de Mao. L'impasse de la pensée des meilleurs. Il leur faut le shoot du surdimensionné. Un gri-gri ou je meurs ! Un conte de fées. Ils se trompent d'épopée une fois sur deux.

1977. Bacon séjourne souvent à Paris. Il a acquis un atelier, rue de Birague, près de la place des Vosges. C'est plus dégagé que celui de Londres. Pas de strates géologiques de déchets.

Le voilà chez lui, chez nous, hantant le Quartier latin, ou les bars propices. Il aurait pu y boire des verres avec Giacometti, mais il eût fallu s'y prendre plus tôt. Il drague dans nos rues. Il y découpe un sosie de Soho conforme à ses passions. Il s'enivre à la

Palette… dîne place Vendôme, au Ritz. Chez Maxim's. À la Tour d'Argent, au Grand Véfour. Il aime aussi divaguer de bar en bar et dîner au Pied de Cochon. Ces pieds coupés dans les assiettes le ravissent. Lotar, le modèle ultime et mythique de Giacometti, commença, avant la débine, par photographier, aux halles, pieds de bœufs, de veaux, de cochons, bien alignés, cette incongruité surréaliste. Caviar ou pied de cochon, Bacon se soigne et arrose l'affaire. On dit qu'il a dégusté, un jour, un ragout avec une bouteille de cheval blanc. Mais ça va très bien ensemble ! Qu'est-ce qu'on ne dit pas sur Bacon ? Racontars épicés, caprices d'Iran, escapades de caniveau. Du temps des halles de Baltard, il glissait sur les flaques de sang. Un régal. Il imprimait cette marque sur les parquets des chambres des hôtels de fortune.

Il pique des colères de diva. Normal. Mais il est d'une grande gentillesse, par exemple, avec Michel, son homme à tout faire qui se tape les corvées pratiques, les installations. Son Diego parisien, en somme. Il ne manque pas de se saouler avec lui.

Il fréquente le Sept, rue Sainte-Anne. C'est, grosso modo, dans le même quartier que son studio, à portée de bottines et de blouson de cuir. Alerte, élégant, pomponné, il fonce vers la fontaine de jouvence. Car le Sept est différent des restaurants huppés où des sommeliers compassés, raides, versent doucettement le nectar. Le seau, le torchon immaculé, la gougoutte calculée, suave, ça lasse à la longue. On a envie de saisir la bouteille de saint-estèphe et de s'en remplir un verre jusqu'à ras bord comme chez les routiers. Le Sept est une oasis furtive. En haut, le restaurant des vedettes, on peut y croiser Yves Saint Laurent, le ministre de la Culture, des musiciens célèbres. En bas, un décor de miroirs, comme au Gargoyle, où tous les Narcisse se reflètent. Bacon rejoint le brassage de mecs au sous-sol. Une faune très en vogue où les femmes, moins nombreuses, sont libres de danser aussi, au rythme du disco d'époque. Les entrées sont filtrées, interdites aux importuns. Bacon est accueilli comme le

Messie, il plonge son aura d'icône dans la palmeraie de l'amour mobile et la moiteur des torses, des exotismes. Sous les frissons des néons nuancés et des moirures. C'est Huysmans au harem.

Isabel Rawsthorne vient le voir. Elle l'emmène, un soir, dans le jardin des Tuileries. Ils s'assoient sur un banc dont Isabel sait qu'il s'agit de celui qu'elle a partagé à la veille de l'exode, en 1940, avec Giacometti. Elle n'en dit rien à Bacon. Il n'aimerait peut-être pas verser dans cette nostalgie. C'est sur le parterre d'en face que se dressera en 2000 la statue de *Grande Femme II*. Ils l'ignorent, anticipent une escale sacrée sans le savoir. S'ils ne parlent pas encore de Giacometti, ils évoquent George Dyer. Dyer seul dans sa chambre de l'Hôtel des Saints-Pères. C'est ainsi qu'on meurt sans secours.

Bacon mourra seul, malade, égaré en Espagne.

Et c'est là que Giacometti surgit dans la conversation, à propos de la vieillesse et de la mort. Giacometti était si entêté, obsédé par son œuvre qu'il parlait peu de la mort. Il évoquait surtout sa fatigue, ses excès de travail. La maladie l'a saisi mais, incrédule, il a poursuivi son labeur. La dernière statue de Lotar était encore fraîche quand la mort l'a surpris. Bacon, exubérant et vital, ne cesse de répéter que notre condition est vaine et mortelle. L'horreur lui est familière. À ses yeux, il n'y a de réalisme que cruel. Notre banalité est cruelle.

Isabel prend soudain sa main. Comme ça, en regardant les oiseaux, les promeneurs, les passagers de la vie. Il se tourne vers elle, et lui sourit avec grâce.

Plus tard il déclare :

– Si on allait voir, à côté, les superbes dondons de Maillol.

Ils s'arrêtent devant les muses rutilantes et fessues.

– Il est grand, quand même, car lui aussi échappe au réalisme photographique. En fait, il n'est pas vraiment académique. Son réalisme est subjectif. Il voit les femmes comme sa peinture les désire.

– Il ne faut pas être littéral, lance Isabel, mais littéraire comme Leiris.

– Il va découvrir le portrait que j'ai fait de lui !

Le vernissage a lieu à la galerie Claude Bernard, en plein Quartier latin, rue des Beaux-Arts. C'est l'émeute. Une foule d'amateurs idolâtres. Des invités de prestige du Tout-Paris, de la Tate, du MoMA et d'ailleurs. La galerie satellise toutes les météorites de l'époque. Le gratin galactique au complet.

Le peintre et fidèle ami Denis Wirth-Miller embrasse Bacon, son vieux camarade. Hockney aurait pu venir, mais Bacon abomine ses succès et déplore sa joliesse creuse. Son eau de piscine trop diamantée manque de sang et de pied de porc flottant. Des punks turbulents aux cheveux hérissés ponctuent des groupes de costumes soignés. Les tatouages le disputent aux colliers de perles. La chair n'est pas triste. Et les punks n'ont pas lu les livres de Leiris. Justement il arrive dans la Mercedes conduite par le chauffeur. Zette, son épouse, en somptueux manteau de fourrure. Elle est l'héritière de Daniel-Henry Kahnweiler, l'homme qui traquait Picasso et damait le pion à Vollard. Elle possède deux cents œuvres de maîtres. Des tapées, des fricassées de Picasso, des Braque, des Miró, Masson, Bacon, Giacometti. Et Bacon rit doucement des idées de gauche de son ami Leiris, le millionnaire. Il aime sincèrement l'écrivain mais il déteste le discours des idéologues riches et théoriques, et qui agissent peu, sinon en signant des manifestes. Bacon ne signe rien, Giacometti – pourtant de gauche – ne signait rien non plus ! Monet s'écriait qu'il ne voulait appartenir à aucun comité ! En 1968, Leiris faisait partie de l'association Les Amis de « La Cause du peuple », maoïste. Une épidémie de crédulité qui ne coûte pas cher. Mais qui tue en Chine.

Michel et Zette Leiris possèdent le plus beau portrait d'Isabel Rawsthorne, de 1966. Portait ténébreux, yeux d'angoisse, grande fulguration blanche dardant du coin extrême de la bouche. Les fameuses déformations n'animalisent pas le visage mais l'approfondissent, jouent d'un contraste de ténèbres et de clartés curvilignes. Cornée blanche des yeux d'effroi tournés de côté vers le haut. L'orbite de l'œil gauche est cerclée d'un cerne blanc et brillant qui accuse la cavité oculaire. Quelle interrogation ? Le tableau sera légué au Centre Georges-Pompidou en 1984. Par Louise et Michel Leiris. Ils détiennent encore une sculpture d'Annette Giacometti, *Annette X*. Buste et belle tête angoissée de 1965, léguée, elle aussi, en 1984. Deux portraits saisissants qui établissent une secrète parenté entre Isabel et Annette. Presque la même année, 1965-1966, celle de la mort d'Alberto. Même manière de tourner le regard. Tension. Tourment. Leiris sait ce qu'il choisit.

Michel Leiris a souligné un point commun essentiel à ses deux artistes préférés : des tableaux absolument criants de présence.

Yves Bonnefoy insistera lui aussi sur la présence des personnages de Giacometti mais en y mettant un tremblement d'Être, d'essence et d'indicible qui est étranger à Leiris. La présence, pour ce dernier, saute au visage, c'est un fait brutal et cuisant.

Michel Leiris découvre son portrait fait par Bacon. *Portrait de Michel Leiris*. Évidemment ça lui fait drôle. Bacon le regarde regarder. Avec un petit sourire gourmet et inquiet. Leiris intimidé, frappé, perplexe, séduit, reconnaissant… Le tableau d'une mutuelle amitié. Être pénétré, pourfendu, par le maître de la peinture contemporaine.

Pas trop de mal. La bouche, justement, en soleil couchant de Monet ! Et c'est vrai. Pas de charnier mais une moitié de visage effacée, l'autre cerclée comme dans les portraits de Peter

Beard ou Mick Jagger. Certes, Leiris, plus radical ! Beau regard intérieur, profond, de l'œil unique. Coup de sonde à vingt mille lieues sous les mers de l'âme. Leiris capitaine Nemo de notre psyché.

Cette nouvelle époque plus diaphane donne des portraits moins matériels, moins physiques. Et confère au personnage quelque chose d'« extraterrestre ». Visages presque de synthèse et de prothèse. Rien à voir avec les gestes picturaux superposés, l'épaisse peinture pour Isabel, Dyer... Ou Henrietta Moraes.

La préface du catalogue de l'exposition est de Leiris : « Le grand jeu de Francis Bacon ». Échange. Un tableau, un texte. Donnant-donnant des superbes.

Leiris insiste sur la « tension » de Bacon : « il se sent tournoyer entre vie et mort... ». Le désir de « figurer sans illustrer », l'aspect « abruptement réaliste ». « Créations pantelantes [...] toujours tendues jusqu'à l'écartèlement... ». Et cette référence au rôle de l'accident, du geste aléatoire (jet de peinture, éclaboussure, coup de brosse, de chiffon), que Leiris exprime superbement par « des hasards subjugués ». En cela, il est plus écrivain, plus intuitif, plus styliste, plus lyrique, plus poète que ne le sera, bientôt, le philosophe Gilles Deleuze avec son minutieux arsenal de concepts – certes exquis, exhaustifs – débitant Bacon en une grammaire de thèmes et de structures dans *Logique de la sensation*.

La phrase de Leiris, sophistiquée, dédaléenne, ralentit l'avènement des mots clés et des joyaux de sa pensée. Portés ainsi dans l'architecture d'un écrin. La syntaxe savante s'oppose paradoxalement à l'immédiateté virulente des tableaux de Bacon et emprunte, pour traduire le choc, les détours d'un cheminement élaboré, tel un rituel. Deleuze distingue, clarifie, distribue quand Leiris cherche, au cœur de l'œuvre, ce qui pourrait en restituer l'impression dans la langue : la formule incandescente, les mots du paroxysme.

Leiris et Bacon seront des amis fidèles et chaleureux. Qui a eu l'idée de fomenter une rencontre, un repas, entre Deleuze et Bacon ? Un désastre de platitude. Entre eux rien ne prend, chacun disserte de son côté. Soudain, la promiscuité des chairs, la présence des visages, des timbres. Impossible familiarité. Ce qui n'est pas absolument étonnant. On peut discourir brillamment sur tel ou tel peintre et ne pas s'entendre avec lui. C'est frustrant. Bacon, là devant : rien ne se passe, ne surgit de vif, de vivant. Toute la démonstration de Deleuze était fondée sur le vivant fondamental, animal, la viande opposée à toutes les organisations, toutes les figurations de la peinture traditionnelle. Mais c'en était presque idéologique, hérissé contre le vieil humanisme. Devenu idéologique, certes, lui aussi. Deleuze en sait théoriquement trop. Bacon n'aime pas qu'on le sache. Un froid les saisit. Ils réagissent comme des automates. Chacun délègue des doubles, des marionnettistes. Nulle étincelle, deux étrangers. Le lit est vide.

Leiris a cette grosse veine qui palpite à fleur des tempes, tambourine. Bacon adore ce détail vital. Il avoue qu'il aurait presque envie de planter une fourchette dans le vaisseau dilaté. On ne se lasse pas de ce trait. Le sang de Leiris. Un charme !

Tout le monde n'a d'yeux que pour *Triptyque*. Il rameute les effrois, les frénésies. Un vautour noir tombe du ciel. Une vrille d'ailes tourmentées, un bec a tranché la tête. Un tronc sommaire – complété par cuisses, genoux, pied, un seul – révèle ses entrailles translucides. Entre les cuisses de Prométhée une sorte d'écuelle ovale est remplie de nuances, de coloris volatiles et divers. Les spectateurs les plus avertis doivent s'approcher et se pencher pour saisir cette palette vive et folle. Des bestioles baconiennes, ailées, Euménides, sont posées sur des rampes. Un grand calice rempli de sang est le pendant du tronçon charnel. Le volatile de gauche, à demi simiesque, montre sa goule aux dents aiguës comme dans les premiers tableaux de 1948. De chaque côté, une figure hautement maléfique est témoin du sabbat central. Elles apparaissent sur des panneaux sombres montés sur des rails de cinéma. Deux grands visages ovales, épurés, avec des motifs de lentille imprimés sur les joues. Celui de gauche, nazifié, possède un bras énorme et noir prolongé en genou et chaussure. Il se dédouble d'une figure de chair à l'intérieur de son vêtement. Celui de droite offre un costume intact. Un coït très chaotique et pictural vient se greffer sous son image simplifiée. Émerge un cul bien arrondi, protubérant, presque sympathique, comme on en voit dans l'enfer des Jugements derniers. Une goule dentue subit la charge dans un pataquès de volumes rouges et charnus. Des manuscrits jonchent le sol.

Les Crucifixions continuent donc leur bacchanale de sang, d'une façon ou d'une autre, chrétienne ou grecque. Entre les Évangiles ou Eschyle. C'est plus nourrissant que la tête de Mao. Très dramatique. Trop théâtral ? Qui se plaindrait que la mariée soit trop belle ?

Quel baroud d'honneur ! Il faut bientôt que la police ferme la rue. Les punks font peur. On se presse, on moutonne, quel loup harcèle le troupeau ? On se bouscule, on se hausse au-dessus de l'épaule du voisin, des agglutinements de têtes béates, perplexes, grimaçantes. On chuchote des jugements contradictoires. On retient des cris d'horreur, on s'arracherait presque les cheveux. On est au bord de la transe, de l'effroi, de la syncope. C'est horrible, vraiment horrible ! Ce grand vautour tombé du ciel qui a décapité ce tronçon d'homme. Ce calice gorgé de sang frais. Ces assistants du crime, glacés, diaboliques. Extase. C'est grandiose. Vertige. Dégoût. On en enlèverait presque son manteau de fourrure, jeté sur un amoncellement d'autres peaux de bêtes luxueuses. On y mettrait le feu. On couperait des têtes. On se métamorphoserait en Euménides et Oreste déchaînés. On ferait un grand sabbat Sexe et Sang.

Au lieu de ce défoulement suprême, on boit du champagne à gogo. On a les incantions qu'on peut. C'est le milieu. Les bulles. Le babil. Les billets de banque. Des spéculateurs, des acheteurs de Babel, d'authentiques connaisseurs, des curieux, des mondains, des parasites, des vieux avec des jeunes resplendissants, respirant à pleins poumons l'atmosphère rare et précieuse. Des commentateurs cuistres et pâmés, des analytiques dans leur coin, épelant, notant chaque détail, avec des airs de conspirateurs, un ou deux effroyables rigolards planqués en arrière. Des profanateurs, des caïds et des poules comme dirait Giacometti, des gigolos, des gitons, des huiles du ministère, de l'ambassade… Des pincés, des dilatés, des crinières sortant du salon de coiffure et des crânes rasés. Des rangées de perles, des escouades de culs, cuisses, cuir luisant, de jeunes épaules blanches et tatouées, longs galbes exquis, et des bracelets d'or sur des bras fripés. Un élégant, à belle carrure, porte des bretelles lui striant le poitrail, pour faire plaisir à Bacon. Un Giacometti grand et frêle, une Maillol opulente. Un Picasso simultanément de face et de profil. Dora Maar n'est pas morte, c'est peut-être elle…

Des costards de soie. Du crêpe de Chine en croupe, du cashmere en proue, de la ruche aux reins, de hautes bottes fines, des jeans de luxe. Des cliquetis de chaînettes punks. Des braguettes de dentelle, à moins qu'on n'hallucine.

Le soir, buffet luxueux à la Bourse de Commerce ou Halle au blé, si on préfère cette dénomination plus pittoresque. Les invités se bousculent sous les fresques. C'est encore plus beau, plus faramineux que l'après-midi. C'est l'Iran, Persépolis qui recommencent. Vive la Chahbanou ! L'espace circulaire, arène comme dans les tableaux de Bacon. Mais c'est mieux, il n'y a plus ces peintures un peu « difficiles », « spéciales », comme disent les imbéciles. On peut déguster foie gras, saumon… croupion de paon farci sans qu'une vision cauchemardesque vous coupe l'appétit. On se sent à l'aise, on est enfin dispensé de faire des commentaires intelligents, originaux, on parle de la gauche qui ne cesse de monter dans les sondages. Bacon fait la moue. Quelqu'un suggère que Raymond Barre ferait un bon portrait pour Bacon, tête carrée de l'East End, buste de parrain, bretelles. Yeux froids, cruels. Ironie susurrante qui tue. Pépé le Raymond dans un quadrilatère orange. Totalement bizarre comme un troisième frère Kray. Barre à Tanger. Barre des bars de Soho. On le déforme, on lui tranche une joue, on lui enfile des jambières, on lui tronçonne le tonneau, son sang dégouline un peu. Une Euménide fétide louche sur lui. Giscard, si on l'escamotait comme le beau Beard ? Avec une éclaboussure de blanc frais.

Il paraît que Bokassa a offert des défenses d'éléphant au Château…

– Pauvres bêtes !

– Je suis contre la corrida.

– Chut ! Leiris en a fait tout un système, sa vision de l'artiste. Songez à Goya, Manet, Picasso, ne soyez pas commun !

– Les pauvres bêtes !

Bokassa est devenu empereur de Centrafrique. Comme Napoléon qu'il adule. On a préparé son sacre chez nos grands couturiers. Pierre Cardin et son équipe à l'ouvrage sur le manteau de velours cramoisi, bordé d'hermine, constellé d'étoiles, d'abeilles. Un manteau de dix-neuf mètres de long ! Nos bijoutiers, la fine fleur de nos artisans, de nos petites mains…

– Pauvres bêtes !

– Dix-neuf mètres de velours sous les tropiques humides.

– C'est grand comme mon petit yacht !

On a fait venir du Haras du Pin, en Normandie, huit chevaux blancs pour tirer le carrosse. Deux sont morts pendant le voyage. Les autres, assommés par le cagnard, n'ont pas pu finir la parade. Pauvres bêtes.

Maintenant on plaisante sur Jimmy Carter, le nouveau président américain, et ses champs de cacahuètes. Un homme de gauche ! On se réjouit du changement. Dévoué à la cause des droits de l'homme. Les droits de l'homme en Centrafrique.

– Les droits de l'homme dans la peinture de Bacon ? insinue un invité caustique.

Bacon a entendu et déclare :

– Carter aura le prix Nobel de la paix, vous verrez ! Le plus vague des prix…

On jouit, on se tord de rire, à gauche comme à droite. On ne le refait pas ! On se trémousse. On se drague. On avale des bouchées de foie gras et de saumon. Dans les goules béantes. Pauvres bêtes ! Champagne ! Dix-neuf mètres de champagne ! Cacahuètes ! *Cheers !* Dix-neuf mètres de cacahuètes !

– Il paraît qu'en Centrafrique il y a des pythons de dix-neuf mètres !

– Quelle est la longueur d'un pénis de python ?

Un invité, grand naturaliste, hausse les épaules et répond :

– Un python a deux hémipénis invaginés.

– Alors ça !

– Pauvre bête !

– Les deux organes sortent quand le python copule. Et s'incrustent par des crochets !

– Et la femelle ?

– Deux hémiclitoris.

– Alors ça ! C'est couper les cheveux en quatre.

Arrive Bacon :

– Mais de quoi parlez-vous donc ?

– Des hémipénis invaginés des pythons.

– Oui, j'en photographiais tous les jours dans le jardin de ma mère, en Afrique du Sud. Des pénis abstraits ! Tous les peintres abstraits d'ailleurs ont des…

– J'ai lu ce fait divers horrible : un type en Australie, assis sur la cuvette des chiottes, s'est fait mordre le pénis par un python qui sortait de la tuyauterie !

Ces journées nous valent une photo prise par John Minihan. Bacon en manteau de cuir noir devant le triptyque au vautour de 1976. Il assure ! Légèrement déhanché. Saignant. Coruscant. Héros de polar. L'inspecteur Bacon pose devant un faux qu'il vient de saisir.

Lucian Freud vient voir l'expo. Une photo le représente seul avançant vers les tableaux. Relation tumultueuse entre Bacon et lui. Amitié originelle, quasi-fusion de la jeunesse de ces deux figuratifs dans l'ère de l'abstraction triomphante. Ils se saoulent et jouent au casino ensemble. Inévitables fâcheries, jalousies, orages, critiques réciproques sur l'évolution de leur travail. Héros aigres. Bacon a peint en 1969 les fameuses *Trois Études de Lucian Freud*. Portrait d'un vieux copain. Pures structures parallélépipédiques, fond monochrome jaune, et visage vigoureusement animalisé. La grande époque des déformations hardies. Des gestes ! Le triptyque sera exposé au Grand Palais en 1971 ! Oui, devant les Pompidou… À côté de Dyer qui vient de se tuer. L'amant mort, l'ami vivant. Après pas mal de vicissitudes où les trois panneaux seront séparés, ils seront réunis, rachetés, puis vendus aux enchères, 142 millions de dollars. Deux ans après la mort de Lucian, vingt et un ans après celle de Francis. Histoire d'une amitié précieuse.

En 2001, Lucian Freud fera le portrait de la reine d'Angleterre. Scandale, l'ombre de sa robe lui fait une barbe au menton, elle a un cou de gorille. Visage poché dissymétrique. La reine a posé cinq fois, au palais de Saint James. A-t-elle morflé en considérant sa tête ? Quel commentaire ? Peut-être a-t-elle pensé que Bacon eût été pire. Bien au contraire, il l'aurait arrachée complètement au rendu réaliste. Une autre reine. Elizabeth dans la cage de sa couronne de diamants.

Bacon aurait-il critiqué le tableau de Freud ? Il disait de son ami qu'il peignait la réalité, pas le réel ! Ils n'ont pas le même réalisme. Pas la même conception de la déformation. Le réalisme de Freud, poussé, expressionniste, forcé, bouffissures, rigoles tourmentées. Il violente sans changer la donne figurative. Bacon, par ses gestes, ses bifurcations fulgurantes, ses coups de brosse, ne copie pas la réalité mais rend réelle sa création.

Graham Sutherland, en 1954, fait le portrait de Winston Churchill pour ses 80 ans. Massif, air de vieil ours rogue, visage empreint d'une certaine hostilité butée ou d'un défi. Churchill déteste le tableau, le fourre dans sa cave, il sera brûlé. En fait, Sutherland a beaucoup moins chargé Churchill que Freud la reine d'Angleterre. Cette dernière n'a pas détruit l'œuvre qui figure dans le cortège de ses portraits officiels.

Un an après avoir gondolé de bosselures le visage de la reine d'Angleterre, comme une pomme de terre couronnée, Lucian Freud peint Kate Moss enceinte. La saillie du ventre s'efface dans la longue silhouette sinueuse d'androgyne doré. Le joli petit visage et le corps élastique. Les hanches s'évasent, les seins presque opulents, un grain de beauté, les cuisses amples, dont l'une s'ouvre de côté en symétrie d'un bras relevé, câlin, découvrant l'aisselle. Les jambes immenses et fines, le pubis brun-roux, le gonflement des lèvres visibles. Il n'a pas raté Kate et ne lui a pas imposé son dogme de l'impassibilité. En principe : nulle intimité avec le modèle ne saurait apparaître. Corps biologique exhibé avec froideur. Les viandes de Bacon sont impulsives, violentées, blessées. Parfois dans le débraillement chaotique du coït. La boucherie de Lucian Freud est plus frigorifique, d'un réalisme cru. Elle crée plus un malaise que ce mélange d'effroi dramatique, de terreur du tréfonds, qu'a pu faire éclater Bacon. Kate Moss est épargnée par son grand ami Lucian, avec lequel elle entretient une jolie complicité, bras dessus bras dessous. Elle échappe à la rude condition animale pour déployer le poème de son corps immense, le ruissellement de sa sveltesse nonchalante. Sensuelle. Lascive.

Lucian Freud est l'auteur d'un tatouage fameux imprimé sur les reins de son amie. Deux oiseaux, deux hirondelles qui font le printemps.

Dans le sillage de son exposition parisienne : une aventure, parmi d'autres, de Bacon. Histoire de la montre. À Montmartre, Bacon lève un amant qui n'a pas l'air facile, une vraie brute. Chic ! Il loue une chambre d'hôtel à l'improviste, car il ne peut ramener l'homme dans sa chambre officielle. Quand l'amant de fortune va aux cabinets, Bacon enlève sa montre Rolex d'un gros prix et la fourre sous le tapis. Tout se passe bien avec l'amant, qui se révèle charmant et qu'il paie largement. Le lendemain, il se jette hors du lit, les pieds en avant, il entend le craquement. Il a écrasé la montre, irrécupérable. Il est obligé d'en acheter une nouvelle pour ne pas offenser la galerie qui la lui a offerte ! Voilà une des histoires qu'on raconte volontiers sur Bacon. Un petit scénario idéal et picaresque, un peu porno. L'escapade périlleuse avec un inconnu (alors qu'il n'est plus tout jeune). L'argent : la Rolex (et sa mythologie toc). Bacon riche et transgressif. Le dénouement comique. Ceci parmi d'autres commérages plus ou moins drôles ou salés. Le florilège des frasques de Bacon. Certaines inventées.

Ainsi, Bacon, une nuit, après la fermeture du Colony Room, entend finir la fête au Golden Lion, de l'or en barres, le septième ciel de la drague homo. De jeunes prostitués l'assaillent : « Francis ! Francis ! » Bacon, qui a toujours sur lui un tas de billets de banque, en prend une liasse et la jette en l'air. Il en sème ainsi plusieurs à la volée, maharadjah des manants. Les mecs se jettent dessus. Est-ce encore un bobard colporté par le photographe John Deakin ou le journaliste Daniel Farson ? Deux pythies du mythe. Commères prêchant le pire et l'inouï, rois des ragots, lépreux héroïques. Ils déclament partout le *Mahābhārata* du prince de Soho. Il faut imaginer cette cour, ce chœur de parasites, de parias sur la brèche, d'ivrognes médisants, pérorant, caustiques. Leur lyrisme englué dans la légende. Ils raffolent du peintre, ils le calomnient. Idolâtres des apocalypses de Francis.

Sartre est mort. Enterrement monstre. Le président Giscard d'Estaing est venu se recueillir sur sa dépouille à l'hôpital Broussais. À côté de Simone de Beauvoir. La France n'a qu'une seule âme.

Bacon, apprenant la visite, déclare qu'il ne voudrait jamais, au grand jamais, que Margaret Thatcher vienne polluer ses premiers moments d'inanité. Elle ne risque pas de venir, elle est horrifiée par son œuvre. Mais, si elle s'en avisait (après tout, on ne peut pas dire que Giscard était un fondamentaliste sartrien), pour la faire fuir, dans un dernier sursaut provocateur, il soulèverait assurément le couvercle et lui montrerait le portrait qu'il aurait fait d'elle ! Une tête d'hyène cornue mâtinée de reine des tigresses. Head Margaret !

Plus de 20 000, 30 000 personnes suivent le corbillard de Sartre. Jamais il n'a été si grand ! raillent les ennemis patentés. 50 000, peut-être… Il a refusé le Nobel de littérature. Cette fois, Sartre ne peut échapper au prix Nobel de l'enterrement. La presse qui fait dans le grandiose compare avec les funérailles de Victor Hugo. Il y a seulement 950 000 personnes en moins… Au cimetière Montparnasse, la bousculade fervente est telle que Beauvoir aurait manqué de tomber dans la fosse. L'enfer, c'est les autres.

Bacon affirme que tout ce festival funèbre ne risque pas de lui arriver. Pour lui, et ce sont ses dernières volontés, pas de funérailles de pape de la peinture ou de parrain de Soho. Ses cendres se volatiliseront en secret. Nada ! Le Néant sans l'Être. Heidegger en clair. On se passera de l'ÊÊÊTRE. On dit que les garçons de café, voyant rouler le corbillard de Sartre devant la Coupole, seraient sortis pour le saluer. En souvenir de son exemple illustre du garçon de café qui finit par se prendre pour un garçon de café. On sait que le bréviaire des barmen parisiens est *L'Être et le Néant*. Ainsi, les mineurs ont suivi le corbillard de Zola. Et les pleureuses antiques celui de Mao. Bacon ne voudrait pas de colonnes de queers derrière son cercueil. À la rigueur, la cohorte baraquée des membres d'un syndicat de déménageurs. Mais le mieux – c'est écrit, c'est plié –, rien !

Citation de 1980 : Sartre est mort, il nous manque déjà.

Citation de l'an 2000 : Il s'est trompé sur tout. Je préfère Camus.

Citation de 2010 : Je relis tout Camus.

Citation de 2020 : Mars : Je relis Camus : *La Peste* !

2026 : Je ne lis plus rien, il fait trop chaud.

La pensée de Sartre est éternelle. Dyer est mort. John Edwards est vivant.

Ce nouvel ami-amant, Bacon le rencontre au Colony Room. Le garçon de l'East End se plaint que Bacon ait commandé moult champagne dans un bar de l'un de ses frères et qu'il n'y soit pas venu faire la fête prévue. Bacon leur a posé un lapin. Bacon apprécie la hardiesse de cette réprimande. On va arranger le contentieux avec ce jeune barman charmant. Une photo d'Edward Quinn (1980) nous montre Bacon en compagnie de John Edwards. La scène ressemble à une présentation de l'amant. Edward, cheveux bruns, en costume clair et chemise ouverte au col, pose, les mains dans les poches. Il se tient devant un tableau au motif emblématique : une carcasse de bœuf qui semble se transformer en une sorte d'Érinye sans vraie cruauté. Un Bacon sans frisson d'horreur, quasi bucolique, en somme. La viande de l'idylle. Bacon reste modestement sur le côté du tableau, il porte un blouson de jean estival, un pantalon serré. La silhouette un tantinet boudinée, très agréable, l'air fier et content. John Edwards respire la tranquillité.

Ce ne sera pas une illusion. Bacon et son nouveau compagnon vont échapper à l'engrenage fatal de la dépendance mal vécue, de l'humiliation, de la frustration, de la violence. John n'est pas un névrosé exacerbé comme Peter Lacy ou Dyer. Il est lisse. Bacon lui offre sa protection, John sa confiance. L'air de rien, le beau John sera l'héritier de la fortune de Bacon.

Bacon peindra *Trois Études pour un portrait de John Edwards*. C'est une révolution de son style qui s'épure. Tout se calme dans les cercles éternels et les parallélépipèdes parfaits du décor. Le portrait n'est pas chargé, déformé, cogné de gestes attentatoires. Sans être indemne, le visage reste suave, un peu gommé. Les trois postures du corps sont naturelles, décontractées, délivrées des fameuses contorsions et convulsions. Les couleurs sont d'une vaste douceur. Où donc est passé Bacon ? C'est lui pastellisé, plus serein. L'acheteur pourra placer l'œuvre dans sa salle à manger sans effrayer les convives. Ou dormir dans sa chambre avec John Edwards.

Certes, Bacon n'a pas renoncé pour autant à ses hauts faits. Il a peint trois années plus tôt *Triptyque inspiré par l'Orestie d'Eschyle*. Avec la carcasse archétypale trônant sur un ensemble de géométries savantes. Mais la viande s'est pour ainsi dire vidée de sa substance sanguinolente. La peinture est plus transparente. L'organique paraît plus artificiel. Moins d'effroi, c'est souple et ganté. Légèrement aseptisé. Sur le panneau de gauche, une Érinye sauve l'honneur, toujours ce volatile hybride de rat, d'oiseau, de viscère vivant. L'obsédant bestiau de Bacon. Le peintre a épinglé dans sa documentation des photos d'oiseaux plongeant en piqué dans la mer. Il y a de ça. Dans la figure en culbute céleste. Surtout, une crevasse de sang troue la bête, une sorte de filament dardé, d'épi rouge, sort de la blessure. Bacon a soigné ce détail perçant par tout un relief de peinture coruscante, un magma couleur confiture, plein de brillance cruelle. Du pur Bacon. Un dégoulinement rougeâtre et sale souille la base du cylindre qui englobe la scène. Mais l'ensemble témoigne d'une métamorphose picturale. Moins d'épaisseur, nul écrabouillement de tête, de boyaux. C'est plus propre. La haute figure de droite l'atteste. Une autre Érinye dressée, géante, au sein d'une structure curviligne et complexe.

Porte, fenêtre, emboîtement de lignes. La bête est composée d'une moitié humaine, fesses robustes et musculeuses, prises dans l'entrebâillement de la porte, genou, mollet, grands pieds déliquescents. Homme décapité mais sans effusion de sang. C'est net, et remplacé par la protubérance de deux antennes ou crochets, pattes d'Érinye, de rate rose et bleue. Leiris a insisté sur le fait qu'un tableau de Bacon vous saute dessus, vous subjugue, vous estoque. Ici, l'effet est estompé. L'horrible est lissé comme la réminiscence d'un état antérieur. Un certain dandysme, un maniérisme de la forme, endigue la pulsion, la civilise. Finalement, la reine d'Angleterre s'en serait mieux tirée avec lui qu'avec Lucian Freud. Elle eût porté dans son giron une petite Érinye, rate ou taupe de compagnie, manière de bichon en peau de cochon, fissuré de deux ou trois gouttes de sang sobre.

Son interprétation d'Œdipe et du Sphinx d'après Ingres comporte encore cet aspect nettoyé. Œdipe semblable à un sportif qui s'est blessé le pied. Il le repose sur un support. La bande Velpeau qui l'enveloppe est ensanglantée. Une Érinye rougie, elle aussi, apparaît dans l'ouverture sombre d'une porte sur le fond de deux pans rose dragée. Certes, Ingres nous offrait un Œdipe athlétique, classique, lucide, en confrontation intelligente avec le Sphinx. L'Œdipe de Bacon est plus contemporain. Il vient de faire son jogging. Il est éloigné des magmas et des charniers des grandes Crucifixions carnavalesques.

Le personnage qui hante Bacon est Oreste plutôt qu'Œdipe. On a pourtant assez parlé du meurtre du Père à propos des papes encagés, hurlants. Mais aussi du désir dirigé sur le père haï, plutôt que sur la mère. Œdipe inversé. Oreste venge la mort d'Agamemnon, de son père assassiné par sa mère, Clytemnestre, et par Égisthe, son amant. Électre, la sœur, le pousse à la vengeance, au meurtre de la mère. Entre l'imbroglio familial œdipien qui s'illustre par l'inceste et le pataquès meurtrier de la famille d'Agamemnon, c'est ce dernier qui l'inspire le plus. Laïus, le père d'Œdipe, manque de relief. L'Agamemnon de l'*Iliade* est superbe. Les tiraillements d'Oreste sont lucides, assumés. Le matricide est le comble de l'horreur tragique. Œdipe ignore longtemps le visage de son destin. Un tel aveuglement peut-il fasciner Bacon qui répète que, très tôt, il a tout compris et n'a pas eu d'enfance ? L'Érinye obsédante serait, dit-on, une figure de sa culpabilité, mais ses avatars picturaux offrent surtout à Bacon un terrain fructueux, voire savoureux, de création. L'Érinye prend chez lui la forme du destin, d'une persécution primordiale de l'Homme. Un objet transitionnel dépecé, un doudou atroce et presque rigolo. Le signe d'une damnation sans dieu. L'Homme voué à la mort, cloué au pilori du déterminisme. Personne n'y coupe. La bestiole remplace l'emphase des dieux. Elle est le machin, le bibelot de la mort. D'une machination infernale liée au hasard de la création. Elle est ce truc sanglant, vaguement fœtal, bestial, grotesque et tragique qui nous tombe dessus à la naissance. Une histoire bête. Chacun hérite de son paquet.

Les portraits ultérieurs de John Edwards confirmeront, à la fin des années 80, l'évolution de Bacon vers le bon goût. Ce dandysme, ce sens du beau. Jadis, c'était le laid qui l'intéressait, le happait par sa déformation. Edwards restera beau dans des poses souvent superbes. Dont, en 1988, une figure assise, de face, sans altération, finement estompée, c'est tout. Corps couleur rose, col blanc éclatant, fond noir et puissant. Pan de noir vertical et dédoublé vers l'avant. Simplicité virtuose. Tout le monde aime. Nulle barbaque à l'étal. La boucherie Bacon est fermée. Une figure stable et racée. Dont, certes, une jambe dégouline en torsade élégante.

Et l'œdipe de Giacometti ? Il ne se lancerait pas dans une représentation d'une affaire si freudienne et si mythologique. Pudique. On sait son lien à sa mère. Il admire et respecte son père peintre. Œdipe d'aplomb ? Non, l'œdipe est presque toujours de travers, mal dosé. La mère de Giacometti est dominante, certains la jugeront castratrice. Il lui arrive de critiquer les œuvres du fils fourvoyé. Surtout quand il est piégé, pendant la guerre, dans les rets d'un rapetissement irréversible des figurines. Il aurait dû prendre modèle sur le peintre, son père ! Alberto téléphone chaque soir à sa mère. Il fait de nombreux portraits d'Annetta, la matriarche, massive, burinée comme un granit des Grisons. Taillée dans la montagne originaire. Là-bas, dans le village de neige et de forêt. Yves Bonnefoy fera grand cas de cette origine, de la MÈRE… D'une certaine caverne dans la montagne où se nicher avec bonheur, de deux pierres affectives et symboliques. La bonne et la mauvaise. Éléments, certes, tirés d'un texte célèbre de Giacometti. Il déclare souvent qu'il a choisi d'épouser Annette parce qu'elle portait presque le prénom de la mère. Trop de mère ou pas assez, pareil pour le paternel. La mère de Bacon assez absente. Le père imprécatoire, furieux. Il se débrouillera seul, à l'aventure de la vie, errant rocambolesque. Roulette ! Alors que Giacometti conservera le lien avec la mère et Stampa, la racine, son atelier des Grisons. Le nid. L'Homme qui marche possède de grands pieds attachés à la terre, rivés sur son socle. Bacon voltige en dehors de tout rocher. On ne lui a même pas percé les pieds. Le fouet du père n'est pas un abandon mais une punition. Son assise est intérieure, biologique, comme il le proclame. Un optimisme central, viscéral, qui prend le pas sur la conscience radicale de la mort. Le plus doué pour la vie, c'est paradoxalement Bacon, chassé de l'enfance, fuyant le foyer maudit. Le plus compliqué, c'est Giacometti, apparemment bien arrimé à de bons objets d'amour. Le mauvais objet originel chez Bacon donne le mauvais sujet. Mais ce sujet sera ailé, souvent euphorique.

Bacon emmène Isabel au Charlie Chester Casino, Archer Street. Façade bariolée, pop. Il est à son affaire. Ici, le hasard est roi. C'est lui qui exécute le geste. La roulette est un pinceau pointé sur des numéros aléatoires. Le destin pur. Et pourtant chaque chiffre, dès qu'on l'envisage, semble cristalliser un sens, une nécessité auratique. Superstition du bon numéro, de son magnétisme. Il donne un paquet de jetons à Isabel qui proteste en vain.

– On va s'amuser !

Ils jouent. Ils oublient tout. Ils sont pris. La boule file, la piste en vrille brille, les alvéoles, la boule entre et sort, vacille, tombe dans le trou d'à côté. Rouge et noir. C'est ainsi qu'on perd ou qu'on gagne, sur le caprice d'une impulsion première, incalculable. Bacon ne fait pas des statistiques, ne tient pas une comptabilité. Il ne note rien. On ne coince pas le hasard. On parie. Le sort décide de notre vie. C'est merveilleux, on a peur, on désire, on croit, on ne peut plus croire. C'est le jeu de la vie. Isabel gagne. Le râteau du croupier pousse vers elle un tas de jetons. Bacon aime le bruit des jetons. C'est sec, frais, élégant. On sent le bonheur crépitant de la moisson.

Il perd. Il boit du champagne. Il continue. Isabel joue le 25, le 18… le 15… « Les jeux sont faits ! » La boule cosmique tourne à toute vitesse. Vertige du suspense météoritique. Le 15 !

Isabel ramasse le blé, les plaques blondes. Elle absorbe de petites gorgées de champagne, concentrée sur le jeu. Il lui glisse l'idée de laisser sa mise. Elle perd, elle gagne, et encore. Une pyramide de pognon. Le croupier a l'art de ratisser le grain, les galettes, c'est délectable. Le temps est arrêté.

Il n'a plus rien. Elle a tout. Elle veut lui rendre l'argent donné. Il proteste :

– Jamais ! Ce n'est plus du jeu !

– Alors je t'invite à dîner !

Il accepte. C'est rare, c'est toujours lui qui régale, prodigue. Mais on ne peut rien refuser à Isabel en gloire.

Ils se retrouvent au Wheelers. Le patron leur propose des homards tout frais. Il les apporte vivants. Bacon admire la carapace bleu nuit, annelée d'orangé, les mouchetures jaunes. Les pinces formidables.

– Ils sont caparaçonnés, guerriers. Armés pour la loi de la jungle.

Isabel, spécialiste des peintures d'animaux, les observe.

– C'est cruel. Leurs antennes remuent, ils sont encore tout barbotants de vie. Je vois les cloques de leurs petits yeux noirs et lustrés.

– Le cuisinier va les trancher vifs en rondelles et les faire cuire. C'est la vie.

– Tu le fais exprès !

– Qui a peint des homards ? Ce ne serait pas Andy Warhol ?

– Oui…

– Je vois ça : des contours de homards couverts d'une peinture monochrome, homards rouges, noirs… Des homards publicitaires, pop art. Tu imagines des homards abstraits ?… Des homards de Malevitch !

– Homards blancs sur fond blanc. Bon appétit !

– Delacroix a peint une nature morte avec des homards, des lièvres, des faisans.

– Je veux manger les homards de Delacroix.

Bientôt, le patron revient avec les crustacés bien rouges et cuits.

– J'aurais préféré les savourer dans leur couleur originale, bleu-noir, sauvage. Ce rouge est uniforme, on dirait des têtes de Leiris !

Isabel étouffe de rire dans sa serviette, reprend sa respiration et demande :

– Tu n'aurais tout de même pas voulu les manger tout crus !

– Non. Les déguster cuits, mais avec la préservation de leurs nuances sauvages, si tu vois.

– Sauvages !

Elle a lancé la réplique, belle comme la bacchante de la peinture.

Ils se taisent et se goinfrent de homard arrosé d'un blanc de Bourgogne, un puligny-montrachet.

– C'est moi qui te l'offre.

– Non ! Moi, tout ! proteste Isabel. MOI !

Soudain, Isabel lui parle des oies qu'elle élève, autour de sa chaumière. Isabel a toujours été fascinée par les animaux, les singes, les oiseaux, les poissons, les fossiles, qu'elle a étudiés, peints. Elle est pétrie des théories des environnementalistes et a lu Konrad Lorenz, ses études sur le comportement des oies justement.

Bacon a horreur de la campagne, déconseillée pour son asthme. Il n'a ni chien ni chat. C'est lui le chat des gouttières dorées. C'est un urbain. Ses vraies racines sont les trottoirs, le macadam, les bars. Il a coupé, depuis l'origine, avec les domaines champêtres de sa famille, les écuries en pleine nature, la chasse au renard. Il lui déclare :

– Les oies de Lorenz, élevées dès l'enfance à ses côtés, le considéraient comme leur mère. Donc les tiennes font pareil. Tu es la mère du troupeau. C'est drôle ! Mieux que des amoureuses.

Un jour tu t'envoleras avec elles, ce sera très beau. Moi, j'aurais dû élever ainsi une bande de petits manutentionnaires costauds qui ne m'auraient jamais plus quitté !

– Les oies, ce n'est pas sexuel, ce n'est peut-être pas même affectif. C'est un lien inné. J'étais là quand elles sont nées et hop ! fixette ! Je suis devenue leur pôle, leur mère, leur leader charismatique.

– C'est comme les idiots pour Mao : ils naissent, il y a le portrait de Mao face à leur berceau. Tu me pardonnes, mais je ne trouve pas les oies très attirantes. Elles ont l'air bête, et gueulent tout le temps !

– J'adore leur cri, plus simple que celui de tes papes. Des cris purement biologiques et comportementaux. Des signaux. Leur agitation m'amuse, leurs mouvements en cohortes réglées. Courbes, contre-courbes. Ce sont de belles bonnes grosses filles comme moi !

– Non ! À la rigueur, tu es un cygne, pas une oie ! Est-ce que tu en manges ?

– Tu es monstrueux !

– Mais dans mon enfance, quand les fermiers élevaient des oies, des poules, des canards, c'était pour les manger ! Leur couper le cou. Tout le monde mange tout le monde. La prédation, c'est la vie.

– Mais je les adore ! Donne-moi à boire, que j'oublie les horreurs que tu dis.

– Est-ce que ce phénomène d'imprégnation primordiale marche avec tous les animaux, les requins, tu vois ?… J'aurais aimé… Six squales noirs, lisses et musculeux telle une escorte. Gainés de férocité, sauf envers moi. Mais il faudrait vivre dans l'océan. Trop d'eau ! Pas de montrachet.

Ils sortent bien allumés. Soho clignote, divague un soir de roulette et d'imprégnation. Danse des enseignes et des halos. Soudain :

– J'ai une envie irrésistible de pisser. C'est l'âge ! Avant, c'était toujours une envie de baiser…

– Moi aussi ! C'est le homard ?

Ils avisent une petite rue latérale. Bacon pisse dans le caniveau entre les voitures. Isabel se cache comme elle peut, s'accroupit. Bacon lui lance tout fort :

– Sais-tu que Zette et Michel possèdent *La Pisseuse* de Picasso ?

– Ah ! Les veinards ! J'adore *La Pisseuse*, son air réjoui, ses deux gros yeux superposés.

– Il était quand même extraordinaire ! Il a pondu *La Pisseuse* très vieux. Il était lui aussi bien imprégné !

Ils se relèvent, repartent gaiement en marchant au milieu de la rue.

Margaret Thatcher hait la peinture de Bacon : « *It's horribelll ! Horribelll !* » C'est, sans doute, son sens du beau qui la pousse à engager la guerre des Falkland. Les Malouines. Les Argentins viennent de les envahir, prétextant qu'ils n'ont fait que récupérer ce qui leur appartenait. Margaret ne fait ni une ni deux. En tailleur bleu roi, flamboyante, elle leur envoie sa marine de guerre. D'une chiquenaude : la foudre !

– Ils ne sont pas très malins d'avoir provoqué l'Érinye rousse.

– Elle aurait pu négocier, argumente Isabel. Elle est de droite ! Pas de cadeau !

– Oh ! La gauche marxiste a-t-elle été plus pacifique ?

On apprend bientôt que la torpille d'un sous-marin nucléaire anglais a coulé le *Général Belgrano* : plus de 300 morts !

– C'est horrible ! s'indigne Isabel.

– C'est trop pour ces îles de brebis fouettées de vents mauvais !

– Il paraît que c'est un lieu stratégique. Tu parles !

– Ah ! Si c'est stratégique, alors… Oh ! Mais je m'en fous des Falkland !

– Ce massacre est honteux. Le général Pinochet appuie et soutient Thatcher !

– On n'avait pas besoin de lui pour finir le travail.

– 300 morts…

– Quand on fera le bilan de l'année, ces morts seront noyés dans la masse d'autres massacres planétaires.

– Un massacre n'est pas justifié par les autres.

– La dictature argentine avait besoin de se refaire une santé et c'est Margaret qui gagne la mise. Toujours les mêmes combats de matamores. On ne peut rien y faire. C'est partout pareil. Margaret est devenue « The Iron Lady ». Zette et Michel Leiris disent « la Dame de fer ». La Dââme de fer ! C'est mieux en français.

Les voilà septuagénaires. L'horizon d'Isabel et de Francis rapetisse. Deuils à gogo. Muriel Belcher, Sonia Orwell sont mortes... Les héroïnes de l'épopée. Isabel a perdu, en tout, trois maris. Les moments de dépression ne manquent pas. Les crises, l'alcool, les barbituriques, le Rohypnol restent sans effet sur Francis. Il veille à toujours donner en public cet aspect fringant, alerte, provocant. Il cherche le conflit, l'esclandre, pour épater de nouveaux amis plus jeunes. Mais il ne s'est jamais fait d'illusion sur notre décrépitude programmée, le triomphe de la mort. La fraîcheur tonique de John Edwards l'arrache à ses phases de fatigue et de désespoir. La beauté. Isabel a toujours été en proie à la mélancolie. Elle y sombre de plus en plus souvent. Ses problèmes de vue, son glaucome limitent sa vie.

En 1983, d'après photo, Bacon fait d'elle des études de portraits. Les dernières. Il ne s'agit plus d'enfreindre les codes en boutefeu virulent. Il ne cherche plus la distorsion à l'arraché ni le maniérisme de la bestialisation. Des fonds orange, lumineux. Le stable soleil de Bacon. Des visages floutés comme Isabel, elle-même, en a fait. Les cheveux lissés en arrière épurent la tête harmonieuse, en nuances de rose, de violet pâle. Nul accident horrifique. Expression calme, noble. Songeuse. Lucide. Sans joie, sans colère, sans révolte. La belle bacchante des premiers âges semble en dehors du temps, des circonstances. On est loin de la guerrière tauromachique d'une rue de Soho. Les yeux sont un peu gommés, comme pour voiler des traces d'opération malgré de persistantes ponctuations de rouge. Portraits émouvants. Sensibles. Pleins d'empathie. De suavité sévère, souveraine.

– Tu as masqué mes poches, mes bouffissures, les désastres de l'alcool, la déchéance des ans. Le carnaval de la vieillesse !

– Je n'ai jamais fait de portraits littéraux ! J'ai toujours inventé le réel. Je te peins comme je te vois, toi, ton image en moi. Ta beauté vraie qui ne change pas à travers le temps. Je ne suis pas Lucian Freud, je ne vais pas en rajouter dans le naturalisme pittoresque. Je crée la vérité.

– Serais-je déjà un fantôme ?

– Tu veux que je me fâche ? Tu n'as rien d'une revenante ! Tu es la présence absolue.

– Nous avons peur de la mort.

Il lui sourit, narquois et tendre.

– C'est la pire des choses qui puisse nous arriver. Il faut rester lucides et gais. Voire folâtres. Soyons folâtres, Isabel. Donnons-nous la main, remontons la rue et allons boire du champagne à la face des mortels.

En tout cas, Diego Giacometti est en forme et en vogue. On lui a commandé le mobilier du futur musée Picasso de l'hôtel Salé. Il a d'abord refusé, se jugeant trop vieux, octogénaire. Puis il a accepté et s'est mis au travail. Certes, il a déjà honoré des commandes de la Fondation Maeght et de Givenchy. Son frère n'aurait peut-être pas trop apprécié ce cadeau fait à Picasso ! Toujours Lui. Ses tentacules. Un musée pour ses dernières croûtes ! disent les railleurs. Dans l'atelier du Moulin-Vert, Diego Héphaïstos de choc. Jamais, du temps d'Alberto, il n'aurait eu l'espace, la durée pour cette création. Toujours à servir le frère, à bricoler pour lui les socles, les patines, les moulages. Diego enfin roi en son centre. Il fabrique des lanternes-cages, avec une petite chouette sur sa branche. Picasso, dans sa villa La Californie, chouchoutait une chouette en cage : Ubu ! Peu probable que le bestiaire personnel de Diego doive quoi que ce soit aux tocades animalières du maître avec sa chèvre Esmeralda et sa ribambelle de chiens. Diego aime les chats. Il sculpte un plafonnier à huit branches, peuplées de fleurs et d'oiseaux. Le tout en résine – le bronze en suspension serait trop lourd. Un merveilleux lustre et sa dégringolade de feuilles. Torchère, banc de bronze, cinquante pièces. Enfin, cette photo de l'artiste Diego posant rue du Moulin-Vert, dans son propre atelier, devant le lustre en cascade feuillue. Chapeau sur la tête. Ce n'est pas le visage nerveux, tourmenté, escarpé, d'Alberto mais une tête plus forte. Diego, dans sa jeunesse, fut très beau, plein d'élégance quand, le soir, il sortait pour dîner. Dandy de la nuit. Dans la journée, au travail, encore plus mal ficelé que son frère.

Tous ces portraits, ces sculptures d'Alberto inspirés de Diego. Modèle de toute une vie. Diego au manteau doré, en majesté. Mais cette onction lui était accordée toujours par le frère. Captif du génie d'Alberto. Diego est à l'œuvre, désormais à son compte dans la cour du Moulin-Vert. Ce nom lui va si bien ! Même si ses relations avec la famille Giacometti ne sont plus excellentes, Annette vient voir les grands lustres qui se dressent au lieu de *Grande Femme* d'Alberto qui s'érigeait, dans l'atelier voisin, tant photographié, rue Hippolyte-Maindron. Diego a posé sur le sol les trames délicates de ses ferronneries fantasques. Il n'oublie pas de nourrir ses chats, voire les rats. Et quelques araignées. Annette sautille par-dessus les arachnéennes figures sculptées. On ne sait si Yanaihara pense toujours à sa Madame Annette. Aux sortilèges des escapades. On ne sait si Mademoiselle Rose, la renarde, vient la nuit frôler les cages d'oiseaux imaginaires et dévorer un petit rat dodu ou deux, à la volée.

Diego va mourir en 1985, juste avant l'ouverture du musée Picasso. C'est à Stampa qu'il rejoint son frère, ses parents. Dans le petit cimetière de Borgonovo. Il ne neige pas ce jour-là. L'un meurt l'hiver, l'autre l'été. Tel est le cycle solaire des deux frères.

Pendant toutes ces années, depuis 1966 et la mort d'Alberto, Annette s'est vouée à sa mémoire, à l'inventaire de l'œuvre. On raconte, par exemple, qu'elle a trié tout un amoncellement de dessins, d'un mètre de hauteur, nichés dans une soupente de l'atelier, et sur lesquels la chatte faisait ses petits. Le merveilleux dans l'atelier de la renarde et des araignées de Cendrillon. Annette a engagé un combat épique contre les faux, échange avec le monde entier. Tombe dans les élégantes pattes de Roland Dumas, futur ministre des Affaires étrangères de Mitterrand, avocat et oiseleur suprême. Il devient son homme de confiance, zélé, exquis. Son exécuteur testamentaire. Il est drôle, cynique, séduisant, érudit. Amateur d'art, connaisseur… Fastueux. Elle l'aurait payé parfois en œuvres de Giacometti, il aurait accepté par bonté, pour rendre service. L'ensorceleur emmène Annette à Venise et dans les restaurants fins. À la mort d'Annette en 1993, il se retrouve, comme par enchantement, légataire universel. Un contentieux éclate, un imbroglio avec sa cascade de rebondissements. La famille s'en mêle, le frère d'Annette, l'Association Alberto-et-Annette-Giacometti… La succession est évaluée à 200 millions de francs suisses. Dans l'atelier déglingué, une fabuleuse fortune se forgeait. Des nuages de plâtre était sorti, comme par magie, un Pactole. Le contentieux met en cause Dumas et un commissaire-priseur célèbre de ses amis. Assez rocambolesques dans leurs initiatives croisées. Plus tard, la Fondation Giacometti héritera de l'œuvre. L'ancien ministre et le commissaire-priseur seront condamnés à payer des réparations. Dumas, superbe, a protesté de sa bonne foi. Jamais il n'a voulu hériter de Giacometti. La manœuvre n'est pas son genre, n'est-ce pas ? L'elfe d'Elf, bien chaussé, comme on sait, est sans ruse ni subtilité. Candide au pays des merveilles et de Giacometti.

La dépression alcoolique, cette fois, fait sombrer Isabel dans le noir. Elle est hospitalisée. Après quelques jours de traitement, plutôt psychologique que médicamenteux, elle peut revenir dans sa maison, aidée par une infirmière qui prend soin d'elle. Elle vaque à sa routine, entourée de ses chats voluptueux, fait une omelette aux champignons, dessine un gros œuf parfait, peint un épervier, contemple les oiseaux auxquels elle distribue du grain. Elle écoute les stations françaises de la radio. On parle de Mitterrand qui aime les arbres. Bien ! De Chirac qui aime le cul des vaches. Bien ! Il a raison, que c'est beau une vache veloutée ! Militante écolo, elle se scandalise que le pouvoir socialiste ait fait sauter un navire de Greenpeace à Auckland.

– Tu vois ! lui lance Bacon. Ils font pareil que les autres, pire même ! Tous des criminels cyniques à coups de bombes. Tous des bandits. Mais lâches et ventrus, pas beaux comme les voyous pauvres.

– Christo a emballé le Pont-Neuf. La foule s'y rue.

– C'est des crétins. Christo et ses grosses ficelles. Il a trouvé un truc qu'il ressert à l'infini. J'emballe les monuments. Big Ben ! La reine d'Angleterre ! Connard ! Connard ! Un tic ! Une recette mécanique. Un concept, tu parles ! Quand il faut foutre les nerfs à vif, fouiller les entrailles, il enveloppe ses gros pansements mornes, uniformes. Il noie le poisson ! Ils noient tous le poisson !

Elle jardine, gratouille la terre, extirpe la vermine qui attire de belles grives claires et des merles noirs. Un chardonneret rutilant, joyau de rouge et de jaune irradiant. Un merveilleux épervier tournoie dans la lumière. Calme hélice divine.

Avec sa nurse et une voisine, Isabel va faire des courses au marché de Thaxted. La place est dominée par une étrange maison jumelée. Deux pignons à colombages. Elle a peur que l'excès de victuailles lui donne la nausée. Mais elle se sent happée par la luxuriance des couleurs de fruits, de légumes. Des choux énormes, des courges bombées d'or, des citrouilles solaires, des citrons de Matisse, des fraises écarquillées de jus, en monticules pourpres. Du cresson vert acide. Des aubergines bleu nuit. Les Flamands peignaient minutieusement ces amoncellements de nourriture, avec des huîtres, des faisans, des poissons, des lièvres, des verres d'une finesse de dentelle. Certes, elle a peint un grand lièvre roux. Elle n'est pas en reste. Et nombre de ses tableaux comportent des verres d'une finesse extrême, à la lisière de l'invisibilité ; tels des signes idéaux. Leur transparence transcendante.

La voisine, désignant les étalages, lui lance :

– Cette profusion de couleurs serait belle à peindre !

Au long de sa carrière, elle a eu souvent droit à ces réflexions qui ignorent tout du cheminement d'un peintre. Comme s'il suffisait que telle ou telle chose soit belle pour qu'on la peigne. Mais il faut autre chose. Que cela rejoigne une obsession personnelle, ou que cela la provoque, comme le corps de Margot Fonteyn, un squelette d'oiseau, la forme longue d'un poisson, un paysage de fleurs totalement recréé, le visage d'Alan Rawsthorne, son mari décédé, un pan de ciel et de terre, une hirondelle, une main, un épervier… Il faut être possédé. Tous les plus beaux choux et courges de la terre n'y font rien. Il faut un désir : l'apparition d'un beau voyou assis à un bar devant Bacon. Ou elle-même,

Isabel, frappant de stupeur désirante Alberto, à la Coupole. Il faut avoir le souffle coupé !

Elle se remet un peu à boire. « La vie sans le vin, sans l'ivresse, n'est pas la vie », répète Bacon.

Elle peint sa brigade d'oies sur des fonds troubles, des bandes rouges, grises, vertes, jaunes, mêlées. Les formes des oies émergent dans des chorégraphies turbulentes, un sabbat d'ailes battantes et de cous dressés…

Un matin, Isabel aperçoit la flamme d'un renard fulgurant. Il a volé au-dessus du grillage et chopé un oisillon qu'il a emporté. Le rapt, le piaillement pathétique. Les oies débandées, terrorisées, leurs cohortes criardes, ailes dehors, valsent en tous sens.

Bacon apprend le piratage. Isabel lui dit que selon les fermiers voisins la renarde nourrit ses petits avec ses poussins.

– J'aime le renard. Je suis désolé, Isabel. C'est depuis mon enfance, ces horribles chasses à courre au renard de mon père ! Je suis du côté du renard filou !

– Je ne peux tout de même pas continuer de nourrir sa petite famille avec mes pauvres poussins !

– C'est l'Orestie dans ton poulailler, ma chérie. *To be or not... !* Pour défendre les plus faibles tu fais exécuter le plus fort par un chasseur du voisinage. Mais je ne suis pas sûr que tu en aies le droit, aujourd'hui. Qui protéger ? L'oie surabondante et bête – excuse-moi ! – ou le renard sagace et décimé ? C'est un dilemme.

– J'adore mes oies.

– C'est ton tort. Adore le renard et barricade les oies dans un enclos imprenable. Si seulement tu voyais les renardeaux, tu n'hésiterais pas une seconde, je te connais.

Elle va les voir, guidée par le voisin. Les voilà embusqués à la lisière d'un bois. Ils espionnent le terrier et, par un beau soleil, les renardeaux jaillissent en plein air, font des cabrioles, se poursuivent, se cramponnent, culbutent, se faufilent partout et dansent. Ils jubilent de vie pure. Une liesse de pelages feu.

– Francis, ils sont irrésistibles. La vie ! La vie ! Encore plus vifs que mes chats. Mademoiselle Rose leur apportait d'exquises charognes.

– Mademoiselle Rose ?

– C'était le nom de la renarde de Diego et Alberto.

1987. Bacon expose, à Paris, à la galerie Lelong. Triomphe. Plutôt qu'au Sept de jadis, il va aux Bains-Douches. Il rôde encore, il boit à la Palette, rue de Seine. Du vieux calva et du champagne pour la compagnie. Il sent l'âge… Il sait. La grande affaire française du temps, c'est la cohabitation. Cela le fait rire : le mot. Vague coït politique à distance et forcé.

– La France cohabite ! La reine d'Angleterre cohabite avec tous les gouvernements depuis Churchill, mais c'est une cohabitation transcendante.

Mitterrand cohabite avec Chirac. Et c'est immanent. De Gaulle ne cohabiterait pas ! De Gaulle, Merlin, la magie. Mitterrand, Machiavel, la manigance. Mitterrand minéral et féroce. Comme le rocher du fleuve, sa carapace atone qui soudain décoche son crocodile. De Gaulle capitaine, Mitterrand caméléon. De Gaulle héros de l'Histoire, Mitterrand héros de roman. De Gaulle : une idée. Mitterrand : plusieurs. De Gaulle achéen, Agamemnon de l'*Iliade*. Mitterrand picaro acrobatique. De Gaulle intérêt de la France. Mitterrand intérêt du pouvoir français. Le socialisme, il s'en sert et le dépasse. Il compose et cohabite. De Gaulle aime Chateaubriand qu'il pastiche, Mitterrand les écrivains intimistes d'extrême droite. La fameuse petite prose classique française qui mène à tout… De Gaulle : Malraux. Mitterrand friand d'amitiés interlopes. Soyons équitable : certes il a eu Bousquet en douce, mais surtout Robert Badinter à la tribune qui fut son honneur. De Gaulle, la majesté du patriarche capétien. Mitterrand acquiert la majesté de l'aventurier dur à cuire, métamorphosé en vieux récif coriace… De Gaulle, figure romane, burinée, linéaire. Mitterrand, Protée baroque. De Gaulle a le passif d'un parjure tragique et transcendant (l'Algérie), de Jacques Foccart et du SAC, et de Papon. Mitterrand, celui de la francisque et des zigzags. Il n'est jamais si bon que dans les manœuvres de la cohabitation des coulisses, par ses sapes et ses trappes. Il ne doit ses quatorze ans de règne qu'à cette promiscuité exploitée à fond. Ces parenthèses servent ses jongleries, ses jubilations, l'art de la ruse florentine et du poignard entre les côtes du fringant Chirac. Les Français admirent en lui le sang-froid, le calme du cynisme, le sens de l'histoire de France, de la terre, et la sagesse imposante finale, le courage du vieillissement et d'une longue agonie. De Gaulle meurt d'un coup. Menhir terrassé. Sans dégradation. De Gaulle est la France. La statue de Mitterrand est graduelle et tardive, elle a subi des ajustements. Les dents de squale ont dû être limées et le retroussis carnassier des lèvres gommé. De Gaulle ne s'est jamais fait raboter son nez de pachyderme. L'animal totem de l'un est l'éléphant. Celui de l'autre : un hybride de félin et de renard. La statue de De Gaulle est précoce, fulgurante. Définitive. Celle de Mitterrand est un perpétuel vacillement, une bousculade de rumeurs, de révélations, d'avatars. Mitterrand ou la Modification. Le Monument de Gaulle.

C'est un mouvement de foule pour voir le monument Bacon, les dernières œuvres du maître. Un défilé de stars, de mannequins, de fervents. Tout le gratin officiel. Un brouhaha de renommée sacrée. On aurait vu sur le mur de la demeure de Serge Gainsbourg ce graffiti : « Seul Bacon est plus grand que toi. » C'est dire l'échelle des gloires. Mais c'est sérieux. Le journal

Le Monde fait sa une sur l'événement. Bacon toujours content des Français. Mieux que les suppôts de Margaret.

Le poète Jacques Dupin a écrit la préface du catalogue. Sur les portraits de John Edwards, il constate que « rien n'a foncièrement changé et tout est différent », « très retenu et dépouillé déjà », « la couleur est discrète, retenue, entravée ». On est loin de Leiris et de l'éloge de la transe, du réalisme lyrique. C'est plus doux. Plus harmonieux. Dupin va posséder *Peinture Mars 1985*. Cette Érinye de vertige en suspension dans une combinaison de quadrilatère bleu-gris et de piste circulaire. Rien n'a changé. Mais l'Érinye dissout la trace de son sang dans l'effacement de sa forme et de sa couleur. L'*Étude pour un autoportrait* de 1986 relève de la nouvelle esthétique épurée. Pas de tintouin formel, de structure complexe. Tableau bicolore, en demi-teintes. Pâles verticales, arène d'un beige plus gris. Bacon plus « déformé » que John Edwards. Sur le panneau gauche, un effacement rose vif lui mange une partie du visage, avec une petite flèche rouge sur la zone du nuage. Sur le panneau central, il paraît un peu bigorné, doté d'une sorte de prothèse picturale plaquée sur la joue. Et sur le panneau de droite, visage rose-violet, gommé, avec la petite flèche rouge en dessous de l'oreille. Depuis quelques années, il fait usage de ces flèches plus ou moins importantes et de toutes les couleurs. Elles indiquent, elles soulignent, elles signent. Ces accessoires abstraits eussent été impossibles dans les grandes Crucifixions de 1962, 1965. Dans les triptyques à la mémoire de Dyer des années 70. La substance faisait la loi, la matérialité brutale du fait, disait Leiris. Le signe fléché est un effet de style. Souvent accouplé au cercle tracé au cordeau, avec une poêle à frire, dit-on. Dans cet autoportrait, Bacon porte un pull d'un beau noir velouté qui se détache bien sur le fond plus clair. La pose est normale, élégante comme chez Edwards, sans déformation. Le pied du siège est doté d'une base circulaire d'un blanc tapant en parfait contraste avec le pull noir. C'est sobre et suave. La foule est heureuse. Bacon, c'est de plus en plus beau. Il fait moins peur.

Déjà, en 1971, la nouvelle version de *Peinture* de 1946 est moins ogre, plus lissée, plus clarifiée. Moins obscure, moins forte. La goule sous le parapluie noir fait moins peur. Moins d'effroi.

Certes, la couverture du catalogue offre un personnage emblématique. Un cul costaud, des quadriceps de rugbyman, un grand écoulement du pied gauche, un torse effacé, une grosse épaule comme un moignon. La tête sertie dans un petit quadrilatère. Visage violet, yeux fermés, bouche bien dessinée sensuelle. Ce qui, jadis, n'était pas le cas, la bouche étant alors le foyer des surcharges, des attaques picturales, de la véhémence des gestes. Deux flèches, une blanche et une noire, semblent précipiter l'homme en avant. Fond orange, pan noir.

Mais la vedette du jour, c'est le *Triptyque 1986-87*, de l'assassinat de Trotski. Un homme central, John Edwards, star des œuvres récentes. Moins bouledogue ou boxeur que Dyer, on l'a assez dit. Sur un podium archétypal, tel un trône, corps rose effacé sur beau fond noir. Cuisses et mollets à jambières vastes et blanches. Double écoulement sous les pieds. Petit sexe ou quéquette d'un rose sombre, frisant l'invisible dans une nuée de poils noirs. On est loin des *Deux Figures* originelles, des lutteurs brusques, de leurs tons sales et brouillés. L'un dardé dans l'autre. C'était la version primordiale de la flèche.

Le panneau de gauche nous présente un politicien, Wilson ? Chapeauté de noir, vêtu d'un manteau doux, verdâtre, descendant une marche, un dossier sous le bras. Un homme de décision, d'action. C'est plié ! Mais quid de Trotski ? On le gardait pour le dessert. Panneau de droite. Ce qui l'aimante n'est pas de connaître la teneur du conflit opposant Staline et Trotski. Cette narration lui importe peu. On ne voit pas le tueur enfoncer son pic dans la tête de l'internationaliste réfugié au Mexique. Même si la singularité pittoresque et barbare de l'acte a dû happer le peintre. Non, il représente seulement la scène du crime. Le décor, les signes. Il a simplifié une photo documentaire prise sur les lieux après le meurtre. On y voyait le bureau du révolutionnaire, les journaux jonchant le sol, une fenêtre et un pupitre. C'est ce dernier le centre, la stèle du tableau et du crime. Pas le mobile, le meuble. Haut cadre de bois bizarre, surmonté d'une lampe que prolonge un cerceau de câble. Des traces d'écrit. Une sorte de drap déferle vers le sol. Taché, constellé de sang comme l'oreiller du wagon-lit de *Sweeney Agonistes* d'après le poème d'Eliot. Créer, c'est choisir, même si on attribue un grand rôle aux hasards. Encore faut-il trier le bon. Choisir juste l'autel du pupitre et son linge rituel. Le mystère de la scène, voilà ce qui subjugue Bacon. Sans le tueur et sa victime. Des amuseurs qui ne sont là que pour reproduire le meurtre archétypal, Œdipe, Oreste, Macbeth, toute la bande humaine. Ce qui reste après l'acte, quand s'absentent les marionnettes du massacre atavique. L'aura cynique. La réverbération d'un meurtre dans les objets. Le silence des signes. C'est fait.

Dans le public, ces propos cueillis face au triptyque :

– C'est quoi, sur le panneau de droite, ce truc en bois, métal, et cette éclaboussure sur l'espèce de tissu blanc ?

– C'est l'assassinat de Trotski.

– C'est qui ? Bacon a couché avec Trotski ?

– Oui, et il y a eu un règlement de comptes. Drame de la jalousie.

– Jalousie, vengeance… Et un autre amant du peintre a tué Trotski, son rival ?

– Exactement, chéri.

– C'est, hélas, souvent comme ça. Oh ! embrasse-moi.

Propos plus intellos :

– Le type du panneau central est beau, majestueux, ses jambières sont originales. Mais il en a vraiment une toute petite…

– Ça ne veut rien dire…

– Surtout quand on s'aime.

Ou bien :

– C'est d'une cruauté !

– Oui, mais plus fourrée…

– Justement, ça n'en est que plus délicieux.

D'autres, sarcastiques, chuchotent :

– C'est l'ombre de lui-même.

– Douceâtre.

– Je dirais, à l'eau de rose.

– Tout ce rose bonbon, vieille tata, ça m'attriste.

– C'est fini, il ne bande plus.

– Il s'est évaporé.

Antithèse lyrique d'un haut fonctionnaire du ministère :

– C'est la beauté absolue, le classicisme ! Les grands seuls y arrivent.

– Si Proust avait vécu dix ans de plus, il aurait écrit un chef-d'œuvre de cent vingt pages, sans métaphores ni adjectifs.

– Oui, c'est dommage.

– C'est l'essence. La beauté me donne toujours envie de pleurer.

Jacques Dupin, outre le Bacon, détient deux œuvres de Giacometti. Un tableau : une tête noire ; et un bronze : une Femme debout. C'est pas mal. Dans la succession Dupin, le Bacon a fait monter la valeur de façon astronomique. Jacques Dupin a écrit un essai fameux, illustré de photographies, où l'on voit Alberto Giacometti en train de faire le portrait du poète. La main de Giacometti, la tête de Dupin. Pas mal !

Août 1990, Saddam Hussein envahit le Koweït. C'est plus sérieux que les Malouines de Margaret. Car il en va du pétrole ! Saddam, que la France a armé contre l'Iran. Notre allié le tyran, notre ami, le tueur, nous faire ça ! Koweiter !

Janvier, février 1991, la reconquête du Koweït tambour battant. Après l'opération Bouclier du désert, c'est Tempête du désert. Cascade d'appellations épiques. Il faut faire ronfler les formules homériques. L'épisode qui frappe les esprits est celui de l'autoroute qui relie Koweit City à Bassorah.

Carcasses. Celles de Bacon sont mignonnes à côté des grandes files de chars écrabouillés, ardents. Noircis. Bacon l'a toujours répété, sa cruauté est modeste, ténue, à côté de ce que les hommes font sur la planète. Et ils font ! Défont, défoncent. Démentiellement. Tout le temps. Ils bombardent l'armée irakienne en pleine débandade de camions, de tanks, de Jeep, de canons, tout le foutoir belliqueux qui déguerpit. Éradiquer les forces de Saddam. Profiter de sa vulnérabilité, de cette proie offerte en rase campagne. Cible idéale. Cratériser l'autoroute, exploser tout ce qui roule, gronde, rugit, grince, suffoque. Les photos montrent ces colonnes de déchets métalliques, de carapaces tordues, criblées, éclatées. Cancrelats de la damnation. Le feu ! Les fumées ! Un interminable dragon concassé, carbonisé. Toutes les figures de la destruction, tous ses visages possibles, ses inventions, son imaginaire fantastique. Du cabré, du renversé, du bousculé, du pilé, du crevassé, du percé, du pulvérisé. Les compressions de César à l'échelle apocalyptique. Le grand art est sur l'autoroute 8. Zigouiller les troupes en fuite, au milieu des limousines encastrées, des bagnoles coincées des civils. Pilonner le tohu-bohu de panique. La retraite irakienne. Waterloo du désert. La Bérézina des sables. Tout ce qui dégorge du Koweït et transporte le butin des pillages. C'est éventré, valsé, déballé, dégobillé sur les bords de la route, bijoux, lingots, frigos, matériel high tech, les fringues des riches, les meubles, les canapés, les tapis. Les jouets, les voiles brûlés, le coran roussi, les coffres, les caisses béantes. Tout le farfelu de la vie éparpillée, en miettes. Crottin du capharnaüm. Petit Poucet rêveur, j'égrenais dans ma course des *ruines*...

Torcher. Nettoyer. Pas de quartier. Notre ami nous a trahis. Sauver le Koweït, notre pognon.

Bacon, comme tout le monde, voit les images. Grand amateur de documents virulents, depuis Staline, Hitler, toutes nos fins du monde sans cesse renouvelées, retapées, rajeunies. Mais il est fatigué, malade, au bout de sa route de la mort. Certes, c'est à titre personnel, humble, sans emphase martiale.

On évoque 200 000 morts côté irakien, carnage et crimes contre l'humanité. 240 côté occidental. Cherchez l'erreur. En fait, peu de photos de cadavres. On révisera le calcul à la baisse. L'opération du désert fut une chirurgie philanthropique. Ce n'était qu'un opéra de ferrailles. À la prochaine !

Bacon n'assistera pas à la deuxième guerre, à la féerie nocturne de Bagdad sous les missiles. Ce ballet de fusées furtives, cette floraison électronique. La guerre virtuelle. Il aurait hurlé que c'était abstrait ! Toujours l'abstraction abhorrée. War de Warhol ! Cette manière d'escamoter le réel. Cependant, il peut quand même se faire une idée du tournant historique. En décembre 1991, les islamistes remportent les élections législatives en Algérie. Deuxième tour annulé. On va basculer vers la guerre civile. La tuerie.

Bacon avant de mourir voit le retour de la Religion de guerre. Le désir de théocratie. Une reine d'accord, dans une démocratie libérale. Mais Dieu au pouvoir. Ou plutôt l'idée qu'on s'en fait. Les foudres de Dieu vengeur.

Bacon a installé John dans le Suffolk, un village, un vaste domaine : parc, beaux arbres, luxe, calme… Sur les murs du salon, un immense portait d'Edwards. Dans les toilettes, la tête de la nourrice hurlante du *Cuirassé Potemkine*. Si vous regardez bien la tête du jardinier, c'est le portrait juré du pape de Vélasquez.

Bacon a rencontré un jeune Espagnol aux yeux bleus, très beau. José Capelo, dont il a fait un double portrait, dans sa dernière manière plus lisse, plus propre, moins tracassée de chaos organique. José a la bougeotte et Bacon voyage avec lui en Espagne, en Italie. Il supporte mal leurs séparations. John Edwards reste son lien stable et profond, José est l'objet d'une passion toujours charnelle. Les deux amants de Bacon évitent le conflit. Nul vaudeville macabre et final. Nul étripage de l'*Orestie*. Les temps de Peter Lacy et de George Dyer, les amants héroïques et paranoïaques, sont révolus. Finie, l'*Iliade* du coït.

Bacon est opéré d'un cancer du rein dont il se relève. Il conçoit, entre 1990 et 1991, son dernier triptyque. Avec des pauses, des abandons, des corrections, des reprises. À gauche, une photo de José – combinée avec une autre d'Ayrton Senna – est greffée sur un corps nu dont la jambe sort d'un cadre noir. À droite, une photo de Bacon, elle-même ancrée sur un corps dénudé qui s'extirpe du même quadrilatère noir. Au centre, un souple magma de chair emblématique de Bacon. Il s'agit d'un avatar des fameuses *Deux Figures* de 1953, elles-mêmes inspirées des lutteurs de Muybridge. À la différence que les pugnaces combattants de Bacon étaient superposés dans une pariade amoureuse et musclée.

Cette copulation virile connaîtra à travers toute l'œuvre des variations à profusion. Archétype de son imaginaire. De ses arborescences de Sodome. La première version la plus brute, la plus sombre, la vision des ogres évoluant vers des étreintes aux couleurs violentes, aux carcasses saignantes. Ils s'empoignent, ils s'enlacent, l'un sur l'autre, ils baisent, partout, dans l'herbe fraîche, fesses roses, ou sur un ring fatal, dans des quadrilatères de verre, dans le panneau central du triptyque d'août 1972, qui célèbre le défunt Dyer. Cognés, écrabouillés dans un orgasme bestial ou fondus dans une ondulation plus abstraite et plus plastique. On les retrouve toujours. Volute des Adam originaires. Leur arabesque barbare. Leur chorégraphie rudement ressassée. C'est le chant de Bacon, son lyrisme paroxystique. Sa danse, sa signature érotique. Les deux figures de sexe sont aussi deux figures de style. Fleurs d'une rhétorique carnassière. Hiéroglyphe, si l'on veut, d'un Karnak de fantasmes.

Dans tous les vernissages officiels, dans tous les musées du monde. Ils baisent sous les lambris des palais. Et la nuit, quand les lumières sont éteintes et que le public a déguerpi, on dit qu'ils s'animent et s'agrippent et relancent leur sabbat vorace. Que n'a-t-on pas déduit du triptyque de 1991, des deux personnages qui semblent quitter la scène, augures d'une fin de partie ? Mais non ! Tout commence ! José sort du cadre noir ainsi que Bacon du sien. Ils vont justement s'unir dans le panneau central. Devant le public américain du MoMA. À la barbe des puritains.

Isabel Rawsthorne meurt, le 27 janvier 1992. Elle tombe du haut de son escalier. On retrouve sur la table de son atelier un épervier mort. Dans un tableau de 1990, le même oiseau mort flotte dans le ciel, ailes déployées, corps renversé. Une grande ellipse métaphysique enveloppe l'épervier, tel un œuf cosmique, une aura blanche et bleutée. Prédateur solaire, divin ou Horus, dieu borgne. Bourreau, victime. Létal et paroxysme vital. Trace des doigts d'Isabel, affleurement des noms d'amis, de Derain, d'Alberto bien visible. La tombe de l'épervier, son testament ailé.

L'escalier fatal peint par Bacon, *En mémoire de George Dyer* (1971). L'escalier du suicide.

Bacon salue et pleure son amie, la seule femme qu'il ait aimée, connue, dit-il... Michel Leiris est mort depuis deux ans.

Alan Rawsthorne est mort en 1971, l'année de la mort de John Dyer. Isabel rejoint son mari vingt et un ans après. Dans un cimetière champêtre où se dressent des tombes espacées. Stèles rudes et simples, au milieu des herbes. Sur les deux plaques de bronze superposées on lit les noms d'Alan et d'Isabel Rawsthorne. La magnifique église Saint-Jean-Baptiste est voisine. Tout est tranquille dans cette campagne de l'Essex, comme dans la montagne de celui qui fut l'amant d'Isabel : Alberto Giacometti. Il neige sur Borgonovo.

La dernière œuvre de Bacon sera retrouvée des années plus tard. Elle avait été oubliée dans une collection privée. *Étude de taureau*. Par deux portes géométriques, immaculées, un taureau spectral semble entrer dans les arènes... Corps gris, dont une corne saille, éclatante de blancheur tel un cimeterre aigu, l'autre plus fondue dans le grisâtre. L'arène est couverte de la poussière même de l'atelier de Bacon. Peu probable que cet ultime taureau entame un dernier combat. Sa figure fantomatique, hallucinatoire, éclipsée du monde réel, semble entrer dans le royaume des ombres où la lutte est impossible. Ainsi s'abolit le blason glorieux des deux lutteurs, dans la poussière des confins. Cette manière gommée n'est pas sans rappeler de nombreuses visions spectrales d'Isabel Rawsthorne, son épervier final aspiré dans l'ellipse d'un ciel surnaturel.

Bacon désire revoir Vélasquez au Prado avant la fin de sa cavale terrestre. Un peu comme le vieux Renoir racorni, rongé de rhumatismes, se fit conduire devant les *Les Noces de Cana* de Véronèse, contemplant le tableau, ce grouillement de vie, d'or, de brocards, de jarres, de vin pour lui tout seul.

Il téléphone à la directrice adjointe Manuela Mena pour une visite, le lundi, le jour de fermeture. Elle lui déclare que les gardes sont en grève. Mais, qu'à cela ne tienne, il passera par la porte de service du Jardin botanique. Et le voilà seul dans le Prado, dévorant des yeux son Vélasquez. Il s'approche des tableaux, les scrute, les épouse. Il s'arrête longuement devant *Repos de Mars*. Le dieu de la guerre. Il est torse nu, jambes nues, la tête coiffée de son casque martial, mais le visage retiré dans l'ombre. Pensif. Son corps n'est plus celui du jeune dieu qui enlace Vénus dans le tableau de Véronèse, plein de force, la hanche nue, hardie, découverte de profil. C'est désormais un homme comme les autres, commun, la chair rosâtre et fatiguée. Un linge bleu masque le bas-ventre, un autre, rose, se déploie, ornemental. Fin des mythes belliqueux, des assauts de la vitalité. Bacon contemple ce frère du dénouement.

On ne sait s'il aimait *La Toilette de Vénus*, du même Vélasquez, qui ne correspondait pas plus à son goût pictural que sexuel. L'exquise Vénus, de dos, sa nuque gracieuse, ses fesses nues, son allongement lascif. Vénus que Mars adora. Atteindre le niveau de Vélasquez ! Le doute tourmente le vieux Mars arpentant les salles en des allers-retours hypnotiques.

Il enverra le lendemain une brassée de fleurs à Manuela Mena. Car il est toujours aussi policé, vif et charmant en dehors de ses crises de mauvaiseté, de ses colères, de ses hurlades destructrices.

En 2009, Manuela Mena organisera au Prado une grande exposition de Bacon, qui fut son visiteur solitaire et furtif. Évidemment elle choisira *Étude d'après le portrait du pape Innocent X*, inspiré obsessionnellement de Vélasquez, sa férocité rouge, son infernale figure de prédateur, les animaux, les Crucifixions, les triptyques, le dernier, celui de 1991. Tout le carnaval carnivore et somptueux des ogres, des Oreste, des orgasmes. Et notre bien-aimée, le superbe *Portrait d'Isabel Rawsthorne debout dans une rue à Soho*, plus martiale que *Repos de Mars*, Isabel, samouraï en piste, affrontant l'espace, l'avenir, les menaces.

Épuisé, miné par l'asthme – et en dépit des exhortations pressantes de son médecin –, Bacon décide de partir à Madrid rejoindre José et des amis. Bientôt, la fatigue intense le submerge, l'insuffisance respiratoire. Il est hospitalisé dans une belle clinique tenue par des bonnes sœurs. José s'absente un moment pour aller à Séville. L'état de Bacon empire, il meurt d'un arrêt cardiaque à 9 heures du matin, le 28 avril 1992. On emporte son cadavre à la morgue. Il est incinéré. Nulles funérailles, selon ses vœux. Il avait déclaré à Ian Board, le barman éternel du Colony Room, qu'il fallait jeter ses cendres au caniveau. Elles seront répandues dans un lieu inconnu. Pfuit ! Le Nada universel. Un épervier brasse ses atomes dans le ciel.

La même année, la reine d'Angleterre fait un discours au Guildhall de Londres, à l'occasion de ses 40 ans de règne. Elle évoque 1992, elle ne regrettera pas cette année, qu'elle désigne comme « *Annus horribilis* ». Elle fait évidemment allusion à la mort d'Isabel Rawsthorne et de Francis Bacon !

John Edwards hérite de sa fortune, grosso modo 1 milliard de francs de l'époque. Il vit un temps en Floride, puis en Thaïlande où il meurt d'un cancer en 2003. Après avoir pensé sans succès à la Tate Gallery, il a légué l'atelier de Bacon à la Hugh Lane Gallery de Dublin.

Le transfert de l'atelier fut une épopée scientifique. Comment transporter et conserver le chaos ? Une équipe de conservateurs et d'archéologues fut dépêchée dans l'antre de Bacon. Ils établirent des fiches d'archivage, identifièrent trois couches d'éléments, d'entrailles. La table qui se situait à gauche du miroir offrait un inextricable magma qu'il fallut décortiquer, cataloguer avec des pincettes.

La caverne de Bacon devenait une Lascaux de traces. On dispose de clichés montrant les chercheurs en tenue blanche de laboratoire et masqués. Bacon est viral, n'est-ce pas ? Les techniciens photographient l'amoncellement de gamelles, de boîtes, de pinceaux, de tubes, de cuves. Les caisses de champagne. Mais comment reproduire l'espèce de limon qui lie la charpie de reliques ?

Il fallut couvrir d'une protection les parois fragiles de lattes et de plâtre vieilli, peintes de rosaces d'éclaboussures bigarrées, de taches qui menaçaient de se déliter. Le plafond, les portes, tout fut passé au crible, démonté, transporté. Les écuries, Reece Mews, la rue, pour un peu, tout aurait été emballé, avec le Colony Room et le Wheelers. Mais ça viendra... On reconstruira Londres en Irlande !

La momie de Ramsès II, restaurée à Paris, n'exigea pas autant de soins. Le pharaon Bacon déménageait dans la totalité de la tombe de l'atelier. Ses fresques, ses hiéroglyphes, ses bas-reliefs. L'odyssée de ses gargouilles et de ses giclures. On avait bien déménagé le site d'Abou Simbel pour le préserver des eaux du barrage d'Assouan.

En fait, un ordre s'était dégagé du prodigieux fouillis, des espaces distincts. On voit rarement le chevalet sur les photos de l'atelier, si bien qu'on s'explique mal où Bacon avait la place de travailler. Le chevalet était au centre du cyclone sous le vasistas d'où la lumière tombait. Séparé du fameux miroir moucheté tant reproduit avec sa série d'étagères. Distinct aussi de l'avalanche de déchets dont se sont goinfrés les photographes. Un bordel organisé, bien sûr, à la manière des œuvres, mélange de hasard et de maîtrise, de geste aléatoire et de contrôle.

On replanta ainsi l'atelier tout vif à la Hugh Lane Gallery. Très beau bâtiment élégant et géométrique. Bacon n'en serait pas revenu ! L'Irlande, il n'y était plus retourné depuis son enfance terrible. Il aurait sans doute trouvé absurde la récupération. On visite une salle bien nette, avec ses tableaux accrochés. Une porte est ouverte et on pénètre soudain dans l'atelier intact. Un sortilège éclate au regard. Une orgie de couleurs. Les parois peintes, le vasistas, le radiateur, le miroir, la table, le chevalet, la mer des matériaux dans la profondeur de l'espace. Absurde et beau. Vrai et faux. C'est comme si on avait démonté l'atelier entier de Giacometti. On s'est contenté de l'espace intérieur. Les murs et la verrière sont restés rue Hippolyte-Maindron. Mais on a transféré les fresques à l'huile sur plâtre d'intervention, contrecollé sur panneau en nid-d'abeilles. Tel quel ! C'est technique, alchimique. L'atelier reconstitué de Giacometti donne une sensation de nuance homogène, de gris ocré. Cette fameuse grisaille si souvent décrite. Le gris poussière qui hante le regard de Genet. L'atelier de Bacon est plus carnassier. Des morsures de couleurs. Du rouge dans la gueule.

On reconstituera, un jour, ainsi la planète sur une autre plus vaste. Avec du plâtre d'intervention contrecollé sur panneau en nid-d'abeilles ?

La scène. Cet érotisme partagé entre Isabel et Giacometti. Entre Isabel et Bacon. Cet aimant flamboyant pour deux artistes. Leur Mélusine qui verse l'enchantement. La complice en création. L'Amie inimitable. Une même inspiration insuffle leurs trois figures. Ce trio des ardents. L'envoûtement merveilleux. Fluide qui passe de corps en corps. L'hypothèse des stratagèmes, des détours, fut la première. Pour que Bacon désire une femme et fasse l'amour avec elle. La deuxième hypothèse fut celle d'une grâce subite, d'un enthousiasme balayant tous les obstacles. Isabel ne fait qu'une bouchée de Bacon et de Giacometti. Mais la véritable version définitive, et, cette fois, pour de bon, gravée dans l'or du rêve, saisie à la volée du halètement commun : la voilà.

Bacon et Isabel reviennent de dîner, c'est acquis. Ils boivent de nouveau du champagne dans l'atelier, autour du grand chevalet. C'est trop, comme des somnambules, ils se dévêtent et vont s'affaler de sommeil sur le canapé vert. Pendant cet effacement onirique, quels fantasmes viennent les traverser ? Une rêverie érotique où ils s'enlacent. Et c'est ainsi que leur amour se déroule. Ils se réveillent soudain en le faisant. Trop contents, ils continuent.

Pour Giacometti et Isabel, en 1940, quand la France est envahie, c'est le même miracle. Après une étreinte incomplète et brouillonne, ils tombent de sommeil. Ils vont se coucher, passablement débraillés, sur le matelas. Et le rêve vient, à pas de loup, de renarde rousse. Les visions roses et les désirs s'allument. Ils s'amalgament et s'ancrent dans la tempête. Se réveillent et poursuivent en si bon sillage.

Une même amante exubérante les délivre de leurs limites. La déesse égyptienne d'Alberto, l'Amazone d'une rue de Soho. Échevelée, rieuse. L'artiste des animaux, des opéras, de Tirésias, des danseuses, des paysages cosmiques, des oiseaux de vie et de mort. Isabel enlace les ardents dans ses ailes d'épervier.

BIBLIOGRAPHIE

Isabel Rawsthorne

Carol Jacobi, *Out of the Cage : The Art of Isabel Rawsthorne*, The Estate of Francis Bacon Publishing, supported by the Francis Bacon MB Art Foundation Monaco, in association with Thames & Hudson, 2021.

Sefton Delmer, *Opération radio-noire*, trad. Michel Chrestien, J'ai lu, 1965.

Alberto Giacometti

Alberto Giacometti, *Écrits*, Hermann, collection « Savoir : sur l'Art », 1997.

Jean Genet, *L'Atelier d'Alberto Giacometti*, L'Arbalète, 1997.

Catherine Grenier, *Alberto Giacometti*, Flammarion, 2022.

James Lord, *Giacometti*, trad. André Zavriew, NIL Éditions, 1997.

David Sylvester, *En regardant Giacometti*, trad. Jean Frémon, André Dimanche Éditeur, 2001.

Yves Bonnefoy, *Giacometti*, Flammarion, 1991.

Claude Delay, *Giacometti Alberto et Diego, l'histoire cachée*, Fayard, 2007.

Yanaihara Isaku, *Dialogues avec Giacometti*, trad. Véronique Perrin, Allia, 2015.

Jacques Dupin, *Alberto Giacometti. Éclats d'un portrait*, André Dimanche Éditeur, 2007.
Alberto Giacometti – Isabel Nicholas, *Correspondances*, introduction par Véronique Wiesinger, FAGE éditions, coll. « Varia », 2007.
Franck Maubert, *Le Dernier Modèle*, Librairie Arthème Fayard, coll. « Pluriel », 2014.

Francis Bacon

Michael Peppiatt, *Francis Bacon*, trad. Jeanne Bouniort, Flammarion, 2004.
Michael Peppiatt, *Francis Bacon in Your Blood : A Memoir*, Bloomsbury, 2015.
Michael Peppiatt, *Francis Bacon. Le sacré et le profane*, trad. Jeanne Bouniort et Patrice Cotensin, Fondation Dina Vierny – Musée Maillol, 2004.
David Sylvester, *Francis Bacon. Entretiens*, trad. Michel Leiris, Flammarion, 2013.
Michel Leiris, *Francis Bacon, face et profil*, Albin Michel, 2004.
Gilles Deleuze, *Francis Bacon. Logique de la sensation*, Seuil, 2002.
Francis Bacon, *Entretiens avec Michel Archimbaud*, trad. Caroline Le Gallic, Gallimard, coll. « Folio Essais », 1996.
Francis Bacon, Centre Georges-Pompidou, 1996.
Daniel Farson, *The Gilded Gutter Life of Francis Bacon*, Vintage Books, 1994.
Mark Stevens et Annalyn Swan, *Francis Bacon : Revelations*, Williams Collins, 2021.
Darren Coffield, *Tales from the Colony Room. Soho's Lost Bohemia*, Unbound, 2020.

Du même auteur

La Toison
Gallimard, 1972

La Lisière
Gallimard, 1973
et « Folio », n° 2124

L'Abîme
Gallimard, 1974

Les Flamboyants
prix Goncourt
Seuil, 1976
et « Points », n° P195

La Diane rousse
Seuil, 1978
et « Points », n° P838

Bernard Louedin
La Bibliothèque des Arts, 1980

Le Dernier Viking
Seuil, 1980
et « Points », n° P1210

L'Ombre de la bête
Balland, 1981

Les Forteresses noires
Seuil, 1982
et « Points », n° P839

La Caverne céleste
Seuil, 1984
et « Points », n° P246

Le Paradis des orages
Seuil, 1986
et « Points », n° P24

L'Atelier du peintre
Seuil, 1988
et « Points », n° P420

L'Orgie, la Neige
Seuil, 1990
et « Points », n° P421

Colère
Seuil, 1992
et « Points », n° P615

Egon Schiele
Éditions Flohic, 1992
rééd. sous le titre L'Ardent Désir, *Éditions Flohic, 1996*

Georges Mathieu
(en collaboration)
Nouvelles Éditions françaises, 1993

L'Arbre-Piège
Seuil, 1993
et « Petit Point », n° PPT57

Les Anges et les Faucons
Seuil, 1994
et « Points », n° P203

Richard Texier
La Différence, 1995
rééd. revue et augmentée, 1999

Le Secret de la pierre noire
Nathan, 1995

Le Lien
Seuil, 1996
et « Points », n° P338

Le Tyran éternel
Seuil, 1998
et « Points », n° P620

Les Singes voleurs
Fleurus, 2000

Le Rire du géant
Fleurus, 2000

Le jour de la fin du monde,
une femme me cache
Seuil, 2000
et « Points », n° P837

New York 11206
(en collaboration avec Jean-Yves Le Dorlot et Tony Soulié)
Éditions du Garde-Temps, 2001

L'Atlantique et les Amants
Seuil, 2002
et « Points », n° P1064

La Joie d'Aurélie
Seuil, 2004
et « Points », n° P1311

Le Nu foudroyé
(en collaboration avec Lucien Clergue et Gérard Simoën)
Actes Sud, 2004

La Main blessée
Seuil, 2006
et « Points », n° P1847

Tony Soulié : l'anagramme du Monde
Art In Progress, 2006

Petites Parousies et Grandes Épiphanies de la chair
(en collaboration avec Erro)
CNAC – hors commerce, bibliophilie, 2007

Lumière du rat
Seuil, 2008

Atelier
(en collaboration avec François Rousseau
et Mikael Railsson)
Maison européenne de la photographie
Éditions Galerie Pierre-Alain Challier, 2009

Les Flamboyants
Le Paradis des orages
L'Orgie, la Neige
Seuil, « Opus », 2010

Le Baiser de la pieuvre
Seuil, 2010
et « Points », nº P2685

Le Corps immense du Président Mao
Seuil, 2011

Tony Soulié : la cavale des totems
Gourcuff Gradenigo, 2012

Bison
Seuil, 2014
et « Points », nº P4026

Le Démon de la vie
Seuil, 2016
et « Points », nº P4485

Falaise des fous
Seuil, 2018
et « Points », nº P4935

Les Yeux de Milos
Seuil, 2021
et « Points », nº P5488

RÉALISATION : NORD COMPO À VILLENEUVE-D'ASCQ
IMPRESSION : NORMANDIE ROTO IMPRESSION S.A.S.
DÉPÔT LÉGAL : JANVIER 2023. N° 152350-2 (2206253)
IMPRIMÉ EN FRANCE

Isabel Rawsthorne est la créatrice d'une œuvre picturale secrète et méconnue. On a surtout retenu d'elle et de sa vie aventureuse qu'elle fut la muse solaire d'Alberto Giacometti. Francis Bacon confia qu'Isabel fut son unique amante. Elle fut encore son amie, son modèle, sa complice jusqu'à la fin. Elle posa d'abord pour le sculpteur Epstein, pour Balthus, Derain. Picasso fit plusieurs portraits d'elle sans qu'elle cède à ses avances.

À travers Isabel, son foyer magnétique et sa liberté fracassante, on assiste à une confrontation entre deux géants de la figuration, Bacon et Giacometti. Au moment même où triomphe l'abstraction dont ils se détournent avec une audace quasi héroïque. Bacon, scandaleux, spectaculaire, carnassier, soulevé par une exubérance vitale irrésistible, mais d'une lucidité noire sur la cruauté et sur la mort. Giacometti, poursuivant sa quête d'une ressemblance impossible, travailleur obsessionnel jusqu'à l'épuisement. Chez Isabel, la mélancolie alterne avec l'ivresse vagabonde.

Des années 30 à la fin du siècle, telle est la destinée de ce trio passionné, d'une extravagance inédite, partageant une révolution esthétique radicale et une complicité bouleversante.

Patrick Grainville est né en 1947 à Villers. En 1976, il a obtenu le prix Goncourt pour *Les Flamboyants*. Il a été élu à l'Académie française en 2018.

www.seuil.com

ISBN 978.2.02.152350.8
Imprimé en France 01.23

21,50 €